Lisa Jackson

Was gestern war

Begierde und Betrug

MIRA® TASCHENBUCH
Band 25632
1. Auflage: Dezember 2012

MIRA® TASCHENBÜCHER
erscheinen in der Harlequin Enterprises GmbH,
Valentinskamp 24, 20354 Hamburg
Geschäftsführer: Thomas Beckmann

Konzeption/Reihengestaltung: fredebold&partner gmbh, Köln
Umschlaggestaltung: pecher und soiron, Köln
Redaktion: Mareike Müller
Titelabbildung: Mauritius Images
Autorenfoto: © by Harlequin Enterprises S.A., Schweiz
Satz: GGP Media GmbH, Pößneck
Druck und Bindearbeiten: CPI – Ebner & Spiegel, Ulm
Printed in Germany
Dieses Buch wurde auf FSC®-zertifiziertem Papier gedruckt.
ISBN 978-3-86278-482-0

www.mira-taschenbuch.de

Werden Sie Fan von MIRA Taschenbuch auf Facebook!

Lisa Jackson

Was gestern war

Roman

Aus dem Amerikanischen von
Heike Warth

1. KAPITEL

Die Nachmittagssonne flutete in das alte Gerichtsgebäude und tauchte einen schmalen Streifen des Marmorfußbodens in ihr warmes Licht. Vom Pazifik wehte eine feuchte Brise herüber und zerzauste Jeff Harmons dunkles Haar. Als er die Horden von Journalisten und Fernsehleuten entdeckte, zögerte er fast unmerklich, und sein Gesicht verdunkelte sich.

Gewohnheitsmäßig setzte er ein unverbindliches Lächeln auf. Nur wer ihn kannte, hätte die Zeichen der Gefahr zu deuten gewusst, dieses Glitzern in den braunen Augen, das vorgeschobene Kinn.

Im nächsten Augenblick prasselten die Fragen schon auf ihn ein, und Mikrofone wurden, drohend fast, in seine Richtung gehalten.

„Mr Harmon? Ist Ihre Scheidung jetzt rechtskräftig?"

„Ja." Ohne ein weiteres Wort bahnte Jeff sich seinen Weg durch die drängelnden Journalisten. Aber wenn er gehofft hatte, die Meute damit los zu sein, hatte er sich geirrt.

„Und wer hat das Sorgerecht für das Kind zugesprochen bekommen?", rief eine schrille Frauenstimme hinter ihm her. „Sie oder Mrs Harmon?"

Jeff holte tief Atem und drehte sich noch einmal um. „Das wird noch verhandelt." Er musste sehen, dass er hier wegkam, bevor er die Beherrschung verlor. Nur noch hundert Meter, dann war er bei seinem Wagen und in Sicherheit.

„Wollen Sie uns nicht mehr erzählen, Gouverneur?"

Jeff hatte sein Auto erreicht. „Nein, das will ich nicht", erwiderte er unfreundlich. Warum konnten sie nicht aufhören, ihn nach zwei Jahren immer noch als Gouverneur anzusprechen?

„Können Sie etwas zu dem Gerücht sagen, dass Ihre geschiedene Frau ein Alkoholproblem hat?"

„Kein Kommentar."

„Ist es wahr, dass eine Affäre, die Sie vor Ihrer Ehe hatten, der Grund für Ihre Scheidung und Mrs Harmons Alkoholproblem war? Treffen Sie Ihre Geliebte noch immer?" Jeff stieg in seinen Wagen. Aber der junge Mann war hartnäckig. „Sie wissen, von welcher Frau ich spreche, Gouverneur?"

Jeff versagte sich die unhöfliche Antwort, die ihm auf der Zunge lag. Er zog die Autotür zu, ließ den Motor an und fuhr mit quietschenden Reifen davon. Viel länger hätte er nicht mehr an sich halten können. Vielleicht war seine Exfrau aufgeschlossener und beantwortete die Fragen nach dieser Farce von einer Ehe bereitwilliger.

Er dachte an seine fünfjährige Tochter. Bis zum Letzten würde er für das Sorgerecht kämpfen, das schwor er sich. Denn wenn an dieser Ehe etwas erfreulich gewesen war, dann einzig und allein dieses Kind.

Der Nachmittag zog sich schier endlos hin. Je später es wurde, desto mehr krampfte Andreas Magen sich zusammen. Nachdem heute Morgen die neuesten Einschaltquoten der Fernsehserien bekannt geworden waren, war sofort eine Mitarbeiterbesprechung angesetzt worden.

Andrea sah aus dem Fenster. Noch eine Viertelstunde. Sie schob sich die schwarzen Haare aus dem Gesicht und schlug die Zeitung auf, um sich abzulenken. Die Arbeitslosenzahlen waren wieder gestiegen. Was sonst? Dreißig Jahre war sie alt geworden, und nie hätte sie damit gerechnet, dass sie selbst einmal persönlich von der schlechten Wirtschaftslage betroffen sein würde. Aber möglicherweise gab es schon bald eine arbeitslose Drehbuchautorin mehr. Sie massierte sich den Nacken.

Dann blätterte sie weiter und trank von ihrem längst kalt gewordenen Kaffee. Dabei hätte sie sich fast verschluckt. „Scheidung im Fall Harmon ausgesprochen. Sorgerecht für Tochter noch unklar", las sie. Und darunter prangte ein Foto von Jeff Harmon.

„Oh nein", murmelte Andrea. Sie musste gegen den heftigen Impuls ankämpfen, die Zeitung zusammenzuknüllen und in den Papierkorb zu werfen. Zehn Jahre alte Gefühle wallten in ihr auf, eine Mischung aus Schmerz und Schuldbewusstsein, aus Enttäuschung, Liebe und Verlassenheit. Und wie immer, wenn sie Jeffs Bild sah, kamen all die Erinnerungen mit Macht zurück.

Wie weit weg dieser Sommer ihrer Liebe doch war.

Andrea vergaß die Zeit, als sie den Artikel über Jeffs Scheidung überflog. Ihre Kehle wurde eng, und ihre grünen Augen verschleierten sich. Wie vertraut ihr doch die Formulierungen waren – brillanter junger Anwalt … Einheirat in wohlhabende, einflussreiche Familie … kurze Amtszeit als Gouverneur … umstrittene Abdankung … skandalöse Vergangenheit …

„Andrea?" Das war Katie Argus. „Beeil dich. Die Besprechung ist in fünf Minuten."

Andrea hob den Kopf. „Ich bin gleich so weit." Sie schlug die Zeitung zu. Würde dieser Schmerz denn nie ein Ende haben? Würde die Vergangenheit sie immer wieder einholen? Sie dachte daran, wie sie und Jeff sich im warmen Regen am Strand geliebt hatten, spürte den rauen Sand wieder unter den bloßen Füßen, hörte das schrille Schreien der Möwen, die das Rauschen der Brandung so mühelos übertönten.

Sie holte tief Atem und zwang sich, sich ihren unmittelbaren Problemen zuzuwenden.

Die Luft in dem kleinen Konferenzraum hing voller Rauchschwaden. Die Stimmung war nervös. Die anderen Mitarbeiter von *Coral Productions* hatten sich schon um den Tisch versammelt.

Andrea lächelte Katie, der zweiten Frau im Autorenteam, schwach zu.

„Alles in Ordnung?", fragte Katie ein wenig besorgt. „Du bist blass."

„Vermutlich die Nerven", gab Andrea zurück.

„Die sind wohl bei allen ein bisschen strapaziert", meinte Katie.

„Bei mir nicht", behauptete Jack Masters und ließ sich auf einen Stuhl fallen. Aber die tiefe Falte auf seiner Stirn strafte ihn Lügen. „Ich kann schließlich nichts dafür, wenn Nicole Jamison in *Die Macht des Stolzes* so danebenbesetzt ist. Sie wirkt in der Rolle ungefähr so unschuldig wie Mata Hari."

„Und genauso alt", murmelte Katie.

Die Tür ging auf, und Bryce Cawthorne, früher Schauspieler und jetzt Besitzer von *Coral Productions*, kam herein. Ohne jede Einleitung zitierte er die Einschaltquoten der drei von *Coral* derzeit produzierten Serien.

„Es sieht so aus, als würden alle drei abgesetzt." Bryce rieb sich den Nacken. Er wirkte angespannt. „Wir können uns keinen einzigen Flop mehr leisten. Unsere einzige Chance scheint jetzt eine wöchentliche Interviewserie mit Prominenten zu sein. ITV ist sehr daran interessiert."

„Und an welche Art von Interviewpartnern hast du da gedacht?", erkundigte Katie sich.

Bryce lehnte sich zurück und sah zur Decke hinauf. „Ich muss mir das alles noch genau durch den Kopf gehen lassen. Es sollten natürlich Leute sein, die Emotionen wecken. Jemand wie Sonda Wickfield, zum Beispiel."

„Die ihren Liebhaber erschossen hat?"

„Ja. Oder vielleicht diese Countrysängerin, die eine Affäre mit einem spanischen Adligen hatte." Bryce erwärmte sich langsam für das Thema.

„Also Leute, die man in den Klatschspalten findet", stellte Andrea trocken fest.

„Ich versuche dem Publikum zu geben, was es haben will, und auf dem Gebiet ist noch viel zu holen."

„Bryce hat recht", sagte Jack. „Es gibt eine Menge Prominenter, über deren Privatleben die Leute gern mehr wüssten. Ich stelle mir zum Beispiel Jeff Harmon vor." Er hob dieselbe Ausgabe der Lokalzeitung hoch, die auch Andrea auf ihrem Schreibtisch liegen hatte. „Das wäre der Knüller."

„Genau!", sagte Bryce. „Harmon ist das Paradebeispiel dafür. Was meinst du, Andrea?"

„Was?" Die Röte stieg ihr ins Gesicht. „Na ja, wahrscheinlich ist die Idee ganz gut."

„Aber sie gefällt dir offenbar trotzdem nicht." Bryce sah sie forschend an.

„Doch, doch. Es müsste nur eine wirklich interessante Persönlichkeit sein …"

„Das ist der springende Punkt. Und ich glaube, Jeff Harmon wäre ideal. Vielleicht sollten wir mit ihm anfangen", schlug Jack vor. Er pochte mit einer etwas theatralischen Geste auf die Zeitung. „Scheidungen interessieren jeden."

Andrea holte tief Atem. „Heutzutage doch nicht mehr", widersprach sie.

„Solche Scheidungen schon. Könnt ihr euch nicht mehr an die Aufregung um Harmon und diese Studentin vor zehn Jahren erinnern?"

„Aber das ist doch Schnee von gestern!", erklärte Andrea verärgert.

Bryce seufzte. „Ich werde sehen, was ich erreiche. Wenn wir die Chance bekommen, diese Prominentenserie zu machen, werden wir es tun." Er sah seine Mitarbeiter der Reihe nach an. „Für heute sind wir fertig. Ihr könnt nach Hause gehen."

Er hielt Andrea noch zurück, während die anderen den Raum verließen. „Bedrückt dich irgendetwas, von dem ich nichts weiß?" Er sah sie besorgt an. „Kann ich dir helfen?"

„Nein." Wie hätte sie ihm von sich und Jeff erzählen können?

„Sicher?" Sie hatte ihn nicht überzeugt.

„Ich mache mir einfach Sorgen um die Firma."

Als sie hinausgingen, fiel Andrea zum ersten Mal bewusst auf, wie sehr Bryce in den letzten Jahren gealtert war.

Vor ihrem kleinen Büro blieb er stehen. „Wolltest du nicht drei Wochen Urlaub machen?"

„Ja. Aber ich kann auch hierbleiben, wenn es dir lieber ist …"

Bryce hob die Hand. „Nein, nein. Ein Urlaub täte uns allen jetzt wahrscheinlich gut. Und wenn das mit der neuen Sendung klappt, bist du ja in jedem Fall wieder rechtzeitig hier." Er hob grüßend die Hand. „Lass es dir gut gehen. Aber lass deine Adresse da, damit ich dich im Notfall erreichen kann." Damit verließ er sie.

Andrea nahm ihre Tasche und die Zeitung. Sie wusste jetzt schon, dass sie heute Abend wieder einmal an den Sommer denken würde, den sie mit Jeff geteilt hatte, bevor sie sich schließlich so bitter getrennt hatten.

*D*as Läuten des Telefons riss Andrea aus ihren Gedanken. Sie saß mit einer Tasse Tee am Fenster ihres Elternhauses und sah in den düsteren Novemberhimmel hinaus.

Sie war erst sechs Tage hier auf Vancouver Island und erwartete keine Anrufe. Ihre Eltern hatten sich erst gestern Abend aus Hawaii gemeldet.

Sie hob ab. „Hallo?"

„Hallo. Deine Stimme klingt ja ganz so, als täten dir die Ferien gut." Das war Bryce.

Andrea spürte, dass sie nervös wurde. Wenn Bryce anrief, musste es einen wichtigen Grund haben. „Was gibt es?"

„Ich habe unsere Idee mit den Prominenteninterviews verkauft – zunächst einmal fünf Sendungen, und wenn sie beim Publikum ankommen, dann werden noch einmal zehn produziert."

„Wunderbar." Andrea spielte mit der Telefonschnur. Sie ahnte, dass das noch nicht alles war. „Soll ich zurückkommen?"

„Nein." Bryce machte eine kleine Pause. Jetzt kommt es, dachte Andrea. „Einige Interviewpartner haben wir schon gefunden. Die meisten haben gleich zugesagt, bis auf die eine oder andere Ausnahme."

Andrea holte tief Atem. „Damit meinst du vermutlich Jeff Harmon."

„Wie hast du das erraten?"

„Warum hättest du sonst angerufen?", gab Andrea zurück. „Du hast in Erfahrung gebracht, dass Harmon sich hier in der Nähe aufhält."

„Nun, ja. Ich denke mir, solche Zufälle sollte man nutzen. Das Problem ist, dass wir den Mann nicht erreichen können. Ich hatte gehofft, dass es für dich vielleicht leichter ist, dich mit ihm in Verbindung zu setzen."

„Ich kann mir kaum vorstellen, dass er sehr angetan ist, wenn ich plötzlich vor seiner Tür stehe. Warum nehmen wir nicht jemand anderen? Harmon will ganz offenbar seine Ruhe."

„Genau darum geht es. Er gibt keine Interviews und schottet sich ganz ab – deshalb sind die Leute ja so wild darauf, etwas zu erfahren. Sie wollen einfach wissen, was mit ihm los ist."

„Ich soll ihn zu einem Interview überreden?", fragte Andrea benommen.

„Nein, nein. Du sollst nur dafür sorgen, dass er sich mit mir in Verbindung setzt."

Andreas Kehle war trocken geworden. „Ich werde es natürlich versuchen", sagte sie zögernd. „Aber ich bezweifle, dass ich etwas erreiche."

„Wer weiß. Es ist jedenfalls ein glücklicher Zufall, dass du gerade in seiner Nähe bist. Das ist unsere ganz große Chance."

Andrea legte den Hörer langsam auf. Wenn Bryce wüsste, dachte sie und nippte an ihrem lauwarmen Tee.

Im Grunde hatte sie nie aufgehört, Jeff zu lieben. Wie oft hatte sie Fotos von Jeff und seiner wunderschönen Frau in der Zeitung gesehen und sich gewünscht, sie selbst wäre diese Frau an seiner Seite? Wie oft hatte sie nachts wach gelegen und sich nach ihm gesehnt? Natürlich gönnte sie ihm sein Glück, aber sie konnte das Gefühl nicht loswerden, dass sie selbst um dieses Glück betrogen worden war. Wie hatte sie seine Frau beneidet!

Über die Jahre hatte der Schmerz nachgelassen. Aber die Entscheidung, ob sie wohl stark genug war, Jeff wiederzusehen, fiel ihr sehr schwer.

Kurz entschlossen stellte sie ihre Teetasse ab und wählte die Telefonnummer, die sie nie vergessen hatte. Kein Anschluss. Eine halbe Stunde versuchte sie die telefonische Auskunft zu erreichen, kam aber nicht durch. Würde Jeff überhaupt mit ihr sprechen wollen? Oder würde er sie, wie schon einmal, zurückweisen? Und wie würde sie damit zurechtkommen?

Andrea schlüpfte in ihren Wettermantel. Sie spürte kein bisschen die Kälte und den eisigen Wind, der vom Meer kam und durch die Straßen der Stadt pfiff. Obwohl sie sich einredete, dass sie Jeff nur aufsuchte, weil Bryce sich auf sie verließ, wusste sie insgeheim doch, dass es ihr in Wahrheit nur darum ging, ihn wiederzusehen.

Sie lief zum Hafen hinunter, in der Hoffnung, einen Fischer zu finden, der sie gegen entsprechende Bezahlung zu Jeffs Privatinsel hinüberfuhr. Sie hatte Glück.

Es regnete in Strömen, und Andrea band das nasse Haar mit einem Lederband im Nacken zusammen. Es war lange her, seit sie auf der Insel gewesen war. Damals hatten die Margeriten und Rhododendronbüsche geblüht, jetzt wirkte die Insel, die vor ihr aus dem stürmischen Meer auftauchte, grau und abweisend.

Die Erinnerungen an die glücklichste Zeit ihres Lebens, die ein so abruptes Ende gefunden hatte, holten Andrea ein. Die Insel wirkte plötzlich feindlich auf sie. Was wollte sie hier eigentlich? Einen winzigen Moment lang war sie versucht, den Fischer umkehren zu lassen, aber dieser Moment ging vorüber.

Andrea überredete den Fischer, eine Stunde auf sie zu warten, um sie dann wieder aufs Festland zurückzubringen.

Sie kletterte die Holztreppe hinauf, die vom Strand über die Klippen zum Inselinneren führte. Oben drehte sie sich noch einmal um und sah auf das Meer zurück. Weiße Gischt schlug an den Strand und die Felsen. Sie hätte nicht herkommen sollen. Aber jetzt konnte sie nicht mehr zurück.

Sie hastete den windgepeitschten, nassen Weg entlang. Vor dem alten Haus mit seinen Giebeln und Türmchen und Bleiglasfenstern blieb sie noch einmal stehen. Sie zögerte noch einen winzigen Moment, dann eilte sie zu der dicken Doppeltür und klopfte kräftig dagegen.

Jeff Harmon sah von seiner Zeitung auf und lauschte. Hatte es nicht geklopft? Aber wahrscheinlich hatte nur ein Zweig oder Ast an ein Fenster geschlagen. Seine Nerven waren einfach zu gereizt. Er widmete sich wieder dem Artikel über seine geschiedene Frau. Offenbar war sie in einen Unfall verwickelt, bei dem aber zum Glück niemand ernsthaft verletzt worden war.

Es klopfte erneut. Diesmal stand Jeff auf und ging zur Tür. Eine junge Frau, etwa dreißig Jahre alt, stand vor ihm. Das Wasser lief ihr übers Gesicht, und das Haar hing ihr in tropfenden Strähnen auf die Schultern. Sie war völlig durchnässt.

Vor Jeffs innerem Auge tauchte das Bild einer anderen Frau aus einer anderen Zeit auf. Er holte tief Atem. Diese Frau vor ihm war nicht nur die schönste Frau, die er je gesehen hatte, sie war auch die Frau, die ihn in seinen Träumen verfolgte: Andrea Monroe.

Sie war keine klassische Schönheit. Dafür waren ihre Züge nicht ebenmäßig genug. Aber die großen, tief liegenden meergrünen Augen mit den dichten schwarzen Wimpern, die kurze gerade Nase und der breite großzügig geschwungene Mund verliehen ihr etwas sehr Sinnliches und Empfindsames zugleich, einen Ausdruck von Unschuld, auf den Jeff ganz instinktiv reagierte. Vielleicht waren es die glitzernden Regentropfen in ihrem Haar, vielleicht das leichte Erschrecken in ihrem Blick, das kurze Zögern – jedenfalls wurde ihm mit einem Mal bewusst, dass ihn noch nie eine Frau so herausgefordert hatte wie sie. In ihren Augen las er Stolz und Trotz.

Warum musste sie ausgerechnet in dem Augenblick wieder auftauchen, in dem er versuchte, sein Leben wieder in den Griff zu bekommen? Warum musste sie wieder alles so kompliziert machen?

Auch Andrea war unfähig, sich zu rühren. Jeff hatte noch dieselbe überwältigende Wirkung auf sie wie früher. Selbst in den ausgebleichten Jeans und dem Wollhemd war er eine eindrucksvolle Erscheinung. Er war groß und hielt sich sehr aufrecht, strahlte damit fast etwas wie Arroganz aus. Seine Augen waren haselnussbraun, die Wimpern und Augenbrauen dicht und dunkel. Es dauerte eine kleine Weile, bis Erkennen in seinem Blick aufzuglimmen begann.

Sie schwiegen beide. Nur das tosende Rauschen der Brandung tief unter ihnen war zu hören. Er ist älter geworden, dachte Andrea. Und er sieht verletzlicher aus als früher.

„Jeff?", fragte sie ein wenig zögernd. Sie versuchte ruhig zu bleiben, als sie ihm in die Augen sah. Aber es fiel ihr nicht leicht. Es ist so lange her, dachte sie. Viel zu lange.

„Andrea? Was zum Kuckuck hast du hier zu suchen? Noch dazu bei diesem Wetter?" Er ließ den Blick über sie wandern, und Andrea fühlte sich ihm schutzlos ausgeliefert. „Was willst du hier?", herrschte er sie an. „Bist du inzwischen auch unter die Pressehaie gegangen und auf den neuesten Klatsch aus? Dann ist unsere Unterhaltung hiermit beendet!"

Andrea wand sich innerlich. „Ich bin nicht bei der Presse", erklärte sie, aber sie wusste natürlich, dass sie keine Chance bei ihm hatte, wenn sie Bryce oder *Coral Productions* auch nur erwähnte.

„Aber du wolltest mich sprechen?"

„Ja." Wie sollte sie es nur schaffen, auf diese geplante Sendung zu sprechen zu kommen?

Jeffs Züge entspannten sich ein wenig. „Entschuldige", bat er. „Komm doch herein. Du siehst so aus, als könntest du etwas zum Aufwärmen brauchen." Ein Lächeln flog über sein Gesicht, und einen Augenblick lang sah er wieder so aus wie der junge Mann, in den sie sich damals verliebt hatte.

Er ging voraus durch die geräumige Eingangshalle zum rückwärtigen Teil des Hauses. Welch wunderschöne Abende hatten sie dort im Salon verbracht.

„Ich hole uns etwas zu trinken", sagte Jeff. „Anschließend kannst du mir erklären, was dich nach zehn Jahren zu mir gebracht hat."

Andrea zog ihren Mantel aus und wärmte die Hände über dem Kaminfeuer. Dann nahm sie ihren Cognac entgegen und trank einen Schluck.

Jeff sah sie an. „Warum bist du ausgerechnet jetzt gekommen, Andrea?" Er nahm ihr das Glas wieder aus der Hand. „Komm, lass dir helfen."

Andrea hatte vergeblich versucht, das nasse Lederband aus ihrem Haar zu lösen. Jetzt machte Jeff sich daran zu schaffen. Die Berührung ging ihr durch und durch.

„Ich fürchte, wir müssen zu drastischen Mitteln greifen", verkündete er unvermittelt. Damit zog er ein silbernes Klappmesser aus der Tasche und schnitt das Lederband kurz entschlossen durch. Andrea drehte sich ein wenig erschrocken zu ihm um. Ihr Blick traf Jeff unerwartet. Etwas an ihr zog ihn nach all dieser Zeit immer noch wie ein Magnet an. Was war aus ihr in den letzten zehn Jahren geworden – und warum war sie zu ihm gekommen?

„Ich wollte dich nicht erschrecken."

„Das hast du auch nicht getan."

Sie schwiegen beide. Der Sturm vor dem Fenster schien in weite Ferne gerückt. Jeff sprach als Erster wieder. „Also? Was bringt dich her?"

„Ich wollte dich wiedersehen."

„Und das musste ausgerechnet heute bei dem Unwetter sein?"

„Dafür gibt es natürlich einen Grund", gestand Andrea, unfähig, ihm in die Augen zu schauen. „Ich arbeite für eine unabhängige Produktionsgesellschaft, *Coral Productions*. Um es kurz zu machen: Wir stecken in finanziellen Schwierigkeiten, und deshalb …"

„Ihr sucht einen Kapitalgeber", vermutete Jeff.

„Nein. *Coral* plant eine neue Serie", erklärte Andrea mit einiger Mühe. „Eine Interviewreihe mit berühmten Menschen. Man möchte dich in der ersten Sendung haben."

Jeffs Züge verhärteten sich. „Deshalb bist du also hier."

„Deshalb – und weil ich dich wiedersehen wollte."

Sein Blick wurde verächtlich. „Ich soll glauben, dass dir das zufällig genau dann einfällt, wenn du mich zufällig für eine Sendung brauchst? Das ist doch wohl nicht dein Ernst, Andrea. Oder hältst du mich für so dumm, das zu glauben?"

„Oh, nein … Du verstehst mich nicht."

„Ich denke, doch. Aber damit keine Missverständnisse auftreten: Ist *Coral Productions* nicht für diese grauenhafte Samstagabendserie verantwortlich – *Die Macht der Leidenschaft*?"

„*Des Stolzes*", verbesserte Andrea ihn. „*Die Macht des Stolzes.*"

„Dann wundert es mich nicht, wenn ihr Schwierigkeiten habt." Andrea wollte ihm widersprechen, ließ es dann aber. „Der Grund spielt keine Rolle. Ich nehme an, dass dein Chef Bryce Cawthorne ist, habe ich recht?" Andrea nickte. „Dass er von unserer früheren Beziehung weiß und dich deshalb hergeschickt hat?"

„Er hat keine Ahnung", gab Andrea zurück.

„Natürlich nicht! Alles reiner Zufall! Du erwartest doch wohl nicht im Ernst, dass ich das glaube? Ich bitte dich, Andrea!"

„Bryce hält es für ein glückliches Zusammentreffen, dass ich mich zurzeit in Victoria aufhalte."

„Und, ist es Zufall?", wollte Jeff wissen.

Andrea wurde langsam wütend. „Es ist mir völlig egal, ob du mir glaubst oder nicht. So war es jedenfalls. Mir gefällt die Idee mit dem Interview genauso wenig wie dir. Ich bin wahrlich nicht daran interessiert, dass diese alte Sache mit uns wieder ausgegraben wird."

„Nun gut. Vielleicht erklärst du mir alles noch einmal."

„Ich bin hier, weil ich ein paar Tage Urlaub zu Hause machen wollte. Und da hat Bryce mich angerufen, weil er dich selbst nicht erreichen konnte. Ich versprach ihm lediglich, mich mit dir in Verbindung zu setzen."

„Und das ist alles?"

„Das ist alles."

„Nehmen wir also an, ich glaube dir. Und nehmen wir auch an, dass Bryce deiner Überzeugung nach nichts von unserer früheren Beziehung weiß", begann Jeff.

„Du brauchst nichts anzunehmen. Es ist so. Bryce kann nichts wissen."

„Warum nicht? Der Mann kann schließlich lesen. In der Presse wurde ja reichlich über uns berichtet."

„Aber das ist zehn Jahre her."

„Und Bryce Cawthorne hat ein vorzügliches Gedächtnis."

„Was soll das heißen?"

„Das soll heißen, dass dein Boss dich angelogen hat, schlicht und einfach. Er hat mich gestern angerufen und mir seinen lächerlichen Vorschlag unterbreitet. Ich habe abgelehnt."

Andrea spürte, wie ihr das Blut ins Gesicht stieg. Tränen brannten in ihren Augen. Wenn Bryce sie wirklich angelogen hatte, scherte er sich nicht sonderlich um ihre Gefühle. Und wenn Jeff log … Nun, das spielte keine Rolle.

„Es tut mir leid, wenn ich dir Unannehmlichkeiten bereitet habe. Hier ist meine Karte. Die zweite Nummer darauf ist die von Bryce, falls du es dir noch anders überlegst." Ihre Stimme wurde zittrig. „Es tut mir wirklich sehr leid", flüsterte sie. „Alles.

Es war wohl ein Fehler, dass ich überhaupt gekommen bin."

Andrea sah zu Jeff auf. Sie wollte sich entschuldigen und dann einfach nur vor ihm davonlaufen. Aber etwas hielt sie zurück – was? Sie wusste es nicht, und sie wollte es auch nicht wissen. Sie stand auf, aber er umfasste ihre Schulter.

„Geh noch nicht", bat er. „Wie willst du denn zurückkommen?"

„Jemand wartet mit dem Boot auf mich."

„Wer?", wollte er wissen, und seine Stimme klang plötzlich heiser.

„Der Fischer, der mich auch hergebracht hat." Sie sah auf die Uhr. „Ich muss jetzt wirklich gehen. Sonst ist er weg." Sie versuchte verzweifelt, seine Nähe zu ignorieren.

„Bleib." Seine Augen waren dunkel geworden.

„Ich kann nicht. Bitte, Jeff. Wenn du mich anfasst, kann ich keinen klaren Gedanken fassen."

„Das brauchst du auch nicht." Er fuhr mit dem Daumen über ihren Hals. „Hörst du den Sturm?"

Andrea schloss die Augen. Sie war völlig willenlos, und ihr ganzer Körper brannte. Und als seine Lippen sich auf ihren Mund senkten, ließ sie sich einfach in seine Arme sinken und erwiderte den Kuss mit all der aufgestauten Leidenschaft, die so viele Jahre in ihr geschlummert hatte. Ihr Herz schien sich überschlagen zu wollen, und ihr war außer Jeff nichts mehr wichtig.

Er massierte ihren Rücken, und sie bekam eine Gänsehaut, als er ihr die Bluse aus dem Rock zog und sie seine Hand auf ihrer Haut spürte. Wenn sie nicht bald etwas unternahm, war es zu spät.

„Das ist Wahnsinn", flüsterte sie an seinem offenen Mund.

„Ich weiß."

Andreas Knie wurden schwach. Jeff zog sie auf den dicken weichen Teppich hinunter.

„Ach, Andrea", stöhnte er. „Es ist so lange her, so schrecklich lange …" Er strich mit den Lippen über ihren Hals, fuhr ihr mit den Händen in die feuchten Haare.

Sie schlang die Arme um ihn. Alles fühlte sich so wunderbar, so richtig an: sein Körper auf ihrem, der Hunger nacheinander, die Wärme aus dem Kamin, das innere Glühen, der Sturm …

Er flüsterte ihr Versprechungen ins Ohr, strich mit den Lippen über ihre Wangen, ihre Augen, über ihren Hals. Mit der Zungenspitze fuhr er die Konturen ihres Mundes und ihres Kinns nach, knabberte an ihrem Ohrläppchen. Und ohne darüber nachzudenken, wölbte Andrea sich ihm entgegen, lud ihn ein, mehr zu wagen.

Mit einem Aufstöhnen ließ Jeff die Hände höher gleiten und legte sie liebkosend um ihren Busen. Ihre Brustspitzen reagierten sofort. „Ich will dich lieben", flüsterte er.

„Bitte", flehte sie. „Bitte, Jeff …" Ihr Atem kam abgerissen. „Ich brauche dich, Jeff …"

Jeff wusste, dass er sich beherrschen sollte. Er wusste nur zu gut, wie verletzlich er war, wenn es um Andrea ging. Aber jetzt, da seine Träume, die ihn trotz all ihrer Lügen immer wieder beherrscht hatten, wahr werden sollten … Er zog ihr die Bluse über den Kopf. Einen Moment zögerte er noch und weidete sich am Anblick ihres makellosen Körpers. Sie war noch schöner als in seiner Erinnerung. Und als er ihr in die Augen sah, bekam er Lust, sie für den Rest seines Lebens zu lieben.

Aber dann kam er mit einem Ruck wieder zu sich. Warum war sie hergekommen? Was wollte sie von ihm? Benutzte sie ihn nur für ihre Zwecke? Seine Lust wurde übermächtig. Aber all diese Lügen in der Vergangenheit, die langen Jahre, die seit ihrem letzten Zusammentreffen verstrichen waren, retteten ihn.

Andrea sah ihn an, und sie spürte, was in ihm vorging, noch bevor er sich von ihr löste.

„Wir müssen uns unterhalten", sagte er mit einem Seufzer. „Irgendwie müssen wir die alten Probleme vom Tisch bekommen."

„Glaubst du denn, dass wir das können?" Sie fühlte sich mit einem Mal völlig leer.

„Ich weiß es nicht. Ich weiß es einfach noch nicht."

*I*ch muss gehen." Andrea zog ihren Pullover herunter. Jeff machte keinen Versuch, sie daran zu hindern. Er sah in eine unbestimmte Ferne, offenbar in wehmütigen Erinnerungen verloren.

„Die Überfahrt ist bei dem Wetter viel zu gefährlich", sagte er dann. „Ich möchte nicht mit daran schuld sein, wenn dir etwas passiert."

„Mach dir um mich keine Sorgen."

Jeff sah sie aus schmalen Augen an. „Ich denke, wir beide sollten uns endlich einmal unterhalten. Das ist längst überfällig."

„Aber ich habe dem Fischer gesagt, dass ich in einer Stunde zurück bin."

Jeff sah auf die Uhr. „Das hast du ohnehin schon um zwanzig Minuten verpasst."

Andrea schickte sich an, aufzustehen. „Du hast Bryces Karte, und ich wäre dir dankbar, wenn du ihn anrufen würdest. Sieh es als Gefallen mir gegenüber."

Jeff hielt sie am Handgelenk fest. „Ich wüsste nicht, dass ich dir einen Gefallen schuldig wäre."

Andrea biss sich auf die Unterlippe. Alles in ihr drängte sie, zu bleiben, aber gleichzeitig ahnte sie, dass es ihr später nur um so schwerer fallen würde, Jeff wieder zu verlassen.

Er ließ den Daumen aufreizend über die Innenseite ihres Unterarms streichen. „Gib es zu: Du würdest gern bleiben."

„Und was soll dabei herauskommen?"

„Was … möchtest du denn?"

„Ich … ich dachte, wir könnten zumindest wieder Freunde werden."

„Und mehr als ,zumindest'?", fragte er herausfordernd.

Andrea wandte den Blick ab und sah ins Feuer. „Ich weiß es nicht", gestand sie.

„Dann lass es uns herausfinden. Bleib hier."

„Ich kann nicht." Das klang so endgültig, dass Jeff ihr nicht mehr widersprach. Er zog sich abrupt von ihr zurück.

„Wie du willst."

Andrea fühlte hilflose Wut in sich aufsteigen. Er wusste genau, dass sie nicht gehen wollte, und doch versuchte er nicht, sie zurückzuhalten.

Jeff sah unbewegt zu, wie sie schweigend in ihren Regenmantel schlüpfte. Die alte Sehnsucht brannte immer noch in ihm, aber er fand es gleichzeitig unmöglich, sein Misstrauen zu überwinden. Andrea erschien ihm verletzlich, sensibel, fühlte sich offenbar auch noch zu ihm hingezogen. Aber er durfte nicht vergessen, dass sie ihn schon einmal verlassen hatte. Er konnte nicht glauben, dass sie nach zehn Jahren des Schweigens zu ihm gekommen war, ohne sich etwas davon zu versprechen. Sie war nicht die Frau, die sich einem Mann so ohne Weiteres hingab. Und doch hatte sie gar nicht den Versuch gemacht, ihn abzuwehren. Sie war ganz offenkundig enttäuscht gewesen, als er seine Zärtlichkeiten so unvermittelt abgebrochen hatte.

Andrea zupfte verlegen an ihrem Mantel und zog den Gürtel zu. Sie spürte Jeffs Blick auf sich, aber sie weigerte sich, ihn anzusehen. Wie hatte sie ihm nur so leicht nachgeben können? Natürlich, sie fühlte sich noch zu ihm hingezogen, noch genauso wie vor zehn Jahren. Aber seitdem war sie zehn Jahre älter und hoffentlich auch klüger geworden und hatte aus ihren Fehlern gelernt.

Wortlos begleitete Jeff sie hinaus. Es war dunkel geworden, und der Weg war nur schwer zu erkennen. Zweimal stolperte Andrea über Baumwurzeln und stürzte nur nicht zu Boden, weil Jeff sie rechtzeitig festhielt. Stürmischer Wind fegte über die Insel. Er war eiskalt und salzig und blies ihr winzige Sandkörnchen ins Gesicht und zerrte an ihren Haaren.

Die Stufen zum Strand hinunter waren rutschig, und Andrea war dankbar für das Geländer an der Seite, als sie sich vorsichtig hinuntertastete. Endlich spürte sie weichen nassen Sand unter den Füßen. Das kleine Fischerboot lag immer noch am Steg.

„Bildest du dir im Ernst ein, dass ihr es bei dem Wetter nach Victoria schafft?", rief Jeff hinter ihr her.

„Ich habe keine andere Wahl", gab sie zurück.

„Du kannst warten, bis der Sturm sich gelegt hat." Andrea schüttelte störrisch den Kopf, und Jeff packte sie an den Oberarmen und schüttelte sie. „Verdammt, Andrea, sei doch ein Mal vernünftig. Bleib hier – wenigstens, bis das Wetter besser ist."

Sie zögerte, und genau in diesem Augenblick schlug donnernd eine hohe Welle an den Bootssteg. Eisige Gischt ging über Andrea nieder.

„Es reicht! Du wirst nicht fahren", entschied Jeff in einem Ton, der keinen Widerspruch duldete. „Ich wollte dir deinen Willen lassen, wenn du meinst, dass du unbedingt deinen Dickkopf durchsetzen musst, aber es ist einfach zu gefährlich." Er kümmerte sich gar nicht um ihren Protest. „Ich werde mit dem Fischer reden. Du wartest solange hier."

Bevor Andrea widersprechen konnte, war Jeff schon im Boot verschwunden. Sekunden später tauchte er wieder auf, das Gesicht voller Abscheu verzogen. „Dein Freund wäre ohnehin nicht mehr weit gekommen. Er ist völlig betrunken."

Es dauerte eine scheinbare Ewigkeit, bis sie in dem eisigen Wind das Haus wieder erreicht hatten. Andrea war völlig durchgefroren und der Erschöpfung nahe.

„Ich hätte dir mehr Verstand zugetraut", meinte Jeff, nachdem er die schwere Tür hinter ihnen geschlossen hatte.

„Darf ich fragen, was das heißen soll?", erkundigte Andrea sich hitzig.

„Das soll heißen, dass du nicht nur ausgerechnet bei diesem Wetter kommen musstest, sondern dir als Bootsführer auch noch einen Trunkenbold ausgesucht hast."

„Die Auswahl war nicht besonders groß."

„Hättest du nicht wenigstens warten können, bis der Sturm abgezogen ist?", fuhr er sie an.

„Ich …" Die Stimme versagte ihr. „Ich hatte Angst."

„Wovor? Vor dem Sturm offenbar nicht."

Sie holte tief Atem. „Nein."

„Wovor dann?", fragte er grollend. Er packte sie am Ellbogen und schob sie ins Wohnzimmer. Dann holte er einen rostfarbenen Frotteebademantel aus einem Schrank gleich neben der

Bar. „Hier, zieh das an." Er betrachtete sie von oben bis unten. „Ich sehe nach, ob ich Pantoffeln für dich finde." Ein Gedanke kam ihm. „Dort drüben steht ein Telefon, falls du jemanden anrufen willst." Er sah sie forschend an, aber sie antwortete nicht. „Wenn du etwas trinken willst, weißt du ja, wo du alles findest." Sein Gesichtsausdruck wurde etwas weicher. „Du kannst mir auch schon einmal einen Bourbon einschenken."

Andrea zog ihre nassen Sachen aus und hängte sie vor den Kamin. Dann schlüpfte sie in den viel zu großen Bademantel und zog den Gürtel fest zu. Die Ärmel musste sie ein ganzes Stück hochrollen, um die Hände freizubekommen. Sie schenkte zwei Gläser Bourbon ein und seufzte dabei. Was war mit ihr und Jeff geschehen? Wie hatte es zu diesen bitteren Gefühlen zwischen ihnen kommen können?

Ein Zittern durchlief sie, und sie ging an den Kamin zurück und legte Holz nach. Dann kuschelte sie sich in den alten Ledersessel und zog die Füße hoch. Der schwache Duft von Jeffs Rasierwasser stieg ihr aus dem Bademantel in die Nase, und auf einmal kamen die Erinnerungen zurück …

Es war ein langer, sehr warmer Frühling gewesen, wie er selbst für Südkalifornien ungewöhnlich war. Andrea hatte sich auf die Ferien bei ihren Eltern in Virginia gefreut. Sie war in einer merkwürdig ruhelosen Anspannung gewesen.

Daran war nicht nur die Hitze schuld, sondern vor allem der gnadenlose Krieg, der in Vietnam tobte. Ihr älterer Bruder Martin stand kurz vor dem Studienabschluss und würde aller Voraussicht nach eingezogen werden.

Ende Mai hatten die Studenten, Andrea und Martin unter ihnen, für die Beendigung des Krieges demonstriert und heftige Diskussionen mit Politikern geführt.

Bei einer dieser Diskussionsveranstaltungen hatte Andrea Jeff zum ersten Mal gesehen. Damals war er noch ein junger Anwalt mit guten Aussichten auf einen Sitz im Senat von Kalifornien gewesen – der jüngste Kandidat, der von seiner Partei je aufgestellt worden war. Er hatte ihr sofort gefallen, weil er irgendwie anders war. Mit seinen gerade erst sechsundzwanzig Jahren war Jeff Harmon bereits ein bekannter Mann in Kalifornien. Selbst aus der Entfernung spürte Andrea die magische Anziehungskraft, die von ihm ausging. Wenn er lächelte, dann hatte sie das Gefühl, als gelte dieses Lächeln nur ihr allein.

Die Studenten bombardierten ihn mit Vorwürfen und Fragen, und dabei tat sich Martin besonders hervor. Und immer wenn Jeff ihn mit Blicken suchte, blieb er an Andrea hängen – das bildete sie sich zumindest ein. Sie war wie hypnotisiert von seiner Art zu reden, zu argumentieren, seinen Gegnern Widersprüche aufzuzeigen. Längst hatte er die Jacke ausgezogen und den obersten Hemdenknopf geöffnet.

Endlich war die Veranstaltung vorüber. Jeff Harmon hängte sich sein Jackett über die Schultern und verließ das Podium.

„Komm, Andrea", sagte Martin. „Vielleicht können wir mit dem Typen persönlich reden."

„Mit was für einem Typen?", fragte sie ein wenig atemlos.

„Harmon. Leute wie er treffen die Entscheidungen, die wir dann ausbaden müssen."

„Ich kann mir nicht vorstellen, dass Staatssenatoren besonders viel Einfluss haben", widersprach Andrea.

„Irgendwo muss man anfangen", meinte Martin und machte sich mit ein paar Freunden auf die Suche nach Jeff. Andrea folgte ihm. Sie war nicht unbedingt begeistert von Martins Aktivitäten, aber sie hoffte darauf, einen näheren Blick auf Jeff Harmon werfen zu können.

Jeff war unterwegs zu seinem Wagen. Martin hielt ihn auf. „He, Harmon. Wie wäre es, wenn Sie einmal geradeheraus sagten, was Sie wirklich meinen, und nicht nur um den heißen Brei herumredeten?"

Jeff lächelte ein wenig. „Persönlich halte ich nichts vom Krieg – von keinem Krieg." Er warf seine Jacke auf den Rücksitz seines Wagens. „Aber ich fürchte, ich habe nicht sehr viel Einfluss auf die Entscheidungen des Kongresses."

„Lauter leere Phrasen", erklärte ihm Martins Freund Dave verächtlich.

„Was ist mit Ihrem alten Herrn?", wollte Martin wissen. „War er nicht bei der Armee?"

„Er war Major." Jeffs Augen waren dunkel geworden.

„Meines Wissens hat er ganz schön Geld gescheffelt. Was ist das wohl für ein Gefühl, zu wissen, dass der Alte seine Kohle mit dem Tod anderer Menschen verdient hat?"

„Hör endlich auf, Martin", zischte Andrea und versuchte ihren Bruder wegzuzerren.

„Sie sollten auf Ihre Freundin hören", riet Jeff Martin und ließ den Motor an. „Sie haben ja nicht die geringste Ahnung, wovon Sie überhaupt reden." Damit gab er Gas und fuhr davon.

Martin stampfte frustriert mit dem Fuß auf. „Er ist genauso wie alle anderen. Politiker sind alle gleich."

Andrea erwiderte nichts darauf. Sie kniff die Augen gegen die gleißende Sonne zusammen und sah Jeff nach, bis sie ihn nicht mehr erkennen konnte.

Es war im selben Sommer, als Andrea Jeff wiedertraf. Sie hatte ihn einfach nicht vergessen können. Martin hatte versucht, seine Einberufung hinauszuzögern, hatte aber kein Glück gehabt. Jetzt musste er sich innerhalb der nächsten beiden Wochen melden, wenn er keine Strafe riskieren wollte. Zwar hatte er sich noch hastig als Kriegsdienstverweigerer registrieren lassen, aber das half ihm nicht mehr viel.

Andrea hielt sich zu der Zeit im Haus ihrer Eltern auf. Die Universität begann erst wieder in drei Wochen, und sie blieb lieber hier auf Vancouver Island statt in der brütenden Hitze von Los Angeles.

Sie schlenderte über den bunten Gemüse- und Fischmarkt von Granville Island, als sie plötzlich das Gefühl hatte, als würde sie beobachtet. Aber sie konnte niemanden entdecken. Offenbar hatte sie sich geirrt.

In ihrem Korb lagen bereits mehrere Sorten Gemüse, ein frisches Brot und Käse, und sie prüfte gerade das Angebot an Muscheln, als dieses Gefühl, beobachtet zu werden, wiederkam. Sie hob den Kopf und sah mitten in zwei haselnussbraune Augen.

Sie gehörten Jeff Harmon.

Er trug abgewetzte alte Jeans und einen dünnen Baumwoll-pulli, der seine Muskeln mehr betonte als verhüllte. Andrea schätzte ihn auf nicht größer als einen Meter achtzig, und doch schien er auf merkwürdige Weise über alle anderen Besucher des Marktes hinauszuragen. Sie nahm die Autogeräusche, das markt-schreierische Anpreisen der Waren, das Tuten der Fähre im Hin-tergrund kaum noch wahr, als Jeff sie jetzt ansprach. Ihr war, als wäre sie ganz allein mit ihm auf der Welt.

„Sie sind Andrea Monroe", stellte er fest und betrachtete sie ausgiebig.

Andrea sah zu ihm auf. „Richtig." Sie fühlte sich in seiner Ge-genwart unglaublich jung und linkisch. Er konnte zwar nur ein paar Jahre älter sein als sie, aber an Erfahrung war er ihr meilen-weit voraus. Sie brachte ein Lächeln zustande.

„Sie waren im Mai mit Ihrem Bruder bei der Demonstration."

„Woher wissen Sie das?", fragte sie. Über ihrer Nasenwurzel hatte sich eine steile Falte gebildet.

„Ihr Bruder macht eine Menge Lärm. Das fällt auf."

„Was soll das heißen?" Andrea spürte, wie ihr kalt wurde. „Spioniert man ihm nach?", fragte sie empört.

Jeff lächelte. „Sie schauen sich offenbar zu viele Krimis an. Nein, Ihrem Bruder wird nicht ‚nachspioniert' – jedenfalls ist mir nichts davon bekannt." Er nahm zwei Äpfel von einem Stand, bezahlte und gab einen davon Andrea. Den anderen polierte er an seinen Jeans.

„Woher kennen Sie ihn dann?" Andrea gab nicht nach.

„Abgesehen davon, dass er mir fast ein Dutzend Briefe ge-schrieben hat – nicht gerade Fanpost, wenn ich das sagen darf – und auf dem Campus ziemlich prominent ist, habe ich mich be-müht, mehr über ihn herauszufinden."

„Sie haben ihm also doch nachspioniert!"

„Und Sie haben eine sehr lebhafte Fantasie." Er schien be-lustigt.

„Wie würden Sie es denn nennen?"

„Neugier."

29

„Und warum?" Sie wusste nicht, ob sie ihm glauben sollte. Er schien nur mit ihr zu spielen.

„Kommen Sie", sagte er, und sein Lächeln war unwiderstehlich. „Ich werde Ihnen alles erklären. Anschließend können Sie mir dann erzählen, was ein schönes Mädchen wie Sie hier zu suchen hat."

„Es wundert mich, dass Sie das nicht wissen", gab sie mit kaum verhohlenem Sarkasmus zurück.

Andrea mochte es noch so sehr vor sich selbst leugnen, aber sie fühlte sich von diesem Mann einfach angezogen, ob sie wollte oder nicht. War es sein Aussehen? Sein Charme? Seine lachenden haselnussbraunen Augen? Er war mitfühlend, das spürte sie, aber zugleich hatte sie eine Ahnung, dass es gefährlich für sie sein konnte, ihn näher kennenzulernen. Zugleich ärgerte es sie, dass er hinter Martin herspürte. Vielleicht hatte ihr Bruder doch recht. Vielleicht war Jeff Harmon ein Politiker wie alle anderen auch.

„Im Sommer lebt Ihre Familie hier, nicht wahr?", sagte er jetzt. Er nahm sie leicht am Ellbogen und schob sie durch die Menge.

„Sie haben Ihre Hausaufgaben offenbar gut gemacht", erwiderte sie kalt.

Jeff biss mit einem breiten Lächeln in seinen Apfel. Eine warme, nach Tang duftende Seebrise blies über die Bucht. Sie wehte Andrea das wellige schwarze Haar aus dem Gesicht und drückte das dünne Kleid gegen ihre nackten Beine.

„Sie wissen also offenbar, warum ich hier bin", sagte sie. „Und Sie? Was bringt Kaliforniens Sonnenjungen an die nördlichen Strände von Victoria?"

„Der Urlaub", antwortete er einfach.

„Und den verbringen Sie ausgerechnet hier in Vancouver?", fragte sie zweifelnd.

Der Wind hatte Jeffs Haar zerzaust. „Meine Familie hat hier eine Insel mit einem großen Haus. Dort wollte ich ein ruhiges Wochenende verbringen."

„Allein?" Andrea hielt unwillkürlich den Atem an.

„Überrascht Sie das?"

„Nein … Aber ich finde es merkwürdig, dass jemand, der seine

Ruhe will, ausgerechnet hier auf diesem Markt herumläuft."

„Ich muss ja schließlich auch essen", meinte er milde.

Andrea wurde ganz schwach unter seinem Blick, aber tapfer sagte sie: „Trotzdem halte ich es für einen merkwürdigen Zufall, dass Sie ausgerechnet mir über den Weg laufen."

„Und jetzt sind Sie misstrauisch."

„Das habe ich nicht gesagt."

„Aber gedacht." Er warf den Rest seines Apfels in einen Abfalleimer. „Daran ist nichts Merkwürdiges. Ich bin Ihnen über den Weg gelaufen, weil ich es wollte. Ich überlasse selten etwas dem Zufall, und ich wollte Sie kennenlernen. Also bin ich Ihnen hierher gefolgt."

„Warum?", fragte Andrea fassungslos.

„Ehrlich gesagt, ich weiß es selbst nicht so genau. Vielleicht kann ich einfach nicht glauben, dass Ihr Bruder eine so schöne und bezaubernde Schwester hat. Außerdem würde ich Sie gern zum Essen einladen."

„Danke", brachte Andrea mit Mühe hervor. „Das ist sehr nett von Ihnen, aber es geht nicht." Dabei wusste sie in ihrem Herzen, dass sie nichts lieber getan hätte, als einen Abend mit Jeff Harmon zu verbringen. Aber es war eine verrückte Idee, und sie war zum Glück intelligent genug, das zu erkennen.

„Sie wollen sich tatsächlich ein Abendessen und einen Ausritt bei Abendrot auf Harmon Island entgehen lassen?", fragte Jeff ein wenig ungläubig. Offenbar war er nicht daran gewöhnt, dass man ihm eine Abfuhr erteilte.

„Es ist besser so." Noch zögerte sie, und das schien er zu spüren. „Hören Sie, Mr Harmon ..."

„Jeff", sagte er und berührte ihren nackten Oberarm mit den Fingerspitzen. Andrea spürte, wie ihr am ganzen Körper heiß wurde. Die Ader an ihrem Hals begann zu pochen. Natürlich entging ihm das nicht.

„Jeff", brachte sie mit Mühe hervor.

„Haben Sie schon etwas anderes vor?"

„Nein."

„Dann haben Sie vielleicht Angst vor mir?"

„Nein, aber …"

„Aber was?"

„Ich kenne Sie doch gar nicht!", stieß sie hervor.

„Und Sie werden mich auch nie kennenlernen, wenn Sie nicht ein bisschen Mut aufbringen. Was meinen Sie?"

„Also gut", sagte sie atemlos. Sie konnte keinen klaren Gedanken mehr fassen. Dieser Mut sah ihr gar nicht ähnlich. Was wusste sie schon von dem Mann?

Die Fahrt zu seinem Haus, die Überfahrt zur Insel nahm Andrea im Grunde gar nicht richtig wahr. Gleichzeitig hatte sie das unangenehme Gefühl, dass sie vielleicht den größten Fehler ihres Lebens beging. Andererseits war es vielleicht die größte Chance, die ihr je geboten wurde. Es war ein Abenteuer, in das sie sich begab, und es war ganz und gar unsicher, wie es ausgehen würde.

Auf der Fahrt in dem schnellen Motorboot auf dem klaren blauen Wasser hatte Andrea das Gefühl, als würde sie Jeff schon ihr Leben lang kennen.

4. KAPITEL

*A*ndrea war gegen Jeffs Charme machtlos. Seine Stimme war tief, weich und sehr verführerisch, und er folgte mit Blicken jeder ihrer Bewegungen. Nach dem Essen nahm er sie an der Hand und führte sie hinters Haus zu den Ställen. Ein großer kastanienbrauner Wallach mit einer weißen Blesse auf der Stirn hob bei ihrem Eintritt den Kopf und stellte die Ohren auf.

„Reiten Sie?", fragte Jeff.

„Ein bisschen."

„Auch ohne Sattel?"

„Bis jetzt noch nie." Sie betrachtete das große Tier skeptisch.

„Dann wird es höchste Zeit", entschied Jeff und schob dem Wallach das Zaumzeug über die Nase. „Es ist ganz leicht, und es gibt kein besseres Pferd dafür als den guten alten Monarch." Er tätschelte ihn liebevoll am Hals und führte ihn dann vor den Stall.

„Ich weiß nicht." Andrea zögerte noch.

„Keine Angst. Sie brauchen sich einfach nur an mir festzuhalten", beruhigte Jeff sie. Belustigung stand in seinem Blick – und kaum unterdrückte Lust. Andrea spürte, wie sie ganz unmittelbar darauf reagierte.

„Sie wollen damit doch nicht sagen, dass wir zu zweit auf ihm reiten?", fragte sie und beäugte das Pferd noch misstrauischer.

Jeff lächelte nur und schwang sich mit einem eleganten Satz auf den Pferderücken. Monarch schnaubte nur kurz. Andrea streckte Jeff die Arme entgegen und hielt unwillkürlich den Atem an, als ihre Hände sich ineinander verschränkten. Wovor fürchtete sie sich – vor dem Pferd oder vor dem Mann? Mit einem unerwartet kräftigen Ruck hob Jeff Andrea hinter sich. Das Kleid rutschte ihr bis zu den Hüften hoch, und sie spürte die warmen weichen Pferdeflanken unter ihren nackten Schenkeln.

Jeff lockerte die Zügel und trieb das Pferd vorwärts. Mit der freien Hand drückte er Andreas Arm an seine Taille. Sie ritten langsam an der Koppel vorbei zum bewaldeten wilden Teil der Insel. Andrea hatte beide Arme um Jeffs sehnigen Körper gelegt, ihre Beine berührten seine in ihrer ganzen Länge. Ihr Herz klopfte wie wild, und ihr Atem ging unregelmäßig.

Der Wald schloss sich um sie. Die Strahlen der schon sinkenden Nachmittagssonne wurden durch Äste und Laub gefiltert und tauchten den Wald in ein ganz unwirkliches Licht. Bis hierher konnte man das gedämpfte Klatschen der Meereswellen an den steilen Felsen hören. Bald öffnete der Wald sich wieder, und der Strand lag vor ihnen.

Monarch hob den Kopf, und seine Nüstern bewegten sich nervös. Er schien auf etwas zu warten. Und dann kam ein kurzer Schenkeldruck von Jeff, und das Pferd fiel in einen mächtigen Galopp. Sie flogen am Rande der Brandung entlang, und Andrea spürte den feinen Gischtregen auf ihrer nackten Haut.

Sie ritten auf die untergehende Sonne zu. Andrea hatte den Kopf Schutz suchend an Jeffs Rücken gelegt, ihr langes schwarzes Haar flatterte im Wind. Mit jedem Atemzug wuchs ihre Erregung.

In halsbrecherischem Tempo rasten sie den ganzen Strand entlang, bis es wieder einen steilen Weg hinaufging. Monarch schien den Weg gut zu kennen. Schließlich hielt Jeff ihn an. Er stieg ab und half dann Andrea. Seine Arme schlossen sich um sie, und einen Augenblick lang streiften sie ihren Busen. Ein Zittern durchlief sie, und er ließ sie schnell wieder los.

Sie traten nebeneinander an den Klippenrand, und Jeff zeigte Andrea ein Schiff am Horizont. „Hier habe ich früher immer gewartet", sagte er, und seine Stimme klang rau dabei.

„Worauf?"

Er gab einen undefinierbaren Laut von sich. Es klang fast, als verachtete er sich selbst. „Auf meinen Vater. Er kam nie."

Andrea rückte unwillkürlich ein Stückchen näher zu ihm. Nie hätte sie sich vorgestellt, dass auch er den Schmerz der Einsamkeit kennengelernt hatte. Die Sonne war untergegangen, und der Abendhimmel leuchtete in glühendem Orange und Rot. Er spiegelte sich im ruhigen Wasser des Pazifiks.

Ein Beben ging durch Andreas Körper, als Jeff ihr jetzt die Hände auf die Schultern legte und sie zu sich umdrehte. „Andrea", flüsterte er und neigte langsam den Kopf. Seine Stimme klang rau, und seine Finger waren unstet, als er sie um ihr Kinn legte.

Sie sah ihn sehnsüchtig an. Ihre Unterlippe begann zu zittern, und sie befeuchtete sie mit der Zungenspitze. Jeff schloss einen winzigen Moment die Augen und zögerte noch ganz kurz. Und dann zog er sie zärtlich und leidenschaftlich zugleich an sich und strich mit den Lippen über ihren Mund. Sie schmeckten nach Meer und Wind und schienen ganz andere, noch köstlichere Freuden zu versprechen. Andrea bog den Kopf zurück und gab sich seinem Kuss ganz hin. Mit einem Seufzer öffnete sie ihm den Mund.

Jeff löste sich atemlos von ihr. „Ich muss den Verstand verloren haben."

„Was ist denn?", fragte Andrea verständnislos.

Er stieß einen Stein fort und rieb sich den Nacken. Seine Züge waren grimmig. „Nichts", behauptete er fast unfreundlich. „Wir sind auf einer einsamen Insel, ganz allein, du kannst nicht viel älter als zwanzig sein, und ich kann an nichts anderes denken, als dich zu verführen. Was soll schon sein?" Er stieß eine unverständliche Verwünschung aus.

„Das ist doch nicht schlimm", meinte Andrea unschuldig.

„Ich glaube, du verstehst das nicht ganz." Er kam wieder näher und fuhr ihr mit dem Zeigefinger aufreizend über den Arm. „Von dem Augenblick an, in dem ich dich zum ersten Mal gesehen habe, habe ich dich begehrt, wollte mit dir schlafen. Das Interesse an deinem Bruder war nur ein Vorwand, um dich zu finden. Ich hatte schon Angst, dass ich verrückt werde vor Sehnsucht." Seine Hand schloss sich fest um ihren Oberarm. „Ich finde einfach keine Ruhe, bis ich dich lieben kann."

Andrea lächelte ihn an, und das schien ihn noch mehr zu quälen.

„Hörst du nicht, was ich sage?" Er schüttelte sie leicht. „Ich versuche dir beizubringen, dass ich mit dir schlafen will."

„Ja, ich weiß."

Er schüttelte verärgert den Kopf. „Warum bist du dann mitgekommen?", wollte er wissen. „Oder macht es dir Spaß, mich zu quälen?"

Andrea senkte die Augenlider und lehnte sich an ihn. „Ich quäle dich nicht."

„Andrea", stöhnte er. Er schloss die Arme um sie und hielt sie fest. „Wenn du nur wüsstest." Er versteckte das Gesicht in ihrem Haar. Dunkelheit hatte sich auf die Insel gesenkt, und Licht spendete nur noch der blass schimmernde Halbmond. „Du verstehst es nicht."

Doch, dachte sie. Aber du spürst es nicht. Ich liebe dich, Jeff. Andreas Herz schlug wie wild gegen ihre Rippen, und ihr war am ganzen Körper heiß. Ein Gefühl schlummerte in ihr, das mit aller Macht nach außen drängte.

„Ich verstehe es sogar sehr gut ..."

Unausgesprochene Worte hingen schwer zwischen ihnen. Andrea hörte Jeffs Herz klopfen, und sie spürte, wie die Selbstkontrolle ihn langsam verließ.

Ihre Lippen fanden sich zu einem neuen Kuss. Andrea konnte keinen klaren Gedanken mehr fassen, und die Knie drohten unter ihr nachzugeben. Wieder löste Jeff sich von ihr und betrachtete ihr Gesicht im silbernen Mondschein. Er sah sie forschend an, suchte nach Zweifeln in ihrem Blick. Er fand keine.

„Andrea, ich brauche dich so sehr", stöhnte er und schloss die Augen.

Sie zögerte nur ganz kurz. Dann trat sie, ohne den Blick von ihm zu lösen, einen Schritt zurück und löste mit unsicheren Fingern das schmale Satinband, das das Oberteil ihres Kleides festhielt. Sie spürte die kühle Seeluft auf ihrer nackten Haut, als der dünne Stoff hinunterglitt.

Jeff stand ganz still und sah sie nur an. Im silbrigen Mondlicht schien sie das Bild der Unschuld zu verkörpern. Ihre Brüste waren rund und fest, und der Wind wehte ihr das lange Haar aus dem Gesicht.

„Du weißt nicht, was du tust", sagte er rau.

Andrea spürte, wie das Blut ihr in die Wangen schoss, aber sie erwiderte seinen Blick ganz ruhig. „Das weiß ich sehr gut."

Jeff schluckte. „Andrea", flüsterte er, „ich glaube nicht, dass …" Ein gequälter Ausdruck verdüsterte seine Miene. „Es tut mir leid. Ich weiß nicht, was in mich gefahren ist."

Die Farbe wich aus ihrem Gesicht, als langsam in ihr Bewusstsein drang, was er gesagt hatte. Er wies sie zurück. Er hatte nur ein wenig mit ihr gespielt, sonst nichts. Vermutlich hatte er viele Frauen, alle reifer und gewandter als sie. Seine Zärtlichkeiten hatten nichts bedeutet, sie hatten nichts mit ihr zu tun gehabt.

Tränen brannten in ihren Augen, und sie senkte den Blick, um ihn nicht anschauen zu müssen. Fahrig versuchte sie ihr Kleid wieder hochzuziehen und das Band zu schließen.

„Lass dir helfen."

„Nein!" Sie wich mit einer heftigen Bewegung zurück, als er die Hand nach ihr ausstreckte. Vergebens versuchte sie ein Aufschluchzen zu unterdrücken.

„Andrea?"

Sie drehte ihm den Rücken zu und schloss die Augen. Sie wollte nicht weinen, aber der Schmerz über seine Zurückweisung war zu groß. Unterdrücktes Schluchzen schüttelte ihre Schultern.

„Ach, Andrea", seufzte Jeff, aber Mitleid war das Letzte, was sie von ihm wollte. „Es tut mir so leid."

„Was tut dir leid?", fuhr sie ihn mit zittriger Stimme an. „Dass du mich hergebracht und versucht hast, mich zu verführen? Oder … oder dass es dir nicht gelungen ist?"

„Was?" Das klang aufrichtig verwirrt.

„Du hast mich sehr gut verstanden", gab sie bitter zurück. Endlich gewann ihr Ärger die Oberhand. „Für dich war das alles nur ein Spiel, nicht wahr?"

„Andrea, nein …"

„Und ich war so dumm, darauf hereinzufallen. Du wolltest mich nur in Verlegenheit bringen, habe ich recht?"

„Wovon redest du überhaupt?", fragte er verständnislos.

Sie drehte sich wieder zu ihm um. „Ich rede davon, dass ich Martin Monroes Schwester bin und du mich dazu benutzt, ihm eins auszuwischen."

„Das könnte ich niemals!"

„Dann verstehe ich überhaupt nichts mehr", flüsterte sie unglücklich. „Warum dann das alles?"

„Andrea, ich habe nur versucht, mich zu beherrschen."

„Das ist dir ja offenbar nicht schwergefallen", gab sie verärgert zurück. Sie wusste, dass sie ihm gegenüber nicht gerecht war, aber das war ihr gleichgültig.

„Vielleicht ist es mir sogar schwerer gefallen als je etwas in meinem Leben", sagte er leise.

Wieder begannen die Tränen ihr übers Gesicht zu laufen, sie drehte sich um und rannte den Klippenweg entlang und von ihm fort. Sie wusste selbst, dass sie sich völlig unvernünftig verhielt, aber sie musste einfach Abstand gewinnen, musste nachdenken und sich darüber klar werden, was mit ihr geschah.

Sie stolperte über eine Wurzel und wäre gestürzt, hätte Jeff sie nicht aufgefangen. Gemeinsam fielen sie zu Boden.

„Was denkst du nur von mir, Andrea?", wisperte er.

Seine Nähe drohte sie zu überwältigen. „Ich weiß nicht mehr, was ich denken soll", gestand sie fast unhörbar.

Er wischte ihr zart eine kleine Träne von der Wange. Dann barg er mit einem Aufstöhnen das Gesicht in ihrem Haar. Andrea seufzte. „Was soll ich nur mit dir anstellen?", murmelte er.

Liebe mich, bat sie stumm, als er mit den Lippen über ihre Stirn und die Augen strich.

Er schmeckte ihre salzigen Tränen, und ein Ausdruck von Schmerz flog über seine Züge. „Nicht weinen, Liebes", sagte er leise und suchte nach ihrem Mund. „Du sollst nicht meinetwegen weinen." Und dann küsste er sie. Sanft schob er die Zunge in ihren Mund und bewegte sie aufreizend hin und her.

Andrea schlang die Arme um seinen Hals und gab sich ganz den ekstatischen Gefühlen hin, die er in ihr auslöste. Sie wehrte sich nicht, als er ihr Kleid öffnete. Der Sand unter ihr war weich und kühl. Jeff löste sich ein wenig von ihr, um sich am Anblick ihres nackten Busens zu weiden. Ihre Brustspitzen wurden hart unter seinem Blick, und Scheu und Erregung zugleich überfluteten sie. Ihre Haut schimmerte rosig im Mondschein.

Jeff konnte sich gar nicht sattsehen. Sein Blick war eine einzige Liebkosung, streichelte sie am ganzen Körper. Wenn er noch Zweifel daran hatte, ob er wohl ganz bei Verstand war, dann schob er sie endgültig beiseite, als er die Hingabe in Andreas Augen sah. Er strich mit der Fingerspitze langsam über ihren Hals. Es war eine ganz leichte Berührung, aber sie lähmte Andrea am ganzen Körper und machte sie unfähig, sich zu bewegen. Als sie endlich glaubte, die Spannung nicht mehr aushalten zu können und ihre Lust hinausschreien wollte, hatte er ihre Brust gefunden und begann damit zu spielen.

Ein tiefer Seufzer löste sich aus ihrer Kehle, und sie tastete mit den Händen nach seinem Hemd und zerrte es aus den Jeans. Er zog es mit einer schnellen Bewegung aus und warf es achtlos zur Seite. Andrea ließ die Hände an seinen Armen hinauf zu seinen muskulösen Schultern wandern. Sie empfand keine Scheu, obwohl sie noch niemals einen Mann auf diese Weise berührt hatte. Aufreizend fuhr sie mit den Fingerspitzen um seine winzigen Brustknospen.

Jeff neigte den Kopf und nahm ihre rosige Brustspitze zwischen die warmen weichen Lippen. Andrea hielt unwillkürlich den Atem an. Wellen der Lust und des Verlangens rollten über sie hinweg und erschütterten sie. Sie umfasste seinen Kopf und presste ihn noch fester an sich. Ihre Gedanken verschwammen. Sie glühte von tief innen heraus und spürte nur noch ihn. Wenn dieser Augenblick doch niemals enden würde. Ich liebe dich, dachte sie. Aber sie konnte es ihm nicht sagen.

Er bewegte die Hände rastlos über ihren Körper, und der dünne Stoff, der sie von ihm trennte, war Teil der bittersüßen Qual, die sie empfand.

„Liebe mich, Jeff", bat sie.

Er hielt einen winzigen Augenblick inne und sah ihr in die Augen. Aber er konnte keine Furcht darin entdecken, nur Aufrichtigkeit und leidenschaftliches Verlangen.

„Ich werde dich so lieben, wie es noch kein Mann vor mir getan hat." Er schob die Hände unter ihr Kleid.

„Ich war noch nie mit einem Mann zusammen." Er war ganz

still. „Stört dich das?"

Er betrachtete sie schweigend. „Bist du denn ganz sicher?", fragte er dann.

„Oh ja, Jeff. Ich bin ganz sicher." Sie zog seinen Kopf zu sich und begann ihn zu küssen.

„Ich muss den Verstand verloren haben", murmelte er, aber Andrea lag so verführerisch unter ihm, und die Nacht war so warm und wunderschön, dass er jegliche Vernunft aufgab. Erneut ließ er die Hände auf Wanderschaft gehen und entfachte die Glut stärker als zuvor.

Bald waren sie beide nackt, berührten sich, streichelten sich, umarmten sich im sanften Schein des Mondes. Als Jeff sich schließlich auf Andrea legte, hielt sie den Atem an. Er schob das Knie zwischen ihre Beine, um sie zu öffnen, und sie seufzte zufrieden auf.

Langsam und sehr sanft drang er in sie ein. Andrea gab einen kleinen Laut von sich, als sie den Schmerz spürte, aber mit seinen rhythmischen Bewegungen half Jeff ihr, diesen Schmerz zu überwinden. Und bald fühlte sie, wie sie mit ihm verschmolz. Sein Körper bewegte sich heiß und aufreizend auf ihrem, und ihr Atem wurde immer kürzer. Jeff bewegte sich jetzt schneller. Andreas Lust wuchs ins Unerträgliche und drohte sie zu verzehren, bis Jeff ihr endlich die Erfüllung schenkte, nach der es sie so verlangte.

Die Geräusche der Nacht schienen sich tausendfach verstärkt zu haben. Die rauschenden Wellen unter ihnen, das Hämmern ihrer Herzen, Jeffs abgerissener Atem …

„Weißt du eigentlich, wie schön du bist?", fragte er und strich ihr eine Haarsträhne aus der Stirn. „Es wäre sehr leicht, mich in dich zu verlieben", gestand er. „Viel zu leicht."

Andrea stieß einen zufriedenen Seufzer aus und schmiegte sich noch enger an ihn. Sie fühlte sich völlig im Einklang mit der Welt.

So hatte es angefangen.

Andrea sah versonnen in ihr leeres Glas. Fast zehn Jahre war es jetzt her, und noch immer war ihr, als wären diese warmen verführerischen Sommernächte voller Liebe und Leidenschaft, diese herrlich warmen Tage am Strand gerade erst gewesen. Wie viel hatten sie zusammen gelacht, wie wunderbar war es gewesen, in Jeffs starken Armen zu schlafen.

Sie hörte Jeff zurückkommen und sah auf. Sein Ärger schien verraucht zu sein, und der Blick, mit dem er sie jetzt ansah, war fast freundlich.

Sein Haar war feucht, offenbar hatte er schnell geduscht. In einer Hand hielt er Pantoffeln, mit der anderen balancierte er ein Tablett mit Käse, Schinken und Brot.

„Leider bin ich hier nicht auf Besucher eingerichtet", entschuldigte er sich, als er das Tablett absetzte und Andrea die viel zu großen Pantoffeln in die Hand drückte. „Ich hoffe, du hast ein bisschen Hunger?"

„Eigentlich nicht."

„Zu müde? Oder zu nervös?", fragte er nach. Er schnitt ein Stück Schinken ab, legte es auf eine Scheibe Brot und reichte es ihr.

Andrea sah zu ihm auf. „Du musst zugeben, dass das keine ganz einfache Situation ist."

Er lächelte. „Da hast du recht. Aber ich habe geahnt, dass der alte Fuchs Bryce Cawthorne eine Möglichkeit finden würde, zu mir vorzudringen. Er lässt sich nicht so leicht abwimmeln. Allerdings wäre ich nie darauf gekommen, dass er ausgerechnet dich zu mir schickt. Ich dachte, du kennst mich besser." Er verzog das Gesicht. „Ich wusste gar nicht, dass du für ihn arbeitest. Aber ich wusste ja nicht einmal, wo du all die Zeit gesteckt hast."

„Du wolltest es so", erinnerte Andrea ihn.

„Ich glaube, nicht." Er setzte sich auf den Boden und lehnte sich an ihren Sessel.

„Weißt du das denn nicht mehr?", fragte Andrea leise.

Sie fühlte, dass Jeff sie herausforderte und sie sich auf gefährliches Terrain begab.

„Warum erzählst du mir die ganze Geschichte nicht einmal aus deiner Sicht?", schlug er vor. „Was ist deiner Meinung nach wohl zwischen uns passiert? Und warum war es auf einmal aus?"

„Das weißt du sehr gut", gab sie zurück. Ihre Kehle war wie zugeschnürt, und ihre Stimme klang brüchig.

Er spielte mit seinem Cognacglas. „Ich hätte es lieber, wenn du es mir erklärst."

Andrea konnte nachfühlen, wie einem Zeugen zumute sein musste, der von Jeff ins Kreuzverhör genommen wurde. Er wirkte ein wenig geistesabwesend, in Gedanken verloren, aber sie wusste genau, dass er hellwach war und nur darauf wartete, dass sie ihm in die Falle ging.

„Komm schon, Andrea", sagte er jetzt. „Du erinnerst dich doch noch? Es war Spätherbst, du warst längst wieder in der Schule, und die Wahl war vorbei. Weißt du noch?" Er wartete nicht auf ihre Antwort. „War das nicht ungefähr der Zeitpunkt, zu dem Martin herausfand, was zwischen uns war?"

Andrea schloss die Augen. Sie erinnerte sich nur allzu gut daran. „Ja, ich glaube", stammelte sie.

„Du weißt es ganz genau!", fuhr Jeff sie an. Dann wurde seine Stimme weicher. „Möchtest du noch etwas trinken?", fragte er unvermittelt.

„J…ja. Danke."

Wenn sie das Gespräch doch nur abbiegen könnte. Sie wollte sich nicht wieder an den Schmerz, die Wut, die Erniedrigung erinnern, die sie durchlebt hatte. Nur die Bitterkeit, die sie von Jeff weggetrieben hatte, ließ sie zu.

Er war zur Bar gegangen. „Ich erinnere mich jetzt ganz genau. Es war November, etwa dieselbe Zeit wie jetzt. Ich war zum Senator gewählt worden, und dein Bruder hatte damals gerade seine Grundausbildung absolviert."

Andrea schluckte. „Nicht, Jeff", bat sie. Es machte ihm offenbar Spaß, diese alte Geschichte wieder ans Licht zu zerren!

„Nicht was?", gab er zurück und kam mit dem nachgefüllten Glas zu ihr. „Soll ich nicht über die Vergangenheit sprechen?", wollte er wissen. „Oder soll ich Martins Namen nicht erwähnen?" Ihre Augen füllten sich mit Tränen, aber es war auch Wut, die in ihr hochkochte. „Oder soll ich dich nicht daran erinnern, dass du mich den anderen zum Fraß vorgeworfen hast –

deiner Familie, dem Senat, der Presse?" Er presste den Mund zusammen, als er an die Schlagzeilen dachte, die ihm „eine Affäre mit der Schwester eines linksradikalen Kriegsdienstverweigerers" vorgeworfen hatten.

„Ich wollte dir nicht wehtun", begann Andrea und schloss die Augen, als könnte sie dadurch auch den Schmerz vor ihrem Inneren ausschließen.

„Warum hast du dann gelogen? Und warum bist du vor mir davongelaufen? Warum hast du nicht mit mir reden wollen?"

Die Qual, die aus seiner Stimme sprach, machte ihre Verzweiflung noch größer. „Ich konnte nicht. Ich konnte mit niemandem sprechen. Verstehst du das denn nicht? Ich war doch erst zwanzig!" Andrea hatte angefangen zu weinen. „Jeff, wie hätte ich dir denn gegenübertreten können?" Sie machte keinen Versuch, die Tränen abzuwischen.

„Warum hast du Martin angelogen?" Jeff ließ nicht locker. Aber er konnte ihr dabei nicht ins tränenverschmierte Gesicht sehen. Wie leicht wäre es, sie in die Arme zu nehmen, sie zu trösten, die Tränen fortzuküssen.

„Ich habe niemanden angelogen!"

„Dann solltest du mir vielleicht erzählen, was passiert ist, als Martin von der Grundausbildung zurückkam."

„Es … es war eine schwierige Zeit", begann Andrea zögernd. Ihre Kehle brannte. „Martin hatte gerade seine Einberufung nach Vietnam bekommen und war aus der Armee davongelaufen." Sie seufzte.

„Und was hatte das alles mit uns zu tun?"

„Du kennst doch Martins Einstellung zu Politikern." Ein Schatten flog über Andreas Gesicht, und Jeffs Herz zog sich zusammen.

„Er fand heraus, dass ich mich mit dir traf." Ihre Stimme war kaum zu verstehen. „Natürlich nahm er an, dass wir miteinander schliefen, und erzählte es meinen Eltern." Andrea durchlebte die Szene in Gedanken noch einmal. Ihre Mutter hatte geweint, ihr Vater hatte sie mit kalter Verachtung gestraft.

„Das ist noch nicht die ganze Geschichte."

„Nein. Einer von Martins Freunden gab eine linke Studentenzeitung heraus, und dem erzählte er auch davon."

„Und was erzählte er ihm noch?", fragte Jeff mit kaum verhohlenem Ärger.

„Das weißt du doch."

„Ich will es von dir hören."

Andrea holte tief Atem und schloss die Augen. „Dass ich schwanger gewesen wäre und … und du mich zu einer Abtreibung gezwungen hättest …" Ein Schluchzen schüttelte sie.

Jeff sah sie forschend an. „Aber du warst nicht schwanger, oder?", fragte er langsam. Wie hatte ihn diese Frage gequält, wie viele schlaflose Nächte hatte sie ihm bereitet.

Andrea schüttelte den Kopf.

„Das hatte ich auch nicht wirklich angenommen. Du hättest es mir nicht verschwiegen. Aber ich hatte nicht damit gerechnet, dass du mich einfach hängen lässt und zulässt, dass die Presse all diese Märchen über uns verbreitet!" Er stand auf und wandte sich ab. „Warum hat Martin gelogen, Andrea?", fragte er dann mit unerwarteter Heftigkeit.

„Ich weiß es nicht."

„Aber vielleicht hast du eine Ahnung."

„Es ist zehn Jahre her, Jeff. Ich weiß nicht, was er dachte oder fühlte. Er meinte wahrscheinlich, es würde seiner Sache irgendwie dienen. Vielleicht hatte er gehofft, dass du deinen Einfluss einsetzt."

„Er wusste, dass ich nichts für ihn tun konnte. Ich hatte alle seine Briefe beantwortet." Jeff sah auf Andreas gebeugten Kopf hinunter. „Hast du ihn dazu gebracht?", fragte er mit ausdrucksloser Stimme.

Sie sah mit einem Ruck zu ihm auf. „Natürlich nicht! Ich konnte gar nicht glauben, was er da angerichtet hatte."

„Und doch verteidigst du ihn?", fragte er völlig verständnislos. „Nachdem er uns so benutzt hat?"

„Er ist mein Bruder!"

„Er ist ein Schuft!"

„Nicht, Jeff …"

„Es ist die Wahrheit. Dein Bruder hätte fast meinen guten Ruf zerstört. Ich glaube gern, dass er Angst hatte. Aber viele Leute haben Angst und schlagen deswegen nicht alles um sich herum kurz und klein." Jeff sah Andrea durchdringend an. „Warum bist du weggelaufen?"

Das Blut wich aus ihrem Gesicht. „Ich hätte es einfach nicht ausgehalten, dich noch einmal zu sehen."

„Und deshalb hast du dich versteckt."

Andrea dachte an den Kummer und die Verachtung, die ihre Eltern ihr entgegengebracht hatten, und seufzte. „Meine Eltern schickten mich auf eine private Universität in Oregon, um mich vor der Presse zu schützen und einen weiteren Skandal zu vermeiden."

„Dein Bruder hat gut gearbeitet, nicht wahr?" Andrea fand es schwer, Jeffs Blick zu erwidern. „Und warum hast du mich nicht angerufen?"

„Ich … Meine Eltern haben es mir verboten."

„Und du hast dir das gefallen lassen?"

„Ich hatte keine andere Wahl! Das verstehst du nicht."

„Offenbar nicht." Er schlug mit der Faust auf den Kaminsims. „Wie kannst du dasitzen und nach all dieser Zeit deinen Bruder immer noch verteidigen, nach allem, was er uns, was er mir angetan hat?"

Andreas Gesicht verschloss sich. „Und nur darum geht es dir, nicht wahr?", beschuldigte sie ihn. „Dir ging es immer nur um deinen Ruf, dein Ansehen in der Öffentlichkeit. Martin hatte Angst um sein Leben, und du konntest immer nur sehen, dass er deinem Ruf und deiner Karriere schadet."

Seine Stimme klang ganz ruhig. „Nein, meine Karriere war mir noch nie so wichtig. Wäre ich sonst als Gouverneur zurückgetreten?"

„Das war etwas anderes."

„Was war da anders?"

„Es hatte mit deiner Frau zu tun."

Jeff schüttelte den Kopf. „Nein, meine Frau war nicht der Grund dafür. Ich dachte, das wüsstest du. Aber ich habe mich ja auch schon vorher in dir geirrt."

„Darf ich fragen, was das bedeuten soll?"

„Es bedeutet, dass ich dich für stärker hielt, als du dich dann tatsächlich erwiesen hast. Ich hatte eigentlich erwartet, dass du die Lügen deines Bruders öffentlich zurückweist. Dass du davongelaufen bist, hat dem Klatsch erst recht Nahrung gegeben."

„Ich war erst zwanzig!"

„Du warst kein Kind mehr, Andrea. Du warst eine reife Frau!"

Tief innen wusste Andrea, dass er recht hatte. All die Ausreden, in die sie sich immer geflüchtet hatte, schienen ihr schwach und haltlos. „Meine Eltern haben mir verboten, dich zu sehen", wiederholte sie.

„Deine Eltern interessieren mich nicht!", fuhr Jeff sie an. „Es geht nur um dich und mich."

„Warum fängst du dann immer wieder mit Martin an?", gab sie böse zurück. „Warum kannst du mich nicht mit ihm in Ruhe lassen?"

Er trank einen Schluck, ohne dabei den Blick von ihr zu wenden. „Ich will wissen, warum du ihn immer noch in Schutz nimmst."

Andrea schloss die Augen. Sie hatte Kopfschmerzen. „Ich musste ihm vergeben."

„Warum?"

„Damit er mir vergeben konnte", brachte sie hervor. Endlich war es gesagt.

„Das verstehe ich nicht."

Sie sah in ihr Glas, als fände sie dort die Antwort auf seine Fragen. „Martin ist blind und teilweise gelähmt", flüsterte sie. „Er wurde im Krieg schwer verwundet." Sie ließ den Kopf in die Hände sinken und schwieg lange. „Weißt du, was das Schlimmste dabei ist?", fragte sie dann. „Während er im Krieg war, habe ich ihm nicht einen einzigen Brief geschrieben – wegen all dieser Lügen, die er über dich und mich verbreitet hatte. Nicht einmal zu einer Postkarte konnte ich mich durchringen."

„Das darfst du dir nicht zum Vorwurf machen", sagte Jeff.

„Ich kann nicht anders. Die ganze Zeit, in der er sein Leben aufs Spiel setzte, konnte ich immer nur an meinen sogenannten guten Ruf denken."

Jeff hielt es nicht mehr aus. Er kniete sich vor sie und nahm ihre Hände. „Du darfst dich nicht so quälen", bat er und zwang sie, ihn anzusehen.

„Ich werde mir nie verzeihen können."

„Du warst noch so jung. Das hast du selbst gesagt."

„Und du hast gesagt, dass ich kein Kind mehr war und eigene Entscheidungen hätte treffen müssen."

„Wir machen alle unsere Fehler."

Er zog sie aus dem Sessel neben sich auf den Teppich und wiegte sie sanft in den Armen. „Es ist alles wieder gut", murmelte er dicht an ihrem dicken schwarzen Haar. „Alles ist gut. Ich bin ja bei dir …"

*E*s war längst nach Mitternacht, als Jeff sein Schlafzimmer betrat. Über eine Stunde hatte es gedauert, bis er Andrea endlich beruhigt und getröstet hatte. Was hatte er ihr nicht alles gesagt – Worte voller Zärtlichkeit und Liebe, die er unmöglich gemeint haben konnte, an denen einfach die Stimmung schuld gewesen war.

Er ließ sich auf das große Eichenbett fallen und sah in die kalte Nacht hinaus. Es hatte aufgehört zu regnen, aber der Sturm heulte noch immer in Böen über die Insel.

Schwarze Wolkenfetzen jagten an der blassen Mondscheibe vorbei, und er dachte an all die Versprechungen, die er Andrea gemacht hatte. War es ihm ernst damit gewesen? Nach all diesen Jahren voller Zweifel und Misstrauen? Wie konnte er wieder so schnell auf sie hereinfallen? Warum vergaß er nicht einfach, dass sie im Zimmer nebenan schlief? Er schlug verärgert mit der Hand aufs Bett. Er war ein unverbesserlicher Narr. Sie hatte ihn schon einmal verraten, und sie würde es wieder tun. Warum hätte sie sonst zehn Jahre verstreichen lassen, bevor sie zu ihm gekommen war?

Andrea zog das T-Shirt über, das Jeff ihr zum Schlafen gegeben hatte. Sie schloss einen Moment lang die Augen und nahm seinen frischen Duft in sich auf. Sie dachte an Jeffs Arme, an seine zärtlichen Berührungen. Schon bei dem Gedanken daran stieg ihr das Blut ins Gesicht. Vorsicht! warnte sie sich selbst. Sie wusste nur zu gut, dass all die liebevollen Worte und Tröstungen, die Jeff ihr ins Ohr geflüstert hatte, sie nur hatten beruhigen sollen. Irgendwann hatte sie aufgehört zu schluchzen. Sie hatte instinktiv gefühlt, dass es nur geringer Ermutigung bedurft hätte, damit aus den tröstenden Gesten leidenschaftliche Zärtlichkeiten werden würden und sie sich vor dem Kaminfeuer geliebt hätten.

Aber sie hatte Angst davor gehabt, dass er merken würde, was so offensichtlich war: dass sie ihn noch immer genauso leidenschaftlich liebte wie vor zehn Jahren.

Andrea frottierte ihr Haar und ging barfuß aus dem Bad in ihr Zimmer hinüber. Die rauen, unebenen Wände waren einfach weiß gekalkt, und ihr einziger Schmuck waren einige Bilder mit Meeresmotiven. Das massive Himmelbett stand mitten im Raum.

Ihre Gedanken wanderten unwillkürlich zu Jeff und den Nächten voller Liebe und Leidenschaft, die sie miteinander verbracht hatten. Sie machte die Augen zu, und es dauerte nicht lange, bis sie in einen traumreichen Schlaf fiel, in dem Jeff die Hauptrolle spielte.

Jeff fand keinen Schlaf. Seine widerstreitenden Gefühle für Andrea, der Konflikt mit ihrem Bruder, die Verachtung, die er seiner geschiedenen Frau gegenüber empfand, und die Sorge um Megan, sein Töchterchen, füllten seine Gedanken. Dazu kam das Wissen, dass Andrea nur eine Tür von ihm entfernt schlief.

Endlich, nach drei Stunden, hielt er es nicht länger aus. Der Wind hatte sich gelegt, und die Nacht war still geworden. Er schob die Bettdecke zurück, stand auf und ging entschlossen zur Tür. Dort zögerte er nur einen winzigen Augenblick, bevor er auf nackten Füßen über den Holzboden im Gang zu Andreas Tür ging.

Er stieß sie mit einem Ruck auf. Andrea bewegte sich nicht. Das Herz schlug ihm bis zum Hals, als er sie so friedlich schlafend vor sich im Bett liegen sah. Der Mond warf einen dünnen silbernen Strahl durchs Fenster, und in seinem Schein konnte er ihr Gesicht deutlich erkennen.

Eine Welle von Gefühlen ging über Jeff hinweg. Alles drängte ihn dazu, Andrea einfach in die Arme zu nehmen. Woher nur kam diese Sehnsucht nach ihrem warmen weichen Körper? Sie hatte sich nur zu willig an ihn geschmiegt heute Abend, und als er wieder daran dachte, wurde ihm heiß.

Andrea wurde unruhig und schlug die Augen auf. Ein paar Sekunden lang wusste sie nicht, wo sie war. Es war kalt im Zimmer, und sie zog die Decke fester um sich. Da spürte sie auf einmal, dass sie nicht allein war. Ein Mann stand unter der Tür.

Sie setzte schon zu einem Schrei an, aber dann erkannte sie Jeff. Er trug nur eine Schlafanzughose. Sein Oberkörper war nackt. Auf einmal fiel jede Schläfrigkeit von ihr ab. Ohne den Blick von ihm zu wenden, rutschte sie ein wenig zur Seite. Sie wusste, warum er gekommen war. Und so hob sie die Decke an und lud ihn in ihr Bett ein.

Es kostete Jeff seine ganze Selbstbeherrschung, aber nach einem winzigen Zögern bewegte er sich rückwärts aus Andreas Zimmer und zog die Tür hinter sich zu.

Andrea sah ihm nach. Die Zurückweisung tat weh. Als er die Tür schloss, fuhr sie zusammen.

Jeff quälte sich den Rest der Nacht mit Gedanken an Andrea. Widerstreitende Gefühle drohten ihn zu zerreißen. Einmal war er nur zu willens, ihr noch einmal zu vertrauen, dann wieder schalt er sich deshalb einen Dummkopf. Er verzehrte sich vor Leidenschaft nach ihr, und doch versagte er sich die Lust an ihrem Körper. Als die ersten Sonnenstrahlen in sein Zimmer fielen, hatte er immer noch keine Lösung gefunden.

Immer wieder redete er sich ein, dass Andrea ihn in eine Falle locken wollte. Warum wäre sie sonst so kurz nach seiner Scheidung hier aufgetaucht? Schon einmal hatte sie ihn der Öffentlichkeit zum Fraß vorgeworfen. Zehn Jahre war das jetzt her, und damals hatte sie sich keinen Deut darum geschert, dass er den Skandal allein hatte ausbaden müssen. Sie hatte ihm nicht einmal mitgeteilt, wo sie war und ob es ihr gut ging.

Seine Versuche, sich mit ihr in Verbindung zu setzen, waren alle bereits an ihrer Familie gescheitert. Andreas Eltern hatten ihm sogar den Zutritt zu ihrem Haus verwehrt.

Schließlich hatte er aufgegeben und sich geschworen, nie mehr eine Frau so nahe an sich heranzulassen wie Andrea. Und bis zum letzten Abend hatte er diesen Schwur auch gehalten – bis ihr Anblick diesen Entschluss zum Wanken gebracht hatte. Sie war in sein Leben zurückgekehrt, und es war, als hätte sie ihn nie verlassen, auch wenn ihm das nicht gefiel. Am meisten machte ihm zu schaffen, dass er sie zurückhaben *wollte*. Aber wie sollte er je wieder Vertrauen zu ihr fassen?

Diesen Vorwand, unter dem sie bei ihm erschienen war, nahm er ihr nicht ab. Natürlich hatte Bryce Cawthorne sie geschickt, aber hinter der Geschichte musste mehr stecken. Er hatte in der Vergangenheit schon mehrmals mit Cawthorne zu tun gehabt und wusste, dass der frühere Schauspieler sich von Andreas Besuch bei ihm mehr erwartete als nur einen lächerlichen Anruf. Cawthorne wollte dieses Interview und baute, mit oder ohne Andreas Wissen, auf diese längst vergangene Affäre. Und Andrea sollte ihm dabei helfen.

Das erklärte auch ihre allzu schnelle Bereitschaft, sich ihm vor dem Kamin und später in ihrem Zimmer hinzugeben. Nicht dass er an ihrer Lust gezweifelt hätte. Es waren ihre Motive, die ihn beunruhigten und am Einschlafen hinderten.

Es war ein bitteres Eingeständnis, aber er musste erkennen, dass er von Andrea nichts mehr wusste. In den letzten zehn Jahren war sie erwachsen geworden. War es möglich, dass sie für ihre Karriere alles tat – dass sie dafür auch mit einem Mann schlief, der sie nicht interessierte?

Jeff schloss die Augen und kniff die Lippen zusammen. Er wollte sich Andrea nicht als karrieresüchtige, skrupellose Person vorstellen, für die der Erfolg übers Bett führte. Und doch – was wusste er denn schon noch von ihr?

Er schob die Decke auf die Seite und setzte sich auf. In welch verzweifelter Lage war Andrea? Wie tief steckte Bryce Cawthorne mit seinen *Coral Productions* in Schulden? Stand er wirklich am Rande des Bankrotts, oder sah er ganz einfach eine günstige Gelegenheit, Geld zu machen? Jeffs Augen wurden schmal. Er stand auf und zog seine Jeans und ein Arbeitshemd an. Irgendwie musste er heute herausfinden, was in Andrea wirklich vor sich ging, welche Motive sie für diesen Besuch bei ihm hatte.

Als Andrea die Augen aufschlug, war das Zimmer sonnendurchflutet. Die Luft war kühl, und sie schlüpfte schnell in den zu großen Bademantel und die warmen Pantoffeln. Dann trat sie ans Fenster.

Das Meer hatte sich nach dem nächtlichen Unwetter wieder

beruhigt. Am Strand war zahlreiches Treibgut angeschwemmt worden, und im Inneren der Insel bedeckten abgebrochene Zweige und Äste den Boden. Ein paar Dachschindeln lagen dazwischen verstreut.

Eine Bewegung am Strand erregte ihre Aufmerksamkeit, aber es war offenbar nur eine Seemöwe gewesen. Den Bootssteg konnte sie von hier oben nicht sehen, er lag unterhalb einer vorstehenden Klippenkante. Sie öffnete das Fenster und lehnte sich weit hinaus. Kalte, noch nach Regen riechende Luft drang ins Zimmer und ließ sie frösteln.

Sie kniff ein wenig die Augen zusammen, als sie sich unbestimmt daran erinnerte, dass Jeff heute Nacht in ihr Zimmer gekommen war. Konnte es sein, dass sie seine Absichten falsch verstanden hatte? Vielleicht hatte sie sich zu bereitwillig gezeigt. Oder es hatte etwas mit seiner Scheidung zu tun. Jedenfalls hatte er sie zurückgewiesen. Ihre Wangen brannten, als sie daran dachte. Welch eine demütigende, peinliche Situation.

Andrea biss sich auf die Unterlippe. Sie hätte wirklich mehr Verstand beweisen und sich gar nicht erst von Bryce oder ihren eigenen Gefühlen für Jeff leiten lassen sollen. Aber sie war nun einmal auf die Insel gekommen, und das Ergebnis war, dass sie sich in einem Strudel von Gefühlen wiederfand, die sie zehn Jahre lang erfolgreich verdrängt hatte.

Sie schloss das Fenster und strich die Bettdecke glatt. Noch heute Morgen würde sie abfahren und den nötigen Abstand zwischen sich und Jeff bringen. Sie zog den Gürtel ihres Bademantels mit einer entschlossenen Bewegung noch einmal fest und machte sich dann auf den Weg nach unten, entschlossen, Jeff nach Möglichkeit zu meiden. All diese liebevollen, zärtlichen Worte, die er ihr gestern vor dem Kamin ins Ohr geflüstert hatte, waren heute nicht mehr gültig und hatten sie nur beruhigen sollen. Und seine Versprechungen hielten dem Tageslicht auch nicht stand. Aber sie würde es nicht ertragen, wenn er sie zurücknahm und laut aussprach, dass die Worte nichts wert gewesen waren.

Sie war schon fast am Fuße der alten geschnitzten Holztreppe angelangt, als sie Jeff rufen hörte. Er stand auf dem Treppenabsatz über ihr. Seine Augen wirkten müde. Offenbar hatte er nicht viel geschlafen. Ein halbes Lächeln spielte um seinen Mund, Bartstoppeln ließen seine Haut dunkel schimmern.

„Du bist früh auf", stellte er fest. Er hatte die Ärmel hochgerollt, und das nur halb zugeknöpfte Hemd enthüllte die dunklen lockigen Haare auf seiner Brust. Er blinzelte ihr zu. „Wahrscheinlich wolltest du mich überraschen und mir das Frühstück ans Bett bringen."

„Das könnte dir so passen." Seine leichte, lockere Art war ansteckend, und sie lachte ihn an.

„Ja, natürlich. Wenn ich aufwache, habe ich immer fürchterlichen Hunger – weißt du das nicht mehr?"

Sie räusperte sich. „Das ist lange her."

„Zu lange." Sein Blick verließ ihr Gesicht keinen Moment lang, und Andrea wurde ein wenig unbehaglich zumute.

„Ich glaube, ich sollte mich langsam auf den Heimweg machen."

„Warum?" Er kam langsam die Treppe herunter. Andrea wartete mit klopfendem Herzen. „Frühstücken könntest du wenigstens noch mit mir." Er stand jetzt auf der Stufe über ihr.

Sie seufzte. „Ach, Jeff. Was für einen Sinn soll das haben?"

„Ich denke, wir haben viel zu bereden."

„Das haben wir gestern Abend schon versucht."

„Meinst du, das hat uns viel weiter gebracht?"

„Meinst du das denn?" Sie sah ihm direkt ins Gesicht.

„Du kannst nicht erwarten, dass sich zehn Jahre an einem Abend aufarbeiten lassen", gab Jeff zurück.

„Ich erwarte gar nichts."

„Warum bist du dann hergekommen?" Er strich über ihren Oberarm, und ihr wurde ganz heiß.

„Das habe ich dir gestern bereits erklärt: weil ich meinem Chef einen Gefallen tun wollte."

Seine Hand schloss sich um ihren Arm. „Bist du ihm öfter zu Diensten?"

„Was?", gab Andrea verblüfft zurück. Sie hoffte, dass sie ihn falsch verstanden hatte.

„Ich habe gefragt, ob du Cawthorne öfter zu Diensten bist."

Ihre Augen wurden schmal. „Was willst du damit andeuten – dass ich mit ihm schlafe? Findest du nicht, dass du ein bisschen zu weit gehst?" Verärgert entzog sie ihm ihren Arm.

„Was weiß ich denn noch von dir?"

„Und weil du nichts mehr von mir weißt, nimmst du automatisch an, dass ich mit Bryce ins Bett gehe?", gab Andrea empört zurück.

„Es ist ja immerhin merkwürdig, dass du zehn Jahre lang überhaupt nichts von dir hören lässt, nicht einmal versuchst, mit mir in Verbindung zu treten, und dann im selben Augenblick, in dem dein Chef dich darum bittet, bei mir auftauchst." Jeff verschränkte die Arme über der Brust und wartete auf Andreas Antwort.

„Ganz so war es wohl nicht", gab Andrea bissig zurück.

„Nein?" Seine Augenbrauen gingen in die Höhe. „Dann klär mich doch auf."

„Vielleicht erinnerst du dich daran, dass du verheiratet warst."

Jeffs Gesicht verdüsterte sich. „Wie sollte ich das vergessen?"

„Ich kann mir kaum vorstellen, dass deine Frau besonders begeistert gewesen wäre, wenn ich dich besucht hätte, um mit dir über vergangene Zeiten zu plaudern."

„Lara hat nichts mit uns zu tun", sagte er. „Außerdem: Was ist mit den zwei Jahren vor meiner Heirat? Wo warst du da?"

Andrea trat unruhig von einem Fuß auf den anderen. „Das habe ich dir schon gesagt. Es waren zwei sehr schwierige Jahre für mich. Hör zu, Jeff." Sie versuchte es noch einmal. „Ich behaupte ja nicht, dass ich mich richtig verhalten habe, aber ich entschuldige mich auch nicht dafür. Ich war jung, und es ist lange her. Seit damals ist viel passiert. Ich bedaure, dass ich gestern Abend gekommen bin. Das war ein Fehler."

Jeff sah sie eine Weile nachdenklich an. „Vielleicht sollten wir noch einmal von vorne anfangen."

Ihr Herz setzte einen Schlag aus. „Was?"

„Versuchen wir uns neu kennenzulernen. Heute. Was hältst du davon?"

Sein Stimmungswechsel überraschte sie, aber sie blieb auf der Hut. „Ich ... ich werde bald zurückfahren."

„Aber nicht, bevor du etwas gegessen hast. Zuerst gibt es Frühstück."

Andrea zögerte nur einen winzigen Augenblick. „Also gut. Wenn du es machst."

„So viel zu meiner romantischen Vorstellung, dass mir eine dunkelhaarige Nixe das Frühstück ans Bett bringt", meinte er, nahm Andrea an der Hand und führte sie in die Küche.

„Du lebst im falschen Jahrhundert", erklärte sie. „Heutzutage bringen die Männer den Frauen das Frühstück ans Bett."

„Aber gern", erwiderte er.

„Das glaube ich kaum", gab Andrea mit einem etwas gezwungenen Lachen zurück. Zu schmerzhaft war die Erinnerung an die nächtliche Zurückweisung. So schnell würde sie der Versuchung nicht mehr nachgeben.

Er schien ihre Gedanken gelesen zu haben. „Ich entschuldige mich für heute Nacht", sagte er nach einem Blick in ihr gerötetes Gesicht.

„Ist schon gut."

„Nein. Ich hätte nicht in dein Zimmer kommen dürfen."

Andrea schob das Kinn ein wenig vor. „Und warum bist du gekommen?"

„Ich wollte mich nur vergewissern, dass mit dir alles in Ordnung ist."

„Nein, Jeff. Das war nicht der Grund, und das weißt du so gut wie ich. Ich erwarte nichts von dir, aber Aufrichtigkeit bist du mir schon schuldig. Was auch immer zwischen uns stehen mag, so hoffe ich doch, dass wir wenigstens ehrlich darüber sprechen können. Du wolltest mit mir schlafen, deshalb warst du bei mir. Aus irgendeinem Grund hast du es dir anders überlegt."

Jeff schwieg eine Weile. „Es hat mich viel Kraft gekostet."

Wieder schwiegen sie und sahen sich nur an. Andrea fand als Erste ihre Stimme wieder. „Ich dachte, wir wollten frühstücken." Nur mit Mühe konnte sie den Blick von ihm wenden. „Sag mir, wo ich alles finde, dann fange ich an."

„Du wolltest doch, dass ich mich um das Frühstück kümmere."

Sie lächelte. „Ein anderes Mal. Du kannst ja inzwischen dein Bett machen."

Im nächsten Augenblick war er verschwunden, und Andrea hörte seine Schritte über sich. Um sich von ihren Gedanken abzulenken, die sich doch nur um Jeff drehten, machte sie sich in der Küche zu schaffen und zauberte aus Resten, die sie in der Speisekammer und im Kühlschrank fand, eine warme Mahlzeit.

„Tüchtig, tüchtig", bemerkte Jeff, als er zurückkam und Andrea beim Braten von Schinkenscheiben vorfand.

„Jahrelange Übung", antwortete sie.

„Treibst du für dich auch immer so viel Aufwand?", wollte er wissen.

„Ehrlich gesagt, ich habe kaum Zeit für Toast und Kaffee, bevor ich ins Büro aufbreche."

Sie saßen sich an dem kleinen Tisch am Fenster gegenüber. Jeff betrachtete Andrea über seine Kaffeetasse hinweg. „Lebst du allein?", fragte er unvermittelt.

„Ja. Eine Weile wohnte ich mit einer Freundin zusammen, aber das funktionierte nicht. Seitdem habe ich eine eigene Wohnung."

Später wuschen sie zusammen ab, dann holte Andrea ihren Regenmantel. „Ich muss los."

„Nein."

„Ich kann schließlich kaum erwarten, dass der Fischer den ganzen Tag auf mich wartet", sagte sie und hob die Haare unter dem Kragen hervor.

Jeff stellte sich vor die Tür. „Den habe ich längst nach Hause geschickt, Andrea."

Sie sah ihn fassungslos an. „Wie kommst du dazu?"

„Ich wollte noch länger mit dir zusammen sein", gestand er.

„Meinst du nicht, du hättest mich vorher fragen sollen?"

„Ich wollte dich nicht stören."

„So wie du mich heute Nacht auch nicht stören wolltest?", fragte sie sarkastisch zurück.

Seine Züge verhärteten sich. „Das tut mir leid."

Sie sah ihn eine Weile an. Dann zog sie die Tür auf und lief den Weg zur Klippe hinunter. Erst als sie den Strand und den Anlegesteg sehen konnte, blieb sie stehen. Das Boot war tatsächlich weg.

Es ärgerte sie, dass Jeff so über sie bestimmte, und gleichzeitig machte es ihr Angst, dass sie im Grunde genau das von ihm erwartete und wollte.

„Du hast noch geschlafen", sagte er neben ihr. „Und der Fischer hatte es eilig."

„Aber ich habe ihm noch Geld geschuldet."

„Das habe ich erledigt."

Andrea sah aufs Meer hinaus. „Und wie soll ich jetzt nach Victoria zurückkommen?"

„Mit mir. Ich fahre selbst heute Abend zurück und nehme dich mit. Einverstanden?"

„Du lässt mir ja keine große Wahl", stellte sie fest. „Ich treffe meine Entscheidungen eigentlich lieber selbst."

„Komm", sagte er, ohne weiter darauf einzugehen. „Es ist ein wunderschöner Morgen. Gehen wir ein bisschen am Strand spazieren."

Er berührte sie leicht im Nacken, und sie spürte, wie der Ärger sie verließ. Er stand hinter ihr und legte die Arme um ihre Taille. „Komm", sagte er noch einmal und küsste sie leicht auf die Wange. „Lernen wir uns neu kennen."

*E*s war sehr viel milder geworden. Der warme Wind blies Andrea das Haar aus der Stirn und drückte den weiten Rock an ihre Beine, als sie neben Jeff am Strand entlangwanderte. Sie schwiegen, beide in ihre eigenen Gedanken versunken.

Irgendwann bückte Jeff sich, hob ein verrottetes Holzstück auf und schleuderte es weit ins Meer hinaus. Er blieb stehen und sah zu, wie das Holz von ihm wegtrieb.

„Warum hast du mich noch nicht nach Lara ausgefragt?", wollte er dann ohne jede Einleitung wissen.

Auch Andrea war stehen geblieben. „Wahrscheinlich wollte ich dir nicht zu nahe treten."

„Soll das heißen, dass es dich nicht interessiert?", fragte Jeff nach.

„Es soll heißen, dass ich nicht in deinem Privatleben herumstochern will."

„Ausgerechnet du? Eine Frau, die ein Fernsehinterview mit mir machen will?"

„Nicht ich. Bryce", widersprach Andrea heftig.

„Das spielt keine Rolle." Jeff stieß einen Seufzer aus. „Ich will es gar nicht wissen."

Die Vorstellung, dass Jeff mit einer anderen Frau verheiratet war, hatte Andrea immer wehgetan, und sie war nicht sicher, ob sie mehr über diese Ehe wissen wollte.

„Ich weiß nicht, ob es richtig ist, wenn du mir von Lara erzählst", meinte sie und mied seinen Blick.

„Warum nicht? Hast du vor, alles brühwarm an Bryce weiterzugeben?"

„Natürlich nicht!"

„Gut." Aber ganz schien er nicht überzeugt. Er schob die Hände in die Taschen und setzte sich wieder in Bewegung, leicht nach vorn gebeugt gegen den Wind.

„Es passierte zwei Jahre nachdem es zwischen uns aus war", begann er. „Ich hatte jede Hoffnung aufgegeben, dich je wiederzusehen, zumal du das ja offenbar nicht wolltest."

„Ich habe dir doch gesagt, dass meine Eltern mich wegge-schickt hatten."

„Hör auf damit, Andrea. Du hättest mir schreiben können, wenn du gewollt hättest."

„Ich wollte es ja", sagte Andrea.

„Und warum hast du es dann nicht getan?"

„Ich hatte Angst."

„Weil deine Eltern dir eingeredet hatten, ich hätte dich nur ausgenutzt?" Seine Gesichtszüge verhärteten sich. „Und dass du mit Männern wie mir von einem Skandal in den nächsten rut-schen würdest? Habe ich recht?" Andreas Schweigen war mehr als beredt. „Das dachte ich mir. Haben sie dir eigentlich erzählt, dass ich bei ihnen war und dich gesucht habe?"

Andrea blieb mit einem Ruck stehen und sah zu Jeff auf. Sie war völlig schockiert.

„Natürlich nicht", erklärte er bitter und versetzte dem Felsen neben ihm einen heftigen Tritt. Dann sah er in den Himmel hi-nauf. „Aber was spielt das jetzt noch für eine Rolle?"

Andrea legte ihm schüchtern die Hand auf den Arm. „Du warst bei uns?"

Er entzog sich ihrer Berührung mit einem Ruck. „Ja, natür-lich. Was denkst du denn? Ich bin nicht so gewissenlos, wie deine Eltern mich immer hingestellt haben."

„Das weiß ich."

„Aber es hatte offensichtlich keinen Einfluss auf dein Ver-halten."

In Andrea machte sich Ärger breit. Den einen Augenblick war Jeff zärtlich und verständnisvoll, im nächsten hart und unnach-giebig. Sie fühlte sich hilflos einem Strudel von Gefühlen ausge-liefert und spürte, wie dünn ihre Geduld wurde.

„Diese gegenseitigen Vorwürfe bringen uns nicht weiter. Ich verstehe, dass du vor zehn Jahren von mir enttäuscht warst. Aber deshalb brauchst du nicht immer wieder davon anzufangen. Es ist nicht mehr zu ändern, und ich bin es leid. Am besten lasse ich ein Boot vom Festland kommen, dann falle ich dir nicht mehr auf die Nerven."

„Geh nicht, bitte."

„Ich habe keine Lust mehr, mich von dir so behandeln zu lassen. Die Vergangenheit ist vorbei und nicht mehr zu ändern."

„Und was ist mit der Zukunft?"

„Bisher habe ich mir nur um meinen Beruf Gedanken gemacht", antwortete Andrea.

„Steht es mit *Coral Productions* wirklich so schlecht?"

„Wäre ich sonst hier?"

„Das ist allerdings eine interessante Frage", meinte Jeff.

Er nahm Andreas Hand und zog sie hinter sich her. Zuerst sträubte sie sich, aber schließlich ließ sie es sogar zu, dass ihre Schultern sich beim Gehen gelegentlich berührten.

Schließlich begann er zu sprechen. „Ich habe Lara ungefähr ein Jahr nach unserer Trennung kennengelernt, und wir verstanden uns ganz gut. Mein Wahlmanager meinte dann, es wäre gut für mein Image, wenn ich heiratete und eine Familie gründete."

Andrea mochte es nicht glauben. „Du hast sie aus wahltaktischen Gründen geheiratet? Ist das dein Ernst?"

„Menschen heiraten aus den unterschiedlichsten Gründen."

„Wie wäre es denn mit Liebe, Jeff? Ist das nicht der beste Grund?"

„Mit der Liebe habe ich abgeschlossen, als du mich verlassen hast."

Andrea schwieg. Es schmerzte sie, dass sie Jeff so wehgetan hatte.

„Das allein war es ja auch nicht", begann Jeff wieder. „Lara wollte mich unbedingt haben – ein junger aufstrebender Politiker passte ihr genau ins Konzept. Sie war viel mehr an meiner Karriere interessiert als ich." Er schüttelte den Kopf. „Diese ganze Ehe war von Anfang bis Ende ein Irrtum. Lara liebte mich ebenso wenig wie ich sie. Aber statt den Fehler zuzugeben und mich scheiden zu lassen, vergrub ich mich nur tiefer in meine Arbeit. Eine Weile ging es auch ganz gut. Ich war mit meiner Politik ziemlich ausgelastet, und Lara hatte viele gesellschaftliche Verpflichtungen. Es war keine großartige Ehe, aber wir kamen halbwegs miteinander aus, solange wir uns aus dem Weg gingen. Und dann wurde Lara schwanger."

Andrea schluckte. „Und du wolltest das Baby nicht?" Sie dachte an die Lügen, die ihr Bruder über ihre angebliche Schwangerschaft verbreitet hatte.

„Das Baby war zwar nicht geplant, aber ich freute mich sehr darauf. Als Megan geboren wurde, war ich überglücklich. Je mehr ich mit ihr zusammen war, umso wichtiger wurde sie mir. Sie bedeutete mir bald mehr als meine politische Karriere."

Andrea spürte, wie angespannt Jeff innerlich war. Er hatte die Augen zusammengekniffen und sah in die Ferne, und Andrea fühlte sich, als wäre sie in eine dunkle Ecke eingedrungen, wo sie nichts zu suchen hatte.

„Man muss kein Psychologe sein, um zu verstehen, warum Lara anfing zu trinken", sagte Jeff bitter. „Es geschah zwar gegen meine Absicht, aber ich hatte angefangen, sie zu vernachlässigen. Nach Megans Geburt veränderte sich alles. Lara stellte auf einmal viel größere Ansprüche an mich, und sie hätte wohl auch mehr Aufmerksamkeit verdient. Nur war mir das damals nicht klar. Für mich zählte nur noch Megan." Er schloss die Augen, als könnte er dieses düstere Kapitel so verdrängen. „Außerdem hatte ich den Ehrgeiz, Gouverneur von Kalifornien zu werden."

Sie waren am Ende des schmalen Strandes angelangt und stiegen jetzt den Weg hinauf.

„Es war ein dummer Ehrgeiz."

„Nein!", widersprach Andrea, ohne nachzudenken. Sie dachte daran, wie sie Jeff zum ersten Mal erlebt hatte.

Jeff kümmerte sich nicht um ihren Widerspruch. „Ich hätte mir Gedanken darüber machen sollen, was mir wirklich wichtig war, und merken müssen, was ich Lara antat."

„Es war nicht deine Schuld."

„Nein? Als ich sie kennenlernte, trank sie jedenfalls noch nicht. Dass sie damit anfing, muss ich zum Teil mir zuschreiben. Aber ich versuchte nicht einmal, ihr zu helfen." Jeff schüttelte voller Selbstverachtung den Kopf. „Auf einmal begann meine kleine Welt zu zerfallen. Dabei hatte es genug Warnsignale gegeben, ich nahm sie nur nicht wahr. Lara und ich begannen uns zu streiten und machten uns gegenseitig das Leben zur Hölle. Es war unerträglich. Irgendwie gelang es uns, nach außen hin und vor Megan den Schein zu wahren. Es dauerte nicht lange, und Lara nahm sich den ersten Liebhaber. Mir war es egal, solange niemand davon Wind bekam. Meine einzige Sorge war, dass Megan etwas merken könnte oder die Presse davon erfuhr."

Er atmete tief durch. „Ich war ein Narr. Wenn ich nur nicht so ausschließlich mit mir selbst beschäftigt gewesen wäre! Ich bildete mir ein, Lara würde schon aus ihrer Depression herausfinden und aufhören zu trinken. Aber das war natürlich nicht der Fall."

„Und deshalb bist du zurückgetreten?", fragte Andrea.

„Nicht ganz. Zuerst versuchte ich Lara zu helfen. Auch wenn ich sie nicht liebte, so hatte ich sie doch immer gerngehabt. Und sie war Megans Mutter. Ich versuchte alles, was man mit Geld kaufen konnte, schickte sie in die teuersten Spezialkliniken, stellte sogar eine Schwester nur für sie ein. Aber natürlich half das alles nichts, solange sie selbst nicht den echten Willen hatte, vom Alkohol loszukommen. Inzwischen glaube ich, dass Lara einfach gegen mich rebellierte. Zum ersten Mal, seit wir verheiratet waren, schenkte ich ihr mehr Aufmerksamkeit als meiner Karriere oder meiner Tochter. Als ich merkte, dass ich nichts tun konnte, trat ich zurück, um meine Familie, mein Kind zu schützen." Jeff schüttelte erneut den Kopf, als könnte er so die schmerzlichen Erinnerungen vertreiben. „Ich erreichte genau das Gegenteil. Lara war völlig außer sich. Für sie bedeutete dieser Rücktritt eine unerhörte Erniedrigung, eine gesellschaftliche Katastrophe."

Eine Weile gingen sie schweigend nebeneinanderher. Dann erkannte Andrea plötzlich, wohin Jeff sie führte, und blieb wie erstarrt stehen. Hier hatten sie vor zehn Jahren ihre Liebe besiegelt, hier hatten sie zum ersten Mal miteinander geschlafen. Die Kehle wurde ihr eng, und sie fuhr sich unwillkürlich mit der Zungenspitze über die trockenen Lippen.

„Erinnerst du dich noch?", fragte sie mit spröder, fast unhörbarer Stimme.

Jeff lächelte, aber das Lächeln erreichte seine Augen nicht. „Ja", gab er ebenso leise zurück und zog sie näher zu sich. „Ich erinnere mich." Er sah in den Himmel hinauf. „Du weißt ja gar nicht, wie oft ich versucht habe, dich zu vergessen, jede Erinnerung auszulöschen." Er schloss die Arme um Andrea und legte das Kinn an ihre Stirn.

Langsam lockerte er den Druck und legte die Hände um ihr Gesicht. Dann küsste er sie. „Ich will dich, Andrea, ich will dich noch genauso wie beim ersten Mal." Andrea fühlte, wie ihre Knie schwach wurden, als er die Lippen aufreizend weich und langsam über ihren Mund bewegte. Sie stieß einen tiefen Seufzer aus und schlang ihm die Arme um den Nacken.

Er verteilte Küsse auf ihrem Gesicht und ihrem Hals, dann schob er ihren Pullover zur Seite und küsste sie auf die Schulter. „Ich will dich lieben, Andrea", bat er. „Bitte. So wie damals, bis wir alles andere vergessen."

Wenn es doch nur möglich wäre. Sie spürte, wie ihr Widerstand nachließ und sie sich in seinen Armen entspannte. Und als ihre Lippen sich erneut trafen, seufzte sie tief und schmiegte sich an ihn. Sie merkte kaum, wie er sie behutsam auf den Boden legte, sondern spürte nur auf einmal den kühlen Sand unter sich. Und auf ihr lag der Mann, den zu lieben sie nie aufgehört hatte.

Die alte Leidenschaft, die sie längst verlöscht geglaubt hatte, begann wieder in ihr aufzuflammen. Und das alte Sehnen, das sie zehn Jahre in sich verschlossen hatte, erfasste sie wieder und wärmte ihren Körper.

Jeff verteilte kleine Küsse auf ihren Wangen und dem Hals, und ihr wurde heiß. Ihre Haut rötete sich, und sie öffnete seiner vordringenden Zunge nur zu bereitwillig den Mund. Jeff stöhnte auf, als er spürte, dass sie ihm nachgab.

„Ich will dich lieben, bitte", flüsterte er ihr ins Ohr und streifte ihr den Mantel ab.

„Jeff, ich …"

„Pst. Nicht denken", drängte er. „Liebe mich einfach nur."

Sie hatte ihn doch immer geliebt. Wenn er nur wüsste, wie sehr sie ihn auch heute noch liebte! Sie sprach es nicht aus, denn sie wusste nur zu gut, dass es für sie keine gemeinsame Zukunft geben konnte. Aber sie hatten das Heute, hier auf der Insel, in der allmählich stärker werdenden Morgensonne.

Seine Lippen fuhren über ihr Kinn und ihren Hals. Er zog ihren Pullover ein wenig weg, küsste die Stelle, wo ihr Blut pulsierte, und strich mit der Zunge drum herum.

Andrea wurde heiß vor Verlangen, und ihre Sinne begannen zu schwimmen. Jeff bewegte die Hände aufreizend kreisend über ihren Rücken, und sie wölbte sich ihm entgegen.

Jeff hob den Kopf und sah ihr in die Augen. Er lächelte. „Du willst es genauso wie ich", stellte er fest. „Es hat sich nichts geändert."

„Ich wollte dich immer", gab sie zu. Zehn Jahre lang hatte sie versucht, sich selbst zu belügen, jetzt gestand sie es sich endlich selbst ein.

„Hexe!" Er wandte nicht einmal den Blick von ihr, als er an ihrem Pullover zerrte und dann mit den Händen darunterglitt. Andrea schloss die Augen und gab sich ganz ihrer auflodernden Leidenschaft hin. Als Jeff ihr den Pullover auszog, seufzte sie zufrieden. Sie sahen sich sekundenlang in die Augen, dann ließ er den Blick über ihren fast nackten Körper schweifen und küsste mit einem Aufstöhnen zuerst die eine, dann die andere Brust.

Andrea umfasste seinen Kopf und drückte ihn an sich, als wollte sie ihn nie mehr loslassen. Immer wieder murmelte sie seinen Namen, während er mit dem Daumen am Spitzenrand ihres Büstenhalters entlangfuhr. Ihre Brustspitzen wurden hart, und sie spürte, wie sie unaufhaltsam in einem Strudel der Leidenschaft fortgerissen wurde. Jeff zog ihr den Büstenhalter aus. Die kühle Novemberluft und sein warmer, schneller Atem mischten sich auf ihrer zarten Haut. Ihr war, als müsste sie in der Glut ihres Begehrens versengen, als er eine Brustspitze zwischen die Lippen nahm und die Zungenspitze darum spielen ließ.

Mit einer Hand umfasste er ihre Taille und hob sie hoch. Es schien, als könnte er nicht genug von ihr bekommen, als wollte er sie mit Haut und Haaren verschlingen. Rastlos fuhr seine Zunge über ihre Brust, brachte sie immer mehr in Ekstase, zeigte ihr, dass er sie begehrte, dass er sie brauchte – vielleicht dass er sie liebte. Jetzt nahm er ihre andere Brust in den Mund und saugte gierig daran.

Kleine Schweißperlen bedeckten Andreas Haut. Sie streckte die Hände aus und begann Jeffs Hemd aufzuknöpfen. Sekunden später fiel es zu Boden.

Sie erinnerte sich noch ganz genau an seinen muskulösen, braun gebrannten Körper und die dunklen Härchen auf seiner Brust. Sie ließ die Fingerspitzen über seine Haut kreisen, und ein Ruck durchfuhr ihn, als sie seine kleinen Brustspitzen berührte. Sie zog ihn zu sich herunter und küsste ihn am ganzen Oberkörper. Er schmeckte salzig. Dann nahm sie eine Brustspitze in den Mund, und er stöhnte auf.

„Andrea, was stellst du nur mit mir an?" Er schloss die Augen und gab sich ganz der Lust hin, die sie in ihm hervorrief. Seine Stimme klang rau vor Leidenschaft. „Was hast du nur immer mit mir angestellt?"

Er rollte sich auf den Rücken und zog sie auf sich. Seine Hände glitten unter ihren Rockbund auf ihren Po, nur um sich sofort wieder zurückzuziehen. Und dann zog er ihr den Rock aus, die Stiefel und das Höschen. Endlich lag sie nackt auf ihm.

„Zieh mich aus, Andrea", flüsterte er ihr ins Ohr. „Ich will mit dir nackt sein."

Tausend kleine Wellen der Lust durchliefen Andrea, als sie langsam seine Jeans aufknöpfte und sie ihm abstreifte. Mit Blicken weidete sie sich an seinem Körper, an seiner Reaktion auf ihre Berührungen. Sie wusste, dass er es kaum noch erwarten konnte, sich mit ihr zu vereinigen, aber er wartete noch ab, kostete die sinnliche Lust aneinander noch aus.

„Komm her", sagte er dann leise, und Andrea ließ zögernd die Hände über seine Schulter gleiten. Seine Muskeln verspannten sich, und er schluckte. Aber nicht ein Mal löste er den Blick von ihr. Dann strich er zärtlich mit dem Finger über ihre Wange und schob ihr eine Haarsträhne aus dem Gesicht.

„Noch können wir aufhören", meinte er.

„Willst du das denn?", fragte sie ein wenig erschrocken.

Er zögerte etwas, dann lächelte er. „Nein", sagte er. „Ich glaube, nicht."

„Dann tu es auch nicht", flüstere Andrea und streichelte seine Wange.

Er küsste die Innenfläche ihrer Hand, zog sie dann an sich und drehte sie auf den Rücken. Sie fühlte den kühlen feuchten Sand unter sich. Ihre Haare breiteten sich in einem Kranz um ihr Gesicht aus. Jeff hielt einen Augenblick inne, um sie nur anzuschauen. Ihre grünen Augen waren verschleiert, die rosa Brustspitzen hart im kühlen Wind. Wie sie so nackt vor ihm lag, erschien sie ihm so begehrenswert und schön wie nie zuvor. Und sie begann ihn schon wieder an Körper und Seele zu vereinnahmen, so wie sie es in der Vergangenheit getan hatte. Würde er denn niemals genug von ihr bekommen? Konnte er sie denn lieben und dann für immer vergessen?

Er sah ihr tief in die Augen und schlug jede Vorsicht und allen Zweifel in den Wind. Andrea war anders als alle Frauen, die er bisher kennengelernt hatte, und er wusste instinktiv, dass er niemals von ihr loskam, auch wenn sich eine unsichtbare, scheinbar unüberwindliche Barriere zwischen ihnen aufgetan hatte. Er hatte sie zehn lange Jahre nicht vergessen können und wusste, dass sich daran auch die nächsten zehn Jahre nichts ändern würde.

Langsam schob er sich auf sie, und sie sog scharf den Atem ein. Mit den Fingern zog er eine heiße Spur über ihre Haut, dann küsste er sie auf den Hals, zwischen die Brüste und auf den weichen flachen Bauch.

Andrea stöhnte vor Lust auf, und er ließ die Hände zwischen ihre Beine wandern. Sie schob sich ihm entgegen, sehnte sich nach der Erlösung von ihrer Lust. Jeff küsste ihren Nabel, dann teilte er mit dem Knie ihre Beine. Aber noch immer ließ er sich Zeit. Sie sollte dieselbe drängende Lust nach ihm verspüren wie er nach ihr.

„Bitte", flehte Andrea. „Bitte, Jeff …"

Sein Blick fiel auf ihre vollen runden Brüste. Er spielte damit, massierte und liebkoste sie, bis sie Angst hatte, vor Verlangen verrückt zu werden. Er strich mit den Lippen über ihre zarte, empfindsame Haut, und als sie meinte, vor Lust schreien zu müssen, begann er sie zu küssen und schob sich zwischen ihre Beine.

Andrea stieß einen kleinen Schrei aus und verkrampfte die Hände in seinem Haar. Sie presste sich so eng an ihn, als wollte sie ihn nie wieder gehen lassen. Die Leidenschaft schüttelte sie, und ihr Atem wurde flach und schnell.

Jetzt endlich gab Jeff nach und erlöste sie. Seine Küsse wurden fordernd und drängend, und in einem atemlosen Augenblick drang er endlich mit einem heftigen Stoß in sie ein. Andrea hielt für einen winzigen Moment den Atem an, dann flog sie davon in eine Welt der Lust und Erfüllung.

„Oh Andrea", stieß Jeff hervor. „Ich habe mich so nach dir gesehnt, so unendlich nach dir gesehnt …" Die Stimme versagte ihm, und er hatte nur noch Ohren für das Rauschen des Meeres und Andreas heftiges Atmen. Dann spürte sie, wie sie sich auflöste und Jeff mit einem letzten heftigen Stoß explodierte.

„Ach, Jeff", seufzte sie fast unhörbar, als sie regungslos und erschöpft in seinen Armen lag. Tränen des Glücks standen in ihren Augen.

Später, als ihr Atem wieder normal ging und sie langsam in die Normalität zurückfand, erkannte sie, dass sie wieder einmal willig in dieselbe Falle geraten war, in der sie schon vor zehn Jahren gefangen gewesen war.

*E*s dämmerte bereits, als Jeff seine Koffer im Motorboot verstaute. Er half Andrea an Bord und nahm dann Kurs auf die Lichter von Victoria.

„Lass uns zusammen essen gehen", schlug er vor, als sie in dem kleinen Jachthafen der Stadt angelegt hatten.

„Das ist nicht nötig", erwiderte Andrea. Sie fühlte sich bereits jetzt unendlich einsam, obwohl Jeff noch bei ihr war.

Er winkte ein Taxi heran. „Ich möchte es aber", gab er zurück. Sein Lächeln wirkte ehrlich.

Auf der Fahrt in die Stadt schwiegen beide. Dann wartete Jeff in der Diele, während Andrea duschte und sich umzog. Sie entschied sich für ein smaragdgrünes Kleid, das elegant und sexy und sehr weiblich war. Es war vorn geschlitzt, sodass auch ihre Beine gut zur Geltung kamen.

Jeffs Blicke sagten Andrea, dass sie die richtige Wahl getroffen hatte, und ihr Selbstvertrauen, das auf der Fahrt in die Stadt so plötzlich gesunken war, stieg wieder.

„Was hast du mit mir vor?", fragte er.

„Wieso, was soll ich vorhaben?"

„Ach, Andrea", sagte er mit einem Seufzer und zog sie in die Arme. Er hielt sie so fest, dass sie kaum noch atmen konnte. Sein Kuss war voller Leidenschaft und machte sie völlig wehrlos.

Als Jeff sie wieder losließ, hatte sie Schwierigkeiten, ihre Fassung wiederzufinden. Wenn er sie nur berührte, war sie ihm völlig hilflos ausgeliefert.

Jeff half Andrea in den Mantel. „Bereust du es schon?", flüsterte er ihr ins Ohr.

Sie traten in den kühlen Abend hinaus. „Nein."

Er spürte, dass etwas nicht stimmte. „Aber?"

„Aber es erinnert mich an die Vergangenheit, und ich weiß nicht, ob das gut ist."

„Wir können der Vergangenheit nicht entfliehen."

„Nein. Aber wir müssen sie nicht immer wieder neu beleben."

„Dann bereust du es doch", stellte er fest.

Andrea schüttelte den Kopf, sagte aber nichts mehr. Jeff legte den Arm um sie und rieb ihr den Arm, um sie zu wärmen.

Sie aßen in einem kleinen holzgetäfelten Fischrestaurant mit karierten Decken und Kerzen auf den Tischen. Ein loderndes Feuer in einem offenen Kamin sorgte für anheimelnde Gemütlichkeit, und Andrea wünschte sich, der Abend würde nie zu Ende gehen.

Jeff sah auf seine Armbanduhr. „Ich muss bald gehen", sagte er und nahm Andreas Hand. „Morgen fliege ich nach Kalifornien zurück."

Andrea sah ihn an. „Wegen Megan?"

„Ja." Er zog die Hand zurück und sah in die Nacht hinaus. „Ich muss sie von Lara wegholen, bevor etwas passiert."

Andrea wusste nicht, was sie sagen sollte. „Ich kann mir nicht vorstellen, dass Lara ihr etwas antun würde."

„Nein, natürlich nicht", gab Jeff heftig zurück. „Nicht absichtlich. Aber vor zwei Tagen erst hatte sie wieder einmal einen Autounfall. Sie war betrunken. Wie lange, meinst du, geht das noch gut? Das Risiko kann ich nicht eingehen." Er machte eine kleine Pause, und als er weitersprach, klang seine Stimme völlig emotionslos. „Am Abend nach meinem offiziellen Rücktritt kam ich ziemlich spät nach Hause. Lara hatte schon seit Stunden getrunken." Wieder schwieg er. „Sie war so betrunken, wie ich sie noch nie erlebt hatte, und sie wurde laut und beleidigend. Es kam zu einem fürchterlichen Streit, und davon wurde Megan wach. Sie stand auf der Treppe und bekam jedes Wort mit." Jeff verzog das Gesicht. „Da merkte ich, dass ich sie von Lara fortbringen muss. Lara selbst war ziemlich erschrocken und ging freiwillig in eine Klinik. Aber als sie zurückkam, hatte sich nichts geändert."

Andrea tat das Herz weh, als sie Jeff ansah.

„Sie wurde so unerträglich, dass ich schließlich die Scheidung einreichte und das Sorgerecht für Megan beantragte. Eine Trennung war die einzige Lösung. Ich konnte Lara doch nicht helfen."

Andrea kamen die Tränen, ohne dass sie es wollte. Auf einmal hatte sie unendliches Mitleid mit Lara.

Jeff streckte den Arm aus und berührte ihre tränennasse

Wange. „Um wen weinst du?"

„Um dich, dein Kind, deine Frau ... Ich weiß es nicht." Sie tupfte ihr Gesicht mit einer Serviette ab.

„Eine gute Story, nicht wahr", sagte er mit deutlicher Schärfe in der Stimme.

„Mir geht es nicht um Storys."

„Ach nein?"

„Nein!", gab sie böse zurück.

„Du hast mich schon einmal für deine Zwecke benutzt."

„Nicht ich."

„Dann eben dein Bruder."

„Und deshalb wirst du mir nie wieder vertrauen." Sie merkte, wie tief und unüberbrückbar die Kluft zwischen ihnen geworden war. All die Zeit, die sie mit Jeff auf der Insel gewesen war, hatte nichts für ihn bedeutet. Er misstraute ihr noch immer. Und doch hatte er sie geliebt – und sie war dumm genug gewesen, auf ihn hereinzufallen.

Irgendwie schaffte sie den Weg nach Hause. Unter der Tür blieb sie stehen, als Jeff ihr die Hand auf den Arm legte. „Ich wollte nicht, dass es so endet."

„Ich weiß."

„Dann verstehst du, dass ..."

„Nein, ich verstehe gar nichts. Ich dachte es, aber ich habe mich geirrt."

„Das tut mir leid."

„Nicht halb so leid, wie es mir tut", gab sie leise zurück und spürte, wie wieder Tränen in ihre Augen stiegen.

„Du verstehst doch, dass ich dieses Interview nicht geben kann."

„Das hatte ich auch nie erwartet." Sie steckte den Schlüssel ins Schloss.

„Andrea."

Sie konnte ihn nicht ansehen, sondern hielt nur abwehrend die Hand hoch. „Sag nichts mehr."

„Ich wollte, ich könnte es dir erklären."

„Ja, das wollte ich auch. Aber es geht wohl nicht." Sie fühlte seine Hände auf den Schultern und wusste, dass er sie küssen wollte. „Nein, Jeff", bat sie. „Nicht." Aber er erstickte jeden Protest mit seinem Kuss. Andrea versuchte sich zu sträuben, aber es war sinnlos. Sie schlang die Arme um seinen Hals, und sie klammerten sich eine schiere Ewigkeit aneinander, bis er sich endlich von ihr löste.

„Ich bin froh darüber, dass du zu mir gekommen bist", sagte er. „Ich rufe dich an."

„Das musst du nicht."

„Ich möchte es aber."

Im nächsten Augenblick war er verschwunden. Andrea blieb stehen und sah in die Dunkelheit hinaus. Nie in ihrem Leben hatte sie sich einsamer gefühlt als in diesem Moment.

Drei Tage nachdem Jeff nach Kalifornien zurückgekehrt war, hielt Andrea die Leere nicht mehr aus und flog nach Los Angeles zurück.

Eine Woche später fuhr sie in ihrem kleinen Sportwagen ins Büro. Die letzten Tage hatte sie damit verbracht, ihre Wohnung zu renovieren, und jetzt taten ihr alle Muskeln weh. Während der Arbeit hatte sie Jeff vergessen können, aber nachts waren die Erinnerungen zurückgekehrt und hatten sie nicht schlafen lassen.

Es war merkwürdig, dass Bryce sie nicht längst angerufen hatte. Ob Jeff inzwischen mit ihm gesprochen hatte? Aber vermutlich hatte ihr Chef einen guten Ersatz für ihn gefunden. Sonst hätte er sich bestimmt gemeldet.

Von den anderen Mitarbeitern war noch kaum jemand da. Andrea holte sich eine Tasse Kaffee aus der winzigen Küche und ging in ihr Büro. Ihr Schreibtisch war von Briefen, Nachrichten, Berichten und Prospekten übersät. Das war ein Segen. So kam sie wenigstens nicht dazu, an Jeff zu denken.

„Hallo, seht mal, wer wieder hier ist!" Das war Jack Masters, der unter der Tür aufgetaucht war.

„Ich habe euch offenbar sehr gefehlt", meinte Andrea und betrachtete das Chaos auf ihrem Schreibtisch.

Jack lächelte. „Und ob. Vor allem mir."

„Hast du niemanden gefunden, der dir Kaffee kocht?", erkundigte Andrea sich und schob eine Augenbraue hoch.

„Willst du damit sagen, dass ich mich von dir bedienen lasse?"

„Von mir und dem Rest der weiblichen Bevölkerung."

„Das ist nicht fair, Andrea", klagte Jack tief getroffen. „Ich liebe die Frauen – alle."

„Ja, ich weiß", gab Andrea trocken zurück. „Was ist passiert, als ich weg war?"

Jack kam herein und setzte sich. Er war ernst geworden. „Es läuft nicht besonders gut hier."

Andreas Mund wurde trocken. „Warum nicht?"

„Hast du zufällig die letzte Episode von *Die Macht des Stolzes* gesehen?"

Andrea nickte.

„Und?"

„Nun, es war nicht gerade unsere beste Produktion", antwortete sie vorsichtig.

„Es war Schrott. Und weißt du, warum?" Seine Augen blitzten. „Wegen Nicole Jamison."

Andrea seufzte. „Ich glaube nicht, dass man die Schuld ihr allein geben kann."

„Nein. Sie kann schließlich nichts dafür, dass sie so unbegabt ist."

Andrea hatte Jack noch selten so wütend gesehen. Die Serie war ursprünglich seine Idee gewesen. Konnte es sein, dass er jetzt einen Sündenbock für sein eigenes Versagen suchte?

„Tut mir leid", sagte er und lächelte wieder ein wenig. „Ich habe wohl ein bisschen zu heftig reagiert. Aber es macht mich einfach wütend, wenn eine eigentlich gute Sendung nur deshalb schiefgeht, weil die Besetzung so schlecht ist."

„Meinst du denn, eine andere Schauspielerin hätte etwas retten können?"

„Vielleicht nicht. Aber sie hätte die Rolle der Angela vielleicht nicht so vollständig ruiniert." Er klopfte nervös mit den Fingern auf Andreas Schreibtisch. „Wie fandest du Angelas Monolog, als sie herausfindet, dass ihr Neffe in Wirklichkeit der uneheliche Sohn ihres Mannes ist?"

„Nicht besonders", gab Andrea zu. Sie war im Grunde Jacks Meinung, dass Nicole Jamison eine Fehlbesetzung war.

„Es war eine reine Katastrophe!"

„Du hast gesagt, hier laufe es nicht besonders gut. Was heißt das?"

„Dass auch unsere anderen beiden Serien abgesetzt sind. Das ist inzwischen offiziell."

Andrea lehnte sich mit einem Seufzer zurück. „Und wie läuft es mit unseren Prominenteninterviews?"

Jack schüttelte den Kopf. „Damit sieht es auch nicht besonders gut aus", erklärte er. „Bryce besteht auf Jeff Harmon, aber der weigert sich."

„Es muss doch noch andere Leute geben, die sich nur zu gern interviewen lassen."

„Sollte man annehmen. Aber Bryce hat sich Harmon in den Kopf gesetzt. Es scheint, dass dessen Frau sich in einer ziemlich üblen Lage befindet."

„Du meinst, seine geschiedene Frau", verbesserte Andrea ihn automatisch.

Jack nickte. „Ja. Offenbar trinkt sie nicht nur und taucht jede Woche mit einem neuen Mann auf, sondern jetzt hat sie auch noch ein Verfahren am Hals."

„Du meinst, um das Sorgerecht?"

„Das natürlich auch", sagte Jack. „Aber nicht nur. Sie hatte offenbar vor zwei Wochen einen Autounfall."

„Ja, ich habe davon gelesen."

„Die Unfallgegner haben sie angezeigt."

„Ich dachte, niemand wurde verletzt."

„Es scheint, dass einer der anderen Autoinsassen ein paar Tage nach dem Unfall einen Herzanfall erlitten hat. Dafür macht er Lara Harmon verantwortlich."

„Aber das ist absurd."

Jack hob die Schultern. „Du weißt ja, wie das ist. Die Leute strengen heutzutage ständig irgendwelche Klagen an. Vor allem

73

wenn es gegen jemand Prominenten geht und viel Geld im Spiel ist."

„Ich kann es nicht glauben", meinte Andrea. Sie war blass geworden.

Jack hob die Schultern. „Ich habe es auch nur gelesen", sagte er halb entschuldigend. „Und Harmons Exfrau ist kein Unschuldsengel. Sie stand bei dem Unfall unter Alkoholeinfluss."

„Ich verstehe."

„Warte. Das Beste hast du ja noch gar nicht gehört: Lara Harmon möchte offenbar, dass ihr Exmann sie vor Gericht vertritt. Wie findest du das?"

Andrea schluckte. „Das ist zwar alles sehr interessant, aber ich verstehe nicht ganz, was das mit *Coral Productions* zu tun hat."

Jack stand auf und sah auf Andrea hinunter. „Nein? Aus dem Grund ist Bryce doch so hinter Harmon her. Ehemaliger skandalbehafteter Gouverneur mit geheimnisvoller Geliebter und trinkender Exfrau, genau das wollen die Leute."

Andrea sah ihn fassungslos an. „Und du erwartest, dass Harmon da mitmacht?"

„Bryce will es."

„Was Bryce will und was er bekommt, sind zwei Paar Stiefel, meint ihr wohl", erklärte Bryce selbst fröhlich, als er jetzt ins Zimmer kam. Er lächelte. „Schön, dass du wieder da bist, Andrea. Du hast uns gefehlt."

Andrea erwiderte sein Lächeln schwach. „Es sieht so aus, wenn ich den Berg auf meinem Schreibtisch betrachte."

Ein kurzes Schweigen entstand. „Ich nehme an, dass Jack dir schon erzählt hat, was hier los ist", sagte Bryce dann.

Andrea nickte. „Ja, die Serien sind alle abgesetzt, selbst *Nachtsirenen*, obwohl die Einschaltquoten ständig stiegen."

„Der neue Vorstand im Sender will das ganze Konzept umstellen."

„Unsere neuen Ideen haben ihm nicht gefallen?"

Bryce seufzte. „Die hohen Herren haben kein Vertrauen mehr zu uns. Aber es hat keinen Zweck, über verschüttete Milch zu weinen."

„Wir müssen diese Interviewserie durchziehen, das ist unsere einzige Chance", erklärte Jack.

„Alles schön und gut, aber noch fehlt uns unser Einstiegsinterview", erinnerte Bryce ihn.

„Macht Harmon nicht mit?", fragte Andrea etwas mühsam.

Bryce zögerte, und Jack nutzte die Pause, um sich zu verabschieden. „Ich bin bei Katie, wenn mich jemand braucht. Wir wollen die Fragen an Sondra Wickfield ausarbeiten."

Bryce schloss die Tür hinter ihm. Dann kam er zurück.

„Ihr habt also Sondra Wickfield bekommen", sagte Andrea.

„Ihre Anwälte meinen, die Sendung könnte die Öffentlichkeit auf ihre Seite bringen. Vielleicht wird sie frühzeitig entlassen – wegen guter Führung."

„Und habt ihr sonst schon jemanden?"

„Ja. Es gibt keinerlei Probleme, Interviewpartner zu bekommen – mit einer Ausnahme."

„Jeff Harmon", sagte Andrea.

„Ja."

„Ein Mann mit Prinzipien."

„Das solltest du doch am besten wissen." Bryce verschränkte die Arme über der Brust. „Hören wir mit den Spielchen auf, Andrea. Ich weiß, dass du ihn von früher kennst. Du warst das Mädchen, das vor zehn Jahren in den Skandal verwickelt war."

„Woher weißt du das?" Andrea lehnte sich in ihrem Stuhl zurück und sah Bryce nachdenklich an. Ihr war, als sähe sie ihn zum ersten Mal. Hatte Jeff mit seiner Meinung über ihn vielleicht recht gehabt?

„Mir fiel deine Reaktion auf den Artikel über Harmons Scheidung auf. Damals fand ich es nur merkwürdig. Aber ich hätte nie gedacht, dass du etwas mit ihm zu tun haben könntest, bis ich ein bisschen nachforschte."

„Und obwohl du das wusstest, hast du mich gebeten, Jeff aufzusuchen?", fragte Andrea tonlos.

Bryce hob die Hände. „Gut, ich hätte es dir sagen müssen", gab er zu. „Aber hättest du dich dann mit ihm in Verbindung gesetzt?"

„Ich weiß nicht … Aber es hat ohnehin nichts genützt. Er hat abgelehnt."

„Noch ist nicht aller Tage Abend."

„Du hältst das nicht für endgültig?", fragte Andrea ungläubig.

„Nein."

„Aber er denkt nicht daran, sein Privatleben in der Öffentlichkeit auszubreiten."

„Und du meinst nicht, dass du ihn überreden kannst?"

„Nein! Ich würde nicht im Traum daran denken, es auch nur zu versuchen." Andrea war empört. Was verlangte Bryce da von ihr?

„Das würde ich auch nicht von dir erwarten", erwiderte er. „Es muss einen anderen Weg zu ihm geben. Es wäre nicht das erste Mal, dass jemand sich anders besinnt." Er sah auf die Uhr. „Ich muss zu einer Besprechung. Wir sehen uns später."

Als die Tür sich hinter ihm geschlossen hatte, blieb Andrea wie gelähmt sitzen. Sie hatte ein mehr als ungutes Gefühl. Warum hatte Bryce sich ausgerechnet auf Jeff versteift?

8. KAPITEL

Zwei Tage nach diesem Gespräch mit Bryce Cawthorne ging Andrea mit ihrer Kollegin und Freundin Katie Angus zum Mittagessen. Es war warm genug, um im Freien zu sitzen, und Andrea spürte, wie ihre innere Anspannung in Katies Gesellschaft langsam nachließ.

„Wie war es im Urlaub?", erkundigte Katie sich.

„Ereignislos", antwortete Andrea etwas spröde.

Katie ließ sich durch die zur Schau getragene Gleichgültigkeit ihrer Freundin nicht täuschen. „Das glaube ich nicht. Du hast dich irgendwie verändert, und ich wette, dass ein Mann dahintersteckt."

„Du hast zu viel Fantasie", behauptete Andrea und war froh, als der Ober an den Tisch kam und sie unterbrach. Anschließend wechselte sie das Thema. „Wie war es im Büro, als ich nicht da war?"

„Grässlich", sagte Katie und verzog das Gesicht. „Bryce war miserabler Laune und einfach unerträglich."

„Er macht sich eben Sorgen um die Firma", meinte Andrea.

„Ich glaube, dass mehr dahintersteckt." Katie schob ein Stück Omelett in den Mund. „Wenn du mich fragst, ärgert er sich darüber, dass Jeff Harmon ihm dieses Interview nicht geben will."

„Warum muss es denn ausgerechnet Jeff Harmon sein?"

„Vermutlich weil Bryce bereits mit ihm hausieren geht."

Andrea stocherte lustlos in ihrem Salat. „Aber wie kann er etwas versprechen, was er dann nicht halten kann?"

Katie zuckte die Achseln. „Keinen Schimmer. Vielleicht wollte ITV konkrete Namen hören." Sie sah Andrea an. „Bryces Sekretärin behauptet, er wüsste etwas über Harmon, womit er ihn ‚beeinflussen' könnte. Ich kann mir gar nicht vorstellen, was das sein soll." Sie betrachtete Andrea ein wenig besorgt. „Hast du etwas? Du bist blass."

„Ich? Mir hat einfach die kalifornische Sonne gefehlt", behauptete Andrea geistesgegenwärtig.

„Du isst ja gar nichts."

„Ich habe keinen Hunger." Andrea zwang sich zu einem Lächeln, aber Katie ließ sich davon nicht täuschen.

„Irgendetwas ist mit dir", stellte sie fest.

„Nichts Besonderes. Probleme in der Familie", log Andrea. Katie war ihre Freundin, und sie hätte ihr gern das Herz ausgeschüttet. Aber wie konnte sie auch nur versuchen, ihre Gefühle für Jeff zu erklären? Es war nicht leicht, ein so lange gehütetes Geheimnis preiszugeben, auch nicht der besten Freundin gegenüber.

„Ich wollte dir nicht zu nahe treten."

„Das tust du auch nicht. Ich mache mir nur Sorgen um meine Schwester." Das war jedenfalls nicht ganz erfunden.

„Um Gayla? Was ist mit ihr?"

„Ich weiß es nicht." Andrea seufzte. „Es ist mehr so ein unbestimmtes Gefühl. Ich kann sie seit Tagen einfach nicht erreichen. Aber wahrscheinlich bilde ich mir alles nur ein", meinte sie abschließend.

„An deiner Stelle würde ich mir nicht so viele Gedanken machen. Gayla ist achtundzwanzig und kann sehr gut für sich selbst sorgen. Und jetzt heraus mit der Sprache. Die Geschichte mit deiner Schwester kaufe ich dir nicht ab." Andrea wollte protestieren, aber Katie ließ sie nicht zu Wort kommen. „Ja, ich weiß, du machst dir Sorgen um sie. Aber was beschäftigt dich wirklich?"

„Ich weiß gar nicht, was du willst."

„Das weißt du sehr gut." Katie gab sich nicht so schnell geschlagen. „Wir arbeiten zusammen, wir sind seit Jahren befreundet, und ich merke sehr wohl, wenn du Schwierigkeiten hast. Du hast abgenommen, bist blass und hast keinen Appetit. Wenn du nicht darüber reden willst, gut. Aber tu nicht so, als wäre nichts."

Andrea musste gegen ihren Willen lächeln. „Dir kann man einfach nichts vormachen."

„Du bist ziemlich leicht zu durchschauen. Darf ich raten: Es gibt einen neuen Mann in deinem Leben."

„Ich wollte, es wäre so leicht", erwiderte Andrea mit einem Seufzer. „Um einen Mann geht es schon, aber ich kenne ihn schon ziemlich lange. Es ist Jeff Harmon."

„Was?", rief Katie ungläubig. „Du nimmst mich auf den Arm."

Andrea lächelte ein wenig reuig. „Nein. Ich war die Studentin, die vor zehn Jahren mit ihm liiert war."

„Oh Andrea …"

„Bryce wollte, dass ich mich mit Jeff in Verbindung setze, deshalb war ich bei ihm."

„Du glaubst doch nicht, dass Bryce dich bewusst benutzt hat?", fragte Katie entsetzt. „Dass er meint, über dich an Harmon heranzukommen?"

„Ich hoffe, nicht", sagte Andrea, aber sie hatte ihre Zweifel. „Es würde auch nichts nützen. Jeff hat sich längst dagegen entschieden."

Katie sah sie an. „Und wo bleibst du bei der ganzen Sache? Hast du von Jeff gehört, seit du wieder hier bist?"

Andrea schob ihren halb vollen Teller von sich. „Ja. Er hat angerufen", gab sie zu.

„Und?"

„Und nichts. Wir haben zweimal telefoniert, aber er hat nicht gesagt, dass er mich sehen will." Sie stand auf. „Er war sehr höflich, aber nicht besonders freundlich. Wahrscheinlich hat er nur angerufen, weil er sich irgendwie verpflichtet fühlte." Sie spürte, wie die Tränen in ihr hochstiegen, aber sie hielt sie mit Anstrengung zurück.

„Das klingt nicht nach Jeff Harmon", meinte Katie und stand ebenfalls auf. „Jedenfalls nicht nach dem Harmon, von dem ich immer lese. Der lässt sich nicht von äußeren Zwängen leiten. Deshalb war er ja als Politiker so beliebt. Er stand für das ein, was er glaubte, und ließ sich weder von der öffentlichen Meinung noch von Geld beeinflussen."

Andrea traute ihrer Stimme nicht. Dieses Gespräch über Jeff hatte nur die kaum vernarbten Wunden wieder aufgerissen. Sie wollte so gern glauben, was Katie sagte. Aber sie wusste es besser. Zweimal hatte sie ihren Gefühlen nachgegeben, und beide Male hatte Jeff sie verstoßen.

Katie versuchte Andrea von ihren traurigen Gedanken abzulenken und erzählte ihr von ihrem neuesten Flirt mit einem aufstrebenden jungen Produzenten. Aber Andrea hörte ihr nur halb zu.

Sie wollte einfach nicht glauben, dass Bryce sie wirklich ganz bewusst einsetzte, um an Jeff heranzukommen. Und doch, das ungute Gefühl verließ sie den ganzen Tag nicht mehr.

Die Atmosphäre im Büro lud sich immer mehr auf, und am späten Freitagnachmittag konnte Andrea es kaum noch erwarten, endlich zwei Tage Abstand zu haben. Sogar Jack Masters konnte seine ausdauernd fröhliche Miene nicht mehr aufrechterhalten und wirkte ausgesprochen missmutig.

Zu Hause schlüpfte Andrea sofort aus den Schuhen und öffnete die Terrassentür. Es war ein schwülwarmer Tag gewesen, und Regen hing in der Luft. Sie ließ ein Bad ein und versank dann bis zum Hals im warmen Wasser. Mit einem zufriedenen Seufzer schloss sie die Augen. Zum ersten Mal seit Tagen spürte sie, wie die Spannung in ihr nachließ. Sie schlief ein.

Die Türglocke weckte sie wieder. Das Wasser war kalt geworden, und sie fröstelte.

„Moment", rief sie, während sie hastig in ihren dicken Bademantel schlüpfte und auf nassen Füßen über den hellen Wohnzimmerteppich lief. Es klingelte erneut. „Ich komme!" Mit einem Ruck riss sie die Tür auf.

Ihr Herz blieb stehen, als sie Jeff vor sich sah. Er war unrasiert, und sein Jackett war zerknittert. Er wirkte müde.

„Jeff!", stieß Andrea erstaunt hervor. „Was tust du denn hier?" Seit drei Tagen hatte sie nichts von ihm gehört, und ihre letzte Unterhaltung am Telefon war so steif und angespannt verlaufen, dass sie niemals erwartet hätte, ihn hier zu sehen. Er sah aus, als bräuchte er Zuspruch.

Jetzt lächelte er. „Du siehst wunderbar aus." Seine Blicke waren wie Liebkosungen.

Aus ihrem hochgesteckten schwarzen Haar tropfte Wasser, und ihre Haut war vom Baden noch rosig angehaucht. Für Jeff sah sie begehrenswerter und aufregender aus als je zuvor. Sie hatte ihn in seinen Träumen verfolgt, aber die Wirklichkeit übertraf alle seine Traumbilder von ihr. Er konnte eigentlich selbst nicht so recht sagen, warum er nach dem langen Flug von Colorado zu ihr gekommen war, aber sein Bedürfnis nach Trost und Gesellschaft hatte ihn instinktiv zu ihr geführt.

Andrea hatte sich von ihrem Schock erholt und öffnete die Tür weit. „Komm herein", sagte sie und trat einen Schritt zur Seite. „Ich hatte niemanden erwartet", erklärte sie, um Entschuldigung bittend.

„Das sehe ich", erwiderte er mit einem Blick auf ihren Bademantel.

Andrea betrachtete ihn schweigend. Warum war er gekommen? In seiner Gegenwart fühlte sie sich lebendiger und weiblicher, als es die ganze Woche der Fall gewesen war.

„Hübsch", stellte er fest und sah sich in ihrem kleinen Wohnzimmer um. Die Möbel stammten zum Teil vom Antiquitätenhändler und von Versteigerungen, andere waren neu und ganz modern. In bunten Webkörben aus Indien standen großblättrige Grünpflanzen, Kupferkessel dienten als Behälter für Strickzeug und Zeitungen, vor den Fenstern hingen blassblaue Jutevorhänge. Es war eine gemütliche Wohnung.

Andrea spürte, dass Jeff sich Gedanken über die Abschnitte ihres Lebens machte, an denen er keinen Anteil gehabt hatte. Und auf einmal fühlte sie, wie eine neue Intimität zwischen ihnen wuchs.

„Jeff, warum bist du gekommen?", wollte sie wissen.

Er sah sie an. „Ich fand unsere Telefongespräche nicht sehr befriedigend."

„Und wem gibst du die Schuld daran?", wollte Andrea wissen.

Jeff hob die Schultern. „Das soll ja kein Vorwurf sein. Ich hätte dich eben nicht anrufen sollen."

„Und warum hast du es dann doch getan? Weil du dich irgendwie verpflichtet fühltest?"

Jeffs Lippen wurden schmal. „Ich habe dich angerufen, weil ich es wollte, aus keinem anderen Grund." Zweifel stand in ihren Augen. „Warum versuche ich überhaupt, es dir zu erklären? Ich wollte ganz einfach mit dir reden!" Das stieß er mit einer Heftigkeit hervor, als hätte sie ihn gegen seinen Willen zu einem Geständnis gezwungen. Dann ließ er sich auf das alte Sofa fallen. „Ich war dir gegenüber ziemlich unfair", sagte er dann unerwartet und sah zu ihr auf.

„Was heißt das?"

„Ich war egoistisch und selbstbezogen und …"

„Nein." Andrea wollte protestieren, aber er schnitt ihr das Wort ab.

„Hör einfach nur zu. Oder kannst du dir nicht mit Anstand eine Entschuldigung anhören?"

Andrea kniff die Lippen zusammen und setzte sich auf den Sessel ihm gegenüber. Sie faltete die Hände im Schoß und neigte den Kopf.

„Ich bin nicht sehr geübt, was das Entschuldigen angeht, war es nie. Es tut mir leid, dass ich nicht früher zu dir gekommen bin, aber ich habe bis zu den Ohren in Arbeit gesteckt und bin erst vor einer Stunde aus Denver zurückgekommen. Und …" Er schloss ein paar Sekunden lang die Augen, und als er sie wieder öffnete, war Verwirrung darin zu lesen. „Warum ist nur alles so schiefgegangen?", fragte er rau. „Vor zehn Jahren war doch noch alles so einfach."

„Wir waren jünger", erwiderte Andrea.

„Aber nicht klüger." Er seufzte. „Wir hätten nie zulassen dürfen, dass wir uns so voneinander entfernen." Er rieb sich den Nacken.

Andrea kannte viele verschiedene Seiten an Jeff Harmon. Sie hatte erlebt, wie liebevoll und sanft er sein konnte, hatte seine Überzeugungskraft und bedingungslose Entschlossenheit kennengelernt, aber nie hatte sie ihn so niedergeschlagen gesehen.

„Jeff, geht es dir nicht gut?", fragte sie besorgt.

Er lächelte ein wenig grimmig. „Doch", behauptete er. „Mir geht es ganz hervorragend."

„Hast du Schwierigkeiten?"

Seine Augen wurden schmal, und einen Moment lang wirkte er verärgert. „Nein", antwortete er hart.

„Vielleicht könnte ich dir helfen", bot Andrea ihm an.

„Nein. Das muss ich allein durchstehen", sagte er unfreundlich.

Sie war ratlos. Was wollte er von ihr? Warum war er gekommen? Und was machte ihn so ärgerlich?

„Möchtest du vielleicht etwas trinken?" Sie stand auf und machte sich auf den Weg in die Küche. Sie musste einfach Abstand zwischen sich und ihn bringen. „Cognac?", rief sie, aber sie bekam keine Antwort. Sie hatte auch keine erwartet.

Als sie mit den Gläsern ins Wohnzimmer zurückkam, hatte Jeff Jackett und Krawatte ausgezogen und die Hemdsärmel hochgerollt.

„Danke", sagte er, als sie ihm seinen Cognac in die Hand drückte. Die Atmosphäre war plötzlich aufgeladen.

Andrea spürte, wie ihr die Kehle eng wurde. „Entschuldige mich", flüsterte sie und wollte sich auf den Rückzug machen.

Aber er hielt sie fest. „Wo willst du hin?"

Sie schluckte und suchte schnell nach einem Vorwand. „Es wird gleich anfangen zu regnen. Es ist vielleicht besser, wenn ich die Terrassentür zumache. Außerdem möchte ich mir etwas anziehen."

„Meinetwegen brauchst du das nicht."

Andrea ignorierte den Hintersinn dieser Bemerkung. „Ich möchte nicht, dass der Teppich nass wird." Sie ging zur Terrassentür. Der Wind hatte aufgefrischt, und die ersten Tropfen fielen.

Sie schob die Tür zu, als sie auf einmal Jeffs Arme um sich fühlte. Und sie reagierte mit jeder Faser ihres Körpers auf seine Nähe. Sie legte den Kopf zurück, und er begann Küsse auf ihren Schläfen und dem Hals zu verteilen. Dann zog er vorsichtig die Nadeln aus ihrem Haar, sodass es ihr, noch feucht, in sanften Locken auf die Schultern fiel. Andrea lehnte sich an ihn. Ihre Haut glühte.

„Weißt du, wie sehr ich mich danach gesehnt habe?", fragte Jeff, als er die Hände unter ihren Bademantel gleiten ließ. Sie atmete tief und zittrig durch, und ihr Herz setzte einen Schlag aus, als er ihre Brust umfasste. Von innen her wurde ihr ganz warm, und ihre Knie begannen unter ihr nachzugeben. Dann löste er den Gürtel ihres Bademantels und ließ rastlos die Hände über ihren Körper gleiten. Mit dem Daumen strich er aufreizend über ihre Brustspitzen und löste damit Wellen der Lust und des Begehrens in ihr aus.

Dann rutschten seine Hände auf ihren Bauch hinunter, berührten ihre Schenkel, und Andrea spürte, wie seine eigene Erregung wuchs. Seine Hände zitterten, als er sie umdrehte und ihr den Bademantel über die Schultern schob.

„Du bist wunderschön", flüsterte er und fuhr mit dem Finger an ihrem Kinn entlang und über den Hals bis hin zu ihrer Brust. Er schloss die Augen, als die Leidenschaft ihn zu überwältigen drohte. „Ich kann einfach nicht genug von dir bekommen."

Damit schlang er die Arme um sie und zog sie an sich. Ihre Lippen fanden sich, und Andrea spürte ein Feuer in sich auflodern, das nur Jeff entfachen konnte. Sie presste sich an ihn und forderte alles, was er ihr nur versprechen konnte.

Er ließ die Finger über ihren Rücken nach unten wandern. Andrea knöpfte ihm mit bebenden Händen das Hemd auf und riss dabei vor lauter Ungeduld fast die Knöpfe ab. Dann hob sie sich auf die Zehenspitzen und schmiegte sich aufreizend an ihn.

Jeff stöhnte auf und zog sie mit sich auf den Teppich hinunter. „Du gehörst mir", flüsterte er heiser. „Ich werde dafür sorgen, dass du das nie vergisst." Er stand noch einmal auf, um seine Hose auszuziehen, und Andrea sah ihm atemlos zu. Dann kam er wieder zu ihr und zeichnete mit dem Finger kleine Muster auf ihre Schulter. Winzige Schauer durchliefen ihren Körper. „Liebe mich", wisperte er. „Liebe mich, Andrea."

Andrea holte zittrig Atem und schob alle Zweifel beiseite. Sie rutschte auf ihn und übersäte sein Gesicht und seinen Hals mit hungrigen kleinen Küssen. Er seufzte zufrieden und legte die Arme um sie. Andrea fuhr ihm mit beiden Händen in die Haare und begann ihn zu küssen. Er stöhnte auf, und sein Körper wurde von einem Beben erschüttert.

Sie bewegte sich langsam und aufreizend an ihm, und er glitt ein Stück hinunter, bis sein Mund ihre Brust gefunden hatte.

Er begann langsam daran zu saugen, und alle Spannungen, alle Ängste verließen sie. Seine Zunge spielte mit ihren Brustspitzen, umkreiste und liebkoste sie, bis Andrea meinte, sie müsse vor Lust und Sehnsucht verrückt werden. Immer wieder flüsterte er ihren Namen, während er ihren Rücken und ihre Hüften streichelte.

Andrea glühte am ganzen Körper. Er küsste sie auf den Bauch, und dann berührte er sie zwischen den Beinen, wo sie heiß und feucht war, bis sie sich nicht mehr zu helfen wusste.

„Jeff", stieß sie hervor. „Bitte, Jeff …"

Mit einem Aufstöhnen purer Lust drehte er sie auf den Rücken, drückte ihr die Beine auseinander und kam endlich zu ihr. Mit einem wilden lustvollen Stoß drang er in sie ein, und Andrea stieß einen leisen Schrei aus. Zusammen bewegten sie sich im gleichen Rhythmus, erregten sich gegenseitig, bis der Damm endlich brach und Wellen der Lust sich über sie ergossen.

„Ich liebe dich, Andrea", flüsterte Jeff, als er sich von ihr löste und seine Stimme wiedergefunden hatte. Er küsste sie auf die Stirn. „Ich habe nie aufgehört, dich zu lieben." Er hielt sie ganz fest. „Gehen wir ins Bett", meinte er ein paar Minuten später. „Dann zeige ich dir, wie viel du mir bedeutest."

Andrea stieß einen zufriedenen Seufzer aus, als er sie auf die Arme hob und ins Schlafzimmer trug. Diese Nacht gehörte ihnen. Über alles andere würde sie sich morgen Gedanken machen.

*D*aran könnte ich mich gewöhnen", meinte Jeff am nächsten Morgen lächelnd, als er Andrea am Frühstückstisch gegenübersaß.

Andrea erwiderte sein Lächeln. „Und warum gewöhnst du dich dann nicht daran?"

„Soll das eine Einladung sein, bei dir einzuziehen?"

„Warum nicht?"

„Ich fürchte, es geht nicht. Solange die Angelegenheit mit Megan nicht geklärt ist, kann ich keinerlei Bindungen eingehen." Jeff trank seinen Kaffee aus und stand auf. „Lara ist unberechenbar. Ich muss vorsichtig sein." Er sah Andrea um Verständnis bittend an. „Ich würde jetzt lieber nicht über Lara und Megan sprechen."

„Du meinst, du willst nicht über uns sprechen", stellte Andrea fest. Die Angst, die sie in der Nacht so weit von sich geschoben hatte, kam übermächtig zurück. „Aber ich will nicht hier sitzen und mich verstecken, bis du dich entscheidest, ob und wann du mich wiedersehen willst."

„Was soll das denn jetzt? Habe ich gesagt, dass ich das von dir erwarte?"

Sie war dankbar, dass der Ärger jetzt ihre Angst überlagerte. „Das war auch nicht nötig. Ich kann durchaus zwischen den Zeilen lesen."

Sein Mund wurde schmal. „Dann siehst du mehr als ich."

„Das sollte mich wundern."

„Warum musst du eigentlich immer mit mir streiten?"

„Und warum musst du mir immer etwas verschweigen? Was willst du eigentlich von mir?" Sie hatte zu zittern begonnen, und ihre Augen füllten sich mit Tränen. „Ich habe dich nicht hierher eingeladen."

„Ich habe dich auch nicht auf meine Insel eingeladen! Wirf mir nicht vor, ich würde dir etwas verschweigen, nachdem du mein ganzes Privatleben an die Öffentlichkeit zerren wolltest!"

„Müssen wir das schon wieder durchkauen?"

Sein Ärger schien ein wenig nachzulassen. „Ich hoffe, nicht." Unbehagliches Schweigen entstand. „Ich muss gehen", sagte er schließlich und nahm seine Jacke.

Andrea sagte nichts. Jeff vertraute ihr nicht, das war das Einzige, was für sie zählte. Die Tür fiel hinter ihm ins Schloss, dann hörte sie seine Schritte draußen auf dem Parkplatz. Er ist weg, dachte sie, und endlich ließ sie ihren Tränen freien Lauf.

Das Wochenende verlief so trostlos, dass Andrea sich tatsächlich wieder aufs Büro freute. Bestimmt hatte Bryce inzwischen einen anderen Prominenten gefunden, mit dem er seine Interviewreihe eröffnen konnte, und ihre unguten Gefühle entbehrten jeder Grundlage.

Die Stimmung war noch immer angespannt, aber es geschah nichts weiter. Aber gerade, als sie sich langsam zu entspannen begann und wieder in die hektische Routine ihrer Arbeit einfügte, begannen die Probleme.

Bryce hatte Jeff nicht mehr erwähnt, und sie war davon ausgegangen, dass er sich mit seiner Absage abgefunden hatte. Dazu trug bei, dass er alle Mitarbeiter gebeten hatte, von sich aus zusätzlich geeignete Gesprächspartner vorzuschlagen.

Die Tür zu seinem Büro stand offen, als Andrea bei ihm vorsprechen wollte. Bryce saß am Schreibtisch und telefonierte. Dabei machte er sich hastige Notizen. Er wirkte nervös.

„Nein, es wird sicher keine Probleme geben. Es geht nur noch um ein paar Kleinigkeiten. Sie wissen ja, wie diese Politiker sind. Sie lassen sich einfach nicht festnageln. Nein. Ich werde das alles heute Nachmittag klären." Schweißperlen standen auf seiner Stirn. „Ja, wir sprechen später darüber. Ciao." Er legte den Hörer auf und fuhr sich erschöpft über die Stirn. „Mist", murmelte er und hob den Kopf. Da entdeckte er Andrea und winkte sie herein. „Entschuldige, dass ich dich habe warten lassen."

Andrea fühlte sich nicht ganz wohl in ihrer Haut. „Wie läuft es mit den Interviews?", erkundigte sie sich.

„Fein, fein", murmelte Bryce und überflog noch einmal seine hingekritzelten Notizen. Dann rückte er die Brille zurecht. „Setz

dich. Na, sind dir ein paar Leute eingefallen für unsere Sendung?"
Er hatte die Ellbogen aufgestützt und sah sie über seinen Bleistift
hinweg an. Das Lächeln erreichte seine Augen nicht.

„Ich denke, schon."

„Ja?"

„Tom Reeves, beispielsweise. Er hat in letzter Zeit ziemlich
viel Presse bekommen für seine Walkampagne."

„Nicht interessant genug."

„Aber …"

„Vergiss ihn, Andrea. Hast du sonst noch jemanden gefunden?" Er klopfte nervös und offensichtlich verärgert mit
seinem Bleistift auf den Schreibtisch.

„Ich dachte an meinen Bruder."

„Was soll denn an dem interessant sein?"

„Er ist inzwischen Sprecher der Vietnamveteranen. Es gibt
ziemlich große soziale Probleme, und …"

„Wen kümmert das schon!" Bryce zog eine Zigarre heraus
und zündete sie an.

„Was?" Andrea traute ihren Ohren nicht.

„Ich habe gesagt: Wen interessiert das schon? Du meine Güte,
Andrea, Männer ziehen seit ewigen Zeiten in den Krieg. Für wen
halten sich diese Kerle eigentlich, dass sie jetzt auf einmal eine
Sonderbehandlung beanspruchen? Sie haben nur ihre Pflicht
getan. Ende der Geschichte."

„Das kann nicht dein Ernst sein."

Bryce schob seine Zigarre von einem Mundwinkel in den anderen. „Wer will so etwas schon sehen? Glaubst du, Leute, die
sich dafür interessieren, dass ein Popsänger eine Fünfzehnjäh-
rige heiratet, interessieren sich auch nur im Geringsten für einen
jammernden blinden Kriegsinvaliden? Oder für einen Meeres-
biologen, der seine Zeit damit vergeudet, sich um Wale und Del-
fine zu sorgen?", fragte Bryce schroff. „Wir brauchen schillernde
Stars, keine Problemfiguren." Er stand auf und begann in seinem
Büro auf und ab zu gehen. „Oder ehemalige seriöse Politiker mit
einer bösen Exfrau und einem alten Skandal am Hals."

„Du hast Harmon immer noch nicht aufgegeben?" Andreas

Magen zog sich zusammen.

„Nein. Wir müssen ihn nur noch überzeugen. Das wirst du tun."

„Er hört auf mich nicht mehr als auf dich."

„Da wäre ich mir nicht so sicher."

„Und warum?"

„Streng deine Fantasie an", forderte Bryce sie mit einem süffisanten Lächeln auf.

Andreas Blick wurde eisig. „Darf ich fragen, wie du das meinst?"

„Hör zu, Andrea." Bryce legte seine Zigarre ab. „Wir sind schließlich erwachsene Menschen. Ich weiß, dass du vor Jahren ein Verhältnis mit Harmon hattest, und ich würde darauf wetten, dass ihr während deines Urlaubs genau dort wieder angeknüpft habt." Andrea versteifte sich, aber sie schwieg. „Ich verlange ja nicht viel von dir. Du sollst ihn nur dazu überreden, im Fernsehen aufzutreten. Es ist seine Pflicht der Öffentlichkeit gegenüber."

„Das sehe ich nicht so."

„Was kostet es dich schon?"

„Ich kann es nicht, Bryce. Das weißt du genau."

„Betrachte es als Teil deines Jobs", empfahl Bryce ihr wütend. „Setz deine weiblichen Reize ein."

Andrea wollte sichergehen, dass sie Bryce wirklich richtig verstanden hatte. „Schlägst du vor, dass ich mit Jeff Harmon schlafe – als Bezahlung für das Interview?"

„Ganz so würde ich es nicht ausdrücken."

„Aber so meinst du es."

„Andrea, wir sind in einer verzweifelten Lage. Die hohen Herren bestehen darauf, dass unsere Serie mit Harmon anfängt."

„Weil du es ihnen versprochen hast."

„Das spielt doch keine Rolle. Die Sache ist ganz einfach: Wenn wir *Coral Productions* retten wollen, brauchen wir Harmon." Bryce schlug einen anderen Ton an. „Ich habe bisher noch kaum einen Gefallen von dir verlangt, Andrea." Er wusste, dass er sie in die Enge drängte, und legte noch einmal nach. „Vielleicht bekommen wir ja seine Exfrau auch vor die Kamera. Stell dir nur vor, welche Einschaltquoten uns das bescheren wird!"

Andrea holte tief Atem. „Tut mir leid, Bryce. Ich werde es nicht tun. In einer Stunde hast du meine Kündigung auf dem Tisch."

„Das ist nicht dein Ernst."

„Doch. Bei diesem Spiel mache ich nicht mit."

Bryce verzog verächtlich den Mund. „Ich hätte mir denken können, dass ich mich im Ernstfall nicht auf dich verlassen kann."

Andrea stand wortlos auf und verließ sein Büro.

„Andrea." Er war ihr nachgekommen. „Es tut mir leid", sagte er. „Ich habe einen schlechten Tag gehabt." Andrea wartete. „Es war alles nicht so gemeint."

„Ist schon gut."

„Nein, das ist es nicht. Ich hoffe, dass du dir das mit der Kündigung noch einmal überlegst." Er schob die Hände in die Hosentaschen. Eine Augenbraue zuckte nervös. „Wir arbeiten jetzt schon so lange zusammen, und ich möchte nicht, dass es auf die Weise aufhört."

„Ich halte es trotzdem für das Beste, wenn ich gehe."

„Wir haben uns doch früher auch schon gestritten."

„Diesmal ist es anders, Bryce."

„Alles ist diesmal anders."

„Ich weiß. Deshalb möchte ich auch gehen."

„Ich habe keine andere Wahl. Wir müssen irgendwie überleben. Das Fernsehen ist ein hartes Geschäft."

„Trotzdem."

„Also gut, wenn du es so willst. Ich hoffe, es ist dir klar, dass die Jobs in unserer Branche nicht allzu dicht gesät sind."

„Das ist mir klar."

Bryce drehte sich wortlos auf dem Absatz um und ging. Einen winzigen Augenblick lang geriet Andrea in Versuchung, aber die Unterredung in seinem Büro war ihr zu sehr an die Nieren gegangen. Sie hängte sich ihre Tasche über die Schulter, nahm den Karton mit ihren persönlichen Habseligkeiten und trat zum letzten Mal durch die hohe Glastür von *Coral Productions* ins Freie.

10. KAPITEL

*A*us Tagen wurden Wochen, und Andrea hatte noch immer keine Arbeit gefunden. Jeden Morgen verließ sie das Haus, um sich irgendwo vorzustellen, und jeden Abend kehrte sie enttäuscht wieder zurück.

Als das Telefon läutete, lag sie gerade in der Badewanne. Sie wickelte sich schnell in ein großes Handtuch und lief, um den Hörer abzuheben. „Hallo?", rief sie atemlos.

„Endlich bist du einmal zu Hause." Das war ihre jüngere Schwester Gayla.

Andrea lachte. „Du musst reden!" Sie setzte sich aufs Bett. „Ich versuche seit über einem Monat, dich zu erreichen."

Gayla wurde sofort ernst. „Ich war wenig da."

„Du warst überhaupt nicht da."

Gayla seufzte. „Das ist eine lange Geschichte."

„Ich habe Zeit, wenn du darüber reden willst."

„Da gibt es nicht viel zu reden. Ich brauchte nur einfach eine Weile Abstand von Doug und dem Kleinen."

„Und?"

„Doug versteht inzwischen, dass ich mehr brauche als nur Hausarbeit und Windelwaschen. Ich suche mir jetzt eine Teilzeitstelle."

„Das klingt doch gut."

„Ja, finde ich auch." Gayla wechselte das Thema. „Aber jetzt erzähl von dir. Ich wollte dich heute in der Firma anrufen und erfuhr, dass du gekündigt hast. Hast du etwas Besseres gefunden?"

„Nein. Ich bin seit zwei Wochen arbeitslos."

„Was ist passiert?", fragte Gayla erschrocken.

Andrea holte tief Atem. „Ich habe mit Bryce gestritten."

„Du hast wegen eines einfachen Streits gekündigt?"

„Es war kein einfacher Streit. Es ging um Jeff Harmon."

Gayla sog scharf den Atem ein. „Oh." Sie machte eine kleine Pause. „Hast du Jeff in letzter Zeit gesehen?"

„Ja."

„Aber Andrea, nur weil er jetzt geschieden ist, heißt das doch nicht …"

„Bryce will ein Fernsehinterview mit ihm machen, und Jeff weigert sich. Ich saß zwischen allen Stühlen."

„Siehst du Jeff noch?"

„Das ist vorbei."

Gayla hörte, wie unglücklich ihre Schwester war. „Liebst du ihn denn noch?"

„Ich glaube, schon. Aber ich bin mir nicht sicher."

„Du musst dich entscheiden. Und wenn du Jeff Harmon willst, dann musst du etwas unternehmen. Zeig ihm, was du für ihn empfindest, und finde heraus, was er will."

„Ich fürchte, es ist etwas komplizierter", widersprach Andrea.

„Es ist so einfach, wie du es machst", gab Gayla zurück. „Du hast nur ein Leben, Andrea, und du musst entscheiden, was du mit diesem Leben machen willst. Es ist nicht sehr sinnvoll, zu Hause herumzuhängen und darauf zu warten, dass Jeff dich anruft. Wenn du ihn haben willst, musst du die Initiative ergreifen. Schließlich leben wir im zwanzigsten Jahrhundert!" Im Hintergrund erklang Kindergeschrei. „Ich muss aufhören", sagte sie hastig. „Ich rufe dich später wieder an."

Andrea zog sich an. Gayla hatte vermutlich recht. Natürlich wusste sie, dass Jeff sie begehrte, aber sie war nicht so dumm, sich vorzumachen, dass er mehr für sie empfand. All die Missverständnisse in der Vergangenheit machten es ihm unmöglich, sie zu lieben. Dazu kam noch die Bindung an seine geschiedene Frau, für die schon seine Tochter Megan immer sorgen würde.

Sie begann ihr Haar zu bürsten. Aber nicht sich sah sie im Spiegel, sondern immer nur die vertrauten Züge von Jeff. Gayla hatte auf jeden Fall in einem den Punkt getroffen: Sie wollte ihn, sie musste ihn wiedersehen.

Jeff hatte sie in den letzten Wochen zweimal angerufen, aber die Gespräche waren immer ziemlich steif verlaufen. Trotzdem waren es kleine Versuche von ihm gewesen, Verbindung zu ihr aufzunehmen. Vielleicht war er sich ja ihrer Gefühle für ihn genauso unsicher, wie sie es ihm gegenüber war.

Andrea legte mit einem Seufzer die Bürste aus der Hand. Warum hatte er sie nicht gefragt, ob sie ihn sehen wollte? Und warum bildete sie sich immer ein, einen Hauch von Wachsamkeit in seiner Stimme zu entdecken? Woher kam der Eindruck, dass er etwas vor ihr verbarg? Und warum kam er nicht einfach zu ihr?

Andrea zog ihre Stiefel an. Vielleicht machte sie ja einen Fehler, den sie den Rest ihres Lebens bereuen würde. Aber darüber wollte sie jetzt nicht nachdenken. Sie nahm ihre Tasche und zog ihre Lederjacke an.

Unterwegs wuchs ihre Nervosität immer mehr. Würde Jeff allein sein? Würde er sie überhaupt sehen wollen, wenn sie so einfach bei ihm auftauchte?

Andrea hielt vor dem modernen Komplex an, in dem Jeff seine Wohnung hatte. Ihr Puls raste. Noch konnte sie umkehren.

Sie holte tief Atem, trotzdem klang ihre Stimme ein wenig unsicher, als sie den Portier ansprach. „Ich möchte gern zu Mr Harmon."

„Werden Sie erwartet?"

„Nein." Sie straffte die Schultern. „Würden Sie Mr Harmon bitte ausrichten, dass ich ihn gern sprechen würde? Mein Name ist Andrea Monroe."

Der Portier wählte Jeffs Nummer. „Eine Miss Monroe möchte Sie sprechen, Mr Harmon. Ja. Ich schicke sie hinauf."

Andrea wurde immer nervöser. Sie versuchte sich zusammenzunehmen, kam aber nicht dagegen an. Im Nu brachte der Aufzug sie in den obersten Stock. Die Türen glitten auf, und sie trat mit einem tiefen Seufzer in den Korridor hinaus. Jeff öffnete, bevor sie sich noch bemerkbar machen konnte. Er wirkte alles andere als erfreut, sie zu sehen. Seine Hände steckten in den Hosentaschen, die Lippen hatte er zu einem schmalen Strich zusammengepresst. Sein Oberkörper war nackt. Auf dem Sofa lag achtlos ein blau gestreiftes Hemd. Offenbar war er erst vor Kurzem nach Hause gekommen und hatte sich gerade umziehen wollen.

„Komm herein", lud er sie fast unfreundlich ein.

Ihre Entschlossenheit geriet für einen Augenblick ins Wanken.

„Ich … ich wollte dich nicht stören. Wenn du zu beschäftigt bist …"

„Dann hätte ich dich nicht heraufgebeten", gab er zurück.

Sie trat zögernd ein. Durch das hohe Fenster und die Oberlichter drang Dämmerlicht in das elegant eingerichtete Wohnzimmer mit seiner Mischung aus exklusiven antiken und modernen Möbeln.

„Möchtest du etwas trinken?" Jeff griff nach seinem Hemd und schlüpfte hinein.

„Ja, bitte." Andrea verschränkte unwillkürlich die Arme vor der Brust, als könnte sie sich so gegen Jeffs Kälte schützen.

Er knipste eine Lampe an und schenkte dann zwei Gläser Brandy ein. „Wem oder was verdanke ich die Ehre deines Besuches?", fragte er ein wenig spöttisch.

Andrea trank einen Schluck. „Keinem besonderen Anlass. Ich bin einfach so gekommen."

„Tatsächlich?" Er verzog den Mund.

Sie bemühte sich, seinen Sarkasmus zu überhören. „Ich wollte dich einfach sehen", sagte sie ehrlich.

Er wartete ab. Sie wusste es vielleicht nicht, aber er hatte ihr Spiel durchschaut. „So wie bei deinem Besuch auf der Insel?" Seine Augen wurden schmal.

Sie verstand nicht, was er von ihr wollte. Sie spürte nur, dass etwas an ihm nagte. „Das war etwas anderes."

„Was war daran anders?" Sein Ärger wurde jetzt sichtbar. „Ich dachte, du bist auch auf die Insel gekommen, weil du mich sehen wolltest."

Andrea wurde wütend auf ihn. „Und weil Bryce mich darum gebeten hatte. Spielst du darauf an?"

Er ging nicht darauf ein. „Diesmal ist es also angeblich anders. Und das soll ich glauben?"

„Ja, natürlich. Warum nicht?", fragte sie.

„Weil dein Chef mich bereits vorgewarnt hat." Jeff leerte sein Glas.

„Was?", fragte Andrea fassungslos.

Ihre Reaktion war offenbar nicht gespielt, sie ärgerte sich

wirklich. Ob er sich doch in ihr getäuscht hatte? Jeff beschloss, noch abzuwarten.

„Hör zu", begann er und stellte sein Glas ab. „Ich weiß, warum du gekommen bist, und ich verstehe es." Er sah ihr in die Augen.

„Ist das wahr?"

„Ja, sicher." Er lächelte leicht, und Andrea spürte, wie ihre Nervosität nachließ. Dann sah sie den befriedigten Ausdruck in seinen Augen aufleuchten und wusste, dass sie auf der Hut sein musste.

„Das freut mich." Sie zwang sich zu einem Lächeln und setzte sich. Der Schaukelstuhl war nicht sehr bequem, aber sie gab sich lässig und nippte an ihrem Cognac.

Jeff betrachtete sie ruhig, aber diese Ruhe war nur gespielt. Sie sah es daran, wie schnell seine Brust sich hob und senkte. „Du kannst deinem Chef mitteilen, dass ich meine Meinung nicht geändert habe", erklärte er.

„Was?" Andrea hätte sich fast verschluckt und ihren Brandy verschüttet. „Was soll das bedeuten?" In ihrem Blick mischten sich Verwirrung und Ärger.

„Stell dich nicht dumm! Das ist nicht dein Stil. Cawthorne hat mir keine Minute Ruhe gelassen, seit ich zurückgekommen bin. Er hat mir sogar angedroht, dass er dich schickt – als eine Art Opferlamm, nehme ich an. Das hätte ich ihm allerdings nicht zugetraut. Und vor allem dir nicht. Es wundert mich, dass du dir dazu nicht zu schade bist."

Andrea sah ihn ungläubig an. „Du traust mir allen Ernstes zu, dass ich mit dir ins Bett gehen würde, um dieses Interview zu bekommen? Du liebe Güte, Jeff, ein bisschen mehr Vertrauen könntest du schon zu mir haben." Enttäuschung trat an die Stelle des Ärgers. Sie stellte ihr Glas ab. Ihre Hände zitterten dabei. „Es tut mir leid", sagte sie heiser. „Ich hätte nicht kommen sollen. Es war dumm von mir." Sie stand auf, aber die Beine drohten unter ihr nachzugeben.

Jeff stellte sich ihr in den Weg. „Du brauchst es nicht zu übertreiben", fuhr er sie an und packte sie am Arm. „Warum gibst du nicht einfach zu, dass Cawthorne dich geschickt hat?" Er hielt sie so fest, dass er ihr wehtat.

„Fass mich nicht an", warnte sie ihn. „Wenn du nicht *weißt*, dass ich so etwas niemals tun würde, möchte ich dich bitten, in Zukunft die Finger von mir zu lassen." Damit entzog sie sich ihm mit einem Ruck. Tränen standen in ihren Augen, aber das kümmerte sie nicht.

Jeff wurde unsicher. Es war nicht nur Empörung, die er in Andreas Blick fand. Verachtung war dabei, Stolz und sogar so etwas wie Abscheu vor ihm. Auf einmal wurde ihm klar, dass er einen schrecklichen Fehler gemacht hatte.

„Andrea, warte!" Wieder streckte er den Arm nach ihr aus, aber sie war schon an der Tür. Mit ein paar schnellen Schritten war er bei ihr und hielt die Tür zu. „Geh nicht", bat er.

„Ich habe keine Lust, mir deine Beleidigungen und unverschämten Unterstellungen anzuhören", gab sie giftig zurück. Sie ballte die Faust und hämmerte an die Tür. „Mach sofort auf."

„Warum bist du gekommen?"

„Weil ich dachte oder zumindest hoffte, dass uns beide etwas verbindet." Ihre Stimme war kaum noch zu verstehen. „Es scheint, als hätte ich mich geirrt."

„Nein! Nein, sag das nicht!" Jeffs Gesicht drückte in rascher Folge all die Gefühle aus, die ihn seit Wochen schon quälten. „Andrea, du hast recht. Wir haben etwas, etwas ganz Besonderes." Er wischte ihr eine Träne von der Wange, und sie wandte sich ab. „Andrea", flüsterte er und strich ihr übers Haar. „Ich liebe dich."

Sie stand ganz still, und ein Schluchzen löste sich aus ihrer Kehle. Wie lange hatte sie darauf gewartet? Vier Wochen? Zehn Jahre? Ihr Leben lang? Die Kraft verließ sie, und sie lehnte sich an die Tür. „Wie kannst du das sagen, wenn du mir gleichzeitig unterstellst, dass ich von Bryce den Auftrag bekommen habe, dich zu verführen?", fragte sie heftig.

„Ich habe dich immer geliebt, Andrea", flüsterte Jeff. „Das musst du doch wissen. Warum wärst du sonst zu mir zurückgekommen?"

„Das hast du dir wohl selbst schon beantwortet. Du erwartest doch nicht im Ernst, dass ich dir abnehme, du würdest mich

lieben, wenn du mir gleichzeitig unterstellst, ich würde mich …
mich prostituieren!"

„Ach, Andrea." Jeff ließ den Kopf an den Türrahmen sinken.
Sein Atem strich über ihr Haar, als er sprach. Ihre Körper berührten sich. Er war ihr ganz nahe, viel zu nahe. Seine raue abge-
rissene Stimme berührte sie tief in ihrem Inneren. „Ich wollte dir
nie wehtun, bitte glaub mir. Ich liebe dich mehr, als je ein Mann
eine Frau geliebt hat. Das war schon immer so."

„Das muss ja eine wunderbare Liebe sein", gab Andrea bitter
zurück. Sie wollte sich von ihm entfernen, aber er hielt sie fest
und presste sie mit dem Körper an die Tür. Sie hätte ihm so gern
geglaubt, hätte so gern dieser Sehnsucht in ihrem Inneren nachgegeben, aber noch klangen seine Anschuldigungen zu sehr in
ihr nach.

„Ich habe nicht gemeint …"

Sie unterbrach ihn. „Ich weiß sehr gut, was du gemeint hast. Ich
verstehe nur nicht, wie du so etwas von mir glauben konntest."

Jeff sah zur Decke hinauf. „Es tut mir leid. Ich kann es leider
nicht mehr ungeschehen machen, aber ich hoffe, du nimmst
meine Entschuldigung an. Dein Boss ist einfach nur so hartnäckig
hinter diesem Interview her, und er behauptet dasselbe von dir."

„Du hast mit Bryce gesprochen?"

„Das weißt du sehr gut", gab Jeff zurück. „Du warst ja in
seinem Büro, als er mich gestern anrief." Er suchte ihren Blick.
„Das hat er wenigstens behauptet."

„Dann hat er gelogen."

„Aber er hat gesagt, ihr wärt beide zu dem Ergebnis gekommen, dass es für alle, auch für Megan, am besten sei, nicht
alles unter den Teppich zu kehren, sondern endlich reinen Tisch
zu machen."

„Und das hast du ihm geglaubt?" Andrea konnte es nicht
fassen.

„Warum hätte ich ihm nicht glauben sollen? Du hast mich
auf seine Veranlassung auch schon einmal in Victoria besucht."

„Ich verstehe das alles überhaupt nicht. Es stimmt schon,
dass Bryce mir ziemlich unverblümt nahegelegt hat, mit dir zu

schlafen, um dich vor die Kamera zu bekommen", gestand sie und schloss einen Moment die Augen.

Jeff kniff die Lippen zusammen. „Und?"

„Ich habe gekündigt. Ich arbeite schon seit über zwei Wochen nicht mehr für *Coral Productions*."

Er trat einen Schritt zurück, stützte aber die Hände zu ihren beiden Seiten auf. „Warum bist du gekommen?"

Andrea lächelte. „Ich war es leid, neben dem Telefon zu sitzen und darauf zu warten, dass es klingelt und mir entweder jemand eine neue Stelle anbietet oder …", sie atmete tief durch, „oder du mich anrufst." Ihre Augen verschleierten sich. „Ich wollte einfach nur bei dir sein." Sie ließ die Hände über seine nackte Brust unter dem offenen Hemd wandern. Er schloss mit einem Aufstöhnen die Augen.

Einen Augenblick stand er ganz still und genoss nur Andreas Hände. Aber als sie sich an ihn schmiegte, hielt er es nicht mehr aus. Er schlang die Arme um sie und fuhr mit den Fingern in ihre dicken Locken. Dann neigte er den Kopf. Ihre Lippen teilten sich, und er stieß mit der Zunge tief in die Höhle ihres Mundes vor.

Andreas Herz schlug schneller, und ihr wurde am ganzen Körper heiß. Lust und Verlangen breiteten sich in ihr aus und erfassten sie wie in einem Strudel.

„Du bist eine Hexe", flüsterte Jeff heiser. „Weißt du das?" Und damit hob er sie auf die Arme, drückte sie an sich und trug sie ins Schlafzimmer. Andrea schmiegte sich an ihn und schloss die Augen. Mit dem ganzen Körper sehnte sie sich nach ihm und seiner Berührung, seiner Nähe. Sie wollte jetzt nicht über ihre Zweifel nachdenken, jetzt zählten nur die Bedürfnisse ihres Körpers, nur ihre Liebe zu ihm.

Im Schlafzimmer war es dunkel. Nur der schwache Schein des Mondes und das kalte Licht der Straßenlaternen fielen durch die Fenster. Andreas Augen gewöhnten sich schnell an die Dunkelheit, aber sie nahm nichts wahr außer dem weichen Bett und dem Mann, der sich jetzt neben sie legte. Selbst durch die Kleider hindurch elektrisierte sie seine Nähe. Seine Küsse waren warm und aufregend und so voller Leidenschaft, als hätte er sie zehn Jahre lang nur für diesen Augenblick zurückgehalten.

Er fuhr mit der Zungenspitze ihre Lippen nach, als wollte er sie sich für immer einprägen, und ließ die Hände zärtlich über ihren ganzen Körper wandern. Andrea schloss mit einem Aufstöhnen die Augen und massierte und streichelte seine Brust und seinen Bauch, um in ihm dieselben Empfindungen zu wecken, die er in ihr auslöste.

„Davon habe ich so oft geträumt", flüsterte Jeff ihr ins Ohr. „Ich habe mich so sehr nach dir gesehnt, dass ich dachte, ich würde verrückt werden."

„Warum hast du kein Wort gesagt?"

„Ich konnte nicht", gestand er und begann erneut, sie zu küssen. Diesmal waren seine Küsse fordernd und drängend und erzählten ihr, wie sehr er sie begehrte. Er zerrte den Pulli aus ihren Jeans und fuhr mit der Hand über ihre zarte Haut. Andrea holte zittrig Atem, und er ließ den Finger unter dem Hosenbund entlangwandern. Sie seufzte zufrieden auf und schob ihre Hände in sein dichtes Haar. Mit dem Körper drängte sie sich an ihn, und er zog ihr ungeduldig den Pulli über den Kopf.

Einen Augenblick hielt er inne und sah sie nur an. Ihre Haare lagen ausgebreitet auf dem Kissen, und in ihren halb geschlossenen Augen spiegelte sich der Mondschein. Ihre Pupillen waren riesengroß, und pure Leidenschaft war darin zu lesen. Er legte die Hand um eine Brust und begann aufreizend leicht mit ihrer Spitze zu spielen. Andrea wölbte sich ihm mit einem lustvollen Laut entgegen. Dann senkte Jeff den Kopf und fuhr mit der Zungenspitze leicht über die zarte Haut über dem Spitzenrand ihres Büstenhalters.

„Liebe mich", flehte sie ihn an. „Bitte, Jeff …"

Er hob den Kopf und ließ die Zunge um ihre Brustspitze kreisen und dann weiter über ihre Brust in die kleine Kuhle an ihrem Hals gleiten. Dort verweilte er einen aufreizenden Augenblick lang, bis er endlich ihren Mund in Besitz nahm. Andrea seufzte voller Lust und brennendem Verlangen.

Dann endlich hatte er den Verschluss ihres Büstenhalters gefunden. Mit einem Laut schierer Lust senkte er den Mund auf ihre Brustspitze und nahm sie zart zwischen die Lippen. Andrea zog seinen Kopf an sich, damit er ihren Qualen endlich ein Ende machte. Er begann an ihrer Brust zu saugen, während er nach dem Verschluss ihrer Jeans tastete und schließlich die Hand unter den Stoff gleiten ließ und sie an ihrer intimsten Körperstelle berührte. Andrea wurde ganz schwach vor Verlangen.

Als er sich von ihr hob, wurde sie von grenzenloser Enttäuschung erfüllt. Aber er setzte sich nur ans Fußende des Bettes, um ihr die Stiefel auszuziehen und ihr dann die Jeans abzustreifen. Und als sie dann in ihrem seidenen Spitzenhöschen vor ihm lag, lächelte er und spielte ein wenig damit. Er schien entzückt über den Aufruhr, den er in ihr auslöste. Ihre Haut schimmerte rosig. „Du gehörst mir, nur mir allein", wisperte er.

Er nahm sich aufreizend lange Zeit, ihr das Höschen auszuziehen, und berührte dabei jeden Zentimeter ihrer Beine. Dann begann er ihre Zehen zu küssen und glitt weiter nach oben. Endlich legte er sich auf sie, und Andrea seufzte zutiefst zufrieden auf.

„Zieh mich aus", befahl er rau, und sie beeilte sich, seinem Wunsch nachzukommen. Sie ließ die Hände über seine nackte Brust wandern und massierte sie. Ihre Fingerspitzen kreisten um seine kleinen steifen Brustspitzen, dann nahm sie sie zwischen die Zähne und registrierte befriedigt sein lustvolles Aufstöhnen. Er hob den Kopf und begann sie zu küssen.

Andrea legte die Arme um ihn und umfasste seinen Rücken und seine Pobacken. Dann streifte sie ihm die Hose ab. Endlich lag er nackt neben ihr, und sie begann ihn zu streicheln, bis er am ganzen Körper von feinen Schweißperlen bedeckt war. Seine Atemzüge kamen so abgerissen wie ihre.

Sie liebkoste ihn, bis er sich mit einem Aufstöhnen schließlich auf sie rollte. „Du machst mich ganz verrückt", flüsterte er und küsste sie hinters Ohr.

„Du mich auch", stieß sie atemlos hervor. Jeffs Zunge tanzte aufreizende Pirouetten hinter ihrem Ohr. Es war, als schickte er heiße Ströme durch ihren ganzen Körper. Er küsste sie überall und hinterließ brennende Spuren auf ihrer Haut.

Andrea gab sich ganz der Lust hin, die er in ihr auslöste und die nur er erfüllen konnte. Und als er endlich in sie eindrang, stieß sie einen wimmernden Laut aus und überließ sich ganz ihm bis in neue ekstatische Höhen. Es war, als wären sie nie getrennt gewesen. Ihr Körper und sein Körper gehörten zusammen.

Sie bewegte sich mit ihm, fand seinen Rhythmus, nahm ihn auf. Er führte sie mit den Händen, berührte sie überall da, wo er ihre Lust noch steigern konnte, und die Spannung in ihr wurde immer stärker, bis sie sich schließlich in einer Explosion der Sinne löste. Wellen schieren Entzückens gingen durch ihren ganzen Körper, als er endlich sich selbst die Erfüllung zugestand und sie sich in einem atemlosen Strudel der Leidenschaft drehten und zueinanderfanden.

Nie hatte Andrea sich so begehrt gefühlt, nie so frei, und nie hatte sie Jeff so geliebt wie in diesem Moment des Nachbebens ihrer leidenschaftlichen Begegnung.

Er streichelte und küsste sie, bis sie schließlich in seinen Armen einschlief. Wie lange hatte sie davon geträumt? Wie viele Jahre hatte sie sich nach einer Nacht wie dieser gesehnt?

Später wachte Andrea auf, als Jeff sie am ganzen Körper küsste. Wieder schmiegte und drängte sie sich an ihn, um die Befriedigung zu erlangen, die nur er ihr verschaffen konnte. Sie hielt ihn ganz fest, als er ihre Brust küsste und mit den Händen über die Innenseite ihrer Schenkel fuhr, strich über seine Schultern, seinen Hals. Wieder fanden sie sich. Jeff hob Andrea auf sich, und sie bewegte sich aufreizend auf ihm. Das lange schwarze Haar hing ihr ins Gesicht, und Jeff ließ es durch seine Hände gleiten. Sie bewegte die Hüften im rhythmischen Auf und Ab, und Jeff hob den Kopf, um eine über ihm tanzende Brustspitze zwischen die Lippen zu nehmen. Und Andrea hatte das Gefühl, als flöge sie immer höher vor Lust, bis sie schließlich mit einem unendlichen Glücksgefühl über ihm zusammensank.

Noch einmal weckte Jeff Andrea in dieser Nacht auf und streichelte sie so lange, bis sie hellwach war und sich nur zu gern von ihm verführen ließ.

Die Dämmerung brach schon herein, als er sie schließlich in die Arme nahm und sie zusammen einschliefen.

11. KAPITEL

*D*ie ungewohnte Sonne im Gesicht weckte Andrea. Wie sie sich auch drehte, das helle Licht verschwand einfach nicht. Wo war sie, und woher kam diese gleißende Helligkeit?

Dann fiel ihr ein, dass sie die Nacht bei Jeff verbracht hatte, und im nächsten Augenblick war sie hellwach. Sie hatte Schwierigkeiten, sich in dem fremden Zimmer zu orientieren. Durch die Oberlichter drang die kalifornische Sonne ins Zimmer.

Jeff stand am offenen Fenster. Andrea streckte und reckte sich. „Wie spät ist es?"

Er lächelte. „Wenn du weiter so verführerisch aussiehst, komme ich sofort wieder ins Bett!"

Andrea sah ihn unter halb geschlossenen Lidern an. Die dünne Decke rutschte für einen Moment von ihrer Brust.

Jeffs Lächeln wurde breiter. „Du bist wirklich eine Hexe. Am liebsten würde ich …"

„Was?", fragte Andrea unschuldig.

Er zögerte einen winzigen Augenblick und schüttelte dann den Kopf. „Das weißt du sehr gut! Aber ich bin ohnehin schon zu spät dran."

„Wo musst du hin?"

Er knöpfte sein Hemd zu und legte eine Krawatte um den Kragen. „Selbst ehemalige Gouverneure müssen sich ihren Lebensunterhalt verdienen", erklärte er.

„Musst du in die Kanzlei?"

„Ja." Er setzte sich zu ihr auf die Bettkante und streifte seine Uhr über. „Es ist schon fast Mittag."

„Nein!" Andrea sprang mit einem Satz aus dem Bett und sammelte ihre Kleider ein. „Ich habe um halb zwei ein Vorstellungsgespräch am anderen Ende der Stadt. Das schaffe ich nie!"

Jeff hob ihre Stiefel auf. Er hätte am liebsten jede freie Minute mit Andrea verbracht, sein Leben mit ihr geteilt. Aber er konnte einfach nicht vergessen, was sie ihm angetan hatte. Wenn er mit ihr zusammenblieb, konnten daraus nur neue Schmerzen erwachsen – für ihn, für Megan und auch für Andrea selbst.

Andrea sah ihn neugierig an. Ganz offenbar kämpfte er mit sich. „Willst du mir nicht sagen, worüber du so angestrengt nachdenkst?", fragte sie und sah zu ihm auf. „Meinst du nicht, es ist an der Zeit, dass wir mit diesem ewigen Versteckspielen aufhören? Wenn du mir etwas sagen möchtest, dann tu es."

„Du bist nicht die Einzige, die zu spät kommen wird", sagte er. Er legte die Hand unter ihr Kinn und sah ihr in die Augen. „Meine Mandantin ist inzwischen vermutlich schon ganz nervös, weil ich noch nicht da bin."

„Sie ist vermutlich ziemlich wichtig für dich", meinte Andrea leichthin, aber sie spürte die wachsende Spannung.

„Ja. Es ist Lara."

Andrea biss sich auf die Unterlippe. „Dann hast du also tatsächlich ihre Verteidigung übernommen."

„Ja. Aber nicht freiwillig."

Andrea fühlte sich, als wäre sie in einen Teil seines Lebens eingedrungen, in dem sie nichts zu suchen hatte. „Es geht mich wirklich nichts an."

„Natürlich geht es dich etwas an!" Jeff fuhr sich mit der Hand über die Stirn. „Ich weiß, dass du es nicht verstehen wirst. Aber im Augenblick kann ich mich nicht an dich binden."

Ihr war, als hätte ihr jemand ein Messer zwischen die Rippen gestoßen. „Darum habe ich dich auch nicht gebeten."

Er begann im Zimmer auf und ab zu gehen, die Hände in den Hosentaschen vergraben. „Du weißt doch, wie wichtig es für mich ist, dass ich das Sorgerecht für Megan bekomme?"

Andrea nickte nur. Nicht einen Augenblick wandte sie den Blick von seinem Gesicht. Ihr ganzes Inneres war in Aufruhr. Sie vergrub die Finger in der Bettdecke und wartete wie erstarrt darauf, dass er weitersprach.

„Dann verstehst du sicher, dass ich nicht das geringste Risiko eingehen kann. Du weißt ja, wie die Presse ist."

„Ja", flüsterte sie fast unhörbar.

Er blieb stehen. „Lara war wild entschlossen, das Sorgerecht für Megan um jeden Preis zugesprochen zu bekommen. Ich habe erst einmal mitgespielt, weil ich auf die Richter gehofft habe." Er verzog den Mund zu einem freudlosen Lächeln. „Aber das war vor diesem Unfall, den meine liebe Gattin im Zustand der Trunkenheit verursachte. Jetzt ist sie in Schwierigkeiten, weil einer der Autoinsassen sie verklagen will."

„Und sie hat ausgerechnet dich gefragt, ob du ihre Verteidigung übernehmen willst?"

„Es scheint, dass sie so schnell keinen anderen Anwalt gefunden hat. Es blieb ihr gar nichts anderes übrig."

„Aber du hättest doch nicht zustimmen müssen."

„Das hätte ich auch nicht getan. Aber dann hat sie mir eine Art Kuhhandel vorgeschlagen." Abscheu trat in seinen Blick. „Die Verteidigung gegen meine Tochter."

Andrea sah ihn entsetzt an. „Du hast allen Ernstes um deine Tochter gehandelt? Wie konntest du so etwas tun, Jeff! Sie ist doch kein Möbelstück." Andrea schüttelte den Kopf.

„Du vergisst, dass ich Megans Vater bin und dass ihre Mutter eine verantwortungslose Alkoholikerin ist." Seine Züge wurden etwas weicher. „Ich habe ja gar nichts gegen ein gemeinsames Sorgerecht, wenn Lara ihre Alkoholprobleme überwunden hat. Aber bis dahin werde ich dafür sorgen, dass sie das Kind nicht in die Hände bekommt, ganz gleich wie."

„Ich finde es trotzdem grausam. Auch Megan gegenüber."

„Sie ist noch zu klein, um das alles zu verstehen. Und wenn sie älter ist, wird sie einsehen, dass ich richtig gehandelt habe. Denk nur an den Presserummel, wenn wir vor Gericht um sie streiten würden." Jeff schüttelte den Kopf. „Nein. Ich glaube, das ist unter den Umständen die beste Lösung. Wenn ich ehrlich davon überzeugt wäre, dass Megan bei ihrer Mutter besser aufgehoben wäre, würde ich sie dort lassen. Aber Lara vernachlässigt sie, und das werde ich nicht zulassen. Niemand wird mich daran hindern, das Beste für mein Kind zu tun. *Niemand!*" Das klang wie eine Warnung.

Andrea feuchtete die Lippen an. „Jeff, willst du damit andeuten, dass ich die Beziehung zwischen dir und deiner Tochter gefährde?"

„Nein." Er gab ihr einen Kuss auf die Stirn. „Ich weiß, dass du das absichtlich nie tun würdest."

„Natürlich nicht!"

„Aber ich traue Lara nicht. Dieser Vertrag um das Sorgerecht hat keinerlei Rechtskraft, solange er nicht notariell beglaubigt ist. Damit käme ich im Ernstfall nicht durch." Jeff lächelte grimmig. „Es kann also immer noch passieren, dass wir vor Gericht müssen."

„Aber was hast du dann gewonnen?", fragte Andrea. „Und was hat das alles mit mir zu tun?"

„Lara würde alles versuchen, mich in einem möglichst schlechten Licht erscheinen zu lassen."

„Und du meinst, sie könnte unsere alte Beziehung wieder ans Licht zerren?"

„Ja. Sie würde vermutlich behaupten, dass ich während unserer ganzen Ehe eine Affäre mit dir hatte."

„Aber das ist doch gar nicht wahr."

„Das wissen wir beide, aber der Richter nicht."

„Du meine Güte", sagte Andrea niedergeschlagen. „Ich wäre wohl besser gar nicht hergekommen."

„Sei nicht albern."

„Das bin ich nicht. Aber wenn Lara erfährt, dass wir uns sehen, wird sie es sicher gegen dich verwenden. Das heißt, wir dürfen uns nicht mehr treffen, bis du deine Tochter bei dir hast." Ihre Augen brannten, aber sie hielt die Tränen zurück.

„Das kann noch lange dauern, und ich will dich nicht verlieren. Nicht noch einmal." Jeff setzte sich wieder neben sie. „Wenn Lara die Sorgerechtspapiere beim Notar unterschreibt, gibt es keine Probleme. Kein Richter wird sich dagegen sperren, wenn Eltern zu einer friedlichen Übereinkunft gefunden haben." Er legte Andrea den Arm um die Schultern. „Und dann könnten wir heiraten."

„Heiraten", wiederholte sie benommen.

„Ja, natürlich. Das hätten wir schon vor zehn Jahren tun sollen."

Andrea schüttelte den Kopf. „Und wenn Lara nicht unterschreibt?"

„Dann müssen wir eben sehr diskret sein, bis das alles vorbei ist."

Sie schwiegen beide. Andrea hätte eigentlich überglücklich sein müssen, aber zu viel stand ihrem Glück noch im Wege, als dass sie daran hätte glauben können.

Jeff sah auf die Uhr und griff erneut nach seinem Jackett. „Was ist?", fragte er und berührte sie leicht am Knie.

„Wenn du es sagst, klingt alles so einfach."

„Es ist nicht einfach, aber wir werden es schaffen." Er half ihr auf die Füße und führte sie am Ellbogen aus dem Schlafzimmer.

Sie war ganz benommen und wusste einfach nicht, was sie denken sollte. Er nahm sie an den Schultern und drehte sie sanft zu sich um.

„Ich will doch nur eines: dass du meine Frau wirst und bei mir und Megan lebst. Oder ist das zu viel verlangt?" Jeff neigte den Kopf und suchte ihre Lippen, bevor sie ihm eine Antwort darauf geben konnte. Der Kuss war warm und aufreizend und ging ihr durch und durch. Er ließ die Hände über ihren Rücken wandern und presste sie an sich. Tränen sammelten sich in Andreas Augen, und sie schluchzte auf.

Jeff sah auf sie hinunter. „Wir müssen einfach noch ein bisschen Geduld haben."

Andrea schüttelte verzweifelt den Kopf. „Ich weiß nicht, ob ich das noch kann, Jeff. Ich warte schon über zehn Jahre."

„Ich weiß." Er küsste sie leicht auf die Stirn. „Dann schaffen wir es auch noch ein bisschen länger."

Wo kam nur dieser unerträgliche Schmerz her? „Ich glaube, es wäre für alle Beteiligten besser, wenn wir uns gar nicht mehr sehen würden." Ihre Stimme war zittrig.

„Das stimmt nicht!", gab Jeff vehement zurück. Seine Augen blitzten.

„Wir haben keine andere Wahl – jedenfalls nicht, bis du das Sorgerecht für Megan hast."

„Mach du dir darüber keine Gedanken. Die Entscheidung darüber fällt nächste Woche. Wir müssen einfach nur vorsichtig sein, bis alles über die Bühne gegangen ist."

„Das klingt, als müssten wir uns für irgendetwas schämen."
Andrea entzog ihm ihren Arm. „Ich kann das nicht. Ich kann
mich nicht verstecken und dich nur heimlich sehen, dauernd auf
der Flucht vor irgendwelchen Presseleuten oder deiner Frau.
Zehn Jahre lang habe ich mich versteckt, jetzt fehlt mir die Kraft
dazu." Sie schüttelte den Kopf. „Nein, Jeff."

„Das habe ich auch nicht verlangt."

„Es liefe aber darauf hinaus. Jetzt hat erst einmal Megan Vorrang. Es macht mir nichts aus, solange die zweite Geige zu spielen.
Aber ich werde mich nicht verstecken!" Die Tränen, die sie so
lange zurückgehalten hatte, flossen ihr über die Wangen, und die
Stimme versagte ihr. Sie rannte aus der Wohnung. Jeff folgte ihr.

Auf dem Parkplatz fasste er sie am Arm. „Ich werde dich nicht
gehen lassen", herrschte er sie wütend an.

„Du lässt mir keine große Wahl", gab sie zurück. „Warum
kannst du das denn nicht verstehen?" Sie versuchte sich freizu-
kämpfen.

„Ich verstehe nur, dass du in diesen zehn Jahren offenbar
immer noch nicht erwachsen geworden bist." Er war jetzt außer
sich vor Zorn. „Kaum taucht die geringste Schwierigkeit auf,
läufst du davon, genau wie damals."

„Das ist nicht wahr!" Er tat ihr weh.

„Du hast mich vor zehn Jahren im Stich gelassen, und jetzt
tust du es wieder. Deine Ausreden haben sich vielleicht geändert, aber das Ergebnis ist dasselbe. Aber ich werde nicht zulassen, dass du dich vor der Wahrheit versteckst."

„Wir sind hier nicht vor Gericht, Jeff. Immer versuchst du mir
die Worte im Munde zu verdrehen." Sie hob den Kopf und sah
ihn herausfordernd an.

„Da ist nichts zu verdrehen. Aber vielleicht erklärst du mir
einmal, woher es kommt, dass du jedes Mal, wenn ich glaube, dass
wir uns näherkommen, wie ein verängstigtes Tier die Flucht er-
greifst. Wovor hast du Angst? Vor dir selbst? Oder vor der Verantwortung, die Liebe mit sich bringt?" Seine Augen waren kalt,
und Sarkasmus klang aus seiner Stimme.

„Offenbar hast du vergessen, dass ich gestern Abend zu dir

gekommen bin. Und dass ich es auch war, die zu dir auf die Insel gekommen ist." Ihr Mund zitterte. „Ich kann mich nicht daran erinnern, dass du dich sehr angestrengt hättest, mich zu sehen."

Er war wütend. „Ich habe dich vor zehn Jahren überall gesucht. Und jetzt wollte ich nur vorher meine Angelegenheiten in Ordnung bringen." Er ließ sie endlich los und hob die Hände. „Ich wollte nur Missverständnisse vermeiden, Andrea."

„Das ist dir ja wunderbar gelungen", gab sie böse zurück.

„Zum Kuckuck, warum willst du mich nicht verstehen? Kannst du dir nicht vorstellen, was das für eine Qual für mich war?"

„Sei nicht so theatralisch. Ich weiß, warum du nicht zu mir gekommen bist. Du dachtest, dass ich mit Bryce Cawthorne unter einer Decke stecke. Gestern Abend hast du mir noch vorgeworfen, dass ich nur mit dir ins Bett gehen wollte, damit ich meine Geschichte bekomme!"

Jeff trat einen Schritt zurück. „Es ist völlig sinnlos, mit dir zu streiten."

„Das kann ich nur zurückgeben", erwiderte Andrea hitzig.

Sie kramte in ihrer Tasche nach dem Autoschlüssel. Das Herz tat ihr weh, und ihre Hände zitterten, als sie die Tür aufschloss und sich hinters Lenkrad setzte. Tränen liefen ihr übers Gesicht, als sie anfuhr. Sie sah sich nicht nach ihm um, und sie schaute auch nicht in den Rückspiegel. Sie hatte einfach nicht die Kraft, den Anblick des Mannes, den sie liebte, noch länger zu ertragen.

12. KAPITEL

*D*as Flugzeug gewann an Höhe, und Andrea entspannte sich allmählich wieder. Sie war blass und erschöpft. Dunkle Ringe lagen unter ihren Augen, und sie war schmal geworden. In den letzten sechs Wochen hatte sie fünf Pfund abgenommen. Den Grund dafür kannte sie nur zu gut. Wie vor zehn Jahren würde sie darauf setzen müssen, dass die Zeit alle Wunden heilte.

Nach fast zwei Monaten Arbeitssuche sah es so aus, als könnte sie jetzt vielleicht Glück haben. Sie war nach New York unterwegs, um sich mit Carolyn Benedict zu treffen, einer Serienproduzentin, die auf der Suche nach neuen Drehbuchautoren war. Die Aussicht, nach New York umzuziehen, fand Andrea zwar nicht besonders verlockend, andererseits war ein radikaler Wechsel in ihrem Leben vielleicht das geeignete Mittel, sie aus ihrer Depression zu reißen. Was hielt sie schon in Kalifornien ohne Jeff und ohne Arbeit?

Der Streit mit Jeff verfolgte sie in ihren Träumen, und immer wieder holte sie die Erinnerung an seinen Ärger über ihre eigenen ungerechtfertigten Angriffe ein. Zu allem Überfluss verging kein Tag, ohne dass sie über ihn in der Zeitung las, wenn auch kaum etwas davon stimmte.

Dass der ehemalige Gouverneur von Kalifornien es übernommen hatte, seine Frau nach ihrem unter Alkoholeinfluss verursachten Unfall zu verteidigen, hatte wie eine Bombe eingeschlagen. Und als dann zwei Wochen später bekannt wurde, dass er das Mandat niedergelegt hatte, war der Klatsch zu neuen Höhen aufgeblüht, und die alte Ehegeschichte wurde zum hundertsten Mal wieder aufgewärmt.

Die Auseinandersetzung um das Sorgerecht für Megan wurde lang und breit ausgewalzt, und auch Andreas Name tauchte irgendwo auf. Nicht nur einmal hatte sie in den vergangenen Wochen lästige Reporter abwehren müssen.

Seit sie das letzte Mal in Manhattan gewesen war, waren einige Jahre verstrichen, aber heute Abend hatte es keinerlei

Faszination für sie.

Im Hotel zog sie sich sofort aus, badete ausgiebig und sah sich dann die Nachrichten im Fernsehen an.

Laras Bild wurde eingeblendet.

„Heute Nachmittag wurde Lara Whitney Harmon tot in ihrem Haus aufgefunden. Die Todesursache konnte noch nicht geklärt werden, die Ermittlungsbehörden gehen von Alkoholmissbrauch aus."

Ein neues Bild, auf dem Jeff mit Megan zu sehen war, erschien auf dem Bildschirm. Jeff sah mitgenommen aus.

Andrea hätte schreien können. Wie gern hätte sie ihn und seine kleine Tochter getröstet. Sie stand auf und ging ins Bad, um sich kaltes Wasser übers Gesicht laufen zu lassen. Lara war tot. Sie setzte sich auf den Rand der Badewanne und stützte den Kopf in beide Hände. Es überraschte sie selbst, wie heftig sie darauf reagierte.

Im Zimmer griff Andrea zögernd zum Telefonhörer. Aber dann überlegte sie es sich doch anders und legte ihn mit einem harten Ruck wieder auf die Gabel zurück. Was hätte sie Jeff schon sagen können? Sie konnte nur hoffen, dass es ihm gut ging.

Sie machte das Licht aus und schloss die Augen. Immer wieder tauchte Jeffs Bild vor ihr auf, mit seinem zerzausten Haar, dem verknitterten Anzug, dem zarten kleinen Mädchen auf dem Arm.

In dieser Nacht fand sie keinen Schlaf. Sie hatte pochende Kopfschmerzen und war froh, als die ersten Lichtstrahlen in ihr Zimmer drangen und sie einen Grund hatte, aufzustehen.

Sie zog ein schickes schwarzes Kostüm und eine türkisblaue Seidenbluse an und steckte sich sorgfältig das Haar hoch. Ihr Make-up konnte nicht verbergen, wie blass sie war.

Bis zu ihrem Termin hatte sie noch über eine Stunde Zeit, und sie ging in das kleine, dem Hotel angeschlossene Restaurant, um zu frühstücken. Aber sie brachte kaum einen Bissen hinunter.

Auf dem Nebentisch lag eine Zeitung. Laras Bild war gleich auf der ersten Seite abgedruckt, weiter hinten entdeckte sie dann noch eines von Jeff und Megan.

Jeff wirkte darauf sehr verärgert. Verärgert und verzweifelt.

Wieder war Andrea versucht, ihn anzurufen, aber wieder unterdrückte sie den Impuls. In Los Angeles war es noch nicht einmal fünf Uhr morgens. Außerdem würde er dann sicher glauben, sie wollte sich wieder in sein Leben drängen.

Sie beschloss, die paar Blocks zum Fernsehstudio zu Fuß zu gehen. Vielleicht lenkte der Spaziergang sie von ihren Gedanken an Jeff und seine Tochter ab.

Den Betrieb im Studio als „lebhaft" zu beschreiben, wäre eine groteske Untertreibung gewesen. Obwohl Andrea acht Jahre lang bei *Coral Productions* gearbeitet hatte, war sie an eine solche Hektik nicht gewöhnt. Es schien, als wäre die gesamte dreißigköpfige Besetzung der Serie *Tage des Versprechens* gleichzeitig anwesend, umschwirrt von Kameraleuten, Lichttechnikern und allen möglichen anderen Mitgliedern der Filmcrew.

Eine Sekretärin führte Andrea in Carolyn Benedicts Zimmer. „Mrs Benedict wird gleich hier sein. Darf ich Ihnen in der Zwischenzeit eine Tasse Kaffee bringen?"

„Ja, danke."

Andrea betrachtete die Bilder an der Wand. Sie zeigten Schauspieler, die alle einmal in der einen oder anderen Fernsehserie mitgespielt hatten.

„Haben Sie jemanden erkannt?"

Eine ältere grauhaarige Frau war ins Zimmer gekommen.

„Ein paar." Andrea erwiderte ihr Lächeln.

„Nehmen Sie doch Platz."

Carolyn Benedict setzte sich hinter ihren Schreibtisch, holte eine Lesebrille hervor und blätterte Andreas Bewerbungspapiere durch. „Ich habe mit Bryce Cawthorne über Sie gesprochen." Andrea erstarrte. „Er war voll des Lobes über Sie."

„Ich habe acht Jahre mit Mr Cawthorne zusammengearbeitet", brachte Andrea mit Mühe hervor. Unterstützung hätte sie von Bryce am allerwenigsten erwartet.

„Und Sie haben gekündigt, weil Ihre Serie abgesetzt wurde?"

„Es war einfach Zeit für etwas Neues."

Carolyn Benedict zündete sich eine Zigarette an. „Am besten

kommen wir gleich zum Geschäft. Die Einschaltquoten von *Tage des Versprechens* sinken seit einiger Zeit, und wir haben beschlossen, drei neue Drehbuchautoren ins Team zu holen. Wir wollen in Zukunft mehr junge Leute ansprechen." Sie machte eine Pause, und Andrea nickte zustimmend. „Trauen Sie sich das zu?"

„Ja."

„Und es macht Ihnen nichts aus, nach New York zu ziehen?"

„Nein", log Andrea.

„Gut. Dann werde ich Sie jetzt mit ein paar von den anderen Schreibern und einigen Mitgliedern des Teams bekannt machen. Anschließend werden wir uns über Ihre Gehaltsvorstellungen unterhalten." Carolyn Benedict stand auf und klappte den Ordner zu. „Aber bevor irgendwelche Entscheidungen fallen, sollten Sie sich zuerst anschauen, wie wir hier arbeiten. Ich gebe Ihnen dann Bescheid."

Damit setzte sie sich in Bewegung. Andrea folgte ihr.

13. KAPITEL

*A*ls Andrea am nächsten Tag nach Hause kam, wollte sie sich nur noch in ihrem Bett verkriechen. Sie musste immerzu an Jeff denken. Sein Name tauchte überall auf: in der Zeitung, im Fernsehen, in jeder Unterhaltung. Laras Tod war das Thema der Woche.

Die nächsten Tage besuchte sie Freunde und Verwandte, ging einkaufen, aß mit Katie zu Mittag und machte sich weiter auf Stellensuche – alles, um nicht zu Hause sein zu müssen. Sie fühlte sich verletzbar wie nie in ihrem Leben.

Sie hatte versucht, Jeff zu erreichen, aber keinen Erfolg gehabt. Deshalb hatte sie ihm einen kurzen Brief geschrieben und ihre Anteilnahme ausgedrückt, aber es war ihr unmöglich, von ihren wahren Gefühlen zu schreiben, ihm zu gestehen, dass sie ihn verzweifelt, leidenschaftlich liebte – und doch nicht zu ihm kommen konnte. Wie sollte er das auch verstehen?

Am Freitagabend kam Andrea in ihre Wohnung zurück. Sie war erschöpft und fühlte sich wie leer gepumpt. Sie streifte die Schuhe ab und hörte sich den Anrufbeantworter an, während sie gleichzeitig heißes Wasser in die Wanne laufen ließ. Eine Nachricht war von Carolyn Benedict. Sie war kurz und prägnant: Andrea bekam die Stelle als Drehbuchautorin und sollte zurückrufen.

Sie sah auf die Uhr. In New York war es jetzt elf Uhr nachts. Sie zögerte einen Augenblick und wählte dann die von Carolyn angegebene Nummer. Vielleicht arbeitete ja noch jemand um diese Zeit. Aber niemand meldete sich, und Andrea war irgendwie erleichtert über die Galgenfrist, die ihr noch blieb. Sie hatte zwar versucht sich einzureden, dass der Umzug nach Manhattan, Hunderte Kilometer weg von Jeff, das Beste war, was ihr passieren konnte. Aber ihre Gefühle wollten sich dieser Logik nicht beugen, und sie stieß einen kleinen Seufzer aus.

Sie war gerade dabei, ins Bett zu gehen, als das Telefon klingelte. Ihr Magen zog sich unwillkürlich zusammen.

„Ja?"

„Andrea?" Das war Jeffs Stimme.

„Hallo, Jeff", flüsterte sie. Ihre Kehle war wie zugeschnürt, und sie bekam kaum ein Wort heraus. Tränen stiegen ihr in die Augen. „Ich ... ich wollte dir sagen, wie leid mir das alles tut", brachte sie stockend hervor.

„Ich weiß. Ich habe deinen Brief bekommen."

„Oh Jeff, wie ist es passiert?", fragte sie rau.

„Ich weiß es nicht. Die Untersuchung ist noch nicht abgeschlossen."

„Geht es dir gut?"

„Ja."

„Und wie geht es Megan?" Andrea wagte kaum zu atmen, aus Angst, die Fassung zu verlieren.

„Es ist nicht leicht für sie." Seine Stimme klang angestrengt und müde. „Aber sie wird es überwinden."

„Ja, bestimmt." Andrea umklammerte den Hörer. Sie hatte auf einmal unendliche Angst, Jeff zu verlieren, diese brüchige Bindung zwischen ihnen zu zerstören. Oh Jeff, dachte sie. Wie kann ich dir nur helfen? Dir und deiner kleinen Tochter? Wenn du mich doch nur so liebtest, wie ich dich liebe. Ich würde dich in den Arm nehmen und dich streicheln und trösten, bis der Schmerz fort wäre. Wenn du doch nur wüsstest, wie wichtig du für mich bist, wie gern ich für dich und Megan sorgen würde.

Ein etwas unbehagliches Schweigen breitete sich aus, bis Jeff schließlich Anstalten machte, sich zu verabschieden. „Ich wollte mich nur für deinen Brief bedanken. Gute Nacht, Andrea."

„Nein!", stieß sie hervor. „Leg nicht auf. Bitte!"

Sie verstummte, und wieder entstand eine Pause.

„Ist noch etwas?", wollte er wissen.

„Ich ... ich wollte dir nur sagen, dass ich ... dass ich dich liebe."

„Ach, Andrea", seufzte er. „Ich würde dir so gern glauben."

„Aber ich habe dich immer geliebt."

„Es ist so viel passiert ..." Er unterbrach sich. „Ich möchte, dass du Megan kennenlernst", sagte er unvermittelt.

„Das würde ich sehr gern."

„Sie ist noch auf."

War das eine Einladung? „Jetzt?", fragte Andrea. „Ich soll sie jetzt kennenlernen?"

„Wenn du willst."

„Meinst du nicht, es ist zu früh nach …"

„Das Leben geht weiter, Andrea."

„Aber …"

„Aber was? Was lässt du dir diesmal für eine Ausrede einfallen? Immer findest du einen Grund, mich wegzustoßen, wenn ich dir zu nahe komme."

„Das ist nicht wahr!", rief sie.

Aber er hatte schon den Hörer aufgelegt, bevor sie noch mehr sagen konnte.

Hatte er recht? Lief sie schon wieder davon? Aber das war lächerlich. Sie liebte ihn so sehr, dass es ihr manchmal Angst machte. Er ist an allem schuld, dachte sie böse, er verdreht mir immer das Wort im Mund.

Wieder klingelte das Telefon, und Andrea stürzte sich regelrecht darauf. Das war bestimmt Jeff, der sich entschuldigen wollte. Natürlich würde sie ihm verzeihen.

„Hallo", stieß sie atemlos hervor.

Es war ihr Bruder Martin. „Du sitzt offenbar neben dem Telefon. Wie geht es dir?"

„Gut."

„Ich wollte mich nach deinem neuen Job erkundigen. Gayla hat mir davon erzählt. Meinst du nicht, dass du mich auch hättest anrufen können? Schließlich bin ich dein Bruder."

„Ich habe es erst heute Abend definitiv erfahren."

„Und du gehst wirklich nach New York?" Das klang merkwürdig erleichtert.

„Ich weiß es noch nicht", gestand sie. „Ich muss noch einmal darüber nachdenken."

„Hast du hier ein besseres Angebot?"

„Ich wollte, es wäre so." Sie seufzte.

„Ich wette, es hat mit Harmon zu tun", vermutete Martin böse. „Gayla hat mir gesagt, dass du dich wieder mit ihm triffst.

Nachdem er dich letztes Mal so im Stich gelassen hat!"

Andreas Nerven waren angespannt genug, und sie bewahrte nur mit Mühe ihre Fassung. „Das ist lange her. Wir haben damals alle viel getan und gesagt, was wir nicht so gemeint haben."

„Komm schon, Andrea. Harmon hat dich sitzen lassen, und er wird es wieder tun."

Das brachte das Fass endgültig zum Überlaufen. „Wenn ich mich recht erinnere, warst du daran nicht unbeteiligt."

„Das haben wir schon zur Genüge durchgekaut. Wenn Harmon dich wirklich hätte finden wollen, hätte er es getan. Er hätte nicht zehn Jahre lang warten müssen."

„Hör auf damit, Martin. Es reicht. Ich habe keine Lust, mich mit dir zu streiten. Es bringt doch nichts."

Martin seufzte. „Du hast wohl recht. Entschuldige. Ich kann diesen Kerl eben nicht ausstehen. Vielleicht war das damals alles nicht seine Schuld, aber ich kann einfach nicht vergessen, wie er mich behandelt hat." Andrea wollte protestieren, aber Martin ließ sie nicht zu Wort kommen. „Ich weiß, dass ich dir auch wehgetan habe, auch wenn ich es nicht wollte. Aber … ich wollte eigentlich nur wissen, ob du wirklich nach New York gehst, und nicht diese alten Geschichten wieder aufwärmen."

„Du willst mich wohl loswerden."

„Das ist nicht wahr. Ich habe mir einfach nur Sorgen gemacht. Harmon tut dir nicht gut, Andrea. Es heißt, dass seine Frau Selbstmord begangen hat. Erzähl mir nicht, dass er daran unschuldig ist."

„Woher willst du das wissen?"

„Ich nehme es an."

„Ich nicht", gab Andrea scharf zurück.

„Ist ja schon gut", meinte Martin beschwichtigend. „Es tut mir leid, dass ich mit dem Thema angefangen habe. Pass auf dich auf, ja?"

„Ja."

Andrea legte den Hörer wieder auf. Hatte Martin vielleicht doch recht? Oder war es noch die alte Verbitterung, die aus ihm sprach?

Sie dachte wieder an Jeffs Anruf und begann, ohne sich ihre Entscheidung direkt bewusst zu machen, sich anzuziehen. Wie oft würde sie wohl noch den Anfang machen müssen?

Aber das war nicht fair. Er hatte sie mehrmals angerufen und sie auch besucht, nachdem er von Victoria zurückgekommen war. Und jedes Mal war sie von ihm weggegangen oder hatte nichts von einer gemeinsamen Zukunft hören wollen. Trotzdem – heute würde sie den letzten Versuch machen.

Es regnete, als sie in der Dunkelheit vom Parkplatz auf den belebten Highway einbog. Jetzt, da sie sich entschlossen hatte, zu Jeff zu fahren, ging ihr alles viel zu langsam.

Der Wind fuhr durch die hohen Palmen vor Jeffs Haus. Der Regen war stärker geworden, und als sie ihren Wagen abstellte, musste sie mit heftigen Böen kämpfen. In Jeffs Wohnung im obersten Stockwerk brannte nur noch Licht im Wohnzimmer, soweit sie es von hier unten erkennen konnte. Was hatte sie eigentlich hier zu suchen?

Sie atmete tief durch, stieg dann aus und rannte zum Haus. Sie musste an eine andere stürmische Nacht denken, die erst ein paar Wochen zurücklag, auch wenn es ihr vorkam, als wäre seitdem schon eine Ewigkeit vergangen.

Andrea schüttelte die nassen Haare aus und trat in die Halle. Der Portier erkannte sie wieder und lächelte ihr zu.

„Sie wollen sicher zu Mr Harmon", meinte er. „Werden Sie erwartet?"

Andrea lächelte schwach. „Nein, ich glaube nicht."

„Dann muss ich Mr Harmon anrufen", sagte der Portier, als müsste er sich entschuldigen. Er wählte Jeffs Nummer und kündigte Andrea an. „Tut mir leid, dass Sie warten mussten", meinte er dann und begleitete sie zum Aufzug.

„Ist schon gut." Sie lächelte ihn an, dann schlossen sich die Türen hinter ihr, und sie war allein.

Jeff betrachtete das Telefon. Er war wütend. Gerade erst hatte er den Entschluss gefasst, Andrea für immer aus seinem Leben zu streichen. Und dann bedurfte es nur eines kurzen Anrufs, und er wurde schon wieder schwach. Zum Teufel mit ihr. Zum Teufel mit ihm! Er verwünschte den Tag, an dem er ihr zum ersten Mal begegnet war. Und doch, als ihr Bild jetzt wieder vor ihm auftauchte, dieses junge, unschuldige, liebenswerte Gesicht von damals, da wusste er, dass er für immer verloren war. Nie hatte er eine Frau so leidenschaftlich geliebt wie sie, nie hatte ihn ein Verlust so geschmerzt.

Er schenkte sich ein Glas Whiskey ein und trank es in einem Schluck aus. Gerade wollte er wieder zur Flasche greifen, als es an der Tür klopfte. Er zögerte. Sollte sie doch warten. Er lächelte freudlos, füllte sein Glas erneut und trank es langsam aus.

Das zweite Klopfen war lauter und nachdrücklicher. Aber er ging immer noch nicht zur Tür. Es geschah ihr recht. Sollte sie doch einmal merken, wie es war, wenn man immer nur bettelte und nie etwas dafür bekam. Sollte sie doch spüren, wie es war, vor einer verschlossenen Tür zu stehen.

Es hörte auf zu klopfen, stattdessen rief Andrea nach ihm. „Jeff?" Ihre Stimme klang besorgt. „Fehlt dir etwas? Jeff?"

Gerade als sie erneut klopfen wollte, ging die Tür auf. Andrea hielt einen Moment den Atem an, als sie Jeff so unmittelbar gegenüberstand. Sein Blick war hart, und sie wich unwillkürlich ein wenig zurück. Er sah müde und zugleich verärgert aus.

Sie atmete tief ein und straffte die Schultern. „Ich habe schon langsam Angst bekommen", sagte sie, und die Erleichterung war ihr dabei anzusehen.

„Du brauchst dir um mich keine Sorgen zu machen, Andrea", gab er zurück. „Ich komme sehr gut zurecht." Er lehnte sich an die Tür. „Du hast es dir also anders überlegt", stellte er ohne erkennbare Gefühlsregung fest. „Das ist aber nett von dir. Komm herein", lud er sie ein.

Im Wohnzimmer brannte nur eine kleine Leselampe. Aber trotz der schlechten Beleuchtung konnte Andrea erkennen, wie unordentlich es im Zimmer war. Jeff sah sie unverwandt an und verstärkte ihre Unsicherheit noch.

„Wie wäre es mit etwas zu trinken?", fragte er unvermittelt, ohne dass seine Miene sich gemildert hätte.

„Nein, danke." Andrea spürte, dass sie das Ziel seines Ärgers war, aber sie verstand den Grund dafür nicht. Vielleicht wollte sie ihn auch nicht verstehen. Jeff hatte sie doch eingeladen, damit sie seine Tochter kennenlernen sollte, und jetzt brachte er nicht einmal ein Mindestmaß an Höflichkeit ihr gegenüber auf. Wo war die Kleine überhaupt?

Jeff schenkte sich und Andrea einen großzügig bemessenen Whiskey ein. Eigentlich sah es ihm gar nicht ähnlich, Trost im Alkohol zu suchen, aber Andreas Gegenwart machte ihn nervös. Einerseits hatte er den Wunsch, sie aus seiner Wohnung zu werfen und ihr zu sagen, mit einer Frau, die sich zu keiner Entscheidung durchringen konnte, könne er nichts anfangen. Andererseits begehrte und liebte er sie, wollte sie in die Arme nehmen und für den Rest ihres Lebens beschützen. Verärgert über diese Schwäche, leerte er sein Glas in einem Zug.

Andrea beobachtete ihn schweigend. Sie wusste nicht, ob sie bleiben oder wieder gehen sollte. Jeffs Ärger stand wie eine Mauer zwischen ihnen, und die Spannung war fast mit Händen greifbar. Sie war unsicher und zugleich wütend und verwirrt. Aber sie war entschlossen, zu ihm durchzudringen. Sie wollte ihn und brauchte ihn, aber sie verstand ihn einfach nicht. Vielleicht hatte sie ihn nie verstanden.

Ganz offensichtlich hatte auch Jeff mit sich zu kämpfen. Er war nachlässig gekleidet, sein Haar war wirr, und sein Blick hatte etwas Wildes. Andrea musste an den jungen strahlenden Senator denken, der vor zehn Jahren ihr Herz erobert hatte. Welchen Charme, welche Wärme hatte er da ausgestrahlt, und wie bitter und verschlossen wirkte er jetzt.

„Was willst du hier?", wollte er wissen und setzte sich aufs Sofa.

„Ich wollte Megan kennenlernen", erwiderte Andrea. „Das war dein eigener Vorschlag, wenn du dich noch erinnerst."

„Megan schläft schon seit über einer Stunde."

„Ich hätte mich vermutlich vorher anmelden sollen", sagte sie. Wenn sie doch nur wüsste, worauf er so böse war.

„Das wäre nett gewesen."

„Ich wurde aufgehalten. Martin hat angerufen."

Jeff setzte sein Glas ab und lächelte schief. „Aha. Er hat dich wohl dazu überredet, zu mir zu fahren", vermutete er spöttisch.

Andrea schüttelte den Kopf. Er tat ihr absichtlich weh. „Nein. Er hielt es eher für eine schlechte Idee."

„Was für ein wundervoller Mensch."

„Du kennst ihn ja überhaupt nicht."

„Ich verspüre auch nicht die geringste Neigung, ihn kennenzulernen." Jeff trank sein Glas aus. „Von deinem Bruder habe ich ein für alle Mal genug."

„Er hat sich verändert."

„So wie du?"

Andrea blitzte ihn an. „Jetzt reicht es mir langsam. Ich bin hergekommen, um mich für letztes Mal zu entschuldigen." Ihre Stimme wurde zittrig. „Ich bin gekommen, weil ich dachte, du willst mich hier haben."

„Um Megan kennenzulernen?"

„Ja!", stieß sie verzweifelt hervor und setzte sich neben ihn. „Ja, auch um deine Tochter kennenzulernen." Sie sah ihn mit einem flehenden Blick an und legte ihm die Hand aufs Knie.

Jeff schloss für einen Moment die Augen und versuchte an etwas anderes zu denken. „Megan hat viel mitgemacht", sagte er und rieb sich die Stirn. Warum konnte Andrea nicht endlich gehen, bevor er wieder etwas tat, was er sich später vorwerfen würde?

„Es muss sehr schwer für sie sein", flüsterte Andrea.

Mit einem Aufstöhnen rückte Jeff von ihr ab. Seine Augen waren schmal geworden. „Du hast ja nicht die geringste Ahnung."

Andrea neigte sich zu ihm. „Ich dachte, du willst mich hier haben."

Jeff stieß einen unverständlichen Laut aus. „Aber du warst zu beschäftigt."

„Das habe ich nicht gesagt."

Er verschränkte die Arme vor der Brust. „Was hast du dann gesagt?" Er gab sich die Antwort gleich selbst. „Dass du mehr

Zeit brauchst? War es das?"

„Nicht ich, sondern Megan. Sie ist erst fünf Jahre alt und versteht doch noch gar nicht richtig, was Tod bedeutet. Ich dachte, sie bräuchte einfach mehr Zeit, sich an ihr neues Leben zu gewöhnen. Sie hat gerade erst ihre Mutter verloren, Jeff, und lebt jetzt allein bei dir. Das arme Ding muss ja ganz durcheinander sein."

„Du brauchst mir nicht zu erzählen, wie es meiner Tochter geht. Ich bekomme ihre Albträume jede Nacht mit." Er fuhr sich ungeduldig durch die dichten dunklen Haare. Aber seine Miene hatte sich verändert.

„Sieh mal, Jeff", begann Andrea, ohne zu wissen, wie sie weiter mit ihm umgehen sollte. Er wollte sie nicht hier haben, zumindest ließ er nicht zu, dass er es wollte. Das war offensichtlich, und vielleicht hatte er auch recht. Vielleicht gab es wirklich keine Zukunft mehr für sie. Was einmal gewesen war, ließ sich nicht wiederbeleben. „Ich bin gekommen, weil ich dich und Megan sehen wollte, aus keinem anderen Grund. Offenbar willst du das nicht. Gut. Damit kann ich umgehen." Aber ihre Augen brannten, und sie wusste, dass sie nicht mehr lange durchhalten würde. Wenn sie nicht bald ging, würde sie zusammenbrechen, und das würde sie nie und nimmer zulassen. Jeff hob den Kopf und sah sie an. „Ich habe eine Stelle in New York angeboten bekommen."

„Was?", fragte er rau.

„Ich habe mich entschieden, sie anzunehmen." Sie hätte sich fast verhaspelt, so sehr wurde sie auf einmal von ihren Gefühlen überwältigt. Sie sprang auf und rannte zur Tür. Aber bevor sie sie noch öffnen konnte, wurde sie von einem kläglichen dünnen Stimmchen zurückgehalten.

„Daddy! Daddy!"

„Andrea, warte. Bitte!", flehte Jeff, bevor er das Zimmer verließ.

Das hatte so drängend geklungen, dass Andrea zögerte. *Geh, solange du noch kannst*, sagte eine kleine Stimme in ihrem Inneren. Sie lehnte sich erschöpft an die Tür.

„Daddy … Mommy … Mommy, wo bist du?", jammerte Megan und fing an zu schluchzen.

Andreas Augen füllten sich mit Tränen. Die Kleine tat ihr unendlich leid. Dann hörte sie, wie Jeff tröstend und beruhigend auf sie einsprach, bis das Schluchzen abebbte. Sie ging leise den Gang hinunter, bis sie vor einem abgedunkelten Zimmer ankam, dessen Tür offen stand. Jeff saß auf einem schmalen Bett und wiegte seine Tochter in den Armen. Er hielt sie ganz fest und flüsterte ihr liebevolle, tröstende Worte ins Ohr.

„Es ist alles gut, mein Schätzchen. Daddy ist ja da. Alles ist gut."

„Aber wo ist Mommy?", wollte das kleine Mädchen wissen. Es hatte die Arme um seinen Hals gelegt.

Als Jeff seine Haltung ein wenig veränderte, sah Andrea zum ersten Mal Megans Gesicht mit den großen hellen Augen, die jetzt von Tränen schwammen. Blonde Locken fielen ihr auf die schmalen Schultern, und immer wieder krampfte ein Schluchzen ihren schmalen Körper zusammen.

Jeff legte sie wieder hin, und Andrea zog sich zurück. Sie wollte nicht, dass er sich in einem so intimen Augenblick beobachtet fühlte.

Sie wartete im Wohnzimmer auf ihn. Tränen liefen ihr übers Gesicht, und sie merkte gar nicht, dass er wieder zurückgekommen war, bis sie auf einmal das Gefühl hatte, dass sie nicht allein war. Jeff stand unter der Tür. Er schien verwirrt.

„Ich … ich habe dich mit Megan gesehen", stammelte Andrea und hoffte, das würde ihre Tränen erklären. „Jeff, ich wollte dir nicht zu nahe treten."

„Das hast du nicht getan."

„Mir tut das alles so leid", flüsterte sie.

„Du kannst ja nichts dafür." Er kam näher.

„Ich wollte nur, ich könnte irgendetwas tun." Sie sah zu ihm auf.

Er schloss einen Moment die Augen, als fürchtete er sich vor seiner eigenen Antwort. „Du kannst etwas tun." Er streckte die Hand aus und berührte ihre Wange. Einen Augenblick zögerte er noch. „Heirate mich, Andrea."

„Jeff, warum?", fragte sie und ließ sich an ihn sinken. „Du

kannst nicht erwarten, dass ich Megan die Mutter ersetze. Sie braucht Lara, nicht mich."

„Ich bitte dich nicht um Megans willen", wisperte er in ihr Haar. Sein warmer Atem strich über ihre Haut. „Ich bitte dich um meinetwillen, um deinetwillen – zum Kuckuck! Ich versuche dir zu sagen, dass ich dich liebe!" Er schloss sie in die Arme und zog sie eng an sich. „Wie und wann, überlasse ich dir. Wir können sofort heiraten oder noch warten, aber sag Ja!"

Andrea löste sich ein wenig von ihm, doch er zog sie wieder an sich. „Heute Abend warst du sehr böse auf mich." Das klang wie eine Frage.

„Weil ich dachte, du würdest wieder einmal nur kommen, um dann wieder zu gehen. Ich halte es nicht aus, wenn du mit mir spielst."

„Das war nie meine Absicht."

„Du wolltest mich zum Wahnsinn treiben."

„Nie!"

„Aber du hast es getan – zehn Jahre lang. Ich kann nicht mehr. Lass uns heiraten und von Kalifornien weggehen."

„Aber meine Arbeit …"

„Vergiss New York. Wenn sie dich unbedingt wollen, dann kannst du freiberuflich arbeiten."

„Ach, Jeff", seufzte Andrea und legte den Kopf an seine Brust. Sie konnte sein Herz hämmern hören, und ihre Knie wurden schwach. „Und was ist mit Martin und meiner Familie?"

„Die interessieren uns nicht. Wir werden ausnahmsweise einmal nur an uns denken."

„Und an Megan."

„Natürlich. Willst du mich heiraten, Andrea?"

Andrea atmete tief durch. „Das will ich schon seit zehn Jahren."

Ein strahlendes Lächeln zog über sein Gesicht, und er wirkte wieder so jung und unbeschwert wie früher. „Es sieht so aus, als wäre das Ihr Glückstag, gnädige Frau!"

– ENDE –

Lisa Jackson

Begierde und Betrug

Roman

Aus dem Amerikanischen von
Martin Hillebrand

1. KAPITEL

*R*ache!

Das Wort gefiel ihm schon vom Klang her. Das war durchaus nicht immer so gewesen. Früher hatte Kyle Sterling Vergeltung als sinnlos betrachtet, als Zeit- und Energieverschwendung. Doch das schien ihm eine Ewigkeit her zu sein, aus einer anderen Zeit, lange vor dem Unfall. Und mittlerweile wirkte der bittersüße Geschmack der Rache geradezu wie ein Hochgenuss auf ihn.

Die antike Pendeluhr auf dem Kaminsims tickte sich im Sekundentakt durch den sich endlos hinziehenden Nachmittag. Mit jedem Pendelschwung stieg Kyles Entschlossenheit, mit seiner Exfrau abzurechnen. Er wollte ihr die Qualen heimzahlen, die sie seinem Kind zugefügt hatte, unabsichtlich und unnötigerweise. Er saß am Schreibtisch und starrte das Telefon an, als könnte er das schwarze Ding durch Blicke allein zum Läuten bringen. Es tat sich nichts.

Kyle stand auf, durchschritt ungeduldig das luftige Erkerzimmer, blieb schließlich vor der Bar stehen und schenkte sich einen ordentlichen Schluck Bourbon ein. Dann lief er nervös vor dem breiten Fenster mit Aussicht auf den still daliegenden Pazifik auf und ab, wobei er sich mit der freien Hand den Nacken massierte, um die verspannte Schultermuskulatur zu lockern. Stirnrunzelnd schaute er in sein Whiskeyglas und ließ die bernsteinfarbene Flüssigkeit gedankenverloren kreisen. Tiefe Sorgenfalten gruben sich in sein Gesicht, wenn er an sein Leben zurückdachte. Was er da sah mit seinen siebenunddreißig Jahren, gefiel ihm nicht. Viel zu lange hatte er sich etwas vorgemacht und sich in rücksichtslosem Erfolgsstreben aufgerieben.

Die vergangenen zehn Jahre waren ihm eine Lehre gewesen. Reichtum, so hatte er feststellen müssen, besaß nur einen oberflächlichen Wert, und flüchtige Freundschaften waren töricht. Brutal hingegen war die Realität: Auf sich allein gestellt, musste ein Mann seinen Instinkten vertrauen und den Rest der Welt als Feind betrachten. Voller Selbstverachtung kniff Kyle die Lippen zu einer schmalen, grimmigen Linie zusammen, wodurch seine markanten Züge noch kantiger wirkten. Einige hätten seine Denkweise wohl als paranoid bezeichnet, bestenfalls vielleicht noch als zynisch. Für Kyle Sterling war sie die schlichte Wahrheit, gelehrt von der Meisterin der Hinterlist: seiner Exfrau Rose Sterling oder auch „Sterling Rose", wie sie sich am liebsten nennen ließ. Ihretwegen hatte sich Kyle zum leidenschaftlichen Befürworter der Rache gewandelt.

Dass er je wieder so dumm sein würde, einer Frau zu trauen, bezweifelte er ernsthaft, und eigentlich, so merkte er, war es ihm sowieso einerlei. Je weniger er mit dem anderen Geschlecht zu schaffen hatte, desto besser. Diese ganze elende Woche hatte ihn in seiner Meinung nur bestärkt, und er begriff, dass seine Tochter das Einzige war, das ihm wirklich etwas bedeutete.

Er kippte den letzten Schluck hinunter, stellte das leere Glas auf die Fensterbank und lockerte den Krawattenknoten. Obwohl er später am Tag noch mit Besuch rechnen musste, scherte es ihn nicht, dass er so hundemüde aussah, wie er sich fühlte. Ryan Woods hatte sich angekündigt, um übers Geschäft zu reden. Kyle wartete auf Ryans Bericht schon seit Längerem; im Grunde hätte er sich auf den Nachmittag freuen müssen, doch dem war nicht so. Sosehr er sich auch bemühte – sein Kind ging ihm nicht aus dem Sinn. Die Angst um seine Tochter ließ ihm keine Ruhe.

Er erwog kurz, sich noch einen Drink zu genehmigen, verwarf den Gedanken aber. Er trommelte abwesend mit den Fingerspitzen auf den kühlen lackierten Fensterrahmen, ließ seinen Blick über die schroffen Klippen schweifen, auf denen seine im spanischen Stil gebaute Strandvilla stand. Blinzelnd starrte er mit seinen schiefergrauen Augen in die stetig untergehende Sonne. Fern am Horizont glitten Segelboote elegant dahin, knallbunte Tupfer inmitten der endlos blauen Weite aus Himmel und Meer.

„Verdammt noch mal, nun klingele schon!", stieß er knurrend aus, biss die Zähne zusammen und starrte das Telefon wieder böse an. Kyles Nerven waren zum Zerreißen gespannt; er merkte, wie sich im Nacken die Schweißperlen sammelten. Der Besuch in der Klinik, die herzzerreißende Szene mit seiner Tochter, all das spukte ihm nach wie vor im Kopf herum.

Er erinnerte sich an Hollys gequältes Gesicht, an ihre geröteten, tränennassen Wangen, die zornerfüllten dunklen Augen. „Geh weg, Daddy!", hatte es durch die Krankenhausgänge geschallt. „Ich hasse dich! Ich will dich hier nicht haben! Ich will es nicht! Los, geh schon, lass mich in Ruhe! Tust du ja sonst auch immer. Ich brauche dich nicht mehr!" Krampfhaft hatte sie dabei die Finger in das weiße Bettlaken gekrallt; die Schwestern mussten ihr ein Beruhigungsmittel geben. Das letzte Bild von Holly, das er vor Augen hatte, zeigte sie mit vors Gesicht geschlagenen Händen, hysterisch schluchzend, die schmalen Schultern bebend. In dem sterilen weißen Krankenzimmer wirkte sie blutjung und blass. Auf Drängen des Arztes hin hatte Kyle die Klinik verlassen, doch Hollys Worte hallten immer noch dumpf in seinen Gedanken wider.

Er fuhr mit den Fingern durch das dichte Haar und schaute einmal mehr hinüber zur Uhr auf dem Kamin. Wie lange mochte die Operation wohl dauern? Zwei Stunden? Vier? Inzwischen waren fast fünf Stunden vergangen, und noch immer hatte er nicht den geringsten Hinweis darauf, wie es ihr ging. Mit seinem gesamten Vermögen konnte er sich weder seinen Seelenfrieden erkaufen noch die Gewissheit, dass seine Tochter einmal wieder ganz so sein würde wie vor dem Unfall, der sie vor knapp sechs Monaten beinahe das Leben gekostet hätte. Sie war genesen, wenn auch langsam, und diese allerletzte Operation, ein heikler Eingriff, sollte die Verletzung ihrer Gebärmutter beheben. Holly schwebte zwar nicht mehr in Lebensgefahr, trotzdem hing ihr zukünftiges Glück als Mutter eigener Kinder nach wie vor am seidenen Faden.

Kyle überlegte, ob er im Krankenhaus anrufen sollte, ließ es dann jedoch bleiben. Sein letzter Anruf lag nicht einmal eine Stunde zurück, und dabei hatte man ihm höflich, aber bestimmt mitgeteilt, Miss Sterling befinde sich noch im OP. Hatte man denn als Vater gar nichts zu sagen? Oder hatte er seine Rechte abgetreten, nachdem er und Rose sich hatten scheiden lassen?

Geplagt von verzweifelten Gedanken an Holly und ihren

durch Rose' Leichtsinn verursachten Leidensweg, stieß er sich von der Fensterbank ab, marschierte quer durchs Zimmer und griff sich die nach wie vor offene Whiskeyflasche. Obwohl vorhin noch bewusst darauf verzichtend, goss er sich nun doch einen Fingerbreit ein und kippte den Drink in einem Zug hinunter.

Einmal mehr war er geneigt, es Rose anzulasten, dass seine Tochter ihn hasste, doch der nagende Gedanke, es sei auch teilweise seine eigene Schuld, wollte nicht weichen. Sogar die Schmerzen, die Holly durchlitt – waren sie nicht indirekt auch durch ihn verursacht? Trug man als Vater nicht die Verantwortung für die Unversehrtheit seines Kindes? Selbst nach einer Scheidung der Eltern?

Schließlich riss ihm der Geduldsfaden; er hielt es im Arbeitszimmer keine Minute länger aus. Der Termin mit Ryan stand erst in einigen Stunden an, und das verdammte Telefon wollte und wollte nicht klingeln. Kyle fühlte sich regelrecht erdrückt von den Wänden mit ihrem rustikalen Putz. Er spürte, wie es in seinem Kinn zuckte, während er über den mit Bodenfliesen gekachelten Flur hinüberstapfte zum hinteren Ende des weitläufigen Anwesens.

„Lydia?", rief er, während er sich der Küche näherte. Seine Stimme durchbrach die Stille.

Die Hausangestellte, eine mollige Mexikanerin mittleren Alters, war etwas schwerhörig und reagierte nicht gleich. Kyle betrat die riesige Küche. Lydia stand an der Arbeitsplatte und werkelte fleißig vor sich hin. Die mexikanische Ballade, die sie vor sich hin summte, war Kyle vertraut; er kannte sie seit seiner Kindheit. Lydia knetete Teig für selbst gebackenes Brot – eine ihrer regelmäßig anfallenden Tätigkeiten, die Kyle schon etliche Male beobachtet hatte.

„Lydia?", wiederholte er.

Die Frau drehte sich zu ihm um und wischte sich die mehlbestäubten Hände an der Schürze ab. Über ihr rundliches Gesicht glitt langsam ein herzliches Lächeln. „Ich dachte, Sie sind im Arbeitszimmer."

Verlegen lächelte er zurück. „War ich auch, aber dann hab ich's nicht mehr ausgehalten." Sie nickte, als verstünde sie ihn vollkommen. „Ich gehe kurz an die frische Luft."

„Und die Klinik hat sich noch nicht wieder gemeldet?"

Kyle verzog den Mund. „Nein."

„Fahren Sie jetzt hin?"

Kyle zögerte, schüttelte dann jedoch den Kopf. „Ich glaube, nicht. Ryan Woods kommt gleich."

Die Haushälterin ließ nicht locker. „Aber das können Sie doch verschieben! Mr Woods nimmt Ihnen das bestimmt nicht übel; er hat ja selber Familie. Wenn die Tochter im Krankenhaus liegt, muss das Geschäftliche eben zurückstehen."

„Rose ist ja da", erwiderte Kyle in der Hoffnung, seine Haushälterin werde sich damit zufriedengeben.

Der warme Glanz in Lydias dunkelbraunen Augen erlosch schlagartig. „Pah!", schnaubte sie, steckte die Haarklemme, die ihre ergrauenden Strähnen hielt, noch einmal zurecht und bekreuzigte sich rasch über dem üppigen Busen. „Das ist mir 'ne schöne Mutter, das Weib!", brummte sie unwirsch. „*Sie* müssten eigentlich das Sorgerecht haben, Mr Sterling!"

„Das sieht das Familiengericht offenbar anders. Und Dr. Seivers ebenfalls."

Lydia wandte sich wieder ihrem Brotteig zu und walkte ihn nach Leibeskräften durch. „Der hat doch keine Ahnung von Familie!" Sie verfiel in ihre Muttersprache und zeterte auf Spanisch vor sich hin. Vermutlich ließ sie kein gutes Haar an seiner Exfrau.

„Holly will mich nicht sehen."

„Diese Frau hat die Kleine gegen Sie aufgehetzt!" Hektisch fuchtelte Lydia mit den Händen in der Luft herum, dass das Mehl nur so stäubte. „Miss Holly ist doch viel zu jung, sie weiß ja gar nicht, was sie denken soll!" Es folgte ein erneuter Redeschwall auf Spanisch, diesmal allerdings in einem solchen Tempo, dass Kyle überhaupt nichts mehr verstand.

Das Schrillen des Telefons unterbrach Lydias Schimpftirade. Kyle griff nach dem Hörer, während ihn die Haushälterin besorgt musterte. Sie hatte Holly betreut, seit sie ein kleines Mädchen gewesen war, und in ihr Herz geschlossen. Nur hatte Rose leider für die Mexikanerin nicht viel übrig, obwohl die auch Kyle mit großgezogen hatte. Doch das tat Lydias Zuneigung zu Kyle und seinem einzigen Kind keinen Abbruch.

Kyle meldete sich mit einem ungeduldigen „Hallo?"

„Mr Sterling? Dr. Seivers hier." Die Stimme am anderen Ende der Leitung klang erschöpft.

„Wie geht es meiner Tochter?"

„Gut. Sie hat die Operation gut überstanden. Jetzt liegt sie im Aufwachraum."

Trotz der optimistisch klingenden Bemerkung spürte Kyle einen Hauch von Zögern beim Arzt. „Demnach konnten Sie das Problem beheben?"

Eine kurze Pause entstand. „Das wird man sehen. Ich will offen zu Ihnen sein, Mr Sterling: Momentan stehen die Chancen für eine völlige Genesung fünfzig zu fünfzig. Sie dürfen nicht vergessen, der Uterus hat bei dem Unfall erhebliche Abschürfungen davongetragen. Die Eileiter sind zwar unbeschädigt geblieben, allerdings war die Gebärmutter eingerissen. Es braucht seine Zeit, bis wir feststellen können, ob die Operation erfolgreich war."

„Und wenn nicht? Was dann?"

„Wir wollen nicht gleich den Teufel an die Wand malen, Mr Sterling."

„Ich stelle nur eine einfache Frage, Doktor."

Ein hörbarer Seufzer deutete darauf hin, dass Dr. Seivers anscheinend überlegte, wie viel er Hollys Vater anvertrauen durfte. „Warten wir's ab", meinte er ausweichend. „Aber wenn die Wunde nicht richtig verheilt und Holly weiter Blutungen hat, würde ich wohl zu einer zusätzlichen Operation raten."

Kyle griff den Hörer fester, bis die Fingerknöchel weiß hervortraten. „Und zwar?"

Dr. Seivers antwortete geduldig, aber die Aussichten waren düster. „Dann würde ich höchstwahrscheinlich eine operative Entfernung empfehlen."

Die Worte des Arztes lagen wie Bleigewichte auf Kyles Schultern. Ausdruckslos im Ton, doch mit ernster Miene erwiderte er:

„Dr. Seivers, meine Tochter ist gerade mal fünfzehn!"

„Und kann von Glück sagen, dass sie mit dem Leben davon-gekommen ist! Vor sechs Monaten rang sie mit dem Tod. Heute ist sie fast wiederhergestellt."

„Aber sie ist doch noch ein Kind ..."

„Sie haben mir eine hypothetische Frage gestellt, ich habe sie beantwortet, und zwar lediglich aus medizinischer Sicht. Mit etwas Glück bleibt uns eine weitere Operation erspart. Holly ist sehr kräftig. Eine Kämpfernatur. Das war auch nötig gewesen in den letzten sechs Monaten. Die Chancen stehen gut, dass sie vollständig genesen wird."

Kyle war nicht überzeugt. „Ich möchte sie gern besuchen."

Wieder folgte eine bedeutungsvolle Pause. „Damit sollten Sie sich noch ein paar Tage Zeit lassen, Mr Sterling. Es dauert oh-nehin Stunden, bis sie aus der Narkose erwacht, und danach lasse ich sie auch weiterhin ruhigstellen. Emotionale Ausbrüche oder Traumata wären in ihrem derzeitigen Zustand wenig hilfreich."

„Sie ist meine Tochter, verdammt noch mal!"

„Und meine Patientin. Hollys Reaktion auf Ihren gestrigen Besuch ist mir nicht verborgen geblieben. Wollen Sie etwa ihre Heilungschancen aufs Spiel setzen?"

„Natürlich nicht!"

„Dann beherzigen Sie meinen Rat und lassen Sie Ihrer Tochter Zeit zur Erholung, bevor Sie ihr einen Besuch zumuten, der sie emotional sehr belasten würde. Momentan ist ihre Mutter bei ihr."

Kyle verkniff sich eine bissige Bemerkung, die ihm schon auf der Zunge lag. Es blieb ihm nichts anderes übrig, als sich an Dr. Seivers' Anweisungen zu halten. Er galt als bester Gy-näkologe Kaliforniens, wenn nicht sogar des gesamten Westens der USA. Insofern hatte Ben Seivers eindeutig das letzte Wort. „Also gut, Doc. Ich gehe davon aus, dass Sie mich auf dem Lau-fenden halten, was Hollys Zustand betrifft. Sollte sich etwas än-dern, rufen Sie an?"

„Selbstverständlich."

„Besten Dank." Langsam legte Kyle den Hörer auf.

Seine Haushälterin musterte ihn mit großen Augen; ihr rundliches Gesicht war ganz blass geworden. „Miss Holly?"

„Sie wird wieder", antwortete Kyle, heilfroh, dass seine Stimme überzeugender klang, als es seiner Gefühlslage entsprach. „Der Arzt hat mir versichert, dass sie die Operation bestens überstanden hat."

„Aber trotzdem machen Sie sich Sorgen um sie." Anscheinend sah Lydia ihm die Anspannung an. Sie kannte ihn ziemlich genau und ließ sich nicht so leicht hinters Licht führen.

Seine Züge entspannten sich. „Ja." Es gab keinen Grund, Lydia etwas vorzumachen. „Der Arzt meint, ihre Chancen auf eine vollständige Genesung stehen sehr gut, aber zum gegenwärtigen Zeitpunkt kann er noch nichts Genaues sagen."

„*Dios!*", flüsterte Lydia mehr zu sich selbst.

„Ich gehe ein Weilchen an die frische Luft – nur ein Spaziergang, um den Kopf wieder freizubekommen. Falls Ryan eintrifft, bitten Sie ihn ins Arbeitszimmer und machen Sie ihm einen Drink, ja?"

Nickend nestelte Lydia an dem Kreuz, das sie um den Hals trug, und betete still für Kyle Sterlings Tochter. Sobald er die Tür hinter sich geschlossen hatte, begann sie erneut, fieberhaft ihren Brotteig zu kneten. So eine schreiende Ungerechtigkeit! Das Mädchen musste Schmerz und Leid über sich ergehen lassen – und alles nur, weil *dieses Weib* sich angetrunken hinters Lenkrad gesetzt und einen Unfall gebaut hatte. „*Dios!*"

Der Ozean wirkte immer irgendwie beruhigend auf Kyle. Wenn ihm die Dinge in L.A. über den Kopf wuchsen, fuhr er gewöhnlich die Küste hinunter zu dem alten spanischen Haus hoch droben über dem Meer. Am menschenleeren Strand, vor sich die endlose Weite des Pazifiks, fand er stets eine Lösung. Der heutige Tag war offenbar eine Ausnahme. Denn sosehr Kyle auch gegen die salzige Brise anmarschierte – er kam einfach nicht an gegen die zornige innere Stimme, die sich sofort meldete, sobald er an Holly dachte und daran, dass Rose das Mädchen um ein Haar umgebracht hatte. Er griff sich eine Handvoll Sand vom

Boden und versuchte ihn auf die See hinauszuschleudern. Doch er wurde vom Wind verweht und verteilte sich wieder am Strand.

Bemüht, die ständigen Grübeleien über sein Kind aus dem Sinn zu bekommen, stieg Kyle die auf die Klippen führende Holztreppe hinauf und richtete seine Gedanken wieder auf seine Plattenfirma. Während der vergangenen Monate, als die Sorge um seine Tochter seine geschäftlichen Interessen überlagerte, hatte er sein Unternehmen vernachlässigt, und zum ersten Mal im Leben war es ihm schwergefallen, sich auf Plattenverkäufe zu konzentrieren. Ausnahmsweise einmal gab es etwas viel Wichtigeres.

Und dennoch durfte er die unternehmerischen Probleme nicht ignorieren: Schon seit einigen Jahren rutschten die Plattenverkäufe in den Keller. Aber just in dem Moment, als die Lage am düstersten schien, hatte die Einführung von Videoclips auf den Kabelfernsehkanälen den Umsatz kräftig angekurbelt. Inzwischen stellten jedoch die Produktionskosten für qualitativ hochwertige Videos ein Problem dar. Hatte *Sterling Records* in den vergangenen Jahren noch externe Produktionsfirmen mit den Videoaufnahmen beauftragt, so ging der Trend mittlerweile dahin, sie in Eigenregie herzustellen. Denn wenn die Clips im Haus produziert wurden, hatte man alles besser im Griff und damit auch die Kontrolle über etliche Probleme: Kosten, Qualität und Produktpiraterie, ein relativ neu aufgetauchtes Phänomen.

Momentan war Kyle zwar am Business nicht sonderlich interessiert, dennoch war ihm klar, dass er neben seinem Privatleben nicht auch noch seine Firma den Bach hinuntergehen lassen durfte.

Auf der obersten Stufe der verwitterten Treppe angekommen, spähte er ein letztes Mal suchend hinaus auf den Ozean. Da dieser ihm keine Lösung für seine Sorgen bot, zog er sich ins Haus zurück, wobei ihm ein Blick durchs Foyerfenster zeigte, dass Ryans Wagen neben der Garage parkte. Kyle eilte zum Arbeitszimmer und öffnete gezwungen lächelnd die Tür. „Entschuldige die Verspätung", bat er beim Eintreten.

„Macht nichts." Ryan saß neben dem Schreibtisch in einem Sessel. Er war um die dreißig, schlank und scharfsinnig und hatte schwarzes, schütter werdendes Haar. Er stand auf und erwiderte Kyles Händedruck, wobei ihm dessen verlegenes Lächeln nicht entging. Es war dasselbe Lächeln, das zu den großen grüblerischen grauen Augen gehörte, jenes, das noch zehn Jahre zuvor die Plattenhüllen etlicher Countryalben geziert hatte. Dass Kyle ein attraktiver Kerl war, und zwar auf eine kernig-markante Art, hatte seiner Musik nicht geschadet. Ryan bezweifelte, dass die Platin-Alben, die die Wände des Arbeitszimmers schmückten, heute dort hängen würden, hätte Kyle damals nicht diese verflucht robuste, sinnliche Aura gehabt. Kyles Stimme galt als mittelmäßig; seine Balladen waren dem Großteil seines Publikums zu kompliziert. Doch Sterling war ein Fuchs, der sein blendendes Aussehen geschickt zum eigenen Vorteil nutzte. Er machte seine Songs zu Geld, investierte es in eine marode Plattenfirma und wandelte den Betrieb binnen fünf Jahren um in eines der renommiertesten Musiklabels des Landes.

Kyle schenkte sich einen Drink ein, bot seinem Besucher auch einen an und setzte sich zu ihm. Sein Blick wirkte gehetzt. Irgendetwas zehrte an Kyle Sterling, und Ryan hatte den Verdacht, dass es nicht allein an dem Druck lag, der als Geschäftsführer auf ihm lastete. Aber Ryan behielt seine Befürchtungen für sich. Falls Kyle das Bedürfnis hatte, über seine persönlichen Probleme zu reden, musste er sie schon von selbst ansprechen. Falls nicht, auch gut. Schließlich verdankte Ryan seinen exzellenten Ruf als Krisenmanager nicht der Tatsache, dass er die Nase in Angelegenheiten steckte, die ihn nichts angingen … Es sei denn, er wurde dafür bezahlt.

Den Nacken gegen die Kopflehne gestützt, nippte Kyle prüfend an seinem Whiskey und kam ohne Umschweife zur Sache. „Ich vermute mal, du bist hier, um mir einen Vorschlag zu unterbreiten."

Ryan senkte den Kopf mit dem schon lichter werdenden Haar und nickte. „Endlich."

„Prima! Rechne ich dir hoch an, Ryan. Ich hatte einfach noch nicht die Zeit, alle Informationen genauer zu beleuchten. Wir stehen vor einer bedeutsamen Entscheidung."

„Dafür werde ich bezahlt."

Kyle nickte wortlos. „Lass mich raten, zu welchem Ergebnis du gekommen bist: Du meinst, ich soll sämtliche Videos im Studio drehen lassen ... sie bei uns in der Firma produzieren."

Ryan wand sich unbehaglich im Sessel. Durch das Erkerfenster starrte er in die einsetzende Dämmerung, die den Himmel mit einem diffusen Muster aus violetten und karmesinroten Tönen überzog. Die warme Pazifiksonne war bereits jenseits der stillen Wasserfläche untergegangen; lediglich ein paar Segelboote hoben sich noch vor dem Horizont ab. Draußen bot sich Ryan ein einmaliges Panorama, hier drinnen umgab ihn Kyle Sterlings offensichtlicher Wohlstand: üppig gewebte Orientteppiche auf makellos glänzenden Bodenfliesen, modernes Mobiliar und teure surrealistische Kunstgemälde an den rustikal verputzten Wänden. Und doch: Bei all seinem Reichtum wirkte Kyle ... irgendwie desillusioniert.

Nachdem er sein Glas geleert und einen zweiten Drink abgelehnt hatte, ließ Ryan den Deckel des Aktenkoffers aufschnappen, zog einen Stapel Blätter heraus und reichte ihn an Sterling weiter. „Wird dir nicht gefallen, was ich da rausgekriegt habe", bemerkte er warnend.

„Das lass mal meine Sorge sein. Wie wir das mit der Videoherstellung handhaben, ist mir schon seit zwei Jahren ein Dorn im Auge. Wir brauchen strengere Kontrollen." Sorgfältig studierte er die Papiere. Ryan hatte seine Hausaufgaben gemacht und zeigte auf Dollar und Cent genau an, warum ein Umstieg auf Eigenproduktion das Gebot der Stunde war.

Kyle lehnte sich im Sessel zurück und warf den Aktenstapel auf den Schreibtisch. „Alles klar, du hast mich überzeugt. Wir stellen ein Team ein, das beste, das wir kriegen können, und bringen es im zweiten Stock unter. Gibt's damit ein Problem?"

Ryan schüttelte den Kopf. „Eigentlich nicht. Vermutlich vereinfacht es die Sache ... für alle."

„Worauf willst du hinaus?"

Widerstrebend reichte Ryan ihm einen allerletzten Bericht. „Ich sollte mir doch mal die Sache mit der Produktpiraterie vorknöpfen. Das Problem, das wir vor ein paar Monaten hatten …"

„Du willst doch nicht etwa behaupten, das hätten wir immer noch?", fragte Kyle erstaunt. Hatte er die Zügel etwa dermaßen schleifen lassen?

„Sieh selbst." Mit dem Kopf wies Ryan auf den Report.

Kyle ließ den Blick über die schwarzen Zeilen wandern. Sein anfängliches Stirnrunzeln ging in eine düstere, zornige Miene über. Dann schaute er von dem Dokument auf und starrte seinem Gegenüber direkt in die hellblauen Augen. „Und du bist dir sicher mit alldem hier?", hakte er nach, wobei er auf das oberste Blatt tippte.

„Ich würde meinen Ruf darauf verwetten."

„Was du hiermit tust." Kyle fuhr sich mit dem Daumen über die ebenmäßigen weißen Zähne und runzelte nachdenklich die Stirn. „Verdammt!", stieß er hervor, womit er in erster Linie sich selbst meinte.

„Was ist?" Ryan kannte Kyle inzwischen seit acht Jahren und sah den zornigen Ausdruck in den Augen des Firmenchefs nicht zum ersten Mal.

„Wir arbeiten jetzt schon ein paar Jahre mit *Festival Productions* zusammen. Bisher haben sie ausschließlich Topqualität geliefert." Kyle schüttelte den Kopf. „Wieso sollte Maren McClure versuchen, mich aufs Kreuz zu legen?"

„Sie ist ja die Inhaberin der Firma; das bedeutet nicht unbedingt, dass sie mit in der Sache drinsteckt. Wie dem auch sei: Das Problem wird gelöst, sobald du die Zusammenarbeit mit *Festival Productions* einstellst. Und soweit ich das überblicken kann, wurden nur drei Videos kopiert und auf dem Schwarzmarkt verkauft."

Lydia klopfte an die Tür, um Häppchen, die auf einem Tablett angerichtet waren, zu servieren und die Drinks nachzuschenken. Kyle rang sich ein rasches Lächeln ab, kam dann aber gleich wieder zum Thema zurück.

„Also gut, Ryan. Du findest also, wir sollten das Problem ignorieren – und es erledigt sich von selbst?"

Ryan grinste und legte das angebissene Sandwich beiseite.

„Ganz so einfach wird es leider nicht gehen. Du hast langfristige Verträge mit *Festival*."

Kyle faltete die Hände, stützte das Kinn auf die Fingerspitzen und nickte, während Ryan den letzten Bissen verspeiste. Danach zog dieser eine Zigarre aus der Tasche und rollte sie zwischen den Fingern, wobei er nachdenklich die Spitze betrachtete. Er zündete sie an, paffte und schaute zu, wie sich eine blaue Qualmwolke gemächlich zur höher gelegten Zimmerdecke schraubte. „Aus meiner Sicht hast du mehrere Optionen."

Kyle zog die Brauen hoch, wodurch er seinem Gegenüber signalisierte, weiterzusprechen.

„Du kannst dich aus den Verträgen herauskaufen", fuhr Ryan fort, „und die Zusammenarbeit mit *Festival* völlig einstellen. Oder du stellst die Firmeninhaberin zur Rede – in der Hoffnung, dass sie von selbst die Verträge kündigt, weil sie schlechte Publicity fürchtet oder ein Gerichtsverfahren."

„Zu einfach."

„Was soll das heißen?"

„Beides geht nicht."

„Wieso nicht?"

„Erstens habe ich die Zeit nicht. Ich habe gerade etliche Showgrößen an *Sterling Records* gebunden, und das zu horrenden Gagen. Da kann ich nicht riskieren, dass die Videoclips für deren Charthits geklaut werden. Ich würde nicht nur die Künstler verlieren, sondern die würden mich auch noch auf Schadenersatz verklagen, und zwar bis auf den letzten Cent. Die passenden Gründe werden sich deren Agenten oder Anwälte schon einfallen lassen."

Achselzuckend paffte Ryan seine Zigarre. „Dann lass die Bänder anderswo produzieren, bis du deine neue Mannschaft zusammenhast. Es gibt bestimmt hundert Produktionsfirmen, die so ein vier- oder fünfminütiges Filmchen drehen können. Diese Videos sind ja nicht viel mehr als Werbung für einen Song – im Grunde sogar leichter, weil nicht getextet werden muss."

Kyle trank sein Glas aus. In seinen klaren grauen Augen stand plötzlich ein flammender Blick. „Da irrst du dich. Das Video ist im Moment das wichtigste Kunstwerk überhaupt, in manchen Fällen sogar wertvoller als das Album oder die Single selbst. Es kurbelt den Verkauf regelrecht an. Ein guter Clip kann einen mittelmäßigen Song durchaus zum Erfolg verhelfen – und ohne das passende Video floppen selbst die brauchbarsten Hits. So ein Video ist echte Kunst, und *Festival Productions* besticht durch eine geradezu unheimliche Fähigkeit, aus Musik eine Story zu formen und ein sagenhaftes Endprodukt abzuliefern. Die haben's einfach drauf. Vor fünf Jahren kannte sie kein Mensch, und heute habe ich Stars unter Vertrag, die eine entsprechende Klausel verlangen, mit *Festival* zusammenzuarbeiten. Ich kann dir Fälle nennen, da hing der ganze Plattenvertrag von *Festival* und deren kreativem Genie ab."

Ryan blieb skeptisch. „Und das kann niemand von der Konkurrenz?"

„Hast du nicht zugehört? Es ist ihr künstlerisches Geschick, ihre Interpretation eines Titels, ihre Fähigkeit, der Zielgruppe eine brillante, unvergessliche visuelle Story zu liefern, damit sie sich mit dem Song identifizieren kann. Denk nur an *Mirage*! Vor zwei Jahren war die Band völlig unbekannt, zumindest hier in den USA. Sie brachten zwar eine Single raus, aber die hat es nie in die Top 100 geschafft."

„Und?" Ryan runzelte die Stirn.

„J. D. Price, der Leadsänger, ist ein cleveres Kerlchen. Ihm war schon damals klar, dass die Zukunft der Musikbranche in Videos liegt – wegen der Musiksender im Kabelfernsehen, die den lieben langen Tag Musikclips spielen. Also nahm er das ganze Geld der Band, investierte es in eine teure Videoproduktion für genau den Song, der vorher noch durchgefallen war, brachte den Clip auf den Markt und zack!" Kyle knallte die Faust auf den Schreibtisch. „Über Nacht kam *Mirage* groß raus." Er hielt inne. „Und dreimal darfst du raten, wer das Video produziert hat."

Schmunzelnd drückte Ryan seine Zigarre aus. „Schon gut! Die von *Festival Productions* können also übers Wasser laufen. Aber trotzdem: Einmal abgesehen von dieser Piracksache bist du besser dran, wenn du die Videos in Eigenregie produzierst.

Und wenn *Festival* so kreativ ist, dann kauf dieser Maren McClure ihre Talente doch einfach ab."

Kyle ließ sich den Vorschlag durch den Kopf gehen. „Falls das überhaupt geht", meinte er grübelnd. „Nach allem, was man so hört, ist sie nämlich selbst das Genie." Er schürzte die Lippen. „Macht mich ganz irre, der Gedanke, dass da einer die Tapes klauen soll. Wäre doch widersinnig. *Festival* braucht mich genauso wie ich sie."

„Für das schnelle Geld schreckt so mancher vor nichts zurück. Daran brauche ich dich doch wohl nicht zu erinnern." Ryan hatte eigentlich noch deutlicher werden wollen, beschloss aber rasch, lieber den Mund zu halten. So einen Seitenhieb hatte er gar nicht beabsichtigt. Entsprechend sengend war Kyles Blick; daher schob er schnell den Versuch einer Entschuldigung nach. „Nichts für ungut."

Kyle ignorierte den Wiedergutmachungsversuch seines Freundes. Die beiden kannten sich viel zu lange, um sich flapsige Bemerkungen gegenseitig übel zu nehmen. Und im Übrigen hatte Ryan recht: Kyle war ein gebranntes Kind, ein böse gebranntes sogar. Seine Exfrau hatte aus der Scheidung Kapital geschlagen und das öffentliche Tamtam, das darum gemacht worden war, zur Förderung ihrer eigenen Karriere ausgeschlachtet. Er hatte nicht die Absicht, denselben Fehler ein zweites Mal zu begehen. Er hatte zwar seine Firma vernachlässigt, allerdings würde sich das ändern, und zwar ab sofort.

„Du hast ja recht, Ryan", sagte er, lehnte sich wieder in seinem Sessel zurück und griff, sein Gegenüber weiter im Auge behaltend, nach einem mit Käse und Schinken belegten Sandwich. „Dann erzähl mir mal, wie ich die Sache deiner Ansicht nach regeln müsste."

Ryan war erfreut. Immerhin war er zu Kyle durchgedrungen, was er für eine ziemliche Leistung hielt, denn in den zurückliegenden Monaten hatte Kyle nicht viel Engagement für sein Unternehmen an den Tag gelegt – möglicherweise wegen des Unfalls seiner Tochter. „Ich finde, du solltest diese McClure aus ihrem Vertrag herauskaufen. Falls *Festival* einen solchen Ruf genießt, wie du behauptest, kaufst du den ganzen Laden auf, und zwar mit Sack und Pack. Danach räumst du da ordentlich auf: Finde heraus, ob jemand aus der Belegschaft die Bänder kopiert und schmeiß ihn raus … oder sie."

„Und wenn sie nicht verkaufen will?"

„Jeder hat seinen Preis."

Anscheinend überzeugte Kyle das nicht. „Schön, ich habe dir alles über *Festival* gesagt, was ich weiß. Jetzt berichte mal, was du ausgegraben hast. So wie ich dich kenne, hast du ein wenig herumgestochert."

Verlegen grinste Ryan und überflog seine Notizen. „Das Interessanteste ist, dass *Festival* von einer Frau geführt wird, aber das weißt du ja schon. Hast du schon mal mit ihr zu tun gehabt?"

Kyle nickte. Er wirkte zwar ruhig, jedoch zu allem entschlossen. Bei dem Gesichtsausdruck beschlich Ryan ein ungutes Gefühl. „Wir hatten ein paarmal das Vergnügen … Partys, gesellschaftliche Anlässe, aber da hat sie sich merklich zurückgehalten. Der alltägliche Bürokram wird von unseren Sekretariaten erledigt."

„In der Plattenbranche ist sie ein Novum", bemerkte Ryan, „eine Frau, die sich in einer Männerdomäne behauptet."

Kyle konnte dieser Einschätzung nur zustimmen. Auch ihn hatte Marens kühle, hoheitsvolle Eleganz überrascht. Es war ihm auch nicht verborgen geblieben, dass sie nicht nur eine schöne Frau war – ihre kultivierte Art faszinierte ihn. Er war interessiert gewesen, doch auch auf der Hut.

„In unserer Branche gibt's doch etliche Frauen in leitender Position", erwiderte er zerstreut.

„Soweit ich das beurteilen kann, ist Maren McClure keine Frau wie jede andere, sondern eine Mischung aus Schönheit, Grips und künstlerischem Genie. Eine von denen, die Männern wie uns nicht ganz geheuer sind."

„Wieso das denn?", fragte Kyle unwirsch.

Die Frage traf Ryan unerwartet. „Weil sie anders ist, nehme ich an. Die passt in keine der üblichen Schubladen."

Kyle lachte, jedoch freudlos. „Ach, du hättest es also lieber, wenn die Damen einem Klischee entsprächen?"

„Ich hab nicht behauptet, dass sie mir dann lieber wären. Sondern nur, dass mir dann wohler wäre."

„Und du meinst, sie würde die Firma eventuell verkaufen?"

„Nehme ich stark an. Sie ist notorisch klamm."

Kyles Blick verfinsterte sich. „Woher weißt du das denn?"

„Ich habe mit einem ihrer Mitarbeiter gesprochen. Danach pfeift der Laden offenbar auf dem letzten Loch."

„Und woran soll das liegen?"

Ryan zuckte mit den Schultern. „Was weiß ich?"

„Da werde ich wohl ein Wörtchen mit Miss McClure reden müssen. Mal gucken, ob sie anbeißt …" Ein spitzbübisches, zufriedenes Lächeln glitt über Kyle Sterlings Gesicht. Es war ihm zwar unbegreiflich, allerdings gefiel ihm der Gedanke an ein Treffen mit Maren McClure. Sogar ausnehmend gut.

2. KAPITEL

*M*aren schloss die Augen, löste die Spange, die ihr Haar zusammenhielt, und ließ es lose auf die Schultern fallen. Um die Verspannungen nach einem anstrengenden Nachmittag zu lockern, fuhr sie sich mit den Fingern durch die üppigen kupferroten Locken und stützte behutsam den Kopf gegen die Lehne der dick gepolsterten Couch, die ihr Büro schmückte. Aus alter Gewohnheit spulte sie das Band zum fünften Mal zurück und versuchte sich auf die Stimmung des Songs zu konzentrieren. Der Titel mit seinem schwermütigen Text war eine jener musikalischen Kreuzungen aus Country und Blues, von denen Maren sich besonders angesprochen fühlte.

Das Klingeln des Telefons riss sie aus ihren Gedanken. Sie schaltete das Laufwerk ab, durchquerte ihr Büro und beugte sich über den Schreibtisch, um den Anruf ihrer Sekretärin entgegenzunehmen. „Ja?"

„Kyle Sterling ist am Apparat", erklärte Jan. „Nimmst du an? Er sagt, es sei wichtig."

Maren zog die elegant geschwungenen schwarzen Brauen zusammen. „Für den Chef von *Sterling Records* habe ich immer Zeit", erwiderte sie. „Danke." Sie setzte sich auf die Schreibtischkante, entfernte ihren Ohrring und drückte den blinkenden Knopf an der Telefonanlage. „Guten Tag, Mr Sterling", meldete sie sich, wobei sie in ihren professionellsten Ton verfiel. „Was kann ich für Sie tun?" Falls sie nervös war, konnte man es ihrem nüchternen Ton jedenfalls nicht anmerken.

„Ich würde mich gern mit Ihnen treffen, Miss McClure."

Maren stutzte. Kyle Sterling stand nicht in dem Ruf, sich zu seinen Geschäftspartnern zu bemühen; er konnte es sich leisten, sie in seiner vertrauten Umgebung antreten zu lassen und zog dies auch üblicherweise vor. Sein bisher einziger Besuch in ihrem Büro, bei dem es um einen seiner Künstler ging, war kurz und sachbezogen gewesen. Insofern wusste Maren aus eigener Anschauung, dass Kyle Sterling ein resoluter Mann war, der nicht lange fackelte. „Gibt es denn einen besonderen Grund oder ein Problem?", fragte sie. Sie dachte an einige bislang noch unerledigte Verträge mit etlichen von Sterlings Topstars. Vielleicht rief er ja deswegen an. Um die Verträge zu stornieren. Unruhig trommelte sie mit den Fingerspitzen auf den Schreibtisch.

Ihr Anrufer reagierte prompt. Anscheinend merkte er, dass er den Vorteil auf seiner Seite hatte. „Nichts Ernstes, Miss McClure", versicherte er. Maren spürte, wie sich ihr Kinn verkrampfte. Der Kopfschmerz, der sich den ganzen Nachmittag über schon drohend angekündigt hatte, begann dumpf im Hinterkopf zu rumoren. „Wann würde es Ihnen denn passen? Irgendwann heute Nachmittag?"

Maren warf einen raschen Blick in ihren Terminkalender. Für den Rest der Woche war er voll. „Bedaure, Mr Sterling. Heute geht es auf keinen Fall, und leider wird's auch für den Rest der Woche eng. Haben Sie einige Minuten Zeit? Ich erledige schnell ein paar Anrufe und versuche meine Termine zu verschieben. Dann könnten wir uns am Montag nächster Woche treffen." Kyle Sterling gehörte zu den bedeutendsten Namen in der Musikindustrie und war für *Festival Productions* ein wichtiger Kunde. Wenn er etwas besprechen wollte, ging das allemal vor. Der Chef einer der am schnellsten wachsenden Plattenfirmen in Los Angeles hängte sich nicht ans Telefon, nur um „Guten Tag" zu sagen.

„Sind Sie heute Abend frei?", fragte er, womit er Maren vollkommen überrumpelte.

Sie antwortete nicht gleich. Sie hatte jeden Tag mit aufdringlichen Menschen zu tun, was ihr an sich ganz und gar nicht gefiel. Kyle Sterling verhielt sich zweifellos aufdringlich – aber das war auch kein Wunder, oder? Man legte keinen Aufstieg wie er hin, indem man den netten Kerl spielte. „Ich habe noch nichts vor", gestand sie.

„Dann besprechen wir alles Weitere beim Dinner im *Rinaldi's*. Ich hole Sie vom Büro ab … gegen neunzehn Uhr?" Das klang fast wie eine Anweisung. Unwillkürlich runzelte Maren die Stirn. Obwohl sie inzwischen seit fünf Jahren im Geschäft war, hatte sie sich noch immer nicht daran gewöhnt, dass manche Firmenbonzen gern den starken Mann markierten. Bemüht, Sterlings anmaßenden Ton zu überhören, blickte sie nochmals prüfend in ihren Kalender.

„Geht's auch um neunzehn Uhr dreißig? Ich habe noch einen späten Termin, der etwas dauern könnte."

„Einverstanden."

Maren blieb am Apparat, bis sie das Klicken am anderen Ende hörte. Erst dann legte sie auf und ließ das Gespräch Revue passieren. Sonderbar. Jetzt arbeitete sie schon fast fünf Jahre mit Plattenfirmen zusammen, doch die Male, die Kyle Sterling sie wegen eines offenbar dringenden Termins angerufen hätte, konnte sie an den Fingern einer Hand abzählen. Normalerweise wurde Geschäftliches von seinen Mitarbeitern erledigt. Sie hätte gern geglaubt, dass sich nun endlich alles zum Guten wenden würde und dass er sich gemeldet hatte, um ihr einen Exklusivvertrag anzubieten, aber sie wagte es nicht zu hoffen. Stattdessen merkte sie, wie sie von einem beklemmenden Unruhegefühl ergriffen wurde.

Was mochte er wohl von ihr wollen? Sie schaute durchs Fenster, vorbei an den blühenden Kirschbäumen bis hinüber zu den fernen, im Dunst verschwimmenden Hollywood Hills. Die sanften bläulichen Hügel, die sich still aus den Vororten von Los Angeles erhoben, wirkten so, als hielten sie Wache über die sich immer weiter ausbreitende Stadt.

Noch immer auf der Schreibtischkante sitzend, rief sie ihre Sekretärin an. Jan meldete sich postwendend, untermalt vom schnellen Geklapper der Tastatur. Offenbar tippte Jan auch am Telefon ungerührt weiter. Das Mädel war ein Phänomen.

„Könntest du mir sämtliche noch nicht unterzeichnete Verträge bringen, die wir mit *Sterling Records* haben?"

„Kommen in Blitzesschnelle", gab die Sekretärin zurück.

Und tatsächlich stand sie innerhalb weniger Minuten in der Tür. Die Handtasche über eine ihrer schmalen Schultern geschlungen, balancierte sie einen dicken Aktenstapel vor sich her. „Willst du die wirklich alle durchsehen?", fragte sie zweifelnd und knallte den schweren Packen mitten auf den Schreibtisch.

Maren sah ihn erstaunt an. „Und keiner von denen hier ist unterschrieben?", fragte sie kopfschüttelnd, wobei sie begann, die Dokumente durchzublättern.

„Nicht einer."

„Aber stehen denn nicht einige davon schon auf dem Produktionsplan?" Sie nahm ein Blatt vom Stapel. „Hier, dieser Vertrag mit *Mirage*. Ich bin mir sicher, ich habe Ted gesagt, wir sind in ein paar Wochen fertig für die Aufnahme ..." Ein weiterer Kontrakt fiel ihr ins Auge. „Und was ist mit Joey Righteous? Er wollte sein Video veröffentlicht haben, bevor er auf Japan-Tournee geht. Und die ist für Ende Juli geplant, glaube ich."

„Und wir haben schon April."

„Eben! Meine Güte, Jan, was ist denn hier los?"

„Wenn ich das wüsste", gab die zierliche Assistentin bedauernd zurück. „Die letzten zweieinhalb Wochen habe ich von *Sterling Records* weder unterschriebene Verträge noch Informationen erhalten. Ich habe Angie Douglass – sie leitet die Abteilung Verträge und Lizenzen – seit Freitag mindestens zweimal täglich angerufen, ihr allerdings keine konkrete Auskunft entlocken können." Jan ließ sich in einen Gästesessel neben dem Schreibtisch sinken, während ihre Chefin sich intensiv mit den Klauseln eines bestimmten Vertrags beschäftigte.

„Hat sie dir denn keinen Grund genannt?"

„Klar hat sie das!" Jan nickte eifrig mit dem Blondschopf. „Das Übliche. Du weißt schon: ‚Mr Sterling ist die nächsten zwei Wochen verreist.' Oder: ‚Der Künstler sperrt sich noch gegen eine bestimmte Vertragsklausel' und dergleichen faule Ausreden." Jan verzog verdrossen das Gesicht und angelte eine Zigarette aus der Handtasche. Sie wirkte müde und abgespannt.

Maren schürzte nachdenklich die Lippen. „Du gehst demnach nicht davon aus, dass Miss Douglass dir die Wahrheit sagt?"

„Jedenfalls nicht die ganze." Jan zündete ihre Zigarette an, legte den Kopf in den Nacken und blies eine schmale Rauchfahne zur Decke. „Sonst war sie immer die Kompetenz in Person. Jetzt, wie aus heiterem Himmel, kriegt sie anscheinend nichts mehr auf die Reihe."

„Folglich hast du den Verdacht, dass sie Anweisung hat, uns hinzuhalten."

Jan zuckte nachdenklich mit den Schultern. „Ich weiß es wirklich nicht. Irgendetwas geht da jedenfalls nicht mit rechten Dingen zu. Ich wollte es dir sowieso heute Nachmittag mitteilen, aber Angie vorher noch eine letzte Chance geben."

„Du hättest mich besser schon früher in Kenntnis gesetzt."

Jan lächelte schuldbewusst. „Ich hatte das Gefühl, du hättest schon genug am Hals."

Maren erwiderte das Lächeln. „Da liegst du nicht ganz falsch. Nur wäre ich diesem Schlamassel vielleicht längst auf den Grund gegangen."

„Hat Sterling deswegen angerufen?"

„Keine Ahnung", antwortete Maren. „Warum er sich mit mir treffen will, hat er nicht verraten. Bloß dass es wichtig ist. Als ich ihm mitteilte, heute Nachmittag hätte ich keine Zeit, bestand er auf heute Abend. Ich werde es bald erfahren, nehme ich an." Ihr unbekümmerter Tonfall konnte die Sorge in ihrem Blick nicht kaschieren.

„Dann hast du also ein heißes Date mit dem berüchtigten Kyle Sterling", zog Jan sie auf.

„Kommt mir eher so vor, als würde ich hinzitiert."

„Ach, mit dem wirst du schon fertig!" Jan drückte die Zigarette aus und stand auf.

„Woher nimmst du diese Gewissheit?"

Jan tat verwirrt und legte den Zeigefinger an die Stirn, als denke sie nach. „Wie sagt noch der Volksmund?", fragte sie augenzwinkernd. „Hochmut kommt vor dem Fall ... oder so ähnlich."

„So was in der Art", bestätigte Maren und lachte verlegen, während die Sekretärin schmunzelnd zum Empfang zurückging.

Maren durchforstete weiter die Verträge mit *Sterling Records*. Wo mochte der Haken an der Sache sein? Zog Kyle Sterling etwa in Erwägung, *Festival Productions* die Zusammenarbeit aufzukündigen? Wenn sie an die letzte Begegnung mit Kyle dachte, krampfte sich ihr der Magen zusammen. Da hatte sie ihn zum ersten und einzigen Mal von seiner persönlichen Seite kennengelernt. Alle anderen Kontakte mit ihm waren ausschließlich geschäftlicher Natur gewesen.

Vor knapp einem Jahr, als sie notgedrungen einigen gesellschaftlichen Verpflichtungen nachkommen musste, um ihre Firma bekannt zu machen, hatte sie die Einladung zu einem Gala-Abend angenommen. Anlass dieses Ereignisses war ein Plattenvertrag über mehrere Alben, den Mitzi Danner kurz zuvor mit der *Sterling Recording Company* abgeschlossen hatte. Bei dieser in der Öffentlichkeit viel beachteten Veranstaltung, die in der Villa der attraktiven jungen Sängerin in Beverly Hills stattfand, hatte Maren still an ihrem Champagner genippt und Kyle Sterling aus der Distanz beobachtet.

Der Mann hatte Format und Stil, ob nun von Natur aus oder nur angeeignet, ob echt oder aufgesetzt. Neidvoll musste sie anerkennen, dass er trotz der anwesenden Hollywood-Creme fortwährend im Mittelpunkt des Interesses stand. Aufschneiderisch war er nicht, im Gegenteil. Er wirkte vielmehr durch seine unaufdringliche Art, seine grüblerischen grauen Augen und das verwegene Lächeln, das er zuweilen aufblitzen ließ.

Die Festivitäten spielten sich im Innenhof um einen ovalen Swimmingpool herum ab. Die Villa selbst war ein weitläufiges zweistöckiges Gebäude aus den 1920er-Jahren, damals noch für einen Stummfilmstar gebaut und ebenso schrill und exzentrisch wie die junge Sängerin, die das Anwesen nun bewohnte.

Man konnte den Eindruck gewinnen, als fühle sich Kyle Sterling unter den japanischen Lampions, die sich zwischen den duftenden, rund um den Pool gruppierten Zitronenbäumen spannten, pudelwohl. Dennoch fiel Maren bei ihrer Beobachtung noch etwas anderes auf … etwas Unstetes, das zu seiner zurückhaltenden, charmanten Art eigentlich nicht recht passte. Phasenweise wirkte er während der Festlichkeiten irgendwie distanziert, als wäre er lieber sonst wo als in dem Gewimmel aus Hollywoodstars, die sich um den Pool drängten. Trotz dieser geballten Prominenz des Filmgeschäfts war er der einzige Gast, der Marens Interesse erregte. Vermutlich, so versuchte sie sich einzureden, lag das an der Tatsache, dass er ein mächtiger Mann in der Plattenindustrie war. Gleichzeitig schwante ihr, dass sie sich da etwas vormachte.

Bei der Erinnerung an jenen warmen Sommerabend kamen Maren nun doch Bedenken. Sie durchsuchte den dicken Aktenstapel auf dem Schreibtisch nach irgendeinem Hinweis, dem man hätte entnehmen können, warum Kyle Sterling sich wohl mit ihr treffen wollte. Was war da bloß los? *Festival Productions* brauchte Kyles Unternehmen, und bislang, bis eben sogar, hatte Maren angenommen, dies beruhe auf Gegenseitigkeit. Falls Sterling als Großkunde wegfiel, würde es schwierig werden, *Festival Productions* über Wasser zu halten.

Freilich, die Stars der Branche waren inzwischen endlich auf *Festival* aufmerksam geworden; das Geschäft nahm allmählich Fahrt auf. Gleichzeitig aber stiegen die Expansionskosten ins Unermessliche. Zu allem Überfluss hatte Maren noch einen gewaltigen Schuldenberg bei Jacob Green, dem ursprünglichen Firmeneigner, abzustottern. Die vertragsgemäß steigenden Zahlungen fraßen einen Großteil ihres ohnehin schon knappen Firmenbudgets auf. Dies alles kam nicht einmal annähernd an Marens persönliche Spesen heran, die astronomisch waren. Allerdings lag das, wie sie sich düster eingestand, an ihr selbst. Und leider war kein Ende in Sicht.

Falls Sterling seine Zusammenarbeit aufkündigte, lief dies auf eine ausgewachsene Katastrophe hinaus. Das durfte Maren keinesfalls zulassen. Mit viel Fleiß und Einsatz hatte sie *Festival Productions* in die schwarzen Zahlen geführt und deswegen nicht die Absicht, alles sausen zu lassen. Ausgeschlossen. Und nicht nur ihretwegen, sondern sie musste auch an Brandon denken. Er war ja von ihr abhängig.

Rasch drückte sie den Knopf der Gegensprechanlage am Telefon. „Jan, könntest du bitte alle meine Termine für heute Nachmittag absagen? Verschieb sie bitte auf einen späteren Zeitpunkt der Woche."

„Ich werd's versuchen … Was ist mit Joey Righteous?"

Maren musste sich schnell etwas überlegen. Joey war eine heiße Nummer in den Charts und eine Nervensäge obendrein.

„Den vertagen wir auf morgen ... morgen irgendwann. Erklär ihm, Mr Sterling und ich arbeiteten an seinem neuesten Soloalbum ... Wie heißt das noch?" Maren zog Joeys Vertrag aus dem Stapel. „Da haben wir's ja – *Restless and Righteous*. Passt wie die Faust aufs Auge zu unserem Zappelphilipp, was?" Sie lachte. „Das kriegst du schon hin! Du hast so eine Art, die Wogen zu glätten."

„Und du so eine Art, mich um den Finger zu wickeln."

„Das hast du doch gern."

„Na und wie!", bekräftigte die Sekretärin sarkastisch. „Okay, ich kann's probieren, aber wenn Joey hier reingeschneit kommt und eine seiner üblichen Tiraden vom Stapel lässt – ich wasche meine Hände in Unschuld."

„Betrachte dich als entlastet."

Maren schnappte sich die eng beschriebenen Akten, trug sie hinüber zur Couch und machte es sich auf ihrem Lieblingsplatz bequem. Sie setzte ihre Lesebrille auf und nahm sich das oberste Blatt vor, einen Vertrag über fünf Titel für ein Album der Band *Mirage*, das in Kürze erscheinen sollte. Eingehend studierte sie die komplizierte juristische Materie, wobei sie hoffte, es werde sich womöglich ein Hinweis für Kyle Sterlings Unzufriedenheit ergeben. Sie hatte so eine Ahnung, dass er mehr von ihr wollte, doch was das sein mochte, erschloss sich ihr nicht. Warum legte er solch großen Wert auf ein Treffen noch an diesem Abend? Sie konnte sich einfach keinen Reim auf die Sache machen.

Jan hatte schon lange das Büro verlassen, und Maren saß inzwischen über dem letzten Vertrag. Außer ein paar Tippfehlern fand sie nichts Außergewöhnliches in den Dokumenten. Über die Stunden hinweg hatten sich die leichten Schmerzen im Hinterkopf verstärkt, doch noch immer gab es keinerlei Antwort auf das Rätsel bezüglich *Sterling Records*.

Sie befreite sich aus ihrer verkrampften Sitzhaltung, streckte die Glieder und massierte sich die Schultern, um die Verspannungen zu lockern. Gleichzeitig ließ sie den Kopf kreisen und starrte aus weit geöffneten Augen durch das Fenster, das zum

Parkplatz hinausging. Die langen Schatten wiesen auf eine frühe Dämmerung hin. Eine laue Brise wehte durch die nahe dem Eingang wachsenden Palmen; die strahlend orangefarbene Sonne stand bereits tief überm Horizont.

Obwohl es erst kurz nach sieben war, fuhr in diesem Moment ein silberfarbenes Mercedes-Coupé vor und stoppte unweit des Gebäudes. Mitten in der Schultermassage innehaltend, beobachtete Maren mit unverhohlener Neugier den Fahrer. Als er ausstieg und sie Kyle Sterling erkannte, war ihre Kehle auf einmal wie zugeschnürt. In seiner Position als Präsident von *Sterling Records* hielt er das Schicksal von *Festival Productions* gleichsam in Händen. Aber das stimmt doch gar nicht, ermahnte sie sich. *Festival* verließ sich zwar auf *Sterling Records*, aber falls er die Verträge nicht unterzeichnete, bedeutete das noch lange nicht die völlige Pleite für ihre Firma! Oder machte sie sich da etwas vor?

Offenbar hatte Mr Sterling ihre Bitte, den Termin etwas nach hinten zu verlegen, ignoriert. Obwohl er sich mit neunzehn Uhr dreißig einverstanden erklärt hatte, kam er jetzt fast eine halbe Stunde zu früh. Wie praktisch, dachte sie und merkte, wie ihr auf einmal der Mund trocken wurde.

Er machte sich nicht die Mühe, seinen Wagen abzuschließen, doch das wunderte Maren nicht. Was sie indes verblüffte war die Tatsache, dass er sich selbst hinters Lenkrad setzte. Eigentlich hatte sie erwartet, dass sich jemand wie er die Strapazen des Straßenverkehrs von L.A. höchstens hinter den getönten Scheiben einer chauffeurgesteuerten Limousine antat. Der berüchtigte Kyle Sterling war demnach auch nur ein Mensch. Aber das war ihr ja nicht ganz neu, nicht wahr? Bei der Party in Beverly Hills, da hatte sie ihn als Mann rein intuitiv schon richtig eingeschätzt.

Sterling marschierte auf den Eingang zu wie ein Mann mit einer Mission. Er war größer, als Maren ihn in Erinnerung hatte. Wenngleich breit in den Schultern, war er doch schlank und bewegte sich mit der geschmeidigen Wendigkeit eines Jägers auf der Pirsch. Gekleidet war er sportlich, aber geschmackvoll: beigefarbene Cordhosen, elfenbeinfarbener Pulli, braunes Tweedsakko. Aus dem Pulloverausschnitt schauten blassblaue Kragenspitzen, doch eine Krawatte trug er nicht.

Aus einem ihr selbst unerfindlichen Grund musste Maren lächeln. Welch tröstlicher Gedanke, dass ein Kyle Sterling sich der Kleiderordnung widersetzte und sich den Seidenbinder am Hals sparte! Er wirkte dadurch natürlicher und weniger wie eine Legende. Während er sich dem Gebäude näherte, machte er sich nicht die Mühe, die Jacke zuzuknöpfen oder sich das etwas zerzauste Haar zu kämmen – ganz so, als lege er in der Tat wenig Wert auf sein Äußeres.

Sobald er außer Sicht war, fuhr Maren sich eilig durchs Haar, steckte die Lesebrille in die Handtasche und verstaute die Verträge in der Aktentasche. Vom Treppenhaus her hörte sie bereits seine Schritte. Hielt er sich etwa so in Form? Indem er auf den Aufzug verzichtete? Nach kurzem Klopfen ging ihre Bürotür auf – just in dem Moment, als Maren gerade ihren Blazer über den Arm legte.

Erst als sie sich dem strengen, prüfenden Blick ihres Besuchers ausgesetzt sah, wurde ihr voll bewusst, wer ihr da gegenüberstand. Aus der Distanz waren ihr seine Augen interessant vorgekommen – von einem kühnen Grau, beschattet von dichten Wimpern und düsteren, ebenholzschwarzen Brauen. Hier, in der Enge ihres Büros, wirkten sie mehr als nur maskulin oder autoritär. Vielmehr lag in ihnen etwas Drohendes, Kraftvolles, das zwar noch gezügelt sein mochte, sich aber vermutlich beim kleinsten Anlass entfesselte.

„Mr Sterling", brachte Maren mühsam hervor, wobei sie ihm geradewegs in die Augen sah, ohne sich durch den durchdringenden und herausfordernden Ausdruck darin provozieren zu lassen. „Sie sind aber früh dran."

Er sah sich im Zimmer um. „Und Sie sind … allein?" Der Anflug eines Schmunzelns spielte um seine Mundwinkel.

Maren nickte kurz und bot ihm bemüht lächelnd die Hand. „Bitte, nennen Sie mich Maren. Es macht die Sache einfacher." Ihr Lächeln erschien jetzt weicher, ehrlicher und ermöglichte Kyle einen verlockenden Blick auf ebenmäßige weiße Zähne sowie ein winziges Kinngrübchen. Einen kurzen, unsicheren Moment war ihm, als habe sie das aufrichtigste Lächeln, das er je gesehen hatte. Ihr Handschlag war fest und warm. Nur zögernd gab er ihre Finger frei.

Sie war schöner, als er sie in Erinnerung hatte. Er war ihr zweimal begegnet, das erste Mal hier in diesem Büro, nur für ein paar Minuten, und dabei war ihm schon aufgefallen, wie gut sie aussah. Damals dachte er indes nicht weiter darüber nach, denn er hatte tagtäglich mit schönen Frauen zu tun. Dann aber war da diese Party bei Mitzi Danner gewesen. Da hatte er schon gespürt, dass sie ihn beobachtete, doch ehe er sie ansprechen konnte, war sie weg. Er hatte die Sache nicht weiterverfolgt; instinktiv war ihm klar gewesen, dass es gefährlich hätte werden können.

Nun allerdings, angesichts ihrer geheimnisvollen Augen, da malte er sich aus, wie das wohl sein würde, sich in diesen unermesslichen indigoblauen Tiefen zu verlieren. Gewiss, es war ein kühles Blau, doch vermutlich wurde es beim passenden Mann schnell wärmer. Die zarten schwarzen Brauen und die leicht aufwärts geneigte Nase verliehen ihr einen Hauch von Unschuld, ein spürbarer Widerspruch zu den elegant geschwungenen Wangen und vollen Lippen. Maren McClure war ein Rätsel ... und ein verlockendes obendrein.

Kyle verlagerte sein Gewicht und steckte die Hände tief in die Hosentaschen, ohne Maren dabei aus den Augen zu lassen. „Sie sagten doch, Sie hätten noch einen späten Termin."

„Hatte ich auch. Konnte ich aber absagen." Abermals wurde er mit einem sparsamen Lächeln belohnt.

„Obwohl Sie dachten, ich komme erst später?", hakte er skeptisch nach.

„Ich wollte vorbereitet sein."

„Auf was?"

In ihren eisblauen Augen leuchtete etwas auf. „Auf das, was Ihnen offenbar so wichtig ist."

Er zog leicht die Brauen hoch. „Und? Sind Sie vorbereitet?"

War es nur Einbildung, oder wollte er sie aufziehen? „Das will ich doch hoffen, Mr Sterling."

„Kyle", verbesserte er.

„Kyle." Es blieb ihr beinahe im Halse stecken, doch sie ließ sich auch durch die Vertraulichkeit, die der Gebrauch des Vornamens implizierte, nicht aus der Reserve locken. „Ich nehme an, es geht um die noch nicht abgeschlossenen Verträge zwischen meiner und Ihrer Firma."

Seine Züge verhärteten sich. Er trat zum Fenster, warf einen kurzen Blick nach draußen und stemmte sich dann rücklings gegen die Fensterbank, die Arme aufgestützt, die langen Beine gerade nach vorn ausgestreckt. Auf diese Weise wirkte er völlig entspannt, als fühle er sich ganz wie zu Hause. Dennoch wich er Marens Frage aus. „Das ist in der Tat teilweise der Grund für mein Kommen", räumte er schließlich ein. „Wir müssen ein paar Probleme mit den Verträgen klären."

„Mir war gar nicht bewusst, dass es welche gibt."

„Nicht?" Er wirkte zweifelnd, spöttisch. Es machte Maren verlegen, doch sie behielt die Nerven und setzte ein Lächeln auf.

„Nein." Sie verschränkte die Arme vor der Brust. „Sie deuten andauernd an, es gebe ein Problem. Wo genau soll etwas nicht stimmen? Hören wir auf, um den heißen Brei herumzureden. Ich habe heute Nachmittag sämtliche Verträge durchgelesen, und nach meinem Eindruck ist alles in bester Ordnung. Gibt es irgendeine bestimmte Klausel, die Ihnen nicht passt?"

„Etliche. Wir können die ja nachher besprechen."

„Zusammen mit den übrigen Gründen für Ihren Besuch", setzte sie forsch hinzu.

„Selbstverständlich." Sein Blick schwenkte von ihren Augen weg, schweifte über die sanfte Rundung ihrer Schultern und von dort zu ihrem Busen, der zu seinem Leidwesen von der Schleife ihrer Bluse verdeckt wurde. Abrupt sah er ihr dann wieder direkt ins Gesicht. „Es gibt etwas Wichtigeres zu bereden."

„Noch wichtiger als die Verträge?" Ein verwunderter Ausdruck legte sich auf ihre ebenmäßigen Züge. „Was denn zum Beispiel?"

„Zum einen die Geschäftsverbindungen zwischen Ihrem Haus und meinem Unternehmen."

„Sehen Sie die etwa gefährdet?", fragte sie ruhig.

„An sich nicht, nur wären da so einige Dinge, die ich gern ändern würde."

„Gewichtige Dinge, nehme ich an?"

Sein Lächeln war aufrichtig; ein zufriedener Ausdruck zeigte sich auf seinem Gesicht. „Ihnen entgeht so gut wie nichts, was?"

„Wir wollen es hoffen."

„Aber einigen Ärger hatten Sie hier schon, oder?", hakte er nach.

Maren hatte das dumpfe Gefühl, als stehe sie mit dem Rücken zur Wand. „Wie darf ich das verstehen?"

„Einige unserer Videos wurden raubkopiert und auf dem Schwarzmarkt angeboten."

Es war genau das Thema, das sie eigentlich hatte vermeiden wollen. Allem Anschein nach ließ ein Kyle Sterling keine Gelegenheit ungenutzt. „Das trifft leider zu", räumte sie zögernd ein. „Einer unserer Mitarbeiter hat sich unredlich verhalten. Wir haben uns von ihm getrennt."

Er taxierte sie eingehend. Täuschte er sich, oder lag da ein Hauch von Zweifel in ihren klaren Augen? Er stieß sich vom Fensterbrett ab und ging zum Ausgang. „Fertig?", fragte er unvermittelt und hielt ihr die Tür auf.

„Fertiger geht's nicht!", flüsterte sie und nahm ihren Aktenkoffer, in Gedanken noch bei seinen rätselhaften Andeutungen zum Stand ihrer Geschäftsbeziehungen. Sie spürte ein flaues Gefühl in der Magengegend, während sie die Treppe hinuntergingen und das Gebäude verließen. Im trüben Dämmerlicht des hereinbrechenden Abends musterte sie ihren Begleiter mit einem verstohlenen Seitenblick.

Sein Gesicht war wie versteinert. Es war ein Gesicht, das einst im Blickpunkt des ganzen Landes gestanden hatte. Eines, das sich perfekt auf den Plattenhüllen etlicher Alben präsentierte. Ein Gesicht des American Dream: Kyle Sterling war der aus ärmlichen Verhältnissen stammende Junge, der es geschafft hat – vom hintersten Winkel der Blue Ridge Mountains bis ganz nach oben. Möglicherweise lag es an dem dämmrigen Abendlicht, dass seine

Züge noch markanter wirkten als vorher, vielleicht auch an dem jahrelangen Tournee-Stress als Countrystar. Mochte es sein, wie es wollte – Kyle Sterling war nach wie vor ein attraktiver Mann, ungeachtet der Fältchen in den Augenwinkeln oder des Anflugs von Grau an den Schläfen. Er strahlte eine Männlichkeit aus, die Maren bisher selten begegnet war.

Er hielt ihr die Beifahrertür auf, doch sie zögerte mit dem Einsteigen. Beide standen sich gegenüber, zwischen sich die silbergraue Tür. Maren hielt seinem Blick stand, allerdings runzelte sie die Stirn, als habe sie gerade eine unleserliche Textpassage vor Augen. „Jetzt platze ich aber fast vor Neugier", gestand sie angesichts seiner fragenden Miene. „Was genau möchten Sie denn nun anders haben? Kommt schließlich nicht alle Tage vor, dass der Präsident von *Sterling Records* mich mit seiner Gesellschaft beehrt."

„Vielleicht ändert sich ja mit dem heutigen Abend alles", lautete die kryptische Antwort.

„Ach?"

„Warten wir's ab. Falls es Sie interessiert: Ich möchte Ihnen einen Vorschlag unterbreiten."

„Bezieht der sich auf Ihre rätselhafte Andeutung vorhin im Büro? Von wegen der Raubkopien?"

„Eher am Rande. Deswegen wollte ich Sie nicht persönlich sprechen. Den Schwarzmarkt wird es immer geben, egal mit wem *Sterling Records* Geschäfte macht."

Sie ließ sich in den weichen Ledersitz des teuren Wagens sinken und wartete. Kyle setzte sich hinters Steuer und lenkte den Mercedes zügig den Freeway entlang. Seine mysteriösen Bemerkungen gingen ihr zwar nicht aus dem Sinn, doch sie hielt sich zurück. Vermutlich empfahl es sich, erst einmal abzuwarten und dem rätselhaften Mann neben ihr den nächsten Zug zu überlassen. Nichtsdestoweniger entging ihr, während er fuhr, keine seiner Bewegungen.

Ohne in ihre Richtung zu sehen, schob Kyle eine Kassette in das im Armaturenbrett eingebaute Kassettendeck. Sofort erfüllte Softrock das Innere des Wagens. „Gefällt Ihnen das?", fragte er, womit er natürlich die Musik meinte.

Maren hörte einen Moment genauer hin und konzentrierte sich auf den Sound. „Ganz gut", bemerkte sie schließlich. Sie ahnte, dass er irgendein Spielchen mit ihr trieb, wollte aber zunächst verstehen, nach welchen Regeln dieser mutmaßliche Test ablaufen sollte.

„Schon mal gehört?" Auf den ersten Blick eine ganz unverfängliche Frage. Nicht einen Moment ließ Kyle dabei weder die Fahrbahn aus den Augen noch die endlose Rücklichterkette, die sich in westliche Richtung durch die Metropole schlängelte.

Marens Nerven waren gespannt wie Klaviersaiten. Sie hatte einen langen Tag hinter sich, und nach Ratespielchen mit einem Mann, der durchaus über ihre berufliche Zukunft bestimmen konnte, stand ihr nicht der Sinn. Also versuchte sie ihre ganze Aufmerksamkeit auf den Song zu richten, der ihr jedoch nichts sagte. „Nein."

Sie schüttelte ihr üppiges kupferrotes Haar und legte lauschend den Kopf schräg. Der Sound, die Mischung aus Gesang und Instrumentalbegleitung, hatte etwas Unverwechselbares. „Gehört habe ich's noch nicht, glaube ich, aber es klingt nach *Mirage*."

„Volltreffer. Es ist der Titelsong ihres nächsten Albums."

„Aha", bemerkte sie einsilbig. Es handelte sich um das Album, für das ihre Firma noch keinen gültigen Vertrag besaß. Wollte Kyle ihr auf den Zahn fühlen? Wozu? Sie hatte das Gefühl, dass er mehr von ihr erwartete, konnte sich jedoch nicht vorstellen, was. Die ganze Situation verstärkte noch ihr ungutes Gefühl. Sie wand sich unbehaglich auf ihrem Sitz und schaute durchs Seitenfenster auf die vorbeihuschende Stadt.

In der City herrschte reges Treiben. Autofahrer und Passanten bevölkerten die betonierten Straßen. Längs des Boulevards befanden sich zahlreiche beliebte Speiselokale, und der Verkehr geriet dauernd ins Stocken, wenn wieder jemand stoppte und sich in eine Parklücke zu quetschen versuchte.

Die Menschen hier waren so vielfältig wie die Stadt selbst. Punks in haarsträubenden Lederoutfits spazierten da Seite an

Seite mit Pärchen in Seidenkleid und Businessanzug. So was gibt's auch nur in L.A., durchfuhr es sie. Der Stadt des schönen Scheins und der stillen Schönheit, der Heimat der Superreichen und der Ärmsten der Armen, eingequetscht zwischen Meer und Gebirge, zusammengesetzt aus einem Sammelsurium von Gemeinden auf einer Gesamtfläche von eintausendzweihundert Quadratkilometern. Wo sonst konnte man vom Pazifischen Ozean zur Mojave-Wüste fahren, wo in den wunderschönen Santa Monica Mountains durch Hollywood und Beverly Hills streifen? Maren hatte ihr ganzes Leben in Südkalifornien verbracht, ohne dass sie des warmen Klimas oder der sich ständig verändernden Stadt überdrüssig geworden wäre.

Während sie den Wilshire Boulevard in westliche Richtung nahmen, bewunderte Maren die kühnen Wolkenkratzer des Geschäftsviertels. Die Lichter der Türme erhellten die Nacht. Prächtige Hotels, erbaut im schwungvollen Stil der Zwanzigerjahre, standen gleich neben den eher nüchtern erscheinenden Bürogebäuden aus den Siebzigern.

Palmen wiegten sich elegant in dem Wind, der vom Ozean herüberwehte; die klare, laue Luft wirkte, als sei sie elektrisch aufgeladen. Es war einer jener kalifornischen Abende, wie Maren sie so liebte. Wäre da nicht diese gespannte Atmosphäre gewesen, hätte sie diesen Abend vermutlich sogar genossen.

Als der Song verklungen war, wurde die Stille im Auto geradezu bedrückend. Kyle betastete die glatte Plastikoberfläche der Kassette, als wäge er insgeheim eine gewichtige Entscheidung ab. „Hier", sagte er schließlich. „Das ist Ihre Kopie." Er legte ihr das schwarze Kästchen in die Handfläche. „Fünf der dreizehn Titel des Albums sind darauf. Wir haben vor, sie etwa alle vier bis sechs Wochen als Singles herauszubringen, je nachdem, wie sie sich in den Charts schlagen. Der erste Song soll Ende Mai auf den Markt kommen."

„Nächsten Monat?" Maren fragte sich unwillkürlich, wieso die Kassette sich so kalt anfühlte.

„Allerdings."

„Ziemlich kurzfristig", überlegte sie laut. „Ich weiß nicht, ob wir so schnell ein Video produzieren können."

„Es bleibt Ihnen nichts anderes übrig", befand er.

„Dann darf ich wohl davon ausgehen, dass Sie den Vertrag unterzeichnen?"

„Natürlich."

Maren nagte an der Unterlippe. Schließlich schüttelte sie den Kopf und drehte sich seitlich zu Kyle, damit sie seine Reaktion verfolgen konnte. „Das wird mir zu knapp."

„Ach, das kriegen Sie schon hin!", erwiderte er. Er wusste nur zu gut, wie sehr sie von seinen Aufträgen abhing.

Sorgsam drehte Maren die schwarze Hülle um und ließ den Finger über die glatte Kunststoffummantelung gleiten. Fast war ihr, als halte sie die zerbrechliche Geschäftsbeziehung zwischen ihrem Unternehmen und Kyles Plattenfirma in ihren Händen.

Kyle verließ den Boulevard und fuhr südwärts auf die Küstenstraße. Das nächtliche Dunkel verlieh dem Tiefblau des Ozeans einen Hauch von Lila; nur ein schmaler violetter Streifen markierte die Stelle am Horizont, wo die Sonne in den stillen Fluten versunken war. In der Ferne zog noch eine Handvoll Segelboote schattenhaft über die ruhige See.

Der Rest der Fahrt verlief in Schweigen. Beide hingen ihren eigenen Gedanken nach; beide sannen darüber nach, was dieser Abend wohl bringen mochte.

Das Rinaldi's, ein zweigeschossiges, stuckverziertes Gebäude, befand sich in Manhattan Beach. Direkt am weißen Sandstrand gelegen, bot das Lokal einen grandiosen Blick aufs Meer. Die Wände waren in einem zarten pfirsichfarbenen Ton gestrichen; der Balkon im Obergeschoss ruhte auf Säulen aus italienischem Marmor.

Ein Parkplatzwärter hielt Maren die Wagentür auf. Sie stieg aus und steckte die Kassette in ihre Handtasche, wusste sie doch, dass Kyle keine ihrer Bewegungen entging. Er musterte sie und verfolgte genau, was sie tat.

Einige Minuten später wurden sie zu einem eigens reservierten Tisch auf dem Balkon geleitet. Der Keller schenkte ihnen ein Glas Weißwein ein und verschwand dann im Inneren des Lokals, um ihre Bestellungen weiterzugeben. In der Tischmitte stand eine kleine Kerze, deren Flämmchen in der leichten Brise gefährlich flackerte.

„Auf einen erfolgreichen Abend, Maren." Man prostete sich zu und nahm einen Schluck.

Kyle stellte sein Weinglas ab, stützte die Ellbogen auf und legte das Kinn auf die verschränkten Finger. „Zunächst einmal", sagte er leise, Maren dabei unentwegt fixierend, „betrachten Sie alles, was ich Ihnen jetzt sage, als streng vertraulich. Bitte halten Sie sich daran."

Ihre blauen Augen schimmerten im Kerzenlicht, was ihnen etwas Tiefes, Geheimnisvolles verlieh. „Selbstverständlich", erwiderte sie sachlich.

„Wir arbeiten gegenwärtig an einer völlig neuen Strategie. Ich kann mir das Risiko nicht leisten, dass die Konkurrenz Wind davon bekommt." Es klang wie eine Warnung; seine schiefergrauen Augen wirkten im dämmrigen Licht dunkler, beinahe drohend.

„Ich verstehe." Sie nahm einen Schluck und räusperte sich. Ein lauer Luftzug fächelte ihr das Haar aus der Stirn, sodass es für einen Moment im Kerzenschein aufschimmerte. „Verzeihen Sie meine Neugier, aber worin besteht denn das Neue an Ihrem Konzept?"

Er musterte sie eingehend. „Wir erwarten von Ihnen eine Art roter Faden, der sich durch alle Titel des Albums ziehen soll. Der erste Song zum Beispiel, den Sie vorhin im Auto gehört haben, handelt von einem jungen Mann, dessen Freundin fremdgeht und ihn deswegen verlässt. Vom Text her im Grunde genommen solider Rock 'n' Roll mit melancholischem Touch."

Maren nickte. Bislang hatte sie nichts Revolutionäres gehört. Ging man allerdings nach Kyles eindringlichem Blick, bildete er sich anscheinend ein, er biete ihr eine einmalige Gelegenheit.

„Okay. Im folgenden Song treibt derselbe Typ sich herum, immer auf der Suche nach einer neuen Flamme. Er ist zwar solo, doch anstatt zu hoffen, dass seine Verflossene reuevoll zu ihm zurückkehrt, ist er erleichtert, dass die Sache vorbei ist."

„Von wegen, ‚die Liebe währet ewig‘“, kommentierte Maren trocken.

Kyles Mundwinkel zuckten, als wolle er lachen. Anscheinend überlegte er es sich aber anders. „Mir geht es in erster Linie darum, dass Sequenzen des Originalvideos auch beim zweiten Titel auftauchen, eventuell sogar im dritten und so fort. Ein visuelles Leitmotiv also, das sich durch die gesamte aus fünf Titeln bestehende Story zieht. So sollte die Schauspielerin, die im ersten Video die treulose Freundin darstellt, in den nachfolgenden Teilen wieder auftauchen – ob nun als flüchtige Erinnerung oder in einer Begegnung mit ihrem Exlover, ist mir egal. Das überlasse ich Ihnen. Aber diese visuelle Geschichte, die setzt sich in fließenden Übergängen fort und darf nicht jedes Mal eine in sich abgeschlossene Story sein. Die bildet vielmehr einen wesentlichen Bestandteil dieses Songs in fünf Kapiteln.“

„Sie haben also vor, einen 25-minütigen Videoclip auf den Markt zu werfen?“

Kyle lächelte, was sein Gesicht weniger streng erscheinen ließ. „Das ist richtig“, räumte er zögernd ein. Ryan hatte ihn ja bereits im Vorfeld auf Maren McClures Scharfsinn hingewiesen, und zwar mit Fug und Recht. Kyle überlegte, ob man sie überhaupt in eine der üblichen Kategorien einordnen konnte. Ihre unergründliche, rätselhafte Art, ihr Intellekt, all das erschien ihm faszinierend und verlockend.

„Demnach sollen wir für Sie eine Art Mini-TV-Serie produzieren, nur eben als Musikvideo.“

„So in etwa“, bestätigte er. Keine Frage, diese Frau mit den eisblauen Augen und dem flammenden Haar war alles andere als begriffsstutzig. „Die Hauptdarsteller der Handlung wären natürlich die Musiker von *Mirage*.“

Maren verkniff sich gerade noch einen gequälten Seufzer. Rockstars die Schauspielerei beizubringen war eines der größten Hemmnisse beim Videodreh. Die Musiker waren zwar ganz hervorragend, wenn sie bei Studioaufnahmen die Lippen zum Playback bewegen und gleichzeitig ihre Instrumente spielen sollten. Als Darsteller hingegen benötigten die meisten oft aufwendige

Unterweisung. Zum Glück war J. D. Price, der Frontmann der Band, ein gut aussehender Bursche, der zudem über schauspielerische Erfahrung verfügte – zwei wichtige Pluspunkte, die Maren die Arbeit erheblich erleichterten.

„Sie erwarten also von mir", fragte sie nach, „dass ich Ihnen schon mal die Drehbücher für die Handlungsstränge aller fünf Tracks skizziere und das erste Tape dann so weit fertig habe, dass es Ende Mai veröffentlicht werden kann?" Kyle nickte, während befrackte Kellner dampfende Scampi servierten und Wein nachschenkten. Sobald die beiden wieder unter sich waren, überlegte Maren, was da an Arbeit auf sie zukommen würde, sollte sie auf Kyles Angebot eingehen. „Verlangen Sie da nicht ein bisschen viel von mir?"

„Es soll Ihr Schaden nicht sein."

Maren kostete von den leckeren Meeresfrüchten und ließ sich seinen Vorschlag durch den Kopf gehen. Obwohl das Essen ausgezeichnet zubereitet war, hatte sie keinen rechten Appetit. Sie dachte an die Kassette in ihrer Handtasche. Das Ding war ein Vermögen wert, und sie brauchte dringend Geld. Ein so verlockendes Angebot lehnte man nur ungern ab, doch es gelang ihr einfach nicht, die für das Projekt benötigte Zeit in etwa abzuschätzen und in ihrem Arbeitsplan unterzubringen. Die kommenden sechs Wochen waren bereits übervoll mit Terminen und Fälligkeiten.

Wie sehr sie das alles innerlich beschäftigte, entging Kyle keineswegs. Ihre Gefühlslage spiegelte sich in ihren feinen Zügen. Irgendetwas lastete ihr auf der Seele, das war nicht zu übersehen. Nur was? Dabei hatte er die geplante Übernahme ihrer Firma noch gar nicht angesprochen. Er war überzeugt, dass sie die Wahrheit gesagt hatte, als sie ihm bedeutete, das Problem der Produktpiraterie in ihrem Unternehmen sei erledigt.

Das flackernde Kerzenlicht zauberte feuerrote Muster in ihr üppiges Haar, das ihr Gesicht in seidigen Locken umrahmte und ihr bis knapp auf die Schultern fiel. Und wenngleich sie ein schickes maßgeschneidertes Businesskostüm aus cremefarbenem Leinen trug und dazu eine türkisfarbene hochgeschlossene Bluse, war sie nach Kyles Überzeugung die verführerischste Frau im ganzen Lokal. Dass sie so attraktiv war, lag aber nicht an ihrer Kleidung an sich, sondern an der kultivierten Art, wie sie sich gab.

„Kyle, Ihr Angebot ist verlockend, und ich wünschte wirklich, ich könnte Ihnen entgegenkommen. Aber ich weiß beim besten Willen nicht, woher ich die Zeit nehmen soll, damit alles nach Ihren Wünschen bis Ende Mai klappt. Ich bin sowieso schon mit etlichen Videoproduktionen im Rückstand – einige davon sogar für Ihr Unternehmen."

„Sie geben mir einen Korb?" Er merkte, wie sein Gesicht starr wurde; seine Stimme nahm einen sarkastischen, beißenden Unterton an, der nicht zu überhören war. Nach Lektüre der Unterlagen über die Finanzlage von *Festival Productions* war er felsenfest davon überzeugt gewesen, dass sie sein Angebot mit Kusshand annehmen würde … und dazu auch etwaige weitere, die er ihr im Kontext des aktuellen Geschäfts machte.

„Ich gebe Ihnen keinen Korb, Kyle. Ich bin lediglich ehrlich." Sie lächelte zaghaft, wobei ganz kurz ihre weißen Zähne aufblitzten. „Rein gefühlsmäßig müsste ich zwar zu all ihren Vorschlägen Ja und Amen sagen, aber das wäre unredlich. Nicht nur Ihrem Unternehmen gegenüber, sondern auch gegenüber einigen Ihrer Künstler, die auf meine Dienste vertrauen."

Kyle fuhr sich mit dem Daumen übers Kinn. „Wer soll denn das sein?", fragte er düster.

„Da gibt's eine ganze Reihe", betonte sie. „Als Erster fällt mir Joey Righteous ein. Ich habe ihm so gut wie versprochen, dass sein Video fertig ist, ehe er auf Japan-Tournee geht. Ich glaube nicht, dass ich ihn wegen eines Spezialauftrags einfach übergehen kann, und ich weiß auch nicht, ob ich das überhaupt möchte."

Kyle merkte, wie sich seine Nackenmuskeln zusammenzogen. „Haben Sie mit der Arbeit an seinem Video denn schon angefangen?"

Maren atmete langsam aus. Sie schob ihren Teller beiseite und ließ den Rest des Essens unangetastet. „Wir könnten mit den Aufnahmen schon nächste Woche beginnen, wäre da nicht ein gravierendes Hindernis."

„Nämlich?"

Mit einem Mal wurde sie todernst. Ihre blauen Augen glitzerten. „Die Tatsache, dass Joeys und sieben weitere Verträge bisher von keinem Ihrer zuständigen Mitarbeiter unterzeichnet wurde."

Kyle kniff die Lippen zusammen. „Das lässt sich ändern."

„Ausgezeichnet. Ich habe die Papiere zufällig dabei." Angesichts seines interessierten Blicks musste sie sich zwingen, weiterzusprechen. „Nur nutzt das meinem Ablaufplan nichts, oder?"

„Ich soll Ihnen mehr Zeit lassen?"

Sie wehrte kopfschüttelnd ab. „Ich bemühe mich, Ihnen begreiflich zu machen, dass Sie Unmögliches verlangen."

Kyle hätte am liebsten mit den Zähnen geknirscht. Davor also hatte Ryan ihn zu warnen versucht: vor der Gerissenheit, mit der eine Maren McClure das Spiel zu ihren Gunsten zu drehen wusste. Just in dem Moment, als er damit rechnete, sie werde begierig nach dem hingehaltenen saftigen Köder schnappen, ließ sie ihn voll abblitzen und holte sich den Brocken erst nach Abschluss eines anderen Geschäfts. Er hatte sie unterschätzt, und zwar gewaltig.

„Also, Maren, mir scheint, wir können uns weitere Spielchen sparen."

Über den Rand ihres Glases hinweg gönnte sie ihm den Anflug eines Lächelns. „Umso besser. Wird auf Dauer ein wenig ermüdend, was?" Hoffentlich hatte sie ihm nicht auf den Schlips getreten; sie konnte es sich nicht leisten, den Chef von *Sterling Records* vor den Kopf zu stoßen. Dafür stand zu viel auf dem Spiel. Sie merkte, wie sie Herzklopfen bekam, bewahrte aber nach außen hin kühl die Fassung.

Kyle drehte sein Weinglas zwischen den Fingern. „Ich weiß, dass J. D. Price glaubt, er hätte den Erfolg seiner Band Ihnen höchstpersönlich zu verdanken. Und meiner Überzeugung nach liegt er damit gar nicht mal so falsch. Ohne das erste Video hätte es ein Song wie ‚Danger Signs' nie im Leben in die Charts geschafft."

Das sah Maren anders. „Das Stück war eben gut."

„Ach was! Ein Rohrkrepierer war das! Hat sich doch kein Mensch angehört, bis Ihr Video lief!"

Die Erinnerung an den Auftrag entlockte Maren ein Schmunzeln. Der Videodreh damals hatte den Etat gesprengt; die Aufnahmen wiesen phasenweise etliche Beleuchtungsschnitzer auf, die nachgebessert werden mussten, und generell war alles schiefgelaufen, was nur schieflaufen konnte. Andererseits hatte es den Ruf ihres Unternehmens begründet. „Wir hatten Glück."

„Möglich. Der springende Punkt ist aber, dass J. D. Sie allein für die Videos des neuen *Mirage*-Albums will und keinen anderen."

„Ach, tatsächlich?", fragte sie mit zufriedenem Lächeln.

„Also, was meinen Sie?"

„Ich meine, ich brauche mehr Zeit, um Ihren Wünschen entsprechen zu können."

Kyle Sterling lächelte – trotz des unangenehmen Gefühls, dass man ihn gerade an der Nase herumführte. „Und ich meinerseits denke, Sie haben Haare auf den Zähnen."

„Warten Sie ab", konterte sie schlagfertig, „bis wir erst anfangen, übers Finanzielle zu verhandeln!"

„Dazu wollte ich gerade kommen."

Sie nippte an ihrem Weinglas und ermunterte ihn, weiterzureden, indem sie kurz den Kopf senkte.

„An sich ist das Finanzielle gar nicht mal das Problem", begann er. Sie wartete ab, überzeugt davon, dass er jetzt endlich zum wahren Grund für dieses so vertrauliche Business-Meeting kommen würde. „Sehen Sie, ich fände es besser, wenn *Sterling Records* mehr Kontrolle über die Videoherstellung hätte."

Sie kniff die Augen zusammen und stellte das Weinglas ab. „Mehr Kontrolle?", wiederholte sie. „Wie stellen Sie sich das vor?"

„Wir ziehen in Erwägung, die Tapes in Eigenproduktion herzustellen."

Maren rang sich ein bemühtes Lächeln ab. „Das verstehe ich

nicht. Sie haben mir doch eben erst ein ganz besonderes Geschäft angeboten."

„Ja, weil ich Ihnen meine Offerte schmackhaft machen wollte."

„Was denn für eine Offerte?" Sie merkte, wie ihr Puls in die Höhe schnellte.

„Ich möchte *Festival Productions* übernehmen." Er sah die Fassungslosigkeit und das Entsetzen in ihren kühlen Augen.

„Warum?" Sie verdrängte die dunkle Ahnung, die in ihr aufstieg.

„Ich möchte, dass Sie für mich arbeiten."

Maren fühlte sich, als würde man ihr den Boden unter den Füßen wegziehen. Und verantwortlich dafür war Kyle Sterling.

„Sie hätten weiterhin volle Handlungsfreiheit", sprach der weiter, „und die Vergütung wäre sehr gut."

Sie räusperte sich. „Nur dürfte ich ausschließlich mit den Künstlern arbeiten, die bei Ihnen unter Vertrag stehen."

Er nickte. „Das ist richtig. Dafür aber mit allen, ausnahmslos. Gerüchten zufolge sind wir Ihre Haupteinnahmequelle."

Der letzte Satz gab ihr gleichsam den Rest. Kyle Sterling wusste offenbar, wie dringend ihre kleine Firma auf seine Aufträge angewiesen, ja auf Gedeih und Verderb davon abhängig war. Ein paar Monate galt es noch durchzuhalten; die Geschäfte liefen allmählich besser, auch andere Auftraggeber meldeten sich bei ihr. Vorerst indes waren die Aufträge von *Sterling Records* lebensnotwendig.

„Ich will Ihnen nichts vormachen, Kyle. Ich habe nie auch nur erwogen, meine Firma zu verkaufen. Ich glaube nicht, dass ich mich mit dem Gedanken anfreunden könnte. Ich arbeite gern auf eigene Rechnung und bin gern mein eigener Herr."

„Und die Kopfschmerzen, wie Sie den Laden am Laufen halten, die nehmen Sie dabei gern in Kauf?"

„Das ist eben Teil des Unternehmerrisikos", gab sie zurück, verhalten lächelnd. „Die Herausforderung. Ich weiß nicht recht, ob ich das aufgeben will."

„Brauchen Sie ja auch nicht. Wir können sogar Ihre Büros weiter benutzen, bis Ihr Mietvertrag ausläuft."

„Und meine Mitarbeiter?", fragte sie, wobei sie ihm forschend in die grauen Augen sah.

„Das Personal ist Ihre Angelegenheit ... im Rahmen eines angemessenen Etats."

„Und was angemessen ist, das bestimmen natürlich Sie!"

Er lehnte sich zurück und erwiderte ihren Blick. „Letzten Endes schon, ja."

„Wenn ich ablehne – was passiert dann mit den noch nicht unterzeichneten Verträgen?", wollte sie wissen.

„Die bleiben vermutlich ohne Unterschrift. Die Sache liegt mir sehr am Herzen, und falls Sie uns Ihre Kooperation versagen, muss ich mich nach einem anderen Partner umsehen. Sie haben aber Vorrang."

„Weil J. D. und ein paar andere Künstler darauf bestehen werden."

„Richtig."

„Ich bin nicht gerade begeistert von der ganzen Sache", wandte sie ein.

„Und Sie fühlen sich genötigt?"

„Ich würde eher sagen: unter sanften Druck gesetzt", erwiderte sie nachdenklich. „Sie möchten wahrscheinlich heute Abend noch eine Antwort von mir?"

„Es würde mir vieles erleichtern."

Mittlerweile verstand Maren die Welt nicht mehr. *Festival Productions* bot zwar wenig Sicherheit, war aber alles, was sie besaß. Das sollte sie alles aufgeben? „Ich brauche Bedenkzeit", sagte sie leise. „Und natürlich erwarte ich ein offizielles Angebot inklusive schriftlichem Arbeitsvertrag." Er rechnete schon mit weiteren Forderungen, die jedoch ausblieben. Maren fixierte ihn unverwandt und unerschrocken. „Ich würde mir Ihr Angebot überlegen, Kyle, aber nur unter einer Bedingung: Der Kaufpreis müsste auch in Form von Anteilen an Ihrem Unternehmen gezahlt werden. Das ist keineswegs zu viel verlangt", setzte sie angesichts seiner überraschten und befremdeten Miene hinzu. „Ich möchte mir so ein Mitbestimmungsrecht sichern."

„Und Sie meinen, das funktioniert, wenn Sie an meiner Firma beteiligt sind?"

„Das wird sich erweisen, nicht wahr?", konterte sie in der Hoffnung, dass ihr Bluff nicht aufflog. Welche Trümpfe hielt sie schon in der Hand?

Er sah ihr an, dass sie es offenbar todernst meinte. Unwillkürlich musste er schmunzeln. Schließlich schüttelte er den Kopf, fuhr sich mit den Fingern durchs Haar und brach in leises, aber ansteckendes Gelächter aus, das die Spannung ein wenig löste. „Lady", prustete er, und auf einmal lag auf seinem Gesicht jenes vertraute, lausbübische Grinsen, „irgendwie werde ich das Gefühl nicht los, als wäre ich soeben übers Ohr gehauen worden." Immer noch lachend, schenkte er Wein nach.

„Da sind Sie nicht der Einzige", gestand sie, wenn auch erheblich weniger amüsiert. Wäre die Lage nicht so ernst gewesen, hätte sie vielleicht sogar mitgelacht. Unter den gegebenen Umständen allerdings war ein Lächeln das Höchste, zu dem sie sich durchringen konnte.

Während sie sich noch ein Schlückchen vom kühlen Weißwein gönnte, zwinkerte Kyle ihr zu. „Kopf hoch", befahl er. „Es kann alles nur besser werden, also freuen Sie sich des Lebens."

„Da könnten Sie recht haben", erwiderte sie. In ihren klaren blauen Augen blitzte ein belustigtes Funkeln auf.

Dieser Kyle Sterling, so dachte sie sich im Stillen, ist jedenfalls ein interessanter Mann. Ein sehr interessanter.

3. KAPITEL

*D*er Rest des Abends verging im Nu. Die gespannte Stimmung verflog, und obgleich Maren noch hin und her überlegte, wie sie Kyles Vorschlag umsetzen sollte, merkte sie doch, dass sie sich in seiner Gesellschaft allmählich wohler fühlte. Das Gespräch drehte sich zwar weiterhin um geschäftliche Dinge, aber das warme, dezente Ambiente des Lokals bot so etwas wie eine vertraute Atmosphäre. Allerdings geriet die Unterhaltung langsam etwas ins Stocken, zumal der Kellner allzu früh den Espresso serviert hatte, der das Essen abschloss.

Mondlicht schillerte auf der dunklen Wasserfläche; weiße Schaumkronen tanzten auf den Wellen, die sanft mit der Flut heranrollten und über den schimmernden Sand plätscherten. Maren wunderte sich über ihren Gemütszustand: Fast hatte sie das Gefühl, als kenne sie diesen rätselhaften Mann, der ihr da gegenübersaß, schon beinahe ihr ganzes Leben. Im Grunde genommen stimmte das sogar. Als sie Anfang zwanzig war, da war Kyle Sterling allen bekannt, sein Leben ein offenes Buch, herausgegeben von seinem Pressesprecher zu ganz gezielten Zwecken. Damals erfuhren die amerikanische Öffentlichkeit sowie die Käuferinnen und Käufer seiner Platten über den populären Countrystar jedoch ausschließlich das, was sie wissen und sehen sollten.

Allerdings drangen gewisse Einblicke aus dem Privatleben des Kyle Sterling nach außen – Dinge, die selbst sein wortgewandter Agent nicht wegzureden vermochte. Gerüchte über die überstürzte Hochzeit mit einer schönen Countrysängerin, über ein Kind, über das Scheitern der Ehe und neuerdings einen Verkehrsunfall mit beinahe tödlichem Ausgang, all das hatte fortwährend für Schlagzeilen in den Boulevardblättern gesorgt. Mutmaßungen über Kyle Sterling waren an der Tagesordnung. Maren hatte nichts auf die Klatschgeschichten gegeben, wusste sie doch aus Erfahrung, wie leicht die Journalisten dazu neigten, falsche Schlüsse zu ziehen.

Jetzt, wo sie ihrem berühmten Gegenüber über den kleinen

Tisch hinweg in die Augen sah, hätte sie ihm rückhaltlos ihr Leben anvertraut. Umgekehrt, das ahnte sie wohl, war dies vermutlich nicht der Fall; er traute ihr nicht recht über den Weg. Doch das schob sie auf die Tatsache, dass sie sich erst seit einigen Stunden näher kannten.

„Wohin darf ich Sie bringen?", fragte er, während er aufstand und sein Sakko zurechtzupfte. Dabei ließ er sie nicht aus den Augen, und für einen Moment blieb Maren beinahe das Herz stehen. Sie hatte das Gefühl, als funkele etwas Leidenschaftliches, Verführerisches in den geheimnisvollen Tiefen seines Blickes. Was würde er wohl sagen, wenn sie ihm antwortete, er könne sie fahren, wohin es ihm beliebte? Sie merkte, wie sie bei diesem Gedanken rot wurde. Was war bloß in sie gefahren? Ein einziger Abend, und schon war sie drauf und dran, all ihre Prinzipien über Bord und sich diesem Mann an den Hals zu werfen. Eine bestürzende Vorstellung, ganz und gar untypisch für sie. Sie verwandelte sich doch nicht etwa in eines dieser übergeschnappten Groupies?

Sichtlich verlegen, rang sie mühsam um Fassung. „Mein Auto steht auf dem Firmenparkplatz", sagte sie lächelnd.

Er half ihr in ihren Blazer, wobei seine warmen Fingerspitzen kurz ihren Nacken streiften. Ihr war, als hinterließen sie feurige Male auf ihrer Haut.

Schweigend schlenderten sie zu seinem Wagen, umhüllt von den Geräuschen der Nacht: das sanfte Rauschen der Wellen, gedämpftes Stimmengewirr der Restaurantgäste, vom Highway her das monotone Brausen des Straßenverkehrs. Maren bemerkte die Liebespaare, die im Mondschein am Strand spazieren gingen. Am liebsten hätte sie Kyle bei der Hand genommen und hinunter zum Wasser gezogen. Es war lange her, dass ein Mann solche Empfindungen in ihr wachgerufen hatte – ein riskantes und gleichzeitig erhebendes Gefühl.

Auf der Rückfahrt war Kyle in sich gekehrt, er schien in Gedanken meilenweit weg zu sein. Ganz versunken in seinen Anblick, nahm Maren den Duft seines Rasierwassers wahr, musterte sein scharfes Profil, während er vor sich hin in die Nacht starrte, ahnte die ungezügelte Leidenschaft, die in ihm brodelte. Jetzt begriff sie, wieso er als Countrysänger so erfolgreich gewesen war: Er strahlte eine natürliche Anziehungskraft aus, und diese stand im Gegensatz zu dem Image des distanzierten, introvertierten Naturburschen, als der er sich damals versuchte zu geben. Unter dem Eis, das Maren so faszinierte, glomm Feuer. Kyle Sterling hatte etwas Betörendes, und das bloße Zusammensein mit ihm war brandgefährlich.

Im Handumdrehen war Marens Büro erreicht. Kyle machte keine Anstalten, ihr aus dem Auto zu helfen. Stattdessen hielt er nur weiter das Lenkrad umklammert und sah in die Dunkelheit.

Maren tastete nach dem Türgriff.

„Gehen Sie nicht!", befahl er. „Noch nicht!" Seine Stimme klang heiser und belegt. Maren verspüre einen Kloß im Hals.

„Anfangs hatte ich mich auf dieses Treffen nicht gerade gefreut", gestand sie vorsichtig, weil sie das Gefühl hatte, sie sei ihm eine Erklärung schuldig.

„Ich auch nicht."

„Aber inzwischen denke ich, ich muss mich für Ihr Übernahmeangebot bedanken. Mir ist klar geworden, dass Sie glauben, es wäre nicht nur in Ihrem Interesse, sondern auch in meinem."

„Ach, Maren, haben Sie nicht allmählich genug vom Geschäftlichen?" Er ließ das Lenkrad los und streifte kurz ihre Wange. Es war eine sanfte, liebevolle Geste, und er nahm seine Hand auch gleich wieder zurück.

Maren merkte, wie ihr gleichzeitig heiß und kalt wurde. „Soll ich lieber gehen?", fragte sie zögerlich.

„Was denken Sie?"

Sie seufzte. „Ehrlich, Kyle, ich weiß nicht, was ich denken soll."

„Sie sind die faszinierendste Frau, die ich je kennengelernt habe." Eine Feststellung, sachlich und emotionslos, die fast so klang, als käme sie ihm nur widerwillig über die Lippen.

„Das soll ich wohl als Kompliment auffassen, was?"

Er sah ihr tief in die Augen, als wolle er ihr bis auf den Grund ihrer Seele schauen. „Allerdings, meine Liebe, denn so war es gemeint! Ich finde Sie unglaublich anziehend. Dass Sie eine Schönheit sind, wissen Sie vermutlich selbst. Aber … es liegt nicht allein daran, dass Sie so verdammt attraktiv sind. Das hat noch andere Gründe. Eine ganze Reihe."

„Und das behagt Ihnen nicht."

Er verzog das Gesicht. „Ich weiß nicht, wie ich damit umgehen soll."

„Das nehme ich Ihnen nicht ab."

„Kann schon sein. Andererseits kennen Sie mich ja nicht sonderlich gut, oder?"

„Jedenfalls nicht so gut, wie ich es gern täte", gab sie geradeheraus zu.

„Genau da liegt das Problem, nicht wahr?", flüsterte er. „Denn ich würde Sie ebenfalls gern näher kennen … erheblich näher. Das wissen Sie, und das macht Ihnen Angst." Seine Stimme war kaum noch zu hören, sein Blick streifte forschend über ihr Gesicht. Sie ahnte sofort, dass er sie gleich küssen würde.

Eine Hand um ihren Nacken gelegt, zog er ihren Kopf sanft zu sich hin. Sie wehrte sich nicht. Sie spürte seinen Atem warm auf den Wangen, stöhnte leise, kaum dass seine Lippen die ihren berührten und ihr andeuteten, wie sehr er sie begehrte. Und als er sie in die Arme nahm, als er sie an sich presste mit stundenlang zurückgehaltenem wildem Verlangen, war es, als rinne auf einmal flüssiges Feuer durch ihre Adern. Die Augen geschlossen, ließ sie es willig geschehen. Unter dem Ansturm seiner Zunge öffnete sie den Mund. Ausgehungert kostete er ihre Süße, spürte den Druck ihres weichen reizvollen Körpers gegen den seinen.

Mit allen Sinnen spürte sie, wie seine Lippen warm über die ihren strichen. Sie fühlte sich unendlich weiblich; in ihrem Inneren loderte ein heißes Sehnen, das stärker und stärker wurde und sie mit Haut und Haar erfasste.

„Oh Maren", stöhnte er, die Finger in ihren üppigen feurigen Locken vergraben. „Lass mich heute Abend nicht allein. Komm mit zu mir!" Wie eine Verlockung empfand sie seinen heißen Atem an ihrem Ohr.

Doch so verführerisch seine Hände auf ihrer Haut auch sein

mochten – widerstrebend entzog sich Maren seiner Umarmung. Sie hätte zwar tausend Gründe gehabt, ihm nachzugeben, ignorierte sie aber. „Ich kann nicht", hauchte sie.

Das Bedauern in ihrer Stimme entging ihm nicht. „Warum nicht?" Er wollte sie wieder in die Arme nehmen, aber sie hielt seine Hände fest. Ihr Haar war zerzaust, ihr Atem ging stoßweise, ihr Herz klopfte wild.

„Es ... es geht nicht darum, ob ich dich mag oder nicht", versuchte sie zu erklären. „Ich muss mir erst mal über meine Gefühle klar werden." Ihre blauen Augen, jetzt dunkler durch die Leidenschaft, flehten ihn um Verständnis an. „Bis vor ein paar Stunden kannten wir uns doch kaum! Und jetzt möchte ich mich am liebsten in deine Arme stürzen, ohne auch nur eine Sekunde an morgen zu verschwenden. So läuft das nicht, Kyle. Jedenfalls noch nicht. Zumal wir Geschäftspartner werden ... möglicherweise ... Da wäre es nicht ratsam, dass wir ... nun ja, dass wir etwas anfangen."

„Ich verlange doch gar nicht, dass du dich gleich lebenslang an mich bindest."

„Ich bin nicht reif für eine Beziehung."

„Ach, du meinst, ich wäre darauf aus?" Scharf wie eine Klinge schnitt die Frage durch die gefühlsgeladene Atmosphäre.

Sie wehrte ab: „Woher soll ich das wissen? Aber eins dürfte doch klar sein: Von einem One-Night-Stand hätten wir beide nichts, oder?" Den Kopf leicht zur Seite geneigt, musterte sie ihn aufmerksam, als wolle sie ihn stumm warnen, dies bloß nicht abzustreiten.

Wie hätte er widersprechen können? „Du kennst mich anscheinend schon in- und auswendig, was?", fragte er lächelnd und streifte ihr dabei zart eine verirrte kupferbraune Strähne aus der Stirn.

„Keineswegs. So weit sind wir noch lange nicht. Eins hoffe ich aber inständig: Falls ich mich mal zu einem Mann hingezogen fühlen sollte, dann hoffentlich nicht nur für eine einzige sinnliche Nacht. Zur Befriedigung derartiger Junggesellenbedürfnisse stehe ich nicht zur Verfügung."

„Du nimmst wahrlich kein Blatt vor den Mund, was?", stellte er ironisch fest.

„Liegt in der Natur der Sache", erwiderte sie seufzend, bemüht, ihren rasenden Puls auf Normaltempo zu senken. Wieso fühlte sie sich überhaupt verpflichtet, sich ihm derart zu erklären? Es hätte ihr doch egal sein können! „Ich habe hart gearbeitet, um dahin zu gelangen, wo ich jetzt bin. Das war in einer Männerdomäne weiß Gott kein Zuckerschlecken. Hätte ich mich auf erotische Abenteuer mit den Kerlen eingelassen, mit denen ich zu tun hatte, wäre das mit Sicherheit schlecht fürs Geschäft gewesen. Das ist es mir schlicht und einfach nicht wert."

Er sah sie ungläubig an. „Du willst mir doch nicht weismachen, du wärst eine knallharte Geschäftsfrau, bei der die Firma immer an erster Stelle steht?", fragte er zweifelnd. „Noch vor dem Spaß?"

„Unter den gegebenen Umständen müsstest du doch eigentlich darüber heilfroh sein."

„Heilfroh? So langsam kriege ich meine Zweifel." Auf was für eine Partnerin beabsichtigte er sich da bloß einzulassen?

Sie wirkte leicht amüsiert. „Prima. Denn ich wollte dir lediglich klarmachen, dass Sex für mich mehr als nur Spaß bedeutet."

„Eher Verpflichtung?"

„Ja."

Er schwieg. Beinahe konnte sie die Stille im Wagen körperlich spüren. Wie viel von ihrem Seelenleben durfte sie ihm offenbaren?

„Und das würdest du von mir erwarten?", fragte er. „Eine Verpflichtung?"

Sein offensichtliches Unbehagen entlockte ihr ein Schmunzeln. „Falsch", entgegnete sie. „Ich selber sehe mich außerstande, eine solche einzugehen. Genau das versuche ich ja gerade, dir beizubringen."

Kyle atmete hörbar aus und fuhr sich mit der Hand durchs Haar. Trotz allem musste er aber lachen. „Ich fürchte, die Verabredung mit dir stellt sich womöglich als größter Fehler meines Lebens heraus."

„Wieso denn das?" Fast blieb ihr das Herz stehen. Sie wusste zwar, dass er nur Spaß machte, dennoch schwang irgendwie auch ein Körnchen Wahrheit im Unterton mit.

„Weil du mich nicht bloß ein Vermögen für die Videoproduktion kostest, sondern mich auch in den Wahnsinn treibst."

„Mir kommen gleich die Tränen", meinte sie spöttisch mit einem schelmischen Funkeln in den Augen.

„Schön wär's!", murmelte er.

Ihr Lächeln erlosch. „Dann versuch mal ehrlich zu mir zu sein – richtig ehrlich!"

„Das war ich doch!"

Skeptisch verzog sie den Mund. „Das sehe ich aber anders. Man muss kein Genie sein, um zu verstehen, dass du etwas im Schilde führst. Etwas Größeres."

„Als da wäre?"

„Das wüsste ich auch gerne, Kyle." Diesmal wirkte ihr Lächeln traurig. „Ich bin jetzt seit fünf Jahren im Geschäft. Da hat man einen Riecher dafür, wenn jemand nicht offen mit einem umgeht."

„Ich weiß nicht, wovon du redest."

„Dann lass mich raten …"

„Tu dir keinen Zwang an."

„Also: Hat es mit dem Raubkopieren zu tun?"

„Ich dachte, das hätten wir geklärt."

„Stimmt. Doch irgendwie werde ich das Gefühl nicht los, dass es unserem Gespräch deswegen an einer Vertrauensbasis mangelt."

Ihr Augen leuchteten, als halte sie das Mondlicht in ihnen gefangen, als sie ihn ansah. Kyle hatte nicht damit gerechnet, dass sie ihn so grundlegend durchschauen würde. Ryan hatte ihn zwar vor ihr gewarnt, aber Kyle war fest davon überzeugt gewesen, er werde mit jeder Frau fertig, Maren McClure eingeschlossen. Und einmal mehr hatte er danebengelegen … total daneben. Die Erkenntnis war ihm sowieso schon ein Dorn im Auge, doch dass er sich dennoch zu Maren hingezogen fühlte, mehr als jemals zu einer Frau in seinem Leben, das setzte dem Ganzen noch die

Krone auf. Die Situation entglitt ihm immer mehr, und schuld daran war niemand anderes als er selbst.

„Wenn es überhaupt ein Problem gibt", sagte er und biss sich auf die Unterlippe, „dann höchstens, dass ich nicht die Absicht hatte, mich in dich zu verlieben."

„Also bereiten dir die Raubkopien gar nicht so viel Kopfzerbrechen?", hakte sie zweifelnd nach.

„Doch, natürlich! Und ob! Da kopiert jemand unsere Aufnahmen nebst den Videoclips und wirft sie Wochen vor dem geplanten Erscheinungstermin auf den Schwarzmarkt."

Zu seiner Erleichterung spiegelte sich keine Angst in ihrem Blick wider. „Und du glaubst, da steckt jemand aus meiner Firma dahinter?"

„Du hast doch behauptet, das Problem sei aus der Welt."

„Nur bin ich mir nicht sicher, ob du mir glaubst."

„Ich unterstelle doch überhaupt nicht, dass du persönlich etwas damit zu tun hast", betonte er, bewusst jedes Wort wählend. Im Verlaufe eines einzigen Abends hatte er seine Meinung über Maren McClure grundlegend geändert. Die Ehrlichkeit in ihren Augen war entwaffnend; er brachte es nicht über sich, in Maren eine skrupellose Lügnerin zu sehen. Es entbehrte nicht ganz der Ironie, wie er sich düster eingestand; möglicherweise hielt er sich für klüger, als er war. Dass er an diesem Abend von einem weiblichen Wesen vorgeführt werden würde, damit hätte er am allerwenigsten gerechnet.

„Du verdächtigst aber nach wie vor einen meiner Mitarbeiter. Stimmt doch, oder? Deshalb soll ich für dich arbeiten – aus Sicherheitsgründen, sozusagen. Und ich Dummerchen habe gedacht, es sei wegen meiner Kreativität. Dabei liegt es nur daran, dass die Künstler unbedingt mit mir arbeiten wollen! Auf diese Art schlägst du zwei Fliegen mit einer Klappe!" Ihre flache Hand klatschte auf den weichen Ledersitz. „Verdammt noch mal!"

„Ich habe niemandem bei *Festival* etwas unterstellt …"

„Bis jetzt!"

„Du meinst, das käme noch?", fragte er misstrauisch.

„Kannst du dir sparen." Sie stützte sich gegen die dick gepolsterte Rückenlehne. „Entschuldige meinen Ausbruch", bat sie. Und wenn sie sich noch so aufregte: Sie durfte nicht übersehen, mit wem sie es hier zu tun hatte und was er repräsentierte. Sie hatte zwar auch ihren Stolz, aber es galt, mit Augenmaß zu reagieren. „Vielleicht war ich mit meinen Schlüssen zu voreilig. Hoffentlich."

„Man könnte fast den Eindruck haben", erwiderte er unaufgeregt, „als erwartest du von mir, dass ich deine Firma der Komplizenschaft bezichtige. Jedenfalls führst du dich so auf." Er wandte die grauen Augen nicht von ihr ab.

Die Lüge ging ihr mühelos über die Lippen. „Natürlich nicht!" Es war unmöglich, ihre unbegründeten Verdachtsmomente gegen ihre eigene Firma zu erklären. Sollte Kyle das Vertrauen in *Festival Productions* verlieren, würde er seinen Auftrag stornieren, eine firmeninterne Videoabteilung auf die Beine stellen und *Festival* die Verträge kündigen, auf die ihr Unternehmen so dringend angewiesen war – angesichts *Festivals* desolater Kassenlage ein vernichtender Schlag. Einen Vertrauensverlust seitens ihres Hauptauftraggebers konnte Maren sich unter keinen Umständen leisten. Aber nach ihrem Wissensstand ging in ihrer Firma ja alles mit rechten Dingen zu; die fehlenden Kassetten waren gefunden, die Angelegenheit war binnen zwei Stunden geklärt gewesen. Trotzdem hatte Maren immer noch ein ungutes Gefühl.

„Anscheinend bin ich ein wenig empfindlich", räumte sie entschuldigend ein. „Wegen des Theaters, das wir vor ein paar Monaten hatten."

Täuschte er sich, oder war sie etwas blass geworden? „Aber du bist dir sicher, dass das aus der Welt ist?"

„Absolut sicher." Sie legte ihm die Hand auf den Arm und spürte, wie seine Muskeln sich anspannten. „Da du mir eine solch einzigartige Chance bietest", begann sie, „gehört es sich, dass ich offen zu dir bin. Ich weiß, du hast noch Vorbehalte gegenüber *Festival*, und ich wüsste auch nicht, wie ich die ausräumen sollte. Ich kann dir nur versprechen, dass ich mich unverzüglich melde, sollte es weitere Probleme geben. Mehr ist nicht drin."

„Verstehe ich dich richtig? Du lehnst mein Angebot ab?"

„Ich brauche einfach noch etwas Zeit …"

Sie spürte seine Hand warm auf der ihren. „Na schön, meinetwegen", raunte er. „Ich bin allerdings nicht gerade für meine Engelsgeduld bekannt!"

Sie hielt den Atem an. „Sollte ich das als eine Art Drohung verstehen?"

Er grinste. „Ich würde dir nie drohen! Aber du könntest mich eventuell dazu bringen, etwas zu versprechen …"

„… was du nicht halten kannst", ergänzte sie, als könne sie seine intimsten Gedanken lesen.

Sein Gesicht war dem ihren so nah, dass er es beinahe berührte. Sein Blick schweifte rastlos über ihre Züge; die Stimme war zu einem heiseren Raunen herabgesenkt. „In diesem Moment weiß ich nur eins: Ich kann nur an dich denken und an das, was ich am liebsten mit dir anstellen würde."

Auf einmal wurde ihr ganz mulmig zumute. Ihr Mund fühlte sich trocken an. „Solche Versprechen können gefährlich werden."

„Nur wenn man es zulässt." Er folgte mit der Fingerspitze dem Schwung ihrer geschlossenen Lippen. „Im Übrigen: Wenn ich mich nicht sehr täusche, gehörst du zu den Frauen, die gern mit der Gefahr flirten."

„Da irrst du dich aber", wehrte sie sich, wenngleich gefesselt von seinen männlich markanten Zügen, seiner kräftigen Hand, die sie gefangen hielt. Stark, dennoch sanft, rau, dennoch gefühlvoll. Ach, hätte sie sich seine Berührung doch erlauben können … Sie riss sich zusammen. „Du irrst dich", betonte sie.

„Das wollen wir doch mal sehen!" Ehe sie aufbegehren konnte, neigte er den Kopf und senkte seinen Mund zärtlich auf den ihren. Ihr stockte der Atem, als er den Druck verstärkte und sie küsste, fordernd und leidenschaftlich. Obgleich sie sich innerlich dagegen wehrte, merkte sie doch, wie sie nachgab, wie sie gleichsam hinschmolz unter seiner Berührung. Sein heißes Begehren entfachte auch in ihr ein Verlangen, ein Sehnen nach mehr von jener Süße, die seine Berührung verhieß.

„Das ist doch heller Wahnsinn!", wisperte sie, nachdem sich

ihre Lippen schließlich voneinander lösten. Tief in ihren blauen, nun dunkler wirkenden Augen flackerte unterdrückte Erregung.

„Was ist schon dabei?", raunte er und küsste sie noch einmal, wie um ihr zu beweisen, welch brodelnde Leidenschaft da in ihm tobte.

Er zupfte sacht an der Schleife ihrer Bluse, bis sie sich vollends löste. Maren klopfte das Herz zum Zerspringen; ihr Puls dröhnte in den Ohren. Kyle öffnete den seidigen Stoff, bis ihre weiche Haut von Hals und Schultern sich ihm unverhüllt darbot. Zart strich er mit dem Mund über ihren Hals. Maren spürte die warme feuchte Spur kühl in der nächtlichen Luft; ein lustvoller Seufzer entrang sich ihrer Kehle. Kyles Lippen näherten sich derweil Marens Halsbeuge und wanderten weiter über die feinen Konturen ihres Schlüsselbeins.

Maren beugte den Kopf zur Seite, wodurch sie ihren Hals noch mehr entblößte. Ihre kupferroten Locken streiften Kyles Wangen, während seine Lippen sich weiter bis hinunter zu ihren Brüsten wagten. Maren schluckte; aus ihren tiefsten Tiefen meldete sich ein bittersüßes Begehren, verwirrend und fast vergessen. „Nicht!", flüsterte sie, als er am nächsten Knopf ihrer Bluse zu nesteln begann. Ihre Brust hob und senkte sich mit jedem mühsamen flachen Atemzug.

„Du willst mich!", raunte er.

„Ja", gestand sie.

Stöhnend rückte er noch näher und presste sie in die weichen Lederpolster. Sanft umfasste er ihren Busen, liebkoste die Haut unter dem Seidenstoff, bis Maren sich vor Verlangen kaum noch beherrschen konnte. Sie schluckte; ihre Kehle war wie ausgedörrt, und sie musste sich regelrecht überwinden, bis sie Kyle endlich beim Handgelenk fasste. „Lass … bitte!"

„Aber du willst mich doch genauso wie ich dich …"

„Das streite ich ja gar nicht ab. Allerdings reicht mir das nicht."

„Was reicht dir nicht?", fragte heiser, die Lippen dicht an ihrer Brust. Ihre aufgerichtete Knospe reckte sich ihm entgegen. Nur unter Aufbietung all seiner Selbstbeherrschung bekam er sein brennendes Begehren unter Kontrolle.

Maren spürte seinen heißen Atem auf ihrem Körper. „Ach, ich weiß es doch selber nicht", flüsterte sie.

Mit zusammengebissenen Zähnen stemmte er sich gegen die aufwallende Leidenschaft und löste sich widerstrebend von ihr. „Klar weißt du das!", warf er ihr schwer atmend vor. „Du willst es dir nur nicht eingestehen. Du hast gesagt, dass du nicht reif für eine Bindung bist, und ich habe dir geglaubt!" Hin und her gerissen von dem in ihm tobenden Gefühlswirrwarr ballte er die Hände. „Aber du erwartest etwas Bestimmtes von mir, nicht wahr? Willst du Liebesschwüre hören?"

Maren war empört. „Was für ein Unsinn, Kyle!", fuhr sie ihn gereizt an. „Ich bin dreiunddreißig! Da hat man gelernt, dass man Erotik und Begehren nicht mit Liebe verwechseln sollte."

„Was willst du denn dann?", fragte er immer noch schwer atmend und hoffte, sie wenigstens ein bisschen zu verstehen.

„Zeit." Sie rückte von ihm ab und tastete nach dem Türgriff. „In Anbetracht der Umstände ist das doch wahrlich nicht zu viel verlangt, oder?" Sie öffnete die Tür und stieg aus. Kyle folgte ihr.

Ein lauer Luftzug fuhr durch die beiden stattlichen Palmen, die unweit einer einsamen Straßenlaterne standen. Die Zweige wiegten sich in der Brise und warfen in dem gräulich trüben Lampenschein tanzende Schatten auf den Asphalt. Der Wind spielte mit ihrer Bluse und erschwerte das Zuknöpfen. Ihre Augen schimmerten, ein Wechselspiel zwischen Tiefblau und einem faszinierenden bläulich-silbernen Ton. Sie wirkte stark und verletzlich zugleich, unschuldig und verführerisch – ein betörendes Wesen, das Kyle den Kopf verdrehte.

Sie war noch mit ihrer Schleife beschäftigt, als Kyle ihr Gesicht mit beiden Händen umfasste und sie zärtlich auf die bebenden Lippen küsste. „Versprich mir, dass wir uns wiedersehen", drängte er, die Fingerspitzen an ihrem Hals, von wo sie weiter abwärts glitten, bis seine Hände schließlich auf ihren Schultern ruhten.

Wie das wohl sein mag, fragte sie sich insgeheim, sich diesen Händen ganz hinzugeben? „Das nehme ich an", sagte sie zögernd, sich seiner Finger, die sich nun über ihre Wange tasteten, nur allzu sehr bewusst. „Wir haben doch sowieso geschäftlich …"

„Psst!" Er legte den Zeigefinger auf ihre Lippen. „Nicht geschäftlich. Sondern privat."

„Ich weiß nicht recht …" Schon wieder klopfte ihr Herz wie verrückt. Was war das bloß, das ihr so Angst machte?

Er ließ sich nicht abwimmeln. „Ich möchte, dass du mich übers Wochenende in meiner Villa in La Jolla besuchst. Da will ich mit dir am Strand spazieren gehen und dir zeigen, wo ich wohne. Ich möchte dich kennenlernen … ganz und gar."

„Du lebst allein?", fragte sie atemlos. Sie fürchtete sich vor der Antwort, flehte den Himmel an um eine Ausrede, damit sie die Vertraulichkeiten dieses Abends vor sich selbst rechtfertigen konnte. Die Gefahr war viel zu groß; sie konnte es sich nicht leisten, sich in Kyle Sterling zu verlieben – und gleichzeitig war ihr klar, dass es ihr leichtfallen würde … allzu leicht.

„Meine Haushälterin hat an den Wochenenden frei."

„Aber … ich dachte … Sagtest du nicht, du hast eine Tochter?"

Seine silbrig schimmernden Augen färbten sich dunkel vor Kummer. „Meine Exfrau hat das Sorgerecht."

„Sogar am Wochenende?"

„Ich sehe meine Tochter nicht sehr oft", antwortete er schroff mit einem steinernen, verbitterten Gesichtsausdruck. „Holly will es nicht anders …"

„Das tut mir leid."

„Nicht nötig. Du kannst ja nichts dafür."

Zum ersten Mal an diesem Abend lernte Maren ihn von einer anderen, persönlicheren Seite kennen. Es war jenes vor der Öffentlichkeit abgeschirmte Leben, das ihm offensichtlich eine Qual war. Zu ihrer Überraschung begriff Maren, dass auch ihm einmal Leid zugefügt worden war. Es zeigte sich in seinen Zügen, in den dunklen Schatten unter seinen Augen. Mit all seinem Geld und Ruhm hatte er sich das Glück nicht erkaufen können. „Ich … ich wollte nicht indiskret sein", murmelte sie und wandte verlegen den Blick ab.

„Schon gut", sagte er und tat die Sache damit ab. „Also: Sehen wir uns wieder?" Dabei verstärkte er den warmen Druck seiner Hände.

Schluckend kämpfte sie gegen den Kloß in ihrem Hals an. „Ich weiß nicht recht, ob ich … ob ich … mit dir etwas anfangen möchte", presste sie schließlich hervor, mühsam ihre durcheinandergeratenen Gefühle beherrschend. „Teilweise wirkst du so … so unnahbar … so unerreichbar. Und du bist nicht nur wohlhabend, sondern auch noch prominent … richtig berühmt … und deine Firma ist zugleich mein größter Auftraggeber. Das ist ein bisschen viel auf einmal …" Ihre Stimme erstarb. Diese Unentschlossenheit sah Maren gar nicht ähnlich. Kyle brachte sie aus dem Gleichgewicht; sie dachte nicht mehr rational.

„Ich bin bloß ein Mann, der Zeit mit einer sehr interessanten Frau verbringen möchte. Kannst du das nicht verstehen?"

Wehmütig lächelte sie. „Doch, schon. Wenn ich nur wüsste, wie ich mich verhalten soll."

„Vertrau mir." Die Worte hallten dumpf in ihrem Kopf wider. Sie hatte sie schon einmal gehört, und sie hatte sich von ihnen täuschen lassen.

„Ich würde ja gerne", gab sie zu.

„Aber du kannst nicht?"

Sie musste lächeln, obwohl sie mit den Tränen kämpfte. War es wirklich schon so weit gekommen, dass sie überhaupt keinem männlichen Wesen mehr vertrauen mochte? „Ich tue mich schwer damit."

Er ließ die Hände an ihren Armen heruntergleiten und umschloss sanft ihre Handgelenke. „Weil du schon mal von jemandem verletzt worden bist?", fragte er leise.

Maren sah trotzig zu ihm hoch. Das silbrige Laternenlicht spiegelte sich in ihren tränenerfüllten Augen. Sie wischte sich mit dem Handrücken übers Gesicht. Jetzt nur nicht heulen! „Ich will nicht über meine Vergangenheit reden. So gut kennen wir uns noch nicht, und ganz nebenbei: So interessant ist sie auch wieder nicht."

Kyle seufzte. Allmählich war er mit seinem Latein am Ende. „Du verschweigst mir doch etwas! Raus damit!"

„Mit dir hat es jedenfalls nichts zu tun … oder mit deiner Firma."

„Ach, nun lass mal die Firma! Irgendetwas liegt dir doch auf der Seele!" Warum vertraute sie sich ihm nicht an? Möglicherweise konnte er ihr doch helfen! Sein Beschützerinstinkt meldete sich mit aller Macht.

„Es betrifft dich nicht", erwiderte sie, die Augen nun wieder klar. „Und es geht dich auch nichts an."

Der Griff um ihr Handgelenk verstärkte sich. „Los, sag schon!", befahl er mit düsterer Miene.

„Es geht nicht."

„Wieso nicht?" Seine Stimme klang rau.

„Weil … weil …"

„Weil du dich schämst?"

Abrupt riss sie sich von ihm los. „Weil ich nicht will, dass du alles von mir weißt! Ich will Privates und Geschäftliches nicht vermischen."

„Ein anderer Mann hat dir wehgetan!", stieß er aus, nicht bereit, ihrer Lüge Glauben zu schenken. Anklagend sah er sie an, seine Haltung war starr. „Einer, den du sehr geliebt hast."

„Aus und vorbei!", erwiderte sie scharf, am ganzen Körper zitternd vor Qual. Warum musste sie ausgerechnet an diesem Abend an Brandon erinnert werden?

„Du liebst ihn immer noch." Auf ihren Widerspruch hoffend, zählte er stumm die Sekunden. Als sie sich weiter in Schweigen hüllte, machte er auf dem Absatz kehrt und stiefelte zu seinem Wagen zurück.

Maren stand mit verschränkten Armen da und sah ihm nach. Stolz und erhobenen Hauptes widerstand sie dem Drang, seinen Namen zu rufen und ihm ihre tiefsten Geheimnisse anzuvertrauen. Denn jene stummen Gedanken, sie blieben am besten unausgesprochen.

An Schlaf war nicht zu denken, und die Nacht wollte kein Ende nehmen. Maren versuchte zur Ruhe zu kommen, doch das Bild von Kyle mit seinen dunkelgrauen grüblerischen Augen wollte nicht weichen, und auch das Gefühl seiner warmen zärtlichen Finger auf ihrer Haut ging ihr nicht aus dem Sinn. Wie ihr Körper auf ihn reagiert hatte, wunderte sie selbst; eigentlich hatte sie angenommen, ihr Verlangen liege so tief verborgen, dass es sich nie wieder melden würde.

Quälende Erinnerungen an einen anderen Mann drängten ihre erregenden Träumereien beiseite. Sie ließen sie nie los, jene schmerzhaften Gedanken an Brandon, ihren Exmann, an den sie hoffnungslos gebunden war. Ob sie wohl jemals von ihm loskommen würde?

Obschon sie inzwischen seit immerhin drei Jahren rechtskräftig geschieden waren, machten Maren die Narben, die ihre kurze, leidenschaftliche Ehe hinterlassen hatten, nach wie vor zu schaffen. Die Verbindung war gescheitert, weil Brandon einer von jenen Männern war, die sich mit den Einschränkungen einer monogamen Beziehung einfach nicht abfinden konnten, während Maren ihrerseits die quälende Frage, wer ihrem Mann wohl gerade das Bett wärmte, auf Dauer unerträglich fand. Insofern hatte sie angenommen, die Scheidung würde eine Art Befreiung von ihm bringen. Aber dem war nicht so. Eine Beziehung wie die ihre ließ sich nicht ohne Weiteres beenden, und wenngleich beide wussten, dass es ein Fehler war, hatten sie sogar einmal erwogen, sich zu versöhnen.

Das Skiwochenende in Heavenly Valley hatte Marens Leben dann endgültig umgekrempelt. Mit Leib und Seele Leistungssportler, glaubte Brandon anscheinend, er müsse auch an den Hängen sein Können unter Beweis stellen, indem er sich mit halsbrecherischem Tempo die gefährlichsten Abfahrten hinunterstürzte. Halb gelähmt vor Angst und machtlos musste Maren mit ansehen, wie er sich immer mehr abverlangte und bis an die Grenzen forderte, ohne darauf zu achten, dass seine Kräfte allmählich erlahmten. Die letzte tollkühne Schussfahrt endete tragisch. Maren sah, wie es ihm die Bretter wegriss und er im hohen Bogen auf die vereiste Piste krachte, auf der er noch ein Stück weiterrutschte, bis er schließlich mit grotesk verrenkten Gliedern liegen blieb. Der Sturz hätte eigentlich tödlich sein müssen, doch Brandon überlebte. Es war Marens gellenden Hilfeschreien zu verdanken, dass ein Rettungsteam binnen Minuten zur Stelle war. Mit knapper Not kam Brandon durch, konnte jedoch fortan die Beine nur noch eingeschränkt bewegen.

Bei der Erinnerung überlief Maren ein solches Frösteln, dass sie sich die Bettdecke bis unters Kinn zog. Sie erinnerte sich noch an die sterile Atmosphäre der Notaufnahme, an die kalte würgende Angst, die sie ergriff, als ihr bewusst wurde, dass Brandon möglicherweise nie wieder richtig würde laufen können. Die Ärzte hatten zwar wenig optimistisch gewirkt, waren dafür aber umso beharrlicher. Wäre nicht eine ganze Serie von kostspieligen Operationen erfolgt – Brandon säße wohl heute im Rollstuhl. So aber konnte er immerhin gehen, wenn auch nicht schmerzfrei und nur mithilfe eines Stützkorsetts. Sein Orthopäde sah gute Chancen für eine völlige Wiederherstellung, vorausgesetzt, es gelang Brandon, das emotionale Trauma des Unfalls zu verarbeiten. Jener grauenhafte Sturz hatte ihn nicht nur seine Gesundheit gekostet, sondern auch seine Karriere als Tennisprofi, und sein männliches Selbstverständnis war stark angekratzt.

Als schließlich der erste goldene Schein der Morgendämmerung durch ihr Schlafzimmerfenster schimmerte, fiel ihr Kyles übler Vorwurf wieder ein. Konnte es sein, dass der gar nicht so abwegig war? Liebte sie Brandon etwa immer noch, wenn auch nur ein ganz klein wenig? Hegte sie nach wie vor Gefühle für einen Mann, der während ihrer Ehe so wenig Rücksicht auf sie genommen hatte? Nach der Scheidung wollte sie sich diese Frage eigentlich nicht mehr stellen; sie hatte sich vielmehr vorgenommen, ihn und seine permanenten Affären mit jüngeren Frauen zu vergessen. Das war allerdings vor dem Skiunfall gewesen, und seitdem war Brandon ja auf sie angewiesen.

Schaudernd drehte sie sich zur Seite und schmiegte den Kopf

ins Kissen, bemüht, die lästigen Gedanken zu verdrängen. Die Vergangenheit war tot und begraben, die Liebe zu Brandon vor Jahren schon erkaltet. Dennoch: Obgleich sie ihn nicht mehr liebte, konnte sie ihm nicht einfach den Rücken kehren. Jedenfalls jetzt noch nicht. Er kam ohne sie nicht zurecht. Sie war das einzige bisschen Familie, das er besaß, und wenn sie sich einschränken musste, um ihm die dringend erforderliche emotionale Sicherheit zu gewähren, so ließ sich das nicht ändern.

Obwohl es kaum sechs Uhr in der Frühe war, quälte sie sich aus dem Bett und unter die Dusche. Lieber sich in die Arbeit stürzen, dachte sie, statt sich mit Problemen herumzuschlagen, die man ohnehin nicht einmal ansatzweise lösen konnte. Sie musste dafür sorgen, dass alles so lief, wie es für sie am günstigsten war, und außerdem galt es, Kyle Sterlings Angebot genau unter die Lupe zu nehmen und auf mögliche Konsequenzen abzuklopfen. Bei dem Gedanken an ihn wurde sie gleich wieder rot.

Sie ließ den Bademantel zu Boden gleiten, trat in die Duschkabine und stellte sich unter den heißen Wasserstrahl. Sie bemühte sich, nicht andauernd an Brandon zu denken – und an die Schuldgefühle, die sie seinetwegen mit sich herumschleppte. Wie oft hatte sie wohl versucht, sich einzureden, dass sie an dem Unfall keine Schuld trug? Und wie oft war sie am Ende immer zu derselben bedrückenden Schlussfolgerung gelangt: Wäre es nicht um ihretwillen gewesen – Brandon wäre nie nach Heavenly Valley gefahren. Schließlich stammte der Vorschlag, einen Tag auf den verschneiten Skihängen zu verbringen, ja von ihr. Brandon hatte sich lediglich gefügt und sich damit sein weiteres Leben ruiniert.

„Schluss damit!", mahnte sie sich heftig. „Lass diese ewigen Selbstvorwürfe!" Sie hielt den Kopf unter den Strahl, und während das Wasser über ihren Körper rann, merkte sie, wie ihre Gedanken schon wieder zu Kyle Sterling abschweiften und wie sie unwillkürlich lächelte. Was für ein rätselhafter, außergewöhnlicher Mann!

Sie seifte sich ein und ließ den vergangenen Abend noch einmal Revue passieren. Trotz des wenig harmonischen Ausgangs war er doch so anregend verlaufen, wie sie es seit Jahren nicht mehr erlebt hatte. Und wer hätte gedacht, dass der Mann, mit dem sie ihn verbracht hatte, so anziehend war? Und das Faszinierende waren nicht etwa sein Reichtum, sein Bekanntheitsgrad oder seine schillernde Vergangenheit, sondern vielmehr seine Energie, seine Sinnlichkeit, seine sanfte Berührung. Sein leises tiefes Lachen, seine Offenheit schlugen sie in ihren Bann.

Sie hatte gerade nach einem Handtuch gegriffen, als ihre so angenehmen Gedanken jäh umschlugen. Kyle war lediglich deshalb an sie herangetreten, weil er sich ihre Firma unter den Nagel reißen wollte, und zwar um jeden Preis. Der Hauptgrund für seine Einladung war der Versuch, ihr den Verkauf von *Festival Productions* schmackhaft zu machen. Außerdem durfte man die Geschichte mit den Raubkopien nicht außer Acht lassen. Kyle hatte versucht, ihr diesbezüglich Informationen zu entlocken, und wenngleich er behauptete, er sei zufrieden, war ihm die Sache anscheinend nicht ganz geheuer. Konnte es tatsächlich sein, dass er einen ihrer Mitarbeiter verdächtigte? Oder war er nur auf der Hut, weil er die Firma unbedingt übernehmen wollte, koste es, was es wolle? Unwillkürlich schüttelte sie den Kopf. Ach was! Bei einem begründeten Verdacht hätte er ihr doch kein Übernahmeangebot gemacht! Andererseits: Die Verträge hatte er immer noch nicht unterzeichnet, oder?

Die Frage war kaum zu Ende gedacht, da traf Maren die Erkenntnis mit solch blitzartiger Wucht, dass sie rückwärts gegen die gekachelte Wand taumelte wie nach einem Boxhieb. Sie hatte die Aktentasche in Kyles Auto vergessen! Mitsamt den Verträgen! In ihrem unbeholfenen Bemühen, sich aus ihrer immer verfänglicher werdenden Lage zu befreien, war sie nur mit ihrer Handtasche aus dem Wagen geflüchtet.

Verärgert verdrehte sie die Augen. Eigentlich sah ihr so etwas überhaupt nicht ähnlich; normalerweise wurde sie in Gegenwart von Männern weder zum Nervenbündel, noch neigte sie zu Vergesslichkeit. Doch Kyle Sterling war kein Mann wie jeder andere; sein Bild spukte ihr weiter im Kopf herum und richtete dort ein ziemliches Chaos an. Sollte sie ihren Aktenkoffer wirklich in seinem Mercedes vergessen haben, war das zwar kein Weltuntergang, warf aber auch kein gutes Licht auf ihre Zuverlässigkeit. Und einen solchen Eindruck wollte sie unter keinen Umständen hinterlassen, am allerwenigsten bei Kyle Sterling.

Ärgerlich auf sich selbst, warf sie hastig ihren Bademantel über und rannte im Eiltempo durch die kleine Wohnung, eine Spur aus nassen Fußabdrücken auf dem Teppichboden hinterlassend. Ein Blick genügte, um ihre Befürchtungen zu bestätigen: Der Aktenkoffer war nicht da. Er fand sich weder im Wandschrank noch unter dem Bäumchen im Flur, er lag weder am Fußende des Bettes noch achtlos hingeworfen auf dem Küchentisch. Er war weg. Maren verfluchte ihre Gedankenlosigkeit und rief bei *Sterling Records* an, wo ihr per automatischer Ansage höflich mitgeteilt wurde, das Sekretariat sei nicht vor acht Uhr geöffnet.

In ihrer Ratlosigkeit föhnte sie sich erst einmal das nasse Haar, allerdings mechanisch und ohne sich die Mühe zu machen, in den vom Dunst beschlagenen Badezimmerspiegel zu schauen. Einige Minuten später, als die Feuchtigkeit sich verzogen hatte und Maren im Spiegel direkt in ihre blauen Augen sah, da kamen ihr mit einem Male Hintergedanken. Hatte sie die Aktentasche vielleicht gar absichtlich in Kyles Auto zurückgelassen? Sie hätte sich damit unbewusst einen willkommenen Anlass verschafft, ihn wiederzusehen. Aber den hast du doch gar nicht nötig, ermahnte sie sich. Kyle hatte ja unmissverständlich klargemacht, welch großen Wert er auf ein Wiedersehen legte. Im Grunde brauchte sie sich nur zu überwinden und ihn anzurufen. Selbst wenn sie dazu zu feige war, würden sie sich ja ohnedies wegen der Übernahmeverhandlungen treffen … falls es denn dazu kam!

Während des Ankleidens und auch während der Fahrt von ihrer Wohnung zur Firma stand sie immerfort kurz davor, ihn anzurufen. Sie beschloss jedoch, zu warten, bis *Sterling Records* die Pforten öffnete. Möglicherweise hätte sie ihn auch vorher erwischt, doch das hätte so ausgesehen, als sei sie schon halbwegs in Panik. Natürlich musste geklärt werden, ob er die Verträge hatte, doch das Ganze konnte warten, bis er im Büro war.

Wie üblich war Maren als Erste am Arbeitsplatz. Der Buchhalter hatte seinen freien Tag, und das Produktionsteam befand sich am Drehort. In den vergangenen Wochen war Jan stets verspätet im Büro erschienen. Allerdings hatte sie immer eine Entschuldigung parat und schaffte ihr Arbeitspensum auch, sodass Maren die Sache nicht weiterverfolgte. Sie wurde indes den Verdacht nicht los, dass ihre Assistentin mal wieder Zoff mit ihrem Jacob hatte.

Es war schon deutlich nach neun, als Jan endlich am Arbeitsplatz erschien. Maren saß bereits über dem Entwurf eines Layouts für den ersten Track des *Mirage*-Albums. Sie hatte sich „Yesterday's Heart" so oft angehört, dass sie den Text inzwischen mitsingen konnte. Gerade lauschte sie ein weiteres Mal, als sie über die Musik hinweg hörte, wie die Sekretärin das Büro betrat.

Anfangs versuchte Maren einfach weiterzuarbeiten, doch es funktionierte nicht. Seufzend setzte sie ihre Lesebrille ab, erhob sich vom Zeichentisch, der in einer Ecke ihres Büros stand, und ging, nachdem sie die Tonbandgeräte abgeschaltet hatte, langsam in den Empfangsbereich.

Jan saß bereits hinter ihrem Schreibtisch. Mochte ihr Makeup auch noch so sorgfältig aufgelegt sein – es konnte weder die dunklen Ringe unter den Augen verstecken noch die leichenblasse Haut. Maren schenkte ihr eine Tasse Kaffee ein, den die Blondine auch dankbar entgegennahm. Sie nippte prüfend und verzog das Gesicht.

„Schlechten Abend gehabt?", erkundigte Maren sich vorsichtig, während Jan sich mit zitternden Fingern eine Zigarette anzündete.

Die Sekretärin rang sich ein klägliches Lächeln ab und stellte die Tasse hin. „War nicht so doll", gestand sie. „Aber immerhin habe ich diese ganze Korrespondenz hier erledigt." Sie blies eine dünne Rauchfahne in die Luft und reichte Maren einen Stapel Dokumente. Mit einem raschen Blick erkannte Maren, dass alles tadellos war.

„Deswegen musst du doch keine Überstunden machen", sagte sie, wobei sie sich auf die Kante von Jans Schreibtisch setzte, der nicht gerade einen aufgeräumten Eindruck machte.

„Weiß ich, nur … in letzter Zeit komme ich so oft zu spät …

Na ja, da wollte ich mein schlechtes Gewissen beruhigen."

„Das brauchst du aber nicht zu haben."

„Du kannst ja nichts dafür, dass ich ..." Die Sekretärin wich Marens forschendem Blick aus, griff nach der Kaffeetasse und starrte verlegen in das schwarze dampfende Gebräu.

„Jan", fragte Maren sanft. „Was ist los?"

Die Blondine zuckte zusammen, drückte die Zigarette aus und steckte sich gleich eine neue an. Während sie tief inhalierte, kämpfte sie mit den Tränen. „Ach, nichts Besonderes", wehrte sie ab.

Maren rührte sich nicht. „Wirklich nicht?"

Jan nickte. Offenbar brachte sie keine Silbe hervor.

Maren merkte, dass sie so nicht weiterkam, und wartete geduldig. Sie mochte Jan sehr und konnte es einfach nicht hinnehmen, dass sie nur noch ein Schatten ihrer selbst war – und alles nur wegen eines solchen Fieslings wie Jacob Green. „Möchtest du deinen Urlaub vielleicht dieses Jahr mal früher nehmen?"

„Nein, danke!", fauchte Jan. „Mit mir ist alles in Ordnung!"

„Entschuldige, geht mich ja auch nichts an." Maren stemmte sich von der Schreibtischkante, glättete ihren Rock und wandte sich zur Bürotür.

„Maren ... warte!", rief Jan ihr nach.

Maren drehte sich um. Ihre Sekretärin war weiß wie die Wand.

„Tut mir leid", flüsterte sie. „Ich weiß auch nicht, was in mich gefahren ist ... Ach Quatsch! Ich weiß es nur zu gut!"

„Du brauchst nicht darüber zu reden."

„Sollte ich aber vielleicht", murmelte die Blondine. „Zumindest schulde ich dir eine Erklärung dafür, warum ich dauernd zu spät komme."

Maren lehnte sich gegen den Türrahmen. „Ich vertraue dir, Jan. Wenn du morgens mal später kommst, wirst du gewiss deine Gründe haben."

Die mitfühlenden Worte trieben Jan beinahe schon wieder die Tränen in die großen braunen Augen. „Ach", schniefte sie, „ich bin halt ein bisschen durch den Wind, weiter nichts." Sie holte tief Luft. „Wir hatten wieder Streit gestern Abend."

„Du und Jacob?"

„Genau." Die Sekretärin nickte und verzog kläglich das blasse Gesicht. Dann aber straffte sie die Schultern und verbiss sich tapfer die Tränen.

„War wohl schlimm, hm?"

„Kann man sich auch im Guten streiten?"

Maren starrte düster in ihre leere Kaffeetasse. „Vermutlich nicht. Aber es geht mal mehr, mal weniger hoch her."

„Klingt so, als könntest du mitreden."

Ein wehmütiges Lächeln legte sich auf Marens volle Lippen. „Ganz ohne Schrammen bin auch ich nicht davongekommen", räumte sie ein. „Möchtest du meine Meinung hören?"

„Ich weiß schon selber nicht mehr, was ich möchte", sagte die Sekretärin seufzend. „Es geht nämlich nicht nur um eine simple Auseinandersetzung."

Maren wartete gespannt und beobachtete Jan besorgt. Auf ihrem sonst immer so fröhlichen Gesicht lag ein gequälter Ausdruck. „Ich glaube, ich bin schwanger", flüsterte sie stockend.

„Das ist ja wunderbar!", rief Maren, aus tiefstem Herzen begeistert. „Herzlichen Glückwunsch!"

Zum ersten Mal an diesem Morgen überflog so etwas wie ein ehrliches Lächeln das blasse Gesicht ihrer Freundin. „Ausgerechnet ich – obwohl ich immer gesagt habe, dass ich keine Kinder will! Unglaublich, nicht wahr?" Sie wirkte ein wenig erleichtert. „Das ist mit ein Grund für meine Verspätungen. Mir ist morgens immer ziemlich flau …"

„Ach, halb so wild!", winkte Maren ab. „Und nach allem, was man so hört, dauert diese morgendliche Übelkeit ja nicht ewig."

„Gott sei Dank", sagte die blonde Sekretärin inbrünstig.

„Wie hat Jacob die Nachricht denn aufgenommen?", erkundigte Maren sich. Kaum war die Frage heraus, bereute Maren sie auch schon, denn Jans Gesicht wurde schlagartig düster.

„Ich hab's ihm noch nicht gesagt", erwiderte sie und wischte Marens verdutzten Blick mit einer Handbewegung beiseite. „Du weißt ja, in letzter Zeit läuft es nicht so gut zwischen uns – und das ist noch untertrieben. Wir liegen uns ständig in den Haaren.

Ich fürchte, er wird mir unterstellen, ich wollte ihn mit einem Kind zur Heirat nötigen."

Das vermutete Maren zwar auch, doch sie behielt es für sich. „Sei nicht so streng mit ihm! Jan, der Mann wird Vater! Er wird bestimmt aus dem Häuschen sein, wenn er's erfährt."

„Das glaube ich kaum!"

„Irgendwann musst du's ihm sowieso sagen, Jan."

„Sicher, werde ich auch – sobald ich beim Arzt war. Ich habe mir für nächste Woche einen Termin geben lassen." Mit gesenktem Blick fummelte sie auf dem Schreibtisch herum.

„Und du freust dich wirklich?" Maren ließ nicht locker.

Ein Ausdruck von Unsicherheit erschien in Jans dunklen Augen. „Auf das Baby schon … Nur wegen Jacob, da hab ich so meine Bedenken. Er hat sich verändert, Maren … Sehr sogar. Weiß der Himmel, wie er die Nachricht aufnimmt …"

Maren konnte Jans Befürchtung gut nachvollziehen, zwang sich jedoch zu einem Lächeln. „Vielleicht ist er ja hin und weg, wenn er erfährt, dass er Vater wird."

„Er hat doch schon erwachsene Kinder!", erwiderte Jan tonlos. „Und er besucht sie nie!"

„Sicher kommt mit eurem Baby der große Sinneswandel!", erwiderte Maren optimistisch.

„Ich hoffe es." Maren wandte sich zum Gehen, aber Jans flüsternde Stimme ließ sie nochmals innehalten. „Maren?"

Maren schaute über die Schulter, doch Jan guckte schon nicht mehr zu ihr hin. Offenbar hatte sie es sich anders überlegt. Als sie schließlich doch aufsah und ihrer Chefin in die forschenden Augen blickte, stand ihr die Verwirrung ins Gesicht geschrieben. „Ach, ist schon gut", sagte sie und griff nach der nächsten Zigarette, obwohl die letzte, wie Maren bemerkte, noch glimmend im Aschenbecher auf ihrem Schreibtisch lag.

„Okay. Und bitte geh bald zum Arzt!" Sie lächelte. „Er wird dir vermutlich empfehlen, mit dem Rauchen aufzuhören."

„Toll", brummte die Blondine. „Das fehlt mir noch zu meinem Glück!"

Nach einem letzten besorgten Blick ging Maren zurück in ihr

Büro und schloss die Tür. Endlich war klar, warum ihre Assistentin sich so merkwürdig verhielt. Maren hatte ohnehin vermutet, dass Jan in den letzten Wochen wegen des ständigen Hin und Her in ihrer Beziehung zu Jacob Green so gereizt und vergesslich gewesen war. Jetzt, da sie ihren Verdacht bestätigt sah, konnte sie Jans Verhalten einigermaßen nachvollziehen. Und sie verstand auch, wieso ihre Sekretärin sich so zierte, ihr Problem zu offenbaren.

Befreundet waren die beiden Frauen schon immer gewesen, doch im Laufe des vergangenen Jahres, als Jan sich mit Jacob Green eingelassen hatte, war die Freundschaft ein wenig abgekühlt. Maren wusste, dass das zu einem wesentlichen Teil an ihr lag; sie hatte Green nie leiden können, was Jan durchaus nicht entgangen war. Beide hatten bei *Festival Productions* für ihn gearbeitet, bis Maren die Firma von ihm übernommen hatte. Seit er nicht mehr im Geschäft war, machte Maren einen großen Bogen um ihn.

Der Mann hatte eine Art, die ihr von Anfang an nicht geheuer gewesen war. Möglicherweise lag das auch daran, dass er ihr einmal Avancen gemacht hatte – damals vor Jahren, als sie noch mit Brandon verheiratet war. Seitdem traute sie Green nicht mehr über den Weg. Der Bursche war ein unsympathischer Zeitgenosse. Wäre da nicht der Vertrag und die Tatsache, dass sie noch mit knapp achtzigtausend Dollar bei ihm in der Kreide stand – Maren hätte allergrößten Wert drauf gelegt, ihm nie wieder zu begegnen.

Und jetzt bekam Jan ausgerechnet von diesem Typen ein Kind. Möglich, dass ein Baby ihn dazu brachte, sich zu ändern und zu begreifen, was im Leben wirklich zählte. Sie hegte diesbezüglich zwar ernste Zweifel, doch um Jans und ihres Kindes willen verdrängte sie ihre düsteren Vorahnungen und hoffte das Beste.

Die Gegensprechanlage blinkte. Maren nahm ab; am anderen Ende war Jans Stimme, jetzt wieder sachlich und professionell. „Mr Sterling auf Leitung zwei."

Maren spürte, wie ihr Blutdruck schlagartig in die Höhe schoss. „Danke, Jan." Sie setzte sich einen Augenblick auf ihren

Bürostuhl, um ihre Nerven in den Griff zu bekommen. Wieso war sie eigentlich so nervös? Kein Mann hatte je solch eine Wirkung auf sie gehabt – ein verdammt beunruhigendes Gefühl. Sie klemmte den Hörer zwischen Schulter und Ohr und drückte auf das blinkende Lämpchen. „Hallo?"

„Maren? Meine Sekretärin sagte, du wolltest mich sprechen." Seine Stimme klang kühl und distanziert; keine Spur mehr von der Vertrautheit des gestrigen Abends.

„Gar nicht so einfach, dich zu erreichen", bemerkte sie.

„Meine Mitarbeiter haben Anweisung, meine Privatnummer nicht weiterzugeben. An niemanden."

„Entschuldige die Störung", bat sie beherrscht, wenngleich ihr Herz die heftigsten Kapriolen schlug. „Ich glaube, ich habe gestern Abend meine Aktentasche bei dir im Wagen vergessen."

Am anderen Ende der Leitung entstand eine bedeutungsschwere Pause. „Bist du sicher?"

„Ja." Maren vermochte die Anspannung in ihrer Stimme nicht zu überspielen. „Hast du sie denn nicht gefunden?" Befremdet zog sie die Stirn kraus. Was hatte das zu bedeuten? Wollte er ihr einen Heidenschrecken einjagen? Die Tasche musste doch in seinem Mercedes liegen!

„Bleib dran. Ich seh schnell nach."

„Kyle …" Er war schon weg. Sie spulte in Gedanken zurück und rief sich den Abend in Erinnerung. Sie wusste noch genau, dass sie die Aktentasche auf den Rücksitz gelegt hatte. Kyle musste sie gesehen haben, als er ins Büro fuhr, es sei denn, er hatte einen anderen Wagen benutzt. Nervös klopfte sie mit den Fingernägeln auf die Schreibtischplatte. Die anderen Möglichkeiten waren allesamt wenig erfreulich: Entweder war die Tasche gestohlen oder verloren gegangen – oder Kyle hielt sie absichtlich zurück. Aus welchem Grund er das hätte tun sollen, wäre ihr allerdings ein Rätsel.

„Ich hab sie!" Kyles Stimme unterbrach ihre Grübeleien. „Du hattest recht. Sie lag auf dem Rücksitz."

Maren fiel ein Stein vom Herzen. „Schön. Ich schicke heute Nachmittag jemanden rüber, der sie abholt."

Vom anderen Ende der leicht knackenden Verbindung ertönte ein tiefes kehliges Lachen. „Ach, tatsächlich?"

Wieso hörte er sich so amüsiert an? Allmählich ging ihr dieses Theater auf den Geist. „Hast du damit ein Problem?"

„Aber nein! Ich habe sowieso vor, die ganze Woche hier zu verbringen."

„Die ganze Woche? Aber heute ist doch Freitag ..." Plötzlich schwante ihr etwas Furchtbares. „Wo steckst du denn?", fragte sie mit einem besorgten Unterton.

„In San Diego. Ich bin gestern Nacht noch hingefahren. Nach unserer ... Diskussion. An deine Aktentasche habe ich natürlich nicht gedacht."

„Ich auch nicht", gab Maren zu. „Dann bist du also in deinem Wochenendhaus in La Jolla?"

„Mhm."

Sie konnte sich lebhaft vorstellen, wie seine grauen Augen dabei diebisch funkelten. „Na prima!" Sie warf einen Blick auf ihre Armbanduhr. Es war zwar noch nicht Mittag, aber mit dem Auto dauerte es vier Stunden bis San Diego und zurück. Vier Stunden, in der sie kostbare Zeit verplempern würde. Nur hatte sie leider geplant, übers Wochenende zu arbeiten. Da brauchte sie ihre Tasche. So ein Mist!

„Brauchst du die Verträge denn sofort?"

„Das wäre hilfreich, zumal angesichts deines Angebots."

Schweigen. Dann nahm seine Stimme einen tiefen, nur zu vertrauten Tonfall an. „Komm doch übers Wochenende rüber! Da hättest du die Verträge, und wir könnten gemeinsam ein paar Ideen für das *Mirage*-Album entwickeln. Und ganz nebenbei könnte ich versuchen, dir deine Firma abzuschwatzen."

„Meinst du?"

„Hundertprozentig!"

Angesichts der Entschlossenheit in seiner Stimme kroch ihr ein Schauer über den Rücken. „Ich würde ja gern, Kyle, nur ..."

„Du traust dich nicht." Er klang vorwurfsvoll.

„Das hab ich nicht gesagt."

„War auch nicht nötig. Was ist los, Maren? War das gestern

196

Abend bloß ein Flirt und sonst nichts?"

„Natürlich nicht!" Sie biss sich auf die Unterlippe.

„Dann beweis es mir! Komm heute Abend zu mir!"

„Ich muss dir gar nichts beweisen, außer dass ich die besten, künstlerisch wertvollsten und bestverkäuflichen Videos herstelle, die der Markt derzeit hergibt", erwiderte sie kühl.

„Stimmt – vorausgesetzt, du willst ausschließlich etwas Geschäftliches von mir. Mein Eindruck gestern Abend ließ aber etwas anderes vermuten."

„Das wüsste ich selber gern, was ich da von dir wollte", räumte sie ein.

Sein Tonfall wurde versöhnlicher. „Lass es uns doch gemeinsam herausfinden", schlug er vor. „Wir sind beide erwachsen; ich werde dich zu nichts zwingen, was du nicht willst."

Wenn sie die Augen schloss, konnte Maren sich den frustrierten Ausdruck auf seinem kantigen Gesicht ausmalen. „Das wäre ja auch noch schöner", sagte sie. Es waren nicht so sehr seine Bedürfnisse, die ihr Angst machten; es waren vielmehr ihre eigenen.

„Also?"

„Na gut. Meinetwegen." Unwillkürlich musste sie lächeln, obwohl ihr alles ziemlich albern erschien. „Dann brauche ich aber deine Adresse und deine Telefonnummer. Für den Fall, dass ich mich verfahren sollte."

„Oder am Ende doch noch kneifst."

Leicht pikiert ob seiner Unterstellung, kritzelte sie die Wegbeschreibung, die er ihr eilig durchsagte, auf einen Notizzettel und beendete das Gespräch. Ob sie wohl den Mut aufbringen würde, ihn beim Wort zu nehmen? Oder würde sie, wie er es vorhin angedeutet hatte, einen Rückzieher machen?

Ausreden wären ihr jede Menge eingefallen. Es war eine Dummheit sondergleichen, sich mit Kyle Sterling einzulassen, das war so sicher wie das Amen in der Kirche. Und dennoch wurde sie von ihm angezogen wie die Motte vom Licht.

5. KAPITEL

*L*a Casa Grande, schoss es Maren durch den Kopf, als sie durchs Tor fuhr und Kyle Sterlings Landsitz zum ersten Mal erblickte. Es war ein prächtiges Anwesen. Ein Sicherheitszaun mit schmiedeeisernen Flügeltoren hielt unerwünschte Schaulustige fern. Saftige Palmen und duftender Hibiskus säumten die kreisrunde Einfahrt, die zu dem zweistöckigen, im spanischen Stil erbauten Gebäude mit den roten rechteckigen Dachziegeln führte. Der elfenbeinfarbene Außenputz glänzte im Sonnenschein. In den langen schmalen Fenstern spiegelte sich der Schimmer der untergehenden Sonne.

Das Haus erhob sich stolz auf einer Klippe hoch über den stillen blaugrünen Wassern des Pazifiks. Maren stellte ihren Wagen neben der riesigen Garage ab, bemüht, sich nicht davon beeindrucken zu lassen, dass die Villa samt den gepflegten Außenanlagen das Image des Hausherrn widerspiegelte – zurückgezogen, vermögend und mächtig. Sie zögerte, ehe sie ausstieg. Ob dieses Wochenende sich wohl als der größte Fehler ihres Lebens herausstellen würde?

Nicht etwa, dass ihr Reichtum völlig fremd gewesen wäre. In der Plattenindustrie traf man auf Schritt und Tritt auf junge Nachwuchskünstler, die quasi über Nacht zu Stars geworden waren und nun nicht wussten, wohin mit ihrem vielen Geld. Bei Kyle Sterling hingegen lagen die Dinge anders. Und obwohl häufig auf Tuchfühlung mit der Hollywood-Elite, hatte Maren peinlich darauf geachtet, sich nicht von der Schickeria vereinnahmen zu lassen. Das Schnelllebige lag ihr nicht. Seit Brandon hatte sie auch nie wieder etwas mit einem Mann angefangen, und nun, da sich offenbar eine Beziehung zu Kyle Sterling anbahnte, kamen ihr Bedenken. Was wusste sie schon über ihn? Geschäftsbeziehungen zu einem, der so mächtig war wie er, waren das eine. Eine Liebesaffäre mit ihm hingegen – da sah die Sache schon anders aus. Du bist verrückt, schalt sie sich.

Während sie über den basaltgepflasterten Weg Richtung Innenhof ging, versuchte sie ihr schwindendes Selbstbewusstsein zu stärken. Lass dich nicht von alldem hier beeindrucken, ermahnte sie sich. Denk daran: Er ist auch nur ein Mensch! Ja, schon, konterte ihre besorgte innere Stimme. Aber er hat's auf das Einzige abgesehen, was du besitzt: deine Firma!

Sie durfte keinesfalls ignorieren, dass er *Festival Productions* unbedingt wollte und damit auch sie selbst. Er wusste, sie war die kreative Kraft im Hintergrund, und es bestand kein Zweifel, dass er alle Hebel in Bewegung setzen würde, um Maren dazu zu bewegen, ihm ihr Unternehmen zu überlassen. Insofern galt es, in seiner Gesellschaft unbedingt einen kühlen Kopf zu bewahren. Ihm voll und ganz zu vertrauen, diesen Luxus konnte sie sich nicht leisten. Wie viel von seiner Zuneigung war echt, wie viel lediglich Teil des Spiels? War sein Interesse bloß ein perfekt einstudiertes und detailliert geplantes Schauspiel, um sie zum Verkauf ihrer Firma zu verführen? Sie hätte nur allzu gern geglaubt, dass er sich wirklich etwas aus ihr machte. Ihr gesunder Menschenverstand aber riet ihr: aufgepasst!

Sie straffte sich, drückte den Klingelknopf und wappnete sich für ein erneutes Zusammentreffen mit ihm. Haltung und Selbstbeherrschung waren das Gebot der Stunde. Nur: Wieso raste ihr Puls vor lauter Vorfreude?

Lydia war übers Wochenende nicht da, und Kyle, der schon ungeduldig auf Maren gewartet hatte, schaute andauernd auf die Uhr. Die Stunden schlichen dahin, und inzwischen hätte er sich selbst ohrfeigen mögen ob seiner vorschnellen Einladung. Sein Leben war gegenwärtig schon kompliziert genug; ein Techtelmechtel mit Maren McClure kam da eigentlich überhaupt nicht gelegen. Warum lag ihm nur so viel daran, sie wiederzusehen?

Die Frau strahlte etwas ungemein Verführerisches aus. Dass er bei ihr nicht so recht gelandet war, das hatte ihn am gestrigen Abend nicht losgelassen und um den Nachtschlaf gebracht. Stundenlang hatte er wach gelegen und sich mit Gefühlen herumgeschlagen wie seit Jahren nicht mehr, mit dem unbezähmbaren, zwanghaften Drang, sie wiederzusehen, es noch einmal bei ihr zu versuchen. Er konnte nur hoffen, dass dann endlich Schluss war mit dem Frust; dass sie ein Paar würden und er sein Verlangen nach ihr würde stillen können. Aus seiner Sicht war es für beide Seiten das Beste, wenn seine Faszination für sie eines schnellen Todes starb. Eine flüchtige Affäre – das wäre für ihn am zweckdienlichsten. Da könnte er Maren überreden, ihm die Firma zu übereignen, sich gleichzeitig ein wenig austoben und danach wieder zur Tagesordnung übergehen. Es war lange her, seit er etwas mit einer Frau gehabt hatte.

Die Hausglocke schreckte ihn hoch und kündigte an, dass Maren angekommen war. Er lächelte, ohne es zu merken; seine düstere, konzentrierte Miene entspannte sich. Als er die Haustür aufmachte, starrte er geradewegs in Marens unglaublich blaue Augen. Das Sonnenlicht, das durch die Palmen glitzerte, fing sich in ihrem Haar und zauberte goldglänzende funkelnde Tupfer in die kupferroten Locken.

Strahlend klemmte er sich zwischen das wuchtige Portal und die Hauswand. „Du hast es also geschafft", rief er zur Begrüßung.

„Hattest du Sorge, ich könnte dein Häuschen übersehen?", gab sie zurück, wobei sich ihr verführerisches Grübchen im Kinn bemerkbar machte. „Weil es so klein geraten ist?"

Er guckte etwas verdattert, brach dann aber in herzhaftes Lachen aus. „Ich hab es eben gern schlicht", sagte er, rückte beiseite und hielt die Tür weit auf, damit Maren eintreten konnte. „Ich freue mich, dass du da bist", fuhr er fort, wobei er ein wenig zögerlich wirkte. Seine wissenden grauen Augen blickten warm und verlockend. „Du wirst doch sicher bleiben wollen, nehme ich an …"

„Ich halte das nicht für sonderlich klug." Es war schwer, ihm etwas abzuschlagen.

„Wieso denn nicht? Kommen dir also doch Bedenken?"

„Kann sein. Ich würde es allerdings eher so formulieren: sämtliche Optionen einer sorgfältigen Betrachtung unterziehen und dann abwägen, welchen Weg man am besten einschlägt."

„Typisches Managergeplapper", brummte er und bedeutete ihr, einzutreten. „Sind Sie eigentlich immer so … beherrscht und übervorsichtig, Miss McClure?" Er machte die Tür zu und folgte Maren ins Innere der Villa.

Sobald die Tür sich geschlossen hatte, war Maren, als seien sie beide von aller Welt abgeschottet. Sie überspielte ihr mulmiges Gefühl mit einem gefassten Lächeln und überging seine sarkastische Bemerkung. „Ich würde mich durchaus so einschätzen", antwortete sie. „Und eigentlich hätte ich angenommen, dass du doch erst recht Verständnis für meine Vorsicht hast und sie entsprechend zu würdigen weißt."

„Das ist ja gerade das Problem! Mir fehlt dafür jegliches Verständnis."

Sie hielt einen Moment inne, bis ihre Augen sich an das Halbdunkel gewöhnt hatten, und hoffte, dass er sich mit der Zeit doch in sie würde hineinversetzen können. Es lag ihr einiges daran, dass er sie verstand.

Im gemütlichen, mit flauschigen Teppichen ausgestatteten Wohnzimmer angekommen, drehte sie sich zu Kyle um. „Ich kenne dich ja kaum", gestand sie und legte den Kopf zur Seite. „Ehrlich gesagt war ich nicht mal sicher, ob du überhaupt hier sein würdest ... oder mir die Tür aufmachst. Ach, ich weiß auch nicht, was ich erwartet habe." Angesichts seines verdutzten Gesichtsausdrucks wurde ihr klar, dass sie offenbar ziemlich wirres Zeug redete.

Sie setzte neu an. „Sieh mal, Kyle, ich finde, du hast es ganz schön eilig."

Seine hochgezogenen Brauen waren der einzige Hinweis, dass er sie sehr wohl verstanden hatte. Ansonsten verzog er keine Miene, musterte Maren bloß unverwandt und eindringlich mit seinen faszinierenden schiefergrauen Augen und wartete schweigend ab, ob sie mit ihren Erklärungen fertig war.

„Und du ... nicht?", fragte er dann.

„Nein. Ich tu mich ein bisschen, nein, *sehr* schwer mit dem Gedanken, ein Wochenende mit einem Mann zu verbringen, den ich kaum kenne. Und der obendrein mein Geschäftspartner ist. Ich bin keines dieser Hollywood-Häschen, die ihre Lover wechseln wie ihre Schuhe." Sie zuckte die Achseln. „Ich muss mich zwar nicht für meine Prinzipien entschuldigen, aber ich dachte, du solltest das wissen. So eine flüchtige Bettgeschichte, das ist nicht mein Stil."

„Gott sei Dank", murmelte er, offensichtlich erleichtert und mit einem leicht amüsierten Blick, der ihr ziemlich missfiel.

„Im Grunde genommen weiß ich nicht, was ich hier überhaupt zu suchen habe", gestand sie. „Am besten hätte ich deine Einladung gar nicht erst angenommen und dich gebeten, mir die Tasche mit der Post zu schicken!"

„Wovor hast du eigentlich solche Angst?", wollte er wissen. „Vor mir – oder vor den Männern im Allgemeinen?"

„Das hat doch mit Angst nichts zu tun!"

„Na und ob es das hat!", konterte er. „Bei den widersprüchlichen Signalen, die ich von dir kriege, muss ich doch den Eindruck haben, ich versetze dich in Angst und Schrecken – und zwar nicht nur ein bisschen. Nun könnte es natürlich sein", vermutete er gelassen, „dass du eingeschüchtert bist, weil ich der Chef von *Sterling Records* bin und weil deine Firma stark von den Beziehungen zu meiner abhängig ist. Oder aber du fürchtest dich generell vor den Männern, weil du in der Vergangenheit schlechte Erfahrungen gemacht hast."

„Es könnte aber auch sein", erwiderte sie hoheitsvoll, „dass mir alle meine Instinkte sagen, ein gemeinsames Wochenende mit dir würde sich als kapitaler Fehler erweisen." Sie merkte, dass ihr die Röte ins Gesicht stieg. „Ich habe keine Angst vor dir. Aber ich bin auch nicht … leicht zu haben, und der Gedanke an ein Wochenende mit einem Mann, den ich nicht kenne, ist mir nicht geheuer. Ist das so schwer zu verstehen?"

Ungeduld zeigte sich auf seinem Gesicht. „Ach, Maren", raunte er und schüttelte den Kopf. „Wie oft soll ich dir noch sagen, dass mir gerade dieser Stil so gut an dir gefällt?" Er trat auf sie zu, griff nach ihren Armen und glitt mit den Fingern über ihre Handgelenke. Die ganze Zeit fixierte er Maren dabei mit einem warmen Blick.

Sie ließ sich nicht beirren. „Beinhaltet mein Stil auch meine Produktionsfirma?", flüsterte sie. „Ist es nicht vielmehr mein Unternehmen, worauf du scharf bist?"

Etwas zuckte in seinem Kinn; sein Blick wurde bohrend und

durchdringend. „Ich streite nicht ab, dass ich an deiner Firma Interesse habe. Das dürfte dir nicht entgangen sein. Ich habe nie einen Hehl daraus gemacht und gestern Abend die Karten auf den Tisch gelegt. Ich bin sehr interessiert an einer Übernahme." Sie wollte ihn schon unterbrechen, doch er legte ihr den Finger auf die Lippen. „Aber das ist nicht der Grund für meine Einladung."

„Am Telefon hast du doch gesagt …"

„Es ist völlig egal, mit welchem Trick ich dich hergelockt habe." Er sah, dass sie aufbegehren wollte und wischte ihren unausgesprochenen Einwand beiseite. Mit einem spitzbübischen Grinsen fasste er sie bei beiden Händen und zwang sie dazu, ihm geradewegs ins Gesicht zu sehen. „Ich will mit dir ebenso wenig etwas anfangen wie du mit mir, aber das Schicksal hat es anscheinend so gefügt. Meinst du nicht auch?"

Er küsste sie sanft auf die Handfläche – eine so innige Geste, dass Maren sich auf die Unterlippe beißen musste. Ihr Herzschlag beschleunigte sich schon wieder. „Da kann ich nur hoffen, dass das Schicksal die Karten nicht zu meinen Ungunsten gemischt hat."

„Wie denn – das traust du mir zu?", fragte er, ohne sie aus den Augen zu lassen.

„Keine Ahnung." Ihre Stimme klang stockend. Allmählich kriegte er sie herum. Es bestand die dringende Gefahr, dass sie ihr Herz an ihn verlor.

„Lass uns nicht streiten", schlug er vor und gab ihre Hand frei. „Davon habe ich für heute genug."

Maren war baff. „Aber doch nicht mit mir?" Sie sah, wie er sich versteifte – ein untrügliches Zeichen, dass sie sich auf verbotenes Gelände vorgewagt hatte.

Seine Miene verdüsterte sich. „Nein." Mehr war ihm nicht zu entlocken.

Maren beließ es dabei. Seine Privatfehden gingen sie nichts an, und irgendwie sagte ihr ein Gefühl: Je mehr du dich aus seinen persönlichen Angelegenheiten heraushältst, desto besser.

„Kann ich dir etwas zu trinken anbieten?", wechselte er schlagartig das Thema. Auf ihr Nicken hin trat er an eine geschnitzte Anrichte, die zu einer Hausbar umgebaut worden war.

Während er die Drinks mixte, nahm Maren den geräumigen Wohnbereich in Augenschein, der sich über zwei offene Geschosse bis hoch unter die Decke erstreckte. Die Einrichtung war in unterschiedlichen braunen und rostroten Tönen gehalten und von einer klaren, energischen Linie. Nach Westen hin bot eine riesige Fensterfront einen atemberaubenden Blick auf den Pazifik. Neben den wuchtigeren Möbelstücken standen, wie zufällig arrangiert, einige Zimmerpflanzen, und Aquarelle schmückten die Wände.

Als Kyle sich dann wieder Maren zuwandte, kam er ihr überwältigend männlich vor. Es lag ihr fern, ihm zu unterstellen, er pflege dieses maskuline Image ganz bewusst, doch das Gefühl von Macht, das er ausstrahlte, war unverkennbar. Bekleidet war er mit einer ausgewaschenen Jeans und einem kurzärmeligen, am Hals offenen Hemd. Seine Arme waren sonnengebräunt, und als er ihr das Glas mit einer bernsteinfarbenen Flüssigkeit darin reichte, sah man das Spiel seiner geschmeidigen Muskeln unter der dunklen Haut. Auf diese Weise wirkte er so markant maskulin, wie Maren es noch nie bei einem Mann erlebt hatte, und dabei trug er eine an Arroganz grenzende Selbstsicherheit zur Schau, die ihre Wirkung auf das Weibliche tief in Maren nicht verfehlte. Zwar war sie bemüht, in ihm eher den Gegner als den Mann zu sehen, doch es wollte ihr nicht recht gelingen.

„Darf's ein Brandy sein?"

„Gern", sagte sie und nahm das Glas entgegen. „Mir liegt das Schlichte, ähnlich wie dir."

Wieder kam jenes amüsierte Lächeln. Sein Blick war warm, beinahe wie eine Liebkosung. Einen Moment lang herrschte Stille. Maren nippte an ihrem Glas und wies auf die Aquarelle. „Sind die von dir?"

„Leider nicht", sagte er und grinste breit. „Meine künstlerischen Fähigkeiten reichen gerade mal für eine zwölfsaitige Gitarre."

„Und fürs Notenlesen."

„Manche dürften da anderer Meinung sein."

Sie lächelte, inzwischen ein wenig entspannter. „Aber an deinem Erfolg besteht ja kein Zweifel."

Anscheinend wollte er etwas entgegnen, besann sich jedoch eines Besseren. „Ist lange her", murmelte er zurückhaltend.

Maren hatte anscheinend einen wunden Punkt getroffen und widmete sich wieder den Aquarellen. An ihrem Glas nippend, begutachtete sie die violetten und blauen Farbschattierungen und wies dann mit dem Kopf auf das Bild, das ihr künstlerisch am anspruchsvollsten erschien. „Kennst du den Maler?"

„Flüchtig", sagte er achselzuckend. „Ich bin ihm mal begegnet. Er arbeitete an einer ganzen Serie mit Ansichten der Blue Ridge Mountains. Die Bilder gefielen mir, da habe ich sie allesamt erstanden."

„Bist du nicht in dieser Gegend aufgewachsen?"

Kyle sah sich veranlasst, einiges richtigzustellen. „Auf den Gedanken könnte man zumindest kommen, wenn man lange genug meinem Agenten zugehört hat. Ihm hat der amerikanische Traum ‚Vom Tellerwäscher zum Millionär' mächtig imponiert, und so wollte er den Mythos anscheinend lebendig erhalten mit der Geschichte vom netten Jungen von den Blauen Bergen."

„Stimmt das denn nicht?", fragte Maren erstaunt.

„Nicht so ganz. Weißt du, meine Eltern zogen schon hierher, als ich noch ein kleiner Knirps war. Seitdem betrachte ich mich als Kalifornier. Aber mein Agent und mein Manager, die meinten, ein echter Country-Boy aus den Südstaaten sei interessanter als ein Sänger aus Südkalifornien. Da habe ich mich eben gefügt."

„Und es hat funktioniert. Für die Plattenkäufer jedenfalls warst du ein waschechter Junge vom Lande."

„Das stimmte ja auch. Und letztendlich war es ihnen egal, wo ich aufgewachsen war. Sie wollten Countrysongs – und die haben sie gekriegt. So ist das nun mal in unserer Branche, Miss McClure. Oder haben Sie das schon vergessen?" Er trank sein Glas aus und stellte es auf einem Beistelltisch ab. „Es gibt so einiges über mich, wovon du nichts weißt oder vielleicht sogar falsche Vorstellungen hast. Riskier mal was! Nutz die Gelegenheit, mich besser kennenzulernen! Bleib bei mir."

Er stand ihr so nah gegenüber, dass sie fast meinte, seine Körperwärme zu spüren. „Etwas zu riskieren kann aber auch gefährlich werden", sagte sie leise und ohne seinem Blick auszuweichen. „Deshalb bin ich bemüht, es nicht zur Gewohnheit werden zu lassen."

„Willst du mir etwa weismachen, du wärst risikoscheu?", fragte er skeptisch. Ehe sie etwas einwenden konnte, winkte er ab. „Gib dir keine Mühe! Wenn eine Frau das erreicht hat, was du vorweisen kannst, dann doch nur mit einem hohen Maß an Risikobereitschaft."

„Ich bin aber nie mit jemandem ins Bett gestiegen, um das zu kriegen, was ich wollte. So weit ging meine Risikobereitschaft nicht." Sie sah ihn herausfordernd an; vor diesem Thema schreckte sie nicht zurück.

„Ist mir schon klar. Gilt für mich genauso."

Sie lächelte, obwohl ihr beileibe nicht danach war. „Und dich hat niemals eine Topmanagerin in eine verfängliche Lage gebracht?"

„Bis jetzt nicht."

Maren blieb für einen Wimpernschlag das Herz stehen. Als sie ihr Brandyglas an die Lippen führte, merkte sie, wie ihr die Hände zitterten. Es lag etwas Beängstigendes in Kyles stillem Blick. Schlagartig begriff sie, wie sehr er sie begehrte. „Offen gesagt, das Ganze fällt mir sehr schwer", gestand sie mit plötzlich brüchiger Stimme.

„Nicht nur dir."

Die Spannung war mit Händen zu greifen. Maren wusste: Falls er sie jetzt berührte – sie ließe sich widerstandslos in seine Arme fallen. Gerne hätte sie geglaubt, dass seine Sehnsucht nach ihr mehr war als nur Begehren, dass es ihm um mehr ging als nur um Lustbefriedigung. Die Vorstellung, die Nacht mit einem ihr so gut wie unbekannten Mann zu verbringen, war ihr nicht geheuer. Alles ging ihr viel zu schnell; sie tat sich schwer damit, ihre Gefühle für Kyle richtig einzuordnen.

„Ich glaube, wir müssen mal einiges klarstellen", meinte Maren, während Kyle hinüber zum Kamin ging. Dabei massierte er sich den Nacken, um die Spannung zwischen seinen Schulterblättern zu lockern.

„Platzregeln?" Er blickte sie fragend an.

Sie lächelte etwas kläglich. „Könnte man so sagen."

„Okay, schieß los!" Mit verschränkten Armen, ein Bein auf die Feuerstelle gestützt, lehnte er sich gegen den Kamin – eine so offensichtlich erotische Pose, dass Maren sich fragte, ob sie spontan oder geplant war.

„Ich habe heute mit meiner Anwältin gesprochen", begann sie.

Sein Blick blieb unverändert, sein Gesicht zeigte nicht die geringste Regung. „Und?"

„Sie riet mir …"

Er ließ sie nicht ausreden. „Sie?"

„Elise Conrad." Maren schmunzelte. „Wir leben in der Neuzeit, Kyle! Da soll es tatsächlich auch weibliche Juristen geben."

„Was du nicht sagst!" Er stützte die Hand aufs Knie und ließ Maren nicht aus den Augen. „Und was hat dir deine Anwältin vorgeschlagen?"

„Nichts Weltbewegendes. Sie meinte, du solltest mir dein Angebot für *Festival Productions* schriftlich unterbreiten. Und ich sollte nichts unterschreiben, bevor sie es sich nicht angeguckt hat."

„Typisch Paragrafenreiter!", murmelte Kyle verdrossen.

„Ich finde das völlig in Ordnung."

„Dann sagst du mir am besten genau, was deine Preisvorstellung für dein Unternehmen ist", beschied er. „Ich benötige die Bilanzen von *Festival*, und dann musst du bestimmen, auf welche Modalitäten du sonst noch Wert legst. Ich schätze, darauf wird wiederum *mein* Anwalt bestehen." Seine Züge waren streng geworden; in Sekundenbruchteilen hatte er sich vollständig gewandelt. Eben noch einfühlsamer Verführer, wurde er im Handumdrehen zum knallharten Topmanager, der nur ein Ziel kannte: das Optimale für seine Firma herauszuholen.

„Du tust gerade so, als ginge es um eine feindliche Übernahme."

„Du hast doch damit angefangen!"

„Für wie naiv hältst du mich eigentlich?"

Sein Blick verlor gleich an Schärfe. „Ich halte dich für so allerlei. Aber für naiv? Bewahre! Ich hoffe, wir können die Übernahme deiner Firma ohne allzu großes Blutvergießen abwickeln. Trotzdem kann es nicht schaden, wenn man vorbereitet ist."

„Bist du immer so berechnend?"

„Nur wenn's sein muss. Und ich würde sagen, bei dir muss man verdammt vorsichtig sein, zumindest was das Geschäftliche angeht."

„Und das macht dir zu schaffen?"

Er zuckte mit den Schultern und kratzte sich das Kinn. „Ach, eigentlich weniger. Ich möchte nur nicht das restliche Wochenende über Geld und *Festival Productions* reden."

„Nicht?", fragte sie kokett und ließ lächelnd die weißen Zähne blitzen. „Dann sag mir doch mal, was genau du möchtest." In ihrem Blick lag etwas Verlockendes, Einladendes.

Obwohl Kyle einige Meter entfernt stand, hatte sie das Gefühl, sie würden sich fast berühren. In seinem Blick lag dieselbe Zärtlichkeit wie in einer innigen, vertrauten Umarmung. Als er sich vom Kamin abstieß und auf sie zukam, begann ihr Herz zu rasen. Seiner Männlichkeit hatte sie nichts entgegenzusetzen; seine kraftvoll zur Schau getragene Selbstsicherheit brachte sie aus dem Gleichgewicht.

„Ich möchte bloß die Gelegenheit, dich kennenzulernen", antwortete er und berührte sie sacht an der Schulter. Durch ihren leichten Leinenblazer spürte Maren die Wärme seiner Finger. „Warum kannst du das nicht verstehen?"

„Kann ich durchaus", gab sie zurück.

„Aber?" Er wendete den Blick nicht ab.

„Aber ich werde das Gefühl nicht los, dass der Inhaber von *Sterling Records* gewisse Hintergedanken hat, wenn er sich mit mir trifft."

„Du gehst davon aus, dass ich dich verführe, damit du mir deine Firma verkaufst?"

„Ich gehe davon aus, dass du's versuchst."

„Da du meinen Schlachtplan sowieso durchschaut hast – was

machst du dir dann noch Gedanken?" Ein spöttisches Funkeln lag in seinem Blick, als er den Kopf senkte und die Lippen einen atemberaubenden Moment lang über den ihren verharren ließ. „Was würde ich nicht alles tun für eine Chance", meinte er seufzend und presste seinen Mund auf den ihren. Der Kuss war warm und sinnlich zugleich. Maren schmolz dahin. Starke, schlanke Arme umfingen sie besitzergreifend; eine Hand stahl sich unter ihren Blazer und strich über nackte Haut unter dem rückenfreien Sommerkleid. Ein heißes Prickeln überlief sie bei dieser Berührung, und sie spürte, wie Kyle hart wurde. Stöhnend vor unerfülltem Verlangen, ließ er die Zunge erst über ihre weichen Lippen streifen, um gleich danach das warme Innere ihres Mundes zu erforschen.

Ein leiser Seufzer entfloh ihr, während sie ausgehungert Kyles leidenschaftlichen Kuss erwiderte. Ihr Puls dröhnte in ihren Ohren; in ihren geheimsten Tiefen erwachte ein heißes Sehnen. Noch nie hatte sie der Begierde so nachgegeben, niemals so gewagt auf einen Mann reagiert.

„Bleib doch bei mir!", flüsterte er drängend, während er sich von ihren Lippen löste und sie auf den schlanken Hals küsste, sodass ihr ein verzückter Schauer über den Rücken lief.

Unter Aufbietung aller Kräfte gebot sie ihm sanft Einhalt, indem sie sich mit den flachen Händen gegen seine muskulöse Brust stemmte. „Ich überleg's mir", versprach sie.

„Was soll denn dieses Hin und Her?", fragte er, genau wie sie schwer atmend. „Erst heißt es Nein, dann Ja ... Was erwartest du von mir?"

„Zeit ..."

„Ich bin nicht aus Stein", betonte er. „Und du auch nicht."

„Das ist unfair, Kyle! Ich versuche nur vernünftig zu sein und nichts zu überstürzen. Ich möchte nichts tun, was wir zwei hinterher womöglich bereuen."

Er ließ die Arme sinken. „Diese Spielchen kannst du dir sparen, Maren", meinte er frustriert. „Ich dachte, zumindest das wäre bei unserer Unterhaltung gestern Abend klar geworden. Menschenskind, nun tu doch nicht so, als hättest du gerade deine

Jungfräulichkeit wiederentdeckt!"

„Um Jungfräulichkeit geht's nicht", konterte sie säuerlich.

„Um Sex ebenso wenig, nebenbei bemerkt."

„Entschuldige, ich verstehe nicht recht."

„Ich rede von schnellem Sex. Damit tue ich mich schwer."

„Darauf wäre ich nie gekommen!"

Es war zum Haareraufen! Wie konnte sie sich ihm nur begreiflich machen? „Du bist eine Berühmtheit, Kyle. Fans, die dich anhimmeln, Groupies, all das ist für dich alltäglich …"

„Und schneller Sex", vollendete er ironisch den Satz für sie.

„Jawohl!"

„Du hast zu viele Zeitschriften gelesen!", erwiderte er. „Und nichts von dem verstanden, was ich dir in den vergangenen achtundvierzig Stunden gesagt habe." Er stapfte davon, um sich dann plötzlich umzudrehen. Sein anklagender Blick ging ihr durch und durch; sein Gesicht wurde starr. „Nur – hier geht's eigentlich gar nicht um mich, nicht wahr? Du sagst das doch alles wegen des Mannes, der dir wehgetan hat, stimmt's?" Er ballte die Fäuste, doch Maren sagte kein Wort. „Falls der Typ jemals das Pech haben sollte, mir über den Weg zu laufen – ich mache ihn fertig, und zwar höchstpersönlich!"

Das Telefon schrillte ungeduldig. Kyle meldete sich unwirsch, offenbar nach wie vor ziemlich aufgebracht. Was folgte war ein einseitiger Dialog, unterbrochen höchstens von Kyles schneidenden Bemerkungen. „Was bildest du dir eigentlich ein?", rief er erbost. „Meinst du nicht, du müsstest auch mal auf Hollys Gefühle Rücksicht nehmen … Ich wünschte, ich könnte dir das ausreden … Eins lass dir gesagt sein, ich helfe dir nicht mehr aus der Patsche, weder jetzt noch in Zukunft!"

Um nicht unfreiwillig Ohrenzeugin eines Privatgespräches zu werden, beschloss Maren, Kyle und die Person am anderen Ende der Leitung allein zu lassen. Schon zuvor war ihr eine Tür aufgefallen, die vom Wohnzimmer auf eine überdachte Terrasse führte und unverschlossen war, wie ein Druck auf die Klinke bestätigte.

Kyle schimpfte immer noch in den Hörer. Die letzte Bemerkung, die an Marens Ohren drang, ehe das Rauschen des Meeres

Kyles Stimme verschluckte, klang regelrecht angewidert. „Du weißt genau, dass ich nie zu beschäftigt bin für Holly! Stell dich schon mal drauf ein, dass dir die Schlammschlacht deines Lebens bevorsteht …"

Mehr bekam Maren nicht mit. Sie schloss leise die Tür hinter sich und trat an das schmiedeeiserne Geländer. Weit unter ihr brandete die See gegen die schroffen Klippen. Tief die salzige Luft einatmend, lauschte Maren dem Tosen der Brandung, die gegen die dunklen Felsen anstürmte, hinter dem der einsame Strandabschnitt begann.

Die Sonne hatte sich schon gesenkt und zeichnete goldene Muster in die dunkelblauen Wasser des Ozeans. Auf das Geländer gelehnt, den Blick zum fernen Horizont gerichtet, betrachtete Maren die dunklen Umrisse der Segelboote, als sie Kyles Schritte vernahm. „Ich wollte nicht lauschen", erklärte sie entschuldigend und sah weiter aufs Meer hinaus.

„Halb so wild." Er stellte sich zu ihr und schaute aufmerksam Richtung Norden zu einem der felsigen Wellenbrecher hinüber. „Rose hatte schon immer ein Talent dafür, zur unmöglichsten Zeit anzurufen", stieß er aus.

Bei der Erwähnung des Namens seiner prominenten Exfrau merkte Maren, wie sich ihr der Magen zusammenkrampfte. Natürlich! Sie hätte sich doch gleich denken können, dass da die zierliche blonde Sängerin am anderen Ende der Leitung war!

Als wolle er seine Exgattin vergessen machen, berührte er Maren sanft an der Wange. „Komm, lass uns reingehen; ich zeige dir, wo ich arbeite."

Er ging ihr voraus zum hinteren Ende der Terrasse, öffnete dort eine Tür und bat Maren in einen riesigen Raum, offenbar sein Arbeitszimmer. „Das ist mein Reich", erklärte er beim Eintreten. „Wenn ich nicht gerade in L.A. bin, halte ich mich meistens hier auf."

Der Schreibtisch war von Akten übersät. An den Wänden hingen goldene Schallplatten sowie Fotos von einem Mädchen mit dunklem Haar und eindringlichen grünen Augen, vermutlich seine Tochter. Das Mobiliar war exklusiv mit leichten Gebrauchsspuren. Sie konnte sich ausmalen, wie wohl er sich hier fühlte in diesem gemütlichen, inspirierenden Zimmer mit dem Panorama-Meerblick.

Marens Aktentasche stand neben dem Schreibtisch – ganz so, als gehöre er in diesen persönlichen Rahmen, wie sie zu ihrer Verwunderung bemerkte. Sie verwarf den Gedanken, nahm die Tasche an sich und wandte sich Kyle zu. „Ich glaube, ich mache mich auf den Heimweg", sagte sie, die Aktentasche fest an sich gepresst.

„Du hast, wonach du gesucht hast?"

Sie zögerte einen Moment. „Ja."

„Aber zum Dinner darf ich dich doch noch einladen? Mindestens das!" Seine Stimme war tief und verlockend, und trotz des riesigen Raumes fühlte Maren sich auf einmal ganz beklommen.

„Das hast du doch schon gestern Abend."

„Ich habe ein Stammlokal hier in der Nähe und würde liebend gern mit dir gemeinsam essen, statt allein dort herumzuhocken. Aber das musst du wissen." Er lächelte gewinnend, und Maren war klar, sie hatte die Schlacht verloren. Sie hätte wer weiß was dafür gegeben, bei diesem geheimnisvollen Mann mit seinen rätselhaften grauen Augen zu bleiben.

„Du hast mich überzeugt", meinte sie mit dem Anflug eines Lächelns. „Nichts lieber als das."

Das Restaurant war ganz in der Nähe. Ehemals ein Mönchskloster, hatte das altehrwürdige Gebäude bis vor gar nicht langer Zeit leer gestanden und war erst kürzlich renoviert sowie zu einem lauschigen Hotel mit Speiselokal umgebaut worden. Die früheren Klostergärten grünten und blühten wieder in alter Pracht; das polierte Gebälk schimmerte in einem warmen Glanz. Hier und da bedeckten neue Teppiche den original erhaltenen Steinfußboden, Kerzen tauchten die Räumlichkeiten in warmes Licht. Serviert wurde von Kellnern in schlichten braunen Kutten. Maren fühlte sich in alte Zeiten versetzt.

„Kommst du öfter hierher?", fragte sie Kyle und leerte ihr Rotweinglas.

„Wenn ich kann, ja", erwiderte er. „Ich bin gern hier. Vielleicht weil es so ruhig ist."

„Sonderbare Aussage für jemanden aus deiner Branche", bemerkte Maren.

„So sonderbar auch wieder nicht. Jeder braucht mal etwas Einsamkeit im Leben. Insbesondere wenn man im Rampenlicht steht." Kerzenlicht funkelte in seinen Augen; in seinem Blick lag ein tiefer Schmerz, sodass Maren beinahe das Bedürfnis überkam, ihn zu trösten. Um ein Haar hätte sie ihre Hand auf die seine gelegt, doch sie riss sich zusammen und blieb bemüht sachlich. Die Gefühle, die sich allmählich in ihr regten, würden ihr bloß das Leben schwer machen. Sie konnte sich einem anderen Mann nicht verpflichtet fühlen, solange sie noch an Brandon gebunden war. Dass sie nicht mehr verheiratet waren, spielte dabei keine Rolle. Brandon war finanziell auf sie angewiesen.

Während der Rückfahrt sprach Kyle kein Wort, und Maren gab sich damit zufrieden, voraus in die dunkle Nacht zu starren, bot ihr die Stille doch Gelegenheit, ihre Lage zu überdenken. Sie war durchaus versucht, bei Kyle zu bleiben, ein vergnügliches Wochenende mit diesem hinreißenden Mann zu verbringen. Und dennoch – die Skepsis überwog.

An seinem Haus angekommen, parkte Kyle den Wagen, zog den Zündschlüssel ab und wandte sich Maren zu, die Augen dunkel wie die Nacht. „Möchtest du eine Tasse Kaffee?" Eine schlichte Frage, hinter der jedoch eine andere verborgen lag – unausgesprochen und tiefer gehend. Sanft berührte er Marens Kinn.

Sie senkte die Lider. „Ja", flüsterte sie, wohl wissend, dass es ein unglaublicher Fehler war, auf all seine Angebote einzugehen.

Als er ihr aus dem Wagen half, spürte sie seine Nähe. Wenngleich er sie auf dem Weg zum Haus nicht berührte, merkte sie doch, wie er sie mit Blicken streichelte. Und sie stellte auf einmal fest, dass sie furchtbar gern wissen wollte, wie es wohl war, von Kyle Sterling berührt zu werden.

Sobald sie die luftige helle Küche betraten, entspannte sich Maren ein wenig. Das Küchenlicht brach jenen verführerischen Zauber, der in dem alten Kloster begonnen hatte. Gebührend bewunderte Maren die warmen Terrakottafliesen und die handbemalten Kacheln mit ihren üppigen blau-goldenen Farbtönen. Auf den Fensterbänken drängten sich Grünpflanzen, und unter der Decke hingen schimmernde Messingtöpfe.

„Ein Feinschmeckerparadies!", bemerkte sie, während sie die Fingerspitzen über die kühlen Kacheln streifen ließ.

Kyle schmunzelte, als amüsiere ihn diese Vorstellung. „Inwieweit Lydia Feinschmeckerin ist, kann ich nicht beurteilen, aber anscheinend fühlt sie sich hier wohl", sagte er, während er Kaffee kochte.

„Lydia?" Beim Namen der ihr unbekannten Frau geriet sie fast ins Stottern und musste schlucken.

„Meine Haushälterin." Kyle schenkte den Kaffee ein und versah das dampfende Gebräu noch mit einem Schuss Brandy. „Eigentlich ist sie mehr als nur Haushälterin", fuhr er fort. „Sie hat mich mit großgezogen, als meine Eltern von North Carolina hierher umsiedelten. Sie stammt aus Mexiko. Im Großen und Ganzen wohnt sie mit mir unter einem Dach, seit ich neun Jahre alt war."

„Das wär's dann wohl mit dem Country-Image!"

„Aber nicht meinem Agenten weitersagen!"

„Hast du denn noch einen?"

„Nein. Die Zeiten sind zum Glück vorbei." Stirnrunzelnd starrte er in seine Kaffeetasse, als überlege er sich genau, wie viel von seiner Lebensgeschichte er Maren noch offenbaren sollte. „Lydia arbeitet für mich seit Hollys Geburt, aber Rose hat nie viel für sie übrig gehabt. Nach der Scheidung erhielt Rose das Sorgerecht zugesprochen und wollte nicht, dass Lydia bleibt. Seitdem kommt sie her und kümmert sich ums Haus."

Maren wechselte das Thema. Sie spürte, dass es ihm unangenehm war, über diese persönlichen Dinge zu reden. „Ist dieses Haus nicht eine Nummer zu groß geraten für dich allein?", wollte sie wissen. „Zumal es dein Zweitwohnsitz ist?"

Angestrengt schaute er durchs Fenster in die Dunkelheit. „Da ist was dran", räumte er ein und stellte die Tasse ab. „Jedenfalls habe ich es nicht gekauft, damit es unbewohnt herumsteht. Ich dachte immer, nach und nach würden jede Menge Kinder drin herumtoben. Seinerzeit konnte ich ja noch nicht wissen …" Seine Stimme und Blick wanderten in die Ferne, als sei er einer Vergangenheit verhaftet, die er noch nicht bewältigt hatte.

Verlegen stellte auch Maren ihre Tasse auf den Tisch, direkt neben die seine. Seine düstere Miene, sein grüblerisches Schweigen wirkten so unbehaglich und unbequem wie ein zu eng sitzendes Kleidungsstück. Was mochte wohl Schmerzliches in ihm vorgehen? „Ich wollte nicht neugierig sein", sagte sie entschuldigend.

„Warst du doch nicht."

„Es geht mich ja nichts an."

Ohne Zögern kam Kyle auf sie zu und schlang ihr die Arme besitzergreifend um die Taille. Er stand hinter ihr, und sein Atem streifte warm ihren Nacken. Sie dachte nicht lange darüber nach, welche Folgen ihr Handeln wohl haben könnte, sondern sie verstärkte die Umarmung noch, indem sie die Hände über die seinen legte.

„Ich habe dich schließlich gebeten, bei mir zu bleiben", raunte er verlockend. „Also habe ich auch damit gerechnet, dass du mir Fragen zu meinem Privatleben stellst. Da ist doch nichts bei."

„Für halbwüchsige Groupies mag das stimmen, aber …"

„Psst … Das gilt für jeden." Er küsste sie auf den Nacken und hörte sie aufseufzen. „Ich möchte auch gern einiges von dir wissen", flüsterte er, während er ihr sanft den Blazer abstreifte.

„Und das wäre?"

„Alles!" Er warf die Jacke über eine Stuhllehne und dirigierte Maren zur Tür, die auf die Veranda führte. „Lass uns einen Spaziergang machen."

„Jetzt?"

Er strahlte sie an – dasselbe charmante Lächeln, das sie von zahllosen Postern aus jener Zeit kannte, als er landesweit der meistfotografierte Countrystar gewesen war – und fasste sie bei der Hand. „Los, auf geht's!"

Er half ihr über die verwitterte Treppe, die an der Klippenwand hinunterführte. Auf der untersten Stufe angekommen, streifte er sich die Schuhe von den Füßen und forderte Maren auf, es ihm gleichzutun. „Jetzt ist die beste Zeit dafür", verkündete er mit spitzbübischem Grinsen.

„Es ist Nacht!"

„Schon, aber der Sand ist noch warm, selbst bei dunklem Himmel." Erneut nahm er sie bei der Hand, verschränkte ihre Finger mit den seinen und vergrub sie in seiner Hosentasche.

Durch das dünne Futter spürte sie bei jedem Schritt seine muskulösen Schenkel. „Daraus darf ich wohl schließen, dass du eine Nachteule bist", bemerkte sie, nach Kräften bemüht, sich auf das Gespräch zu konzentrieren und nicht so sehr auf die warmen Muskeln unter ihren Fingerspitzen.

„Ich komme mit wenig Schlaf aus", gestand er, den Blick grüblerisch ins Dunkle gerichtet. „Früher auf Tournee, da waren lange Nächte gang und gäbe. Anscheinend habe ich mir das nie wieder richtig abgewöhnt."

Inzwischen schlenderten sie am Wasser entlang. Der Sand war nass, aber fest, und ihre Schritte hinterließen weiche Abdrücke. Hin und wieder rauschte eine Welle über Marens nackte Füße. Erste Sterne tauchten am Himmel auf.

„Ich glaube, ich bin dir eine Erklärung schuldig", sagte Kyle unvermutet.

„Wofür denn?" Sofort fiel ihr auf, dass seine Stimme anders klang. Offenbar lag ihm irgendetwas auf dem Herzen. Sie musterte ihn mit einem Seitenblick und bemerkte, dass er inzwischen düster vor sich hin starrte.

„Na, du hast mein Gespräch mit Rose ja teilweise mitgekriegt."

„War nicht meine Absicht", erwiderte Maren, gleich in der Defensive.

„Weiß ich doch!" Er lächelte traurig. „Keine große Sache. Der springende Punkt ist: Da du schon mal hier bist, hast du auch ein Recht darauf, zu erfahren, was los ist."

Wie angewurzelt blieb Maren stehen, wodurch auch er anhalten musste. Wie viel wollte sie denn über diesen Mann erfahren? Jedenfalls nichts, was ihn ihr womöglich noch liebenswerter machte. „Du brauchst mir nichts zu erzählen, wenn es dir unangenehm ist", flüsterte sie und sah zu ihm auf. „Du musst dich nicht verpflichtet fühlen, dieses Gespräch zu erklären oder irgendetwas anderes aus deinem Privatleben. Ich bin ja nicht hergekommen, um mich einzumischen …"

„Warum denn dann?" Er ließ sie nicht ausreden und musterte sie eingehend. „Komm mir jetzt nicht mit *Festival Productions*! Es steckt mehr dahinter!"

Er nahm die Hände aus der Hosentasche und zog Maren an sich. Die Brise zerzauste ihm das dichte Haar; in seinen durchdringend grauen Augen funkelte es gefährlich. Die Finger fest um ihre bloßen Oberarme gelegt, stieß er durch zusammengebissene Zähne hervor: „Wieso gibst du nicht zu, dass du meinetwegen hier bist? Ist das so schwer?"

„Natürlich bin ich deinetwegen gekommen …"

„Weil du mich willst!" Der ganze aufgestaute Frust kam hoch. Er hatte weiß Gott reichlich Geduld bewiesen – bei Rose, bei Holly und nun bei Maren. Allmählich aber machte sich der Stress der letzten sechs Monate bemerkbar. Noch eine Frau, die der Wahrheit nicht ins Gesicht sehen wollte, das hielt er nicht aus.

In ihren kühlen blauen Augen blitzte es. „Wenn du es unbedingt hören willst, Kyle", meinte sie verärgert. „Ja, ich will dich. Aber ich bin keines deiner Groupies!"

„Ich möchte bloß, dass du mich als Mann betrachtest." Seine Stimme klang wie die einlaufende Flut, murmelnd und sanft. „Und das macht dir Angst."

Ihre Lippen bebten, doch sie riss sich zusammen. „Ich könnte jetzt einfach behaupten, ich hätte keine Angst vor dir oder deinem Image", konterte sie, ohne auch nur im Geringsten anzudeuten, wie es in ihr aussah. „Aber das wäre gelogen. Ich habe nämlich eine Heidenangst. Den Umgang mit Männern, die gleich aufs Ganze gehen, bin ich nicht gewohnt. Und deshalb weiß ich nicht, wie ich mich dir gegenüber verhalten soll."

„Spontan!" Ohne Vorwarnung zog er sie dicht an seinen Körper. Der dünne Stoff ihres Sommerkleides vermochte der geballten Muskelkraft seiner athletischen Figur nur wenig entgegenzusetzen.

Sie kämpfte aus Leibeskräften gegen das heftige Hämmern ihres Herzens an. „Wenn man spontan reagiert, verliert man leicht den Kopf", widersprach sie, bemüht, den warmen Druck seiner Hände am Rücken zu ignorieren.

Er stöhnte auf. „Ich versteh dich nicht!"

„Versuch es doch mal! Verstehst du das denn nicht? Ich versuche verzweifelt, zu unterscheiden, was mir mein Körper und was mir mein Verstand sagt ..."

„Gibt's denn da einen Unterschied?", murmelte er, die Lippen so dicht an ihrem Hals, dass ihr schon wieder ein lustvoller Schauer über den Rücken jagte.

„Hoffentlich!", stieß sie hervor. „Lieber Himmel, das hoffe ich ..."

Bald schon tasteten seine Hände über ihren nackten Rücken. Er küsste sie auf die Lider, glitt mit dem Mund über ihre Wangen. „Was willst du denn eigentlich von mir?", fragte er aufgewühlt.

Maren war die Kehle wie zugeschnürt. „Ich muss wissen, dass es dir nicht nur um ein körperliches Bedürfnis geht ... Ich ... ich ..."

„Meine Güte, Maren!", unterbrach er sie stöhnend. „Merkst du eigentlich nicht, was du mir antust? Spürst du nicht, dass ich nicht nur körperliche, sondern auch seelische Qualen leide? Ich bin doch kein triebgesteuerter Teenager mehr, der am liebsten jede flachlegen würde, die ihm über den Weg läuft! Ich halte es jetzt schon eine ganze Weile ohne Frau aus." Etwas verlegen ließ er die breiten Schultern hängen bei diesem Eingeständnis. „Aber mit dir ist es anders. Seit gestern Abend kann ich an nichts anderes mehr denken als an dich." Eine Hand in ihrem langen kupferroten Haar, bog er ihr sanft den Kopf zurück und zwang sie so, ihm in die vor Leidenschaft glänzenden Augen zu schauen. „Letzte Nacht war die einsamste meines Lebens."

Hätte sie ihm nur glauben können! Von ganzem Herzen wollte sie sich einreden, nur sie allein habe bei ihm einen solch bleibenden Eindruck hinterlassen. Dabei war sie durchaus realistisch und begriff, dass seine zärtlichen Worte lediglich dazu dienten, sie zu verführen. Ihre eigentliche Bedeutung jedoch ging in der warmen, zauberhaften Atmosphäre der Nacht unter.

„Ich möchte dich lieben!", raunte er drängend, dann senkte er den Kopf und berührte quälend zart mit seinem Mund den ihren. „Du sollst dich ganz und gar als Frau fühlen!"

Im stummen Willkommen öffnete sie ihm die Lippen und spürte sogleich, wie seine Zunge die Einladung willig annahm, wie sie ihren Mund eroberte und er Empfindungen in Maren wachrief, die sie schon lange für tot gehalten hatte. Sie konnte sein Begehren regelrecht schmecken, fühlte das drängende Verlangen in seiner Umarmung. Im Rücken verspürte sie einen sanften Druck, als er die Finger an ihrer Wirbelsäule hinabgleiten ließ und die weiche Haut streichelte. Brennende Begierde rann ihr durch die Adern, sodass sie, den Mund an seine Brust gepresst, lustvoll aufseufzte. „Ich will dich so sehr", flüsterte sie.

„Lass es einfach geschehen …" Mit der Zungenspitze streifte er ihre Lippen. Ihr Herz dröhnte wie die unablässig tosende Brandung; ihr Puls raste wie wild, getrieben von den in ihr tobenden Gefühlen. Sie begehrte diesen Mann, sehnlicher als sie je einen Mann begehrt hatte, und alles andere war ihr einerlei. Sofern sie sich in ihn verliebte, nun, sei's drum, dann musste sie ihr Los eben hinnehmen, wie es das Schicksal wollte. Es war so lange her, dass sie mit einem Mann zusammen war … so lange …

Sich immer weiter wagend, zogen seine Lippen eine warme Spur von der Wange zum Hals. Maren legte den Kopf schräg, um dieser lockenden Versuchung noch mehr Haut darzubieten. Kyle ließ die Hände langsam an ihrem Rücken emporwandern, folgte mit den Fingerspitzen dem festen Schwung bis hinauf zu ihrem Haar, ihrem Hals, hin zu jenem schmalen Band, welches das Oberteil ihres Kleides auf der Schulter hielt. „Ich möchte dich ausziehen", flehte er heiser, bereits an den Bändchen ziehend. Schon fiel der zarte Stoff herab, und auf den nackten Brüsten fühlte Maren den kühlen Atem der See.

„Mein Gott!" Einen Schritt zurücktretend, beobachtete Kyle, wie das silberne Mondlicht sie liebkoste. Ihre Knospen richteten sich unter seinem durchdringenden Blick auf, ein lauer Windhauch strich ihr das Haar aus dem Gesicht. Sie hielt das Kleid, das ihr über die Hüften zu rutschen drohte, mit einer Hand fest, und ihre Augen schimmerten silbern im Schein des Mondes. Regungslos stand sie da, während Kyle sie voll unverhohlener Bewunderung betrachtete. Bestimmt spürte er ihre Bereitschaft, ihm all das zu geben, was sie so vielen anderen versagt hatte.

Kyle wusste kaum noch, wie ihm geschah. War er wohl jemals einer so wunderschönen Frau begegnet? Er schloss einen Moment die Augen, hoffte er doch, er könne damit der immer stärker werdenden, allumfassenden Leidenschaft ein wenig Einhalt gebieten. Das Verlangen durchströmte ihn und pochte laut in seinen Ohren.

Als er die Augen wieder öffnete, trat Maren einen Schritt auf ihn zu und ließ das Kleid los. An ihren Beinen herab glitt es in den Sand, und sie stand vor ihm, hüllenlos, nackt bis auf ein Spitzenhöschen.

Kyle musste all seine Beherrschung aufbieten, sonst hätte die Lust ihn übermannt. „Man könnte glatt glauben, du wolltest mich verführen", flüsterte er mit rauer Stimme, und in der gleichen Sekunde war sie auch schon bei ihm und küsste ihn. Ihre Arme schlangen sich um seinen Nacken, ihre Hände gruben sich in sein Haar.

„Aber das wolltest du doch, oder?"

„Ja." Sein Mund war wie ausgetrocknet. „Oh ja, Maren! Aber tu es nicht nur mir zuliebe!" Das Blut raste ihm durch die Adern, während seine Finger über ihre seidenweiche Haut fuhren.

„Wenn überhaupt, dann mache ich das höchstens mir zuliebe!", schwindelte sie. Das Feuer, das er in ihr entfachte, verzehrte sie rettungslos.

Die Lippen an ihrem Ohr, ließ er ein Stöhnen hören – ein Laut tief aus der Kehle, wild und herzzerreißend. Seine Hände bewegten sich aufwärts, tasteten sich über jede einzelne Rippe, bis er ihre prallen Brüste umfasste. Seufzend ließ sie sich von ihm streicheln, und das Sehnen in ihr wurde ein wenig gestillt, als er ihre sinnlichen Rundungen erkundete.

„Zieh mich aus!", befahl er, nahm ihre Hand und führte sie unter sein Hemd. „Ich möchte dich ganz nah spüren!" Sie streifte ihm das Hemd über den Kopf.

Sie fühlte seinen harten Brustkorb an ihren Brüsten. Fest drückte er seinen Mund auf ihre Lippen. Dann bettete er sie sanft auf den Strand, wobei er sich auch noch geschickt seiner Hose entledigte. Maren spürte den Sand kühl unter ihrer Haut und gleichzeitig seinen vor Leidenschaft erhitzten Körper.

„Du bist so schön! So schön darf keine andere Frau sein", murmelte er heiser, strich dabei mit den Fingerspitzen über ihre Kehle und küsste ihren Hals. Und als er mit der Zunge eine heiße Spur von ihrem Schlüsselbein hinunter zu ihrem Busen zog, rauschte ihr Blut in den Adern. Sie fühlte seinen Atem warm auf ihrer Haut, und seine Hände, seine liebkosenden Hände, die sie streichelten, massierten, bis Maren dachte, sie müsse schier vergehen vor lauter Lust.

Tief in ihrem Inneren loderte ihre Begierde wie ein Feuer, gierte danach, gestillt zu werden. Aufreizend spielte er erst mit einer Knospe, dann mit der anderen, saugte daran mit all der bittersüßen Lust seiner Liebe. Maren bog sich ihm entgegen, krallte ihre Finger in seinen muskulösen Rücken, wollte noch mehr von ihm, wollte ihn ganz.

Mit einer abrupten Bewegung befreite er sie von ihrem Höschen, sodass sie nun nackt im Sand lag. Stöhnend vor Verlangen griff sie nach ihm, doch er löste sich noch einmal von ihr, bewunderte ihren schlanken nackten Körper. Der Mondschein und ihre flammende Leidenschaft färbten ihre Augen zu einem unersättlichen Blau. Ihr Haar floss über den Sand; ihre Wangen glühten.

„Du löst etwas Unerklärliches in mir aus, Liebling", gestand er und schloss sie in die Arme, bis er sie ganz und gar bedeckte. „Ich habe das Gefühl, als hätte ich mein Leben lang auf diesen Moment gewartet." Er küsste sie innig. Behutsam, mit dem sanften Druck seines Knies, öffnete er ihre Schenkel, langsam und verhalten, wie um den Zauber noch einen Augenblick länger auszukosten, die Spannung auszudehnen bis zur letzten Sekunde.

Maren konnte nicht länger an sich halten. „Komm zu mir!",

flehte sie stöhnend. „Liebe mich, Kyle, und hör nie wieder damit auf!"

Einen heiseren Laut ausstoßend nahm er sie in Besitz, und ihr beglücktes Seufzen verhallte im Brausen der Wellen. Sie spürte die Hitze seines Verlangens, spürte, wie er vor Lust zerbarst und wie auch sie erbebte vor Erfüllung. Und als sie die süße, schwere Last seines Körpers fühlte, da erklomm auch sie den Gipfel erfüllter Liebe und des Glücks. Ihre Leiber verschmolzen; sie hörte seinen keuchenden Atem an ihrem Ohr. Lieber Gott, dachte Maren. Wie leicht ist es doch, diesen Mann zu lieben!

6. KAPITEL

*D*ie Sichel des Mondes zeichnete einen schmalen, flimmernden Silberstreif auf den dunkelviolett schimmernden Ozean; am schwarzen Himmel glitzerten die Sterne. Maren seufzte glücklich. In Kyles starke Arme geschmiegt, normalisierte sich ihr rasender Puls allmählich. Seine schiefergrauen Augen glänzten silbrig im Mondlicht.

Maren hob die Hand und fuhr sanft die Konturen seiner Wange nach – eine zärtliche Geste, Ausdruck der innigen Gefühle, welche sich in ihr regten. Er nahm ihre Hand und küsste die zarten Fingerspitzen.

„Daran könnte ich mich glatt gewöhnen", gestand er rau.

„Und ich erst!"

Er stieg in seine Hose, griff dann nach Marens Kleid und streifte es ihr sanft über die Beine. Es kam ihr völlig natürlich vor, dass er sie anzog, ebenso selbstverständlich, wie er sie entkleidet hatte. Sie hob das Haar, damit Kyle die Träger über ihre Schultern ziehen konnte, und dort, wo er ihren Nacken berührte, verspürte sie ein Prickeln – ein sonderbar verlockendes, nie gekanntes Gefühl. Die wenigen Male, bei denen Brandon ihr beim Ankleiden geholfen hatte, waren niemals erotischer Natur gewesen, sondern eher einer Notwendigkeit entsprungen. Bei Kyle hingegen war alles sinnlich, was er mit ihr tat. Vielleicht, so überlegte sie, war ich zu lange ohne Mann! Schnell verdrängte sie diesen Gedanken, hatte sie inzwischen doch längst gelernt, ohne männliche Gesellschaft auszukommen, und wenngleich etliche Verehrer sie nur zu gern über Brandons Treulosigkeiten hinweggetröstet hätten, waren ihre Offerten bei Maren auf herzlich wenig Gegenliebe gestoßen – bis sie Kyle begegnet war. Ob sie es sich nun eingestehen wollte oder nicht: Sie war auf dem besten Wege, sich hoffnungslos in ihn zu verlieben. Doch Liebe, so hatte sie sich geschworen, Liebe war ein Gefühl, das es tunlichst zu meiden galt. Sich in Kyle Sterling zu verlieben musste unweigerlich in die Katastrophe führen, nicht bloß in persönlicher Hinsicht, sondern auch beruflich.

„Vorhin habe ich gesagt, ich schulde dir eine Erklärung", sagte er leise auf dem Weg zurück zu der verwitterten Treppe.

„Das ist nicht nötig", wehrte sie ab und blieb kurz stehen, um in ihre Sandalen zu schlüpfen. Er bot ihr die Hand, und gemeinsam nahmen sie die Stufen in Angriff.

„Normalerweise rede ich nicht über meine Ehe. Mit niemandem."

„Ich stelle keine Fragen", betonte sie. „Und ich erwarte von dir auch keine Erklärungen oder Geständnisse, nur weil wir miteinander geschlafen haben. Das ändert überhaupt nichts. Du bist deswegen nicht verpflichtet, mich in dein Privatleben einzuweihen."

„Es wäre mir aber lieb, dass du einiges erfährst."

„Nicht jetzt", seufzte sie, den Wind kühl im Rücken spürend. Allmählich wurde ihr das ganze Ausmaß ihres Tuns bewusst. Wieso hatte sie es zugelassen, dass die Intimität, die da allmählich zwischen ihr und Kyle entstand, dermaßen außer Kontrolle geraten war? Wie kam es, dass sie sich so hatte hinreißen lassen? „Ich finde, was zwischen dir und deiner Exfrau vorgefallen ist, das sollten wir nicht diskutieren – zumindest vorerst nicht."

Er zögerte und hielt auf einer Stufe inne. „Wovor läufst du weg, Maren? Was habe ich an mir, dass ich dir solche Angst einjage?"

Sie spürte seine Hände warm auf der Taille und drehte sich zu ihm um. „Ich habe keine Angst", versicherte sie. In ihren klaren blauen Augen erschien ein Ausdruck ehrlicher Verwirrung. „Aber es wäre die Unwahrheit, wenn ich leugnen würde, dass ich überwältigt bin … Ich weiß nicht, ob ich mir das hier alles schon zumuten kann …" Mit einer ausladenden Bewegung wies sie auf das riesige Anwesen und das Meer zu ihren Füßen.

„Wegen deines Exmannes?" Seine Stimme hört sich leise und drohend an.

Am liebsten hätte sie gelogen und behauptet, Brandon habe keinerlei Einfluss auf sie. Sie hätte gern erklärt, dass ihre Liebe zu ihm schon verwelkt war, bevor sie richtig erblühen konnte. Leider fielen ihr die passenden Worte nicht ein. „Ich liebe ihn nicht, falls du das meinst."

Er schaute sie verärgert an, die grauen Augen anklagend. „Was ist dann mit dir los? Gerade noch habe ich das Gefühl, du willst mich, und im nächsten Moment spüre ich, dass du dich mir entziehst. Als wolltest du nicht, dass ich dir zu nahekomme."

„Ich weiß eben nicht recht, inwieweit ich mich auf dich einlassen soll", antwortete sie seufzend. „Vielleicht wäre es besser, wenn ich jetzt wieder nach Hause fahre …"

Er stieg die zwei Stufen, die er tiefer stand, hoch. „Bleib!", bat er sie, wobei seine Augen gefährlich funkelten. Dann schloss er sie in die Arme und presste die Lippen fest auf ihren Mund. Maren merkte, wie sie erwartungsvoll erschauerte. „Geh nicht!", raunte er ihr heiser ins Ohr. „Bleib bei mir!" Noch einmal küsste er sie heftig, wie um ihr auch ohne Worte das Ausmaß seiner Leidenschaft zu beweisen. Und als sie seine Hände im Rücken fühlte, da war sie kurz davor, all ihre Vorsätze zu vergessen.

Mühsam löste sie sich von seinen Lippen, nach Kräften bemüht, sich das zu versagen, was sie sich im Grunde sehnlich wünschte. „Ich glaube, ich fahre jetzt besser nach L.A. zurück. Ich muss mir erst alles in Ruhe durch den Kopf gehen lassen."

„Ich hab's dir schon einmal gesagt", mahnte er sanft. „Ich erwarte nicht, dass du dich lebenslang an mich bindest."

„Das ist mir bewusst." Sie entschlüpfte aus seiner Umarmung. Dass er nicht einmal den Versuch unternahm, sie daran zu hindern, versetzte ihr einen kleinen Stich.

Seine Miene wurde noch düsterer. „Ich neige nicht zu Kniefällen!"

„Gut. Das erleichtert die Sache, oder?", brachte sie hervor und hoffte, dass er ihr nicht anmerkte, wie schwer ihr die Antwort fiel. „Dann hole ich jetzt meine Aktentasche …" Eilig nahm sie die restlichen Stufen und eilte in Kyles Arbeitszimmer. Als er ihr nachkam, hatte sie sich die Tasche bereits unter den Arm geklemmt. „Was den Verkauf meiner Firma angeht: Ich gebe dir Bescheid, sobald ich mit meiner Anwältin gesprochen habe."

Er reagierte mit einem knappen Nicken und ohne eine Miene zu verziehen, ganz so, als säße er am Konferenztisch. Kühl reichte er ihr ihren Blazer, wobei seine Finger kurz die ihren streiften. „Und ich gehe davon aus", sagte er emotionslos, „dass du beim *Mirage*-Video ganze Arbeit leistest."

„Du kannst dich darauf verlassen", entgegnete sie. Dabei wich sie seinem Blick nicht aus.

„So ist das also bei dir? Dienst ist Dienst ..."

„Wenn's sein muss."

Für einen Moment tauchte ein frustrierter Ausdruck auf seinem Gesicht auf, doch sofort hatte er sich wieder im Griff.

Maren wandte sich zum Gehen. „Gute Nacht, Kyle", rief sie über die Schulter, ohne auf eine Antwort zu warten. Erst sah es so aus, als würde er ihr nachkommen, aber dann stoppte er an der Tür und schaute Maren nur düster hinterher.

Maren stieg in ihren Wagen, ließ nach kurzem Zögern den Motor an und legte den Gang ein. Im Rückspiegel sah sie das Haus, das seinem Gast stumm Lebewohl sagte, stolz und hell erleuchtet in der Dunkelheit. Und als sie zurückdachte an Kyles warme, verlockende Umarmung, begriff sie schmerzhaft, dass sie in diesem Moment auf den faszinierendsten Mann verzichtete, dem sie je begegnet war.

Das restliche Wochenende verlief ohne besondere Vorkommnisse für Maren, und wenngleich sie hoffte, Kyle werde sich telefonisch melden, wurde sie enttäuscht. Sie versuchte sich in die Arbeit zu stürzen und sich auf Ideen für die *Mirage*-Serie zu konzentrieren, doch Kyle und die kurze heiße Strandepisode gingen ihr nicht aus dem Sinn.

Als es dann endlich Montag wurde, war Maren schon in aller Herrgottsfrühe aus den Federn. Kaum in der Firma eingetroffen, stellte sie fest, dass der Alltag sie mit aller Macht wiederhatte; flüchtige Gedanken an Kyle wichen der Sorge um ihr Unternehmen. Sobald sie hinter dem Schreibtisch Platz genommen hatte, ging ihr rasch auf, dass die Zeit für *Festival Productions* offenbar stehen geblieben war und dass dieselben lästigen Probleme, vor denen sie am Freitag geflohen war, noch immer einer Lösung harrten. Zu diesem ohnehin gehörigen Arbeitspensum kam noch ihre Sorge um den Bestand der Firma. Kyle hatte angedeutet, *Festival* könne womöglich nach wie vor Ärger mit raubkopierten Videos bekommen. Er hatte zwar so getan, als sei das alles halb so schlimm, doch Maren konnte sich des Eindrucks nicht erwehren, dass er das Thema als verdeckte Warnung aufs Tapet gebracht hatte.

Während sie noch über das Gespräch nachdachte, holte sie das Band aus der Handtasche und legte es ein. Statt sich über Kyles rätselhafte Andeutungen den Kopf zu zerbrechen, beschloss sie, sich lieber an die Arbeit zu machen. Maren drückte auf die Abspieltaste der Anlage, und umgehend erfüllten die flammenden Verse von „Yesterday's Heart" das kleine Büro. Mit geschlossenen Augen lehnte sie sich in ihrem Sessel zurück, bemüht, den Text Wort für Wort zu analysieren. Allein, es gelang ihr nicht, Kyles übermächtiges Bild aus ihrem Denken zu verbannen. Ließ er sich wohl vergleichen mit der untreuen Freundin aus dem Song? Hoffentlich nicht! Ungeachtet ihrer forschen Aussage hoffte sie, dass Kyles Liebeswerben letzten Endes doch etwas Bindendes hatte.

Durfte sie damit rechnen, dass ein so prominenter und wohlhabender Mann wie Kyle Sterling auch nur einen Bruchteil jener Gefühle für sie aufbrachte, welche sie für ihn hegte? Kopfschüttelnd presste sie die Augen fest zu, vergeblich bemüht, sich ihre Liebe auszureden. Sollte sie ihre Firma an Kyle verkaufen, würde sie für ihn arbeiten und sich oft mit ihm treffen müssen. Tagsüber Angestellte zu sein und nachts Geliebte – war so etwas vorstellbar? Was, wenn Kyle nach der Übernahme von *Festival Productions* jegliches Interesse an ihr verlor? Wäre sie wohl in der Lage, sich wie der Held in „Yesterday's Heart" aufzurappeln und weiterzumachen?

All diese verwirrenden Fragen wirbelten ihr im Kopf herum und nagten an ihr, bis die letzten Töne des Songs verklangen. Automatisch spulte sie das Band schnell zurück und hörte sich das Lied noch einmal von vorn an. Die Idee für das Video gewann schon deutlichere Formen; bei der letzten Strophe hatte sie eine Action-Sequenz bereits vor Augen. Sie war gerade dabei, sich rasch ein paar Notizen zu machen, da hörte sie, wie jemand das Vorzimmer betrat, und genau in dem Moment, als die Musik verhallte, kam Jan mit zwei Bechern dampfenden Kaffees herein.

„*Mirage?*", fragte die blonde Sekretärin und stellte eine Tasse auf den Schreibtisch, was Maren mit einem dankbaren Lächeln quittierte. Unter Jans braunen Augen lagen tiefen Schatten – Hinweise auf etliche schlaflos verbrachte Nächte.

„Ja." Maren nippte an dem Kaffee. „Danke", murmelte sie dann, legte den Bleistift hin und lehnte sich in ihrem Sessel zurück. „‚Yesterday's Heart' ist die erste Single-Auskopplung aus dem neuen Album."

„Aber", bremste Jan mit erhobener Hand, „nach meinem letzten Kenntnisstand haben wir noch keinen gültigen Vertrag für das Album." Und ehe Maren darauf eingehen konnte, setzte sie hinzu: „Halt, lass mich raten: Der berüchtigte Kyle Sterling ist vor dir auf die Knie gegangen, wie ich's vorausgesagt habe."

Maren musste unwillkürlich lachen. „Nicht ganz", erwiderte sie, „aber ich habe ihn immerhin so weit gekriegt, dass er ein paar Verträge unterzeichnet hat."

„Weibliche Überredungskunst, hm?", mutmaßte Jan.

„Jedenfalls brummt das Geschäft jetzt wieder", räumte Maren ein, offensichtlich erleichtert. „Zumindest fürs Erste."

Jan angelte sich eine Zigarette aus der Handtasche. „Dann will ich nur hoffen, dass auch der Vertrag von Joey Righteous dabei ist. Er raubt mir noch den letzten Nerv!" Sie nahm einen tiefen Zug und blies eine dünne Rauchfahne zur Decke. Die Anspannung in ihrem blassen Gesicht ließ etwas nach.

„Pech für Joey, aber wir müssen uns erst auf die *Mirage*-Videos konzentrieren", betonte Maren, wobei sie ihre Freundin besorgt musterte. Jan sah aus, als habe sie tagelang kein Auge zubekommen.

„Wirst sehen – der springt im Dreieck!", prophezeite die Sekretärin.

„Das macht er doch andauernd, oder?"

Die Sekretärin nickte kichernd. „Stimmt auch wieder!"

Maren nahm noch einen Schluck Kaffee und tippte nervös mit

dem Bleistift auf die Schreibtischplatte. Jan machte ihr Sorgen; es wäre ihr lieb gewesen, wenn sie sich ihr offenbart hätte, obwohl sie sich nur ungern in ihre Privatangelegenheiten einmischte. „Ist heute schon jemand vom Produktionsteam gekommen?"

Jan blies eine blaue Qualmwolke aus, zupfte sich am Ohr und nahm auf einem der Besuchersessel Platz. „Nein, noch nicht", winkte sie ab, „aber Ted meinte, er käme so um elf. Er schneidet noch an den letzten Mitzi-Danner-Szenen."

„An ‚Going for Broke'?"

„Genau."

„Gibt es Probleme?", fragte Maren argwöhnisch. Ärger mit der Danner, die für ihre Wutausbrüche ebenso bekannt war wie für ihre schmachtvollen Schnulzen, hatte ihr gerade noch gefehlt. „Der Clip sollte doch schon letzte Woche fertig sein."

„War er ja auch."

„Also gab es ein Problem."

„Na, was meinst du wohl?"

Maren schmunzelte. „Na schön, dann lass mal hören! Was ist passiert?"

„Keine Bange, war kein Drama", berichtete Jan amüsiert. „Ein paar der Außenaufnahmen waren zu dunkel, vermutlich deshalb, weil die Sonne schon untergegangen war, ehe Mitzi in die Strümpfe kam. Die Schlussszene sollte eigentlich bei Sonnenuntergang gedreht werden …"

„Ich erinnere mich."

„Wie dem auch sei: Ted hat Mitzi überredet, übers Wochenende noch einmal zu drehen."

„Was sie sicher hellauf begeistert hat", bemerkte Maren ironisch.

„Na ja … Offenbar hat sie die ganze Zeit rumgezickt." Jan lachte laut auf. „Aber Ted kam das gerade recht. Mitzis Schmollschnute passte haargenau zur Szene."

„Das ist ja gerade noch mal gut gegangen!" Erleichtert strich Maren sich eine Haarsträhne aus dem Gesicht. „Wollen wir hoffen, dass die Aufnahmen jetzt okay sind."

„Amen", bestätigte Jan stirnrunzelnd. „Du bist nicht gerade

ein Fan von ihr, was?"

Ein Bild der Sängerin, wie sie sich beim Swimmingpool an Kyles Arm hängte, blitzte flüchtig vor Marens geistigem Auge auf. „Von wegen", konterte sie betont fröhlich. „Ich habe ihre sämtlichen Platten."

„Ausflüchte!", spottete Jan.

„Ich habe wirklich kein Problem mit ihr. Mitzi Danner ist eine gute Kundin und hat ein Näschen für Songs, die vollendet zu ihrem Stil passen."

„Aber?" Jan ließ nicht locker.

„Auf ihre Starallüren könnte ich gut verzichten."

„Das gilt wohl für uns beide." Jan drückte die Zigarette aus und stemmte sich aus ihrem Sitz hoch. Als sie sich aufrichtete und straffte, wich ihr das Blut aus dem Gesicht.

„Alles in Ordnung mit dir?", fragte Maren, ehrlich besorgt angesichts Jans erschöpfter, schmerzhaft verzogener Miene.

Die Sekretärin reagierte mit einem gezwungenen Lächeln, vermutlich um ihre Chefin zu beruhigen. „Den Umständen entsprechend."

„Ich schließe daraus, dass du beim Arzt warst."

Jans nervöses Lächeln verwandelte sich in ein Strahlen, doch beim Sprechen stockte ihr leicht die Stimme. „Heute Morgen. Jetzt ist es offiziell: Ich kriege Anfang November ein Kind."

„Ach wie wunderbar!", rief Maren begeistert. „Hast du's Jacob schon gesagt?"

Jan holte tief Luft. „Nein", gab sie zögerlich zu, „aber ich hab es vor, heute Abend oder im Laufe der Woche. In letzter Zeit ist er ziemlich launisch, da warte ich besser einen günstigen Moment ab, ehe ich's ihm auftische."

„Vielleicht wunderst du dich ja über seine Reaktion."

„Das wage ich zu bezweifeln." Jan verbiss sich die Tränen, straffte die Schultern und wechselte das Thema. „Aber nun erzähl mal – wie hast du das hingekriegt, dass Mr Sterling die Verträge unterzeichnet hat?"

„Hartnäckige Verhandlung", scherzte Maren in der Hoffnung, sie könne Jan die Last, die auf ihren schmalen Schultern ruhte, ein wenig erleichtern und die Freundin etwas aufmuntern.

„Ach so – Verhandlung!"

„So ist es. Offenbar liegt *Sterling Records* sehr viel an uns. Kyle möchte, dass ich ihm meine Anteile verkaufe und die Geschäfte unter dem Dach der Plattenfirma weiterführe. Damit wäre es für Sterling ein Leichtes, die Videos in Eigenregie zu produzieren."

Jan schien wie vom Donner gerührt. „Aber du wirst doch nicht im Ernst dieses Angebot …"

„Es könnte der Ausweg sein aus unserer Misere", stellte Maren fest. Was war nur los mit Jan? Sie sah auf einmal so aus, als hätte sie ein Gespenst gesehen.

„Du hast doch so viel Arbeit investiert, damit du's auf eigene Faust schaffst!", protestierte sie heftig. „Und jetzt gibst du deine ganze unternehmerische und künstlerische Freiheit auf, all das hier …" Mit dem Arm vollführte sie einen Schwenk, der die gesamte Büroeinrichtung umfasste.

„Ich ziehe es jedenfalls in Erwägung", bemerkte Maren, der Jans paranoide Aufregung ganz und gar untypisch vorkam.

„Aber warum?"

„Zum einen würde ich so viel gar nicht aufgeben: Meine Forderungen werde ich in den Übernahmevertrag aufnehmen lassen, und zweitens braucht *Festival* eine verlässliche Perspektive. Wie lange sollen wir uns denn noch von Vertrag zu Vertrag hangeln?"

„Aber so langsam geht es doch aufwärts! Ich weiß hundertprozentig, dass J. D. Price seine Videos ausschließlich von dir machen lassen will. Sogar Joey Righteous hält große Stücke auf dich, und das ist ein Riesenkompliment von jemandem, der sich selbst für den Allergrößten hält."

Maren versuchte ihre aufgebrachte Sekretärin zu beruhigen. „Was ist denn nur los mit dir, Jan? Es ändert sich doch nichts! Jedenfalls nichts Weltbewegendes. Die Produktionsabteilung ist mir weiter unterstellt, nur dass *Sterling Records* jetzt unser Arbeitgeber ist. Unsere Arbeitsplätze würden dadurch erheblich sicherer werden. Kyle möchte eben die Kontrolle über die Videoherstellung haben."

„Wieso das denn?", flüsterte Jan.

„Videos sind momentan der Renner und haben die Plattenfirmen vor dem totalen Absturz gerettet. *Sterling Records* will davon ordentlich profitieren, solange der Boom anhält. Kyle Sterling ist fest entschlossen, die Clips betriebsintern zu produzieren – und ich kann von Glück sagen, dass er mir seine Kooperation anbietet. Er hätte mich auch einfach aus dem Geschäft drängen können."

Jan lehnte sich rücklings gegen die Wand. „Meinst du nicht, dass er genau das vorhat?", fragte sie misstrauisch.

Maren lächelte, wenngleich ihr jetzt leise Zweifel kamen. „Nein, ich glaube, er meint es ehrlich."

„Wieso hat er dann nur einige Verträge unterzeichnet und nicht alle?"

„Na ja – ich habe ihm nicht die Pistole auf die Brust gesetzt."

Jans Züge verhärteten sich. „Das sieht dir überhaupt nicht ähnlich! Was ist denn in dich gefahren? Du lässt dir doch sonst nichts gefallen!"

„Ich glaube, du siehst das falsch." Es war nicht so sehr Jans Vorwurf, der Maren zu denken gab, sondern der Ton, in dem er vorgebracht wurde.

Jan musterte sie argwöhnisch. „Du hast dich doch nicht etwa in ihn verknallt?" Da ihre Chefin nicht gleich antwortete, verdrehte die Sekretärin genervt die Augen. „Finger weg, Maren! Lass dich von so einem bloß nicht einwickeln! Kyle Sterling eilt sein Ruf voraus wie Donnerhall – er ist ein Weiberheld und Herzensbrecher! Weißt du nicht mehr, mit welchem Trara die Medien damals seine Scheidung ausgeschlachtet haben? Und denk mal an die vielen Leichen, die seinen Weg pflastern! Nicht mal Mitzi Danner ist mit heiler Haut von dem weggekommen!"

„Augenblick mal, Jan!", ging Maren dazwischen, um ihrer Sekretärin den Wind aus den Segeln zu nehmen. „Ich habe dir doch gesagt, dass ich noch überlege, ob ich sein Angebot annehmen soll! Solange mir nichts Schriftliches vorliegt, halte ich mir die Entscheidung sowieso offen."

„Hört sich aber so an, als stünde sie schon fest."

„Vorerst bleibt alles beim Alten. Ich möchte dich lediglich

über den Stand der Dinge unterrichten. Aufregen wollte ich dich nicht. Um deinen Arbeitsplatz brauchst du dir keine Sorgen zu machen."

„Wie kannst du dir da so sicher sein?", fragte Jan herausfordernd. „Was weißt du schon über die *Sterling Company* und wie die mit ihrer Belegschaft umspringen? Kyle Sterling gilt als ein mit allen Wassern gewaschener Geschäftsmann, und wer ihm in die Quere kommt, wird rücksichtslos abserviert. Der Kerl ist ein Schweinehund, und was für einer!"

Maren ließ sich nicht beirren. „Sein Ruf ist mir nicht neu, Jan", sagte sie seelenruhig und mit entschlossenem Blick. „Ich habe nie den Kopf in den Sand gesteckt, sonst wäre ich nicht da, wo ich jetzt bin. Aber ich habe Sterling inzwischen näher kennengelernt, und ich glaube, er wird sich mir gegenüber anständig verhalten."

„Kannst du doch gar nicht wissen! Hier geht es um uns und unsere Firma! Unser aller Zukunft steht auf dem Spiel!"

„Und ich lasse mich von niemandem über den Tisch ziehen, auch von Kyle Sterling nicht", gab Maren gutmütig lächelnd zurück. „Und Elise Conrad auch nicht. Sämtliche Unterlagen gehen erst über ihren Schreibtisch. Keine Bange, das klappt alles reibungslos."

„Ach ja? Seit wann bist du denn so optimistisch?" Jan war nach wie vor sichtlich konsterniert. „Etwa seit deiner Bekanntschaft mit Kyle Sterling? Was ist nur zwischen euch beiden gelaufen?"

Maren wich aus. „Nicht viel. Wir haben uns getroffen und geschäftliche Dinge besprochen. Und etwas mehr voneinander erfahren."

„Ach Maren!", stieß die blonde Sekretärin seufzend aus und wandte sich zur Tür. „Was du privat tust oder lässt, geht mich nichts an, aber ich hoffe stark, dass du dich in Acht nimmst. Ich fände es jammerschade, wenn du auch nur als eine von Sterlings zahlreichen Eroberungen enden würdest. Soweit ich das beurteilen kann, macht er jeden fertig, den er als Bedrohung einschätzt." Ihr Versuch, sich ein Lächeln abzuringen, scheiterte kläglich. „Lass dich nicht in etwas hineinziehen, das du später vielleicht bereust!"

„Wie beispielsweise in eine Beziehung zu Kyle Sterling?"

„Wie beispielsweise in eine Beziehung mit dem falschen Mann." Ohne ein weiteres Wort verließ Jan das Büro. Zurück blieb eine Chefin, die gern gewusst hätte, was mit ihrer Assistentin los war. Woher rührte diese unverhohlene Wut auf Kyle Sterling? Oder lag der Grund für Jans Ausbruch in ihrer Beziehung zu Jacob Green? Die stand ohnehin auf der Kippe und geriet jetzt durch die Schwangerschaft zusätzlich unter Druck. Gut vorstellbar, dass Jan der anstehende Firmenverkauf Bauchschmerzen bereitete, zumal sie damit offensichtlich eine berufliche Verschlechterung verband. Dennoch war das keine befriedigende Erklärung für ihre verbalen Ausfälle in Richtung Kyle.

Maren versuchte das ungute Gefühl, das sich in ihr breitmachte, zu verdrängen und ihre Aufmerksamkeit auf das Storyboard für die *Mirage*-Videos zu richten. Das Thema, das die einzelnen Titel des Albums wie ein roter Faden verbinden sollte, nahm bereits Gestalt an, und den ganzen restlichen Tag arbeitete sie fieberhaft an ihren Entwürfen. Nur zu Mittag gönnte sie sich eine Pause und besprach ihre Idee mit Ted Bensen, dem Leiter des Produktionsteams.

Es war bereits knapp fünf Uhr nachmittags, als sie den Anruf von Kyle erhielt.

„Kyle Sterling auf Leitung eins", meldete Jan hörbar reserviert.

„Danke", erwiderte Maren und drückte auf den blinkenden Knopf an der Telefonanlage.

„Maren?" Seine volle Stimmer ertönte bereits, ehe Maren überhaupt etwas sagen konnte. Die Art, wie er ihren Namen aussprach, erinnerte sie an die Nacht, als sie in seinen Armen gelegen hatte. Sie hatte noch vor Augen, wie das Meer in silbernes Mondlicht getaucht war und sich in Kyles Blick spiegelte. Er hatte über ihr gelegen und ihr Liebesworte ins Ohr geflüstert. Bei diesem Bild begann ihr Herz heftig zu hämmern.

„Ich dachte schon, du meldest dich überhaupt nicht mehr!", rief sie betont aufgeräumt in den Hörer und überspielte damit die Befürchtungen, mit denen sie sich herumgeplagt hatte. Schon zuckten ihr Jans Warnungen durch den Sinn. *Er macht jeden fertig, den er als Bedrohung empfindet.*

„Ich hatte zu tun", lautete die abrupte Antwort. „Aber immerhin hab ich's geschafft, meinen Anwalt anzurufen. Er hat versprochen, dass du bis Ende der Woche ein Übernahmeangebot vorliegen hast."

„Ich gehe davon aus, dass du eine unverzügliche Entscheidung erwartest."

„So schnell wie möglich." Ein kurzes Zögern folgte. „Du erreichst mich hier. Im Büro werde ich wohl einige Wochen nicht auftauchen."

„Was ist mit den übrigen Verträgen? Bei einigen hast du dich noch nicht zu einer Unterschrift herabgelassen."

„Du kannst sie ja zusammen mit dem Kaufvertrag mitbringen."

„Was – ich soll damit nach La Jolla kommen?" Maren war fassungslos.

„Wenn du die Unterschriften willst, ja. Ich werde mich eine Weile nicht in L.A. blicken lassen."

„Ich muss den Kaufvertrag erst meiner Anwältin vorlegen", wandte Maren ein. Kyles völlig unpersönlicher Ton schlug ihr ziemlich auf den Magen.

„Versteht sich. Ruf mich an, sobald du zu einer Entscheidung gekommen bist."

Damit legte er auf. Zurück blieb eine Maren, die das unbestimmte Gefühl nicht loswurde, dass die Warnungen ihrer Sekretärin so unbegründet nicht waren.

*A*us einer Woche wurden zwei, in denen Maren kaum Zeit zum Verschnaufen fand. Die Arbeitstage bestanden aus einem Wust von Papierkram, Sitzungen und Terminen. Sie arbeitete täglich bis zum Umfallen und bis in den späten Abend hinein. Während sie ein komplettes Szenenbuch für die fünf festgelegten Titel aus dem *Mirage*-Album erstellte, hielt sie auch noch die Buchführung auf dem aktuellen Stand, erledigte die Korrespondenz und kümmerte sich um die Kundschaft. Im Großen und Ganzen mit dem Storyboard zufrieden, hatte J. D. Price bloß einige wenige Änderungswünsche angemeldet. Nun galt es, sich mit Kyle zu befassen. Soweit Maren wusste, hielt er sich noch in seiner Strandvilla auf.

Die Nächte waren kurz, und dennoch hatte Maren das Gefühl, als kröchen die Stunden im Schneckentempo dahin. Obwohl sie jeden Abend todmüde und ausgelaugt zwischen die Laken schlüpfte, konnte Maren einfach nicht einschlafen. Gedanken an Kyle spukten ihr im erschöpften Hirn herum; ihr Körper sehnte sich nach seinen Zärtlichkeiten, und Erinnerungen wurden wach, wenn sie an jene eine Liebesnacht dachte. Ob sie seine warme kraftvolle Umarmung wohl jemals wieder erleben würde? Oder war dieser eine Abend für ihn ohne Bedeutung?

Am Donnerstagmorgen wurde sie jäh durch das Schrillen des Telefons aus einem unruhigen Schlaf geschreckt. Verärgert vor sich hin schimpfend, tastete sie schlaftrunken nach dem Hörer, verfehlte ihn aber, sodass er krachend auf dem Fußboden landete. Es dauerte eine Weile, bis sie munter genug war, um sich zu melden. „Hallo?", murmelte sie.

„Maren?" Es war Kyle. „Ich weiß, es ist noch früh …"

„Allerdings", murmelte sie gähnend, lächelte aber. Es tat gut, von seiner Stimme geweckt zu werden. „Wie spät ist es denn?" Mühsam blinzelnd fixierte sie die Digitalanzeige des Radioweckers, der neben dem Telefonapparat stand. „Sechs Uhr erst!" Sie rieb sich die Augen und fuhr sich durch das zerzauste Haar. „Um so eine Zeit ruft doch kein vernünftiger Mensch an!", meinte sie vorwurfsvoll.

„Es ging leider nicht anders. Ich glaube kaum, dass ich für den Rest des Tages ein Telefon in Reichweite haben werde, aber ich wollte dir eben mitteilen, dass ich heute am späten Nachmittag in L.A. sein werde." Es folgte eine bedeutungsvolle Pause. „Ich hatte gehofft, wir könnten uns treffen und die *Mirage*-Videos durchsprechen. Und auch mein Übernahmeangebot. Ich nehme an, du bist inzwischen zu einer Entscheidung gelangt."

„Erst wenn meine Anwältin grünes Licht gibt."

„Hat sie sich das Angebot denn mal angesehen?" Seine Stimme klang angespannt, beinahe schon scharf.

„Ich habe es ihr am Montag zugeschickt."

„Gut. Dann könnten wir ja vielleicht morgen die offenen Probleme klären, ehe ich nach La Jolla zurückfahren muss."

Maren war befremdet. Wieso setzte er sie derart unter Druck? Befürchtete er etwa, sie könnte einen Rückzieher machen? War die Übernahme denn so lebenswichtig für seine Firma? „Weißt du, ich stehe da vor einer Entscheidung von gewaltiger Tragweite."

Vom anderen Ende kam ein entnervter Seufzer. „Das leuchtet mir ja ein, Maren. Aber je schneller der Verkauf über die Bühne geht, desto besser für alle Beteiligten, dich eingeschlossen. Und falls du mein Angebot ausschlägst, muss ich mir jemand anderen suchen, der unsere Clips am Markt etabliert. Wie gesagt: Ich habe keine große Lust, meine kostbare Zeit zu verplempern, nur weil deine Anwältin das Haar in der Suppe sucht."

Maren runzelte pikiert die Stirn, nahm sich dann aber umgehend wieder zusammen. Kyle Sterling war als Kunde zu wichtig, als dass sie ihn hätte vergraulen dürfen. Sie musste rational und sachlich bleiben, mochten ihre Gefühle für ihn noch so verrückte Purzelbäume schlagen. „Hör zu, Kyle", erwiderte sie betont ruhig. „Ich werde sehen, was sich machen lässt. Ich rufe Elise an und erkundige mich, was sie von dem Angebot hält."

„Soll mir recht sein", gab er kurz angebunden zurück. „Kannst du in mein Büro kommen?"

Sie ging in Gedanken ihre Termine durch. „Ich glaube, schon. Wann?"

„Wie wär's mit vier?"

„Ich denke, das müsste klappen. Ich möchte die Sequenzen für die *Mirage*-Videos mitbringen. Wird Zeit, dass ‚Yesterday's Heart' in Produktion geht."

„Bis dann also." Er hielt einen Augenblick inne, als wolle er noch etwas hinzufügen. Maren wartete mit gespannt klopfendem Herzen. Könnte er ihr doch nur irgendwie sagen, dass ihr gemeinsames Erlebnis mehr war als nur eine leidenschaftliche Episode ... „Wiedersehen."

„Auf Wiedersehen", flüsterte Maren. Als sie das Klicken hörte, das die Verbindung beendete, spürte sie einen dumpfen Schmerz in der Herzgegend. Sie legte den Hörer auf und lehnte sich in die Kissen zurück. Was hatte sie eigentlich erwartet? Sie wusste doch, in erster Linie galt sein Interesse nicht ihr, sondern ihrer Firma, woraus er auch gar keinen Hehl gemacht hatte. Ebenso war ihr klar, dass er sich zu ihr hingezogen fühlte und sich sogar, auf seine eigene komplizierte Art, etwas aus ihr machte. Die Liebe jedoch, die sie für ihn empfand, die konnte er unmöglich erwidern. Das war ausgeschlossen, mochte sie auch noch so inständig das Gegenteil hoffen. „Bringt nichts, sich in die Tasche zu lügen", murmelte sie kläglich, während sie sich mit angewidert verzogenem Mund aus den Decken schälte. Wohl wissend, dass sie unter diesen Umständen sowieso nicht wieder einschlafen konnte, griff sie nach ihrem Bademantel und beschloss, schon früh ins Büro zu fahren. Auf dem ersten *Mirage*-Video gab es noch ein paar Kleinigkeiten zu verbessern. Beim Treffen mit Kyle am Nachmittag sollte alles tipptopp in Ordnung sein.

Der Firmenparkplatz war um diese Zeit normalerweise noch leer, doch dieser Morgen bildete eine Ausnahme. Die warmen Strahlen der Morgensonne spiegelten sich im Metallic-Lack eines schicken ausländischen Sportwagens, der direkt vor dem Firmenkomplex stand.

Maren fuhr ihr Auto in ihre Parkbox und ging auf den Eingang zu. Als sie sich dem silbergrauen Flitzer näherte, sah sie, wie Jacob Green aus dem Fahrzeug kletterte. Schlank und mittelgroß, trug er das sandblonde Haar stets penibel frisiert und dazu ein ebenso gepflegtes Lächeln zur Schau. Er ging auf die fünfzig zu, hielt sich jedoch betont fit und wirkte gute zehn Jahre jünger, als er in Wirklichkeit war.

„Hi, Maren", rief er ihr zu und schloss sich ihr an, als sie die Betontreppe hinaufging.

„Guten Morgen!", grüßte sie gezwungen lächelnd zurück, schloss die Glastür auf und betrat das Gebäude. Green folgte ihr dicht auf den Fersen, und Maren spürte, wie ein ungutes Gefühl sie in Besitz nahm. Sie griff nach der auf dem Boden liegenden *Los Angeles Times*, die der Bote durch den schmalen Einwurfschlitz neben der Haustür gequetscht hatte. „Falls Sie Jan suchen – die ist noch nicht da." Vermutlich, so dachte sie dabei, wird er wissen, wo sie steckt; schließlich wohnt er ja mit ihr zusammen.

„Genau genommen wollte ich zu Ihnen", erwiderte er prompt.

„So?" Schon halbwegs auf dem Weg zur Treppe, überflog Maren kurz die Titelseite der Zeitung. „Um was geht's denn?"

„Ich dachte, wir könnten über unseren Vertrag sprechen."

Schlagartig alarmiert, ging Maren in Abwehrstellung. „Gibt es ein Problem?"

„Noch nicht."

Die kryptische Antwort verstärkte ihr Unbehagen. Sie musste sich ziemlich zusammenreißen, um die Form zu wahren und höflich zu bleiben.

„Aha. Dann nehmen Sie doch einen Augenblick in meinem Büro Platz", bat sie und stieg die Treppe hinauf, gefolgt von Jacob nur ein paar Stufen hinter ihr. Sie wurde das dumpfe Gefühl nicht los, dass er ihr auf den Po starrte. „Ich mache uns schnell eine Tasse Kaffee."

„Prima!" Im Obergeschoss angekommen, steuerte Green direkt auf Marens Büro zu. „Zucker nicht vergessen!" Damit verschwand er in ihrer Tür.

„Wie könnte ich!", murmelte Maren. Dieser Typ hatte eine Art … Dass Jan in letzter Zeit so neben sich stand, war auch nicht eben hilfreich. Maren wusste nicht, ob Jacob inzwischen über die Schwangerschaft Bescheid wusste; Jan hatte nichts in der Hinsicht erwähnt.

„So, bitte sehr!", verkündete Maren und stellte ihrem Besucher eine Tasse Kaffee nebst etlichen Stückchen Würfelzucker in Reichweite. „Dann schießen Sie mal los. Was wollten Sie denn besprechen?"

Als sie hinter ihrem großen Schreibtisch Platz genommen hatte, fühlte sie sich gleich wohler. Obgleich nicht sonderlich wuchtig, wirkte das breite Möbelstück doch wie ein Bollwerk und verlieh ihr ein Gefühl der Stärke.

Jacob Green rührte sich Zucker in seine Tasse und nahm einen tüchtigen Schluck. Dann hob er den Blick und sah Maren an. „Ihr Kaffee war immer schon erste Sahne", stellte er fest. Vermutlich dachte er, sein Lächeln wirke ehrlich, doch Maren kam es eher wie ein anzügliches Feixen vor.

„Und Sie, Jacob, waren immer schon spitze, wenn's darum ging, um den heißen Brei herumzureden. Ich habe heute noch einiges vor, also kommen Sie zur Sache: Was an unserem Vertrag macht Ihnen Kopfzerbrechen?"

„Ach, an sich bloß eine Kleinigkeit", meinte er achselzuckend und wandte den Blick ab.

Maren war klar, dass er versuchte, ihr etwas vorzumachen. Was immer er vorzubringen gedachte, es war ihm wichtig.

„Ich hatte gehofft", begann er, „Sie könnten eventuell am fünfzehnten die Raten für Mai *und* Juni überweisen."

„Für beide Monate." Maren musterte ihn eine Zeit lang. Sie hätte nichts lieber getan, als ihm seine Kohle hinzublättern, um ihn loszuwerden. Mit Jacob war noch nie gut Kirschenessen gewesen.

Nachdenklich wog sie ihre Alternativen ab. „Nein, Jacob, bedaure, aber das ist derzeit nicht drin", beschied sie ihn kopfschüttelnd. „Wenn ich mich recht entsinne, erhöht sich die Junizahlung sowieso um weitere tausend Dollar. Momentan kann ich mein Budget schlichtweg nicht überziehen, zumindest nicht, bis ich wieder flüssig bin. Nach Eingang der Aprilhonorare etwa. Die Rechnungen sind gerade rausgegangen."

Schlagartig verging ihm das Grinsen. Er stellte den Kaffee ab, stand auf und schob die Hände in die Hosentaschen. „Können Sie sich nicht was einfallen lassen? Ich bin im Augenblick echt ziemlich blank."

Maren war baff, ließ sich das allerdings nicht anmerken. Sie hatte stets angenommen, Green habe seine Schäfchen im Trockenen, nicht nur durch das erkleckliche Sümmchen, das er beim Verkauf von *Festival* bar auf die Hand eingesteckt hatte, sondern auch aufgrund der vertraglich vereinbarten monatlichen Raten. Nach ihrem letzten Kenntnisstand arbeitete er für *Sentinel Studios*. Wohin mochte das ganze Geld geflossen sein?

„Größere Summen kann ich in diesem Monat nicht aufbringen", wiederholte sie.

Green ließ den Blick durchs Büro wandern. Anscheinend fielen ihm einige kostspielige Einrichtungsgegenstände auf, woraus er wohl schloss, dass Marens Geschäfte gut liefen, sehr gut sogar. Außerdem wusste er sicher vom Hörensagen, dass ihre Dienstleistungen als Videoproduzentin sich einer starken Nachfrage erfreuten.

„Jan sagt, Sie wollen den Laden eventuell verkaufen?", fragte er. Offenbar nahm er einen neuen Anlauf mit veränderter Taktik.

Maren spürte, wie sich ihr die Nackenhaare sträubten. Eigentlich war sie davon ausgegangen, dass ihre Sekretärin Stillschweigen bewahrte. Vielleicht aber war das zu viel verlangt, besonders angesichts der Verbindung zwischen ihr und dem Vorbesitzer ihrer Firma. „Stimmt", räumte sie widerwillig ein. „Ich ziehe die Möglichkeit in Betracht, mehr aber auch nicht."

„Jan hat gesagt, es ist schon alles in trockenen Tüchern." Er nahm wieder Platz, als wolle er damit andeuten, der Vorteil in der Diskussion liege auf seiner Seite.

„Ich denke darüber nach", wich Maren aus, inzwischen doch spürbar besorgt. Sie konnte mit ihrer Firma machen, was sie wollte; solange sie ihre Raten pünktlich bezahlte, ging Green das nichts an.

„Sie schulden mir noch rund achtzigtausend Dollar", bemerkte er und lächelte bitter.

„Ist mir schon klar."

„Ich wollte nur gesagt haben, dass der Vertrag nicht übertragbar ist. Im Falle eines Verkaufs verlange ich meinen Anteil, und zwar bar."

„Kriegen Sie", versicherte Maren. „*Falls* ich verkaufe, wohlgemerkt."

„Verflucht noch mal!", fluchte Green. Offenbar war er stinksauer. „Es konnte doch kein Mensch ahnen, dass Videoclips so ein Kracher werden! Hätte ich das gewusst, hätte ich Ihnen den Laden nie und nimmer verkauft!"

„Als ich *Festival* übernahm, lag Ihr Hauptaugenmerk auf Werbespots", bemerkte Maren. „Sie haben damals keinen Gedanken an Musikvideos verschwendet."

„Mag ja sein. Aber wenn mir klar gewesen wäre, dass sie weggehen wie warme Semmeln, hätte ich doch sofort umgestellt! Das ist ja eine wahre Goldgrube!"

Maren runzelte die Stirn. „Von mir wollten Sie sich ja nichts sagen lassen."

Green wischte ihre Worte nachlässig beiseite. „Woher sollte ich denn wissen, dass sie sich zu einem Dauerbrenner entwickeln? Mist, verfluchter!"

Sehr zu Marens Erleichterung kam genau in diesem Moment Jan herein. „Jacob?", presste sie schmallippig hervor, als sie die Situation erfasste. „Was machst du denn hier?" Dabei schaute sie ihn mit ihren braunen Augen unsicher und anklagend an, als habe er etwas verbrochen.

Maren konnte sich keinen Reim darauf machen. Möglicherweise war es wieder nur ein Beziehungskrach, der sie nichts anging. Am liebsten hätte sie die beiden allein gelassen.

Sofort ging Green in die Defensive. „Ich habe nur mit Maren geplaudert, Schatz", erwiderte er mit verlegenem Grinsen, stellte den Kaffee hin und zupfte sich an der Nase. „War mal wieder Zeit", fügte er angesichts Jans unübersehbar kläglicher Miene leutselig hinzu. „Die Miete war fällig, sozusagen."

Jans sonst so blasses Gesicht lief knallrot an. Um Fassung bemüht, wandte sie den Blick von ihrem Lebensgefährten ab. „Joey Righteous kommt um neun", meldete sie, an Maren gewandt, wobei sie einen Stapel penibel getippter Blätter auf eine Schreibtischecke packte.

„Soll ich nicht lieber meine Anwältin hinzuziehen?", witzelte Maren, was Jan ungeachtet der gespannten Situation ein Lachen entlockte. Green, der diesen Insiderscherz nicht kapierte, blickte derweil verwirrt von einer zur anderen.

„Das wird heute nicht nötig sein, glaube ich", beschwichtigte Jan, schon sichtlich entspannter.

„Na gut." Um ihren lästigen Besucher loszuwerden, holte Maren ihr Scheckbuch aus dem Aktenschrank und stellte einen auf den 15. datierten Scheck für die Maizahlung aus. Green nahm den Scheck entgegen, steckte ihn in seine Brieftasche und wurde sodann von Jan energisch aus dem Büro herauskomplimentiert.

Gleich darauf drangen Fetzen eines hitzigen Wortgefechts durch die geschlossene Bürotür. Wenngleich Maren das Tonband anstellte und sich auf die dritte Auskoppelung aus dem *Mirage*-Album konzentrierte, gelang es ihr nicht, ihre Besorgnis abzuschütteln. Sie mochte Jan sehr, und es war offensichtlich, dass die junge Sekretärin unglücklich war. Irgendetwas stimmte nicht zwischen ihr und Green, und nach Marens Vermutung lag das nicht nur an der Schwangerschaft. Nervös und reizbar, war Jan in letzter Zeit nicht wiederzuerkennen, auch das mit Sicherheit nicht allein deshalb, weil sie ein Kind erwartete. Normalerweise nicht zu Ausfällen neigend, war sie ein zurückhaltendes Persönchen. Umso ungewöhnlicher war die völlig grundlose Attacke gegen Kyle, die sie neulich losgelassen hatte. Anscheinend setzte Jacob sie gewaltig unter Druck.

Maren wurde jäh aus ihren Grübeleien gerissen, denn Joey Righteous kam schwungvoll ins Büro gedonnert. Mit schwarzer Lederjacke, Sonnenbrille und hautengen roten Lederhosen sah er aus wie der schrille Frontmann einer angesagten Soul-Truppe. „Na, Schätzchen, alles klar?", rief er und ließ sich ungeniert in einen der Besuchersessel fallen, so breit und charmant strahlend, dass seine blendend weißen Zähne nur so blitzten.

Maren lächelte zurück. Ungeachtet seiner berüchtigten Wutausbrüche strahlte Joey doch ein unverkennbares Charisma aus, das musste man ihm lassen. „Dein Soul-Brother-Getue kannst du dir sparen", konterte sie amüsiert. „Deine Fans kaufen dir ja vielleicht ab, dass du ein armes Schwein aus dem Chicagoer Getto bist. Aber ich weiß nun mal, dass du in Stanford studiert hast."

Joey krümmte sich in gespieltem Entsetzen zusammen und legte den Finger auf die Lippen. „Hör bloß auf damit!", grinste er. „Du machst mir mein ganzes Image kaputt!"

„Ausgeschlossen!" Belustigt schmunzelnd beäugte sie sein Outfit. „Es würde dir sowieso keiner glauben, dass du dein Mathestudium mit einer Eins abgeschlossen hast."

„Dass du dich nicht schämst!", rief Joey vorwurfsvoll, wobei er die Sonnenbrille etwas lupfte und Maren darunter mit seinen funkelnden schwarzen Augen zuzwinkerte. „Mir derart nachzuspionieren!"

„Ich habe nur meine Hausaufgaben gemacht!"

Erpicht darauf, zur Sache zu kommen, klatschte Joey mit seiner breiten Pranke auf den Schreibtisch. „Wie sieht's denn aus mit meinem Video?"

Maren lehnte sich im Bürosessel zurück und fixierte ihren Besucher unverwandt. „Ich fürchte, das wird erst mal auf Eis gelegt."

„Was?" Joeys dunkle Augen blitzten wütend. „Was soll das denn?"

„Dein Vertrag wurde noch nicht von *Sterling Records* gegengezeichnet."

„Wieso nicht?"

„Alles halb so wild", erklärte Maren beschwichtigend und hob beruhigend die Hände.

„Ach ja?"

„Ich habe nachher einen Termin mit Kyle Sterling. Er wird den Vertrag bestimmt abzeichnen, und dann kann es ohne Verzögerungen mit dem Clip weitergehen."

„Dein Wort in Gottes Ohr! Willst du mich etwa hinhalten?", nölte Joey.

„Komm schon, Joey! Wir haben jetzt etliche Jährchen geschäftlich miteinander zu tun und nie ein Problem gehabt, oder?"

Maren wartete seine Antwort gar nicht erst ab. „Ich habe dir versprochen, das Video ist fertig, ehe du auf Japan-Tournee gehst. Sterling wird keine Einwände haben, davon bin ich überzeugt."

„Und du hältst mich wirklich nicht hin?" Joey blickte immer noch skeptisch drein.

Nach wie vor freundlich lächelnd, schüttelte Maren den Kopf. „Nein. Aber falls es doch wider Erwarten ein Problem mit Sterling geben sollte, sage ich dir Bescheid. Na, was meinst du?"

Joey zog nachdenklich die Stirn kraus. „Ich weiß nicht recht …"

Maren stieß sich vom Schreibtisch ab, stand auf und trat an ihre Büroschränke. Sie öffnete eine Schublade und entnahm ihr einige Entwürfe. „Das sind die Storyboards für ‚Restless Feelin'"", sagte sie und reichte sie ihm. Joey klemmte sich die Sonnenbrille in die Wuschelfrisur und studierte die Zeichnungen.

„Was hältst du davon?", fragte Maren, als er damit fertig war.

Er stieß einen anerkennenden Pfiff aus. „Du verstehst dein Handwerk echt!"

Maren lächelte. „Man gibt sich Mühe."

Joey setzte sich die Brille zurück auf die Nase, stemmte sich aus dem Sessel und schaute von oben auf sie herunter. „Ich hab da was von raubkopierten Aufnahmen gehört", sagte er. „Wie ist denn da der Stand?"

Maren verging das Lächeln. „Wie darf ich das verstehen?"

„Hattet ihr nicht vor 'ner Weile Probleme damit?"

„Das ist erledigt."

„Na hoffentlich!", meinte Joey finster. „Hätte schwer was dagegen, wenn einer meine Clips verhökert!"

„Ich auch!"

Schon wieder milder gestimmt, kratzte er sich grinsend am Kinn. „Kann ich mir denken. Also – du rufst mich an, wenn Kyle Stress macht?"

„Sobald ich Bescheid weiß", beteuerte Maren.

Damit gab er sich zufrieden, vorerst zumindest. „Okay, Schätzchen. Dann warte ich auf deinen Anruf." Sprach's und tänzelte von dannen, und zwar in jenem geschmeidig-schlaksigen Rhythmus, der so typisch war für seine populären Songs.

Maren begleitete ihn noch zum Ausgang und verabschiedete sich mit Handschlag und einem Augenzwinkern. Nachdem er weg war, hörte Jan auf zu tippen und sah mit besorgtem Blick zu ihrer Chefin hinüber. „Ärger?", fragte sie misstrauisch.

„Aber nein", erwiderte Maren, ohne sich ihre Sorge bezüglich Joeys Bemerkung über die Raubkopien anmerken zu lassen. In den vergangenen Wochen verfolgte sie dieses Thema wie ein Schatten. „Eigentlich war er ganz gut drauf", sagte sie, bemüht, ihr Unbehagen abzuschütteln.

„Da könntest du ebenso gut behaupten, ein Wirbelsturm wäre 'ne laue Brise!" Maren lachte, während die Sekretärin seufzte und bekümmert das Gesicht verzog. „Ich muss mich wohl für Jacobs Benehmen entschuldigen", sagte sie und angelte nach ihren Zigaretten.

Maren winkte ab. „Mach dir keinen Kopf! Wir hatten tatsächlich was Geschäftliches zu besprechen."

Als die Blondine sich die Zigarette anzündete, zitterten ihre Finger, was Maren einmal mehr auffiel. „Er hat sich verändert. Manchmal gibt er mir echt Rätsel auf." Jan nahm einen tiefen Zug und blies, im Sessel zurückgelehnt, den Qualm zur Decke. „Übrigens hab ich ihm endlich gesagt, dass ich schwanger bin."

„Und?"

„Nichts und." Sie schüttelte den Kopf. „Er hat keinen Ton gesagt. Steht bloß da und guckt mich an, als hätte ich völlig den Verstand verloren. Ich weiß, es hört sich bescheuert an, aber mir wäre es tatsächlich lieber gewesen, er wäre ausgerastet."

Maren sah das zwar anders, behielt das aber für sich. Seinerzeit hatte sie einmal unliebsame Bekanntschaft mit Jacobs Tobsuchtsanfällen gemacht. Der Vorfall hatte sich ereignet, als eine Aufnahme für einen Werbespot eingestampft und neu gedreht werden musste. Green hatte sich dermaßen aufgeregt, dass er seinen Briefbeschwerer durch die Glasscheibe der Eingangstür gefeuert hatte. „Vielleicht muss er erst mal verarbeiten, dass er Vater wird."

Jan schmiegte das Kinn in die Hand, die Zigarette im Mundwinkel, das glühende Ende nahe der Wange. „Schock ist noch milde ausgedrückt, würde ich sagen", murmelte sie grüblerisch und blickte der Rauchfahne nach, die sich gemächlich zur Zimmerdecke schraubte. „Immerhin hat er nicht versucht, mich zur Abtreibung zu überreden – jedenfalls noch nicht."

Maren wurde ganz flau bei der Vorstellung. „Gib ihm ein bisschen Zeit, sich mit der Aussicht auf Vaterschaft anzufreunden", schlug sie vor.

Jan seufzte und wandte den Blick ab. „Tja, wir werden wohl abwarten müssen, nicht wahr?"

„Kommt Zeit, kommt Rat", sagte Maren, wobei ihr die Redensart selbst ziemlich abgedroschen vorkam. „Irgendwie wendet sich immer alles zum Guten."

„Wollen wir's hoffen", grübelte Jan laut. „Wollen wir's hoffen."

Knappe fünf Häuserzeilen entfernt von der berühmten Kreuzung Hollywood Boulevard und Vine Street stand das *Sterling-Records*-Building. Ein modernes Bauwerk, zwar kleiner als der ganz in der Nähe gelegene Firmenkomplex der *Capitol Records*, doch auf seine eigene Art unverwechselbar. Gleich einem silbernen Keil in die Höhe strebend, bildete das dreigeschossige Gebäude einen einzigartigen architektonischen Triumph aus grauem Sichtbeton und verspiegeltem Glas.

Maren hatte das prächtige Bauwerk bereits etliche Male besucht, war jedoch jedes Mal aufs Neue überwältigt davon. Während sie durch die Gänge lief, schoss ihr durch den Kopf, dass sie möglicherweise schon bald ebenfalls ein Büro hier beziehen würde. Wie das wohl wäre, tagtäglich mit Kyle zusammenzuarbeiten? Wie würde sich das auf die Beziehung auswirken? Angenommen, sie stimmte der Übernahme zu – würde sie dann die Freiheit und das Ansehen, für das sie so hartnäckig gefochten hatte, einbüßen? Außerdem: Was sollte Kyle daran hindern, sie vor die Tür zu setzen, falls er mit ihrer Arbeit unzufrieden war? Ein schlichter Passus im Vertrag bot da nur wenig Trost. Die *Sterling Recording Company* war in der Lage, Juristen und Kapital aufzubieten, gegen die Maren nicht den Hauch einer Chance hatte. Sobald *Festival* in sein Eigentum überging, konnte Kyle nahezu nach Belieben damit verfahren.

Erfasst von einem dumpfen, beklemmenden Gefühl, folgte sie einer molligen elegant gekleideten Assistentin zu Kyles Büro. Dort klopfte die Dame kurz an, öffnete die Tür und bat Maren in Kyles Reich. Maren zögerte nicht lange und betrat ein ziemlich unaufgeräumt wirkendes Zimmer. Kyle saß hinter einem modernen Schreibtisch aus Chrom und Glas, der mit Akten überladen war. Ein rascher Blick verriet Maren, dass es in dem geräumigen Büro ähnlich aussah. Es war zwar ziemlich vollgestopft, doch womit, das war nicht leicht zu erkennen. Randvolle Kartons, Fotos und Auszeichnungen sowie allerlei Krimskrams verteilten sich wahllos über Fußboden und Mobiliar.

„Mr Sterling", meldete die etwas blasiert wirkende Sekretärin just in dem Moment, als Kyle von seinen Akten aufschaute. „Miss McClure ist da."

„Vielen Dank, Grace", erwiderte er, womit die Angesprochene entlassen war.

Die reagierte mit einem knappen Nicken. Ohne das Durcheinander im Chefbüro eines Blickes zur würdigen, stöckelte sie an einem überquellenden Papierkorb vorbei und schloss, formvollendet und stilvoll, leise die Tür hinter sich.

„Was ist denn hier los?", fragte Maren, wobei sie Kyle argwöhnisch beäugte. „Sieht mir nach Putztag aus, aber du wirst doch deswegen nicht extra nach L.A. gefahren sein."

„Hergefahren bin ich deinetwegen", konterte er demonstrativ und erhob sich. „Wir haben einiges zu erledigen." Er trug eine Kakihose und ein Hemd mit aufgekrempelten Ärmeln, jedoch keine Krawatte. Der Binder lag achtlos über einer Stuhllehne, über die er auch das Sakko geworfen hatte. Die Arme über der Brust verschränkt, musterte er Maren mit einem raschen Blick. Er wirkte angespannt. Um den Schreibtisch herum trat er auf Maren zu. „Ich ziehe um", stellte er fest.

„Wie bitte?" Einigermaßen konsterniert stand sie da und guckte ihn ratlos an. „Umzug? Wohin? In ein anderes Büro?"

„Ich bringe das Nötigste nach La Jolla", erklärte er und massierte sich anschließend mit den Fingerspitzen den Nacken.

Mit einiger Mühe behielt Maren ihr brüchiges Lächeln bei, merkte jedoch, wie Enttäuschung in ihr aufwallte. Er geht fort! Vermutlich überließ er das Tagesgeschäft einem seiner Lakaien. Unerklärlicherweise fühlte sie sich hintergangen, als hätte er sie geködert und ihr um ein Haar die Firma abgeschwatzt – und alles nur, um sie und ihre Produktionsfirma postwendend einem namenlosen Vize zu überlassen. Zum ersten Mal seit Beginn der Übernahmeverhandlungen begriff Maren, dass sie im Falle eines Verkaufs ihrer Firma womöglich keineswegs automatisch in Kyles Unternehmen weiterarbeiten konnte. Vielleicht hegte er sogar die Absicht, sein gesamtes Unternehmen zu verkaufen, und zwar mit allem, was daran hing. *Festival Productions* würde dann logischerweise mitveräußert werden – eine Vorstellung, bei der ihr unangenehm flau im Magen wurde.

„Freut mich, dass du da bist!" Er trat auf sie zu, schloss sie in seine starken Arme und küsste sie heftig und fordernd. Seufzend senkte sie die Lider und spürte, wie ihr Blut vor lustvoller Spannung in Wallung geriet. Ihre quälenden Zweifel verflogen schlagartig, sobald er leise ihren Namen flüsterte. Sie schmolz regelrecht dahin.

Seine Hände, die sogleich auf vertraute Weise ihren Rücken berührten, fühlten sich warm an; das weiche Jerseykleid bot ihnen nur wenig Widerstand. Die Lippen an ihrem Hals, nestelte er bereits an den Knöpfen, sodass sie ein lustvolles Stöhnen nicht unterdrücken konnte.

„Warte, Kyle", murmelte sie und bemühte sich, sich aus seiner gebieterischen Umarmung zu winden.

„Genug gewartet!", murmelte er. Er liebkoste nach wie vor ihren Hals, um sich danach der empfindsamen Stelle neben dem Ohr zu widmen. „Viel zu lange …"

Tief durchatmend und um einen klaren Kopf bemüht, stemmte Maren die Hände gegen seine Brust, sodass er sich notgedrungen von ihr lösen musste. Seine Augen, bemerkte sie dabei, wirkten auf einmal rauchgrau und ließen erkennen, dass tief in ihm eine quälende, lang unterdrückte Leidenschaft loderte.

„Jetzt klär mich erst mal auf …", wisperte sie, wobei sie versuchte, ihr aufsteigendes Verlangen zu ignorieren. „Was hat das hier alles zu bedeuten?" Sie gestikulierte wild mit der Hand. „Was soll das heißen, du ziehst nach La Jolla? Du räumst doch nicht etwa deinen Sessel, oder?"

„Ich und zurücktreten? Nie im Leben!"

„Ich verstehe nicht ganz. Wer leitet denn dann das Unternehmen?"

„Na, ich!"

„Von deiner Strandvilla aus?", hakte sie ungläubig nach.

„Allerdings."

„Wieso das denn?"

„Einige Seiten an mir sind dir noch unbekannt", betonte er. „Bei deinem Besuch neulich in La Jolla habe ich versucht, sie dir zu erklären, aber du wolltest es nicht hören. Aus persönlichen Gründen möchte ich in der Nähe von San Diego bleiben." Langsam gab er sie frei, doch dass er sein Begehren mit aller Macht zügeln musste, war nicht zu übersehen. Ungeduldig fuhr er sich mit den Fingern durchs Haar.

Kyle spürte, dass Maren etwas auf dem Herzen lag. Erst am Tage zuvor hatte man eine schlechte Kopie von Mitzi Danners bisher unveröffentlichter Single in San Francisco entdeckt; sie konnte nur direkt von *Festival Productions* stammen. Vielleicht war Maren deswegen gekommen? Sie hatte schließlich versprochen, ihn umgehend zu unterrichten, sollte das Problem erneut auftauchen.

„So ganz verstehe ich das immer noch nicht. Wer ist denn dann zuständig für das Tagesgeschäft? Wer ist verantwortlich, wer hat Entscheidungsbefugnis?" Nach seinen persönlichen Gründen für sein Verbleiben in La Jolla fragte Maren nicht; sie ging davon aus, dass sie seine Exfrau betrafen. Den Gedanken jedoch, als Rivalin gegen Sterling Rose antreten oder Kyle mit einer anderen teilen zu müssen, fand sie unerträglich.

Kyle lehnte sich an den Schreibtisch, die langen Beine von sich gestreckt, die Hände auf der verchromten Schreibtischkante. Besorgt und nachdenklich runzelte er die sonnengebräunte Stirn. „Die einzelnen Abteilungen werden weitergeführt wie jetzt auch. Falls ein Abteilungsleiter mit einem bestimmten Problem nicht klarkommt, hat Ryan Woods das letzte Wort. Er trifft dann die entsprechende Entscheidung oder setzt sich mit mir in Verbindung … zumindest bis zu meiner Rückkehr."

Maren zog fragend die dunklen Brauen hoch. „Demnach hast du doch vor, zurückzukommen?"

„Wenn es die Umstände erlauben …", entgegnete er achselzuckend.

„Du drückst dich vor der Antwort."

„*Du* wolltest doch nicht in mein Privatleben eingeweiht werden!", gab er zurück. „Schon vergessen?"

„Da wusste ich auch noch nicht, dass dein ‚Privatleben‘, wie du das zu nennen beliebst, über meine Zukunft und die meiner Angestellten mitbestimmt. Du forderst von mir die Entscheidung darüber, ob ich meine Firma und mein Können an dein Unternehmen verkaufe, und nach der endgültigen Übernahme hast du möglicherweise mit *Festival* gar nichts mehr zu tun!"

„Und?"

„Ich weiß gern, woran ich bin, ehe ich meine Unterschrift unter einen Vertrag setze!", stieß sie aus. „Wer dann *Sterling Records* führt, der bestimmt auch über meine Zukunft."

„Und du traust keinem, den ich ernenne?"

„Oder dem du *Sterling* verkaufst."

„Von einem Verkauf der Plattenfirma kann überhaupt keine Rede sein", erwiderte er unwirsch, die Arme über der Brust verschränkt, der Blick entschlossen und eindringlich. „Und jetzt hörst du mir ausnahmsweise mal genau zu!" Ehe sie aufbegehren oder auch nur widersprechen konnte, stieß er sich ab, kam auf sie zu und fasste sie bei den Oberarmen. „Ich muss wegen meiner Tochter Holly in La Jolla bleiben!" Er sah sie todernst an. „Es könnte nämlich sein, dass mir das Sorgerecht zugesprochen wird. In diesem Fall komme ich nicht mehr nach Los Angeles zurück, zumindest so lange nicht, wie Holly noch zur Schule geht. La Jolla war immer ihr Lebensmittelpunkt; ich werde den Teufel tun und sie nach L.A. zerren. Das brächte ihr Leben nur noch mehr durcheinander, als es sowieso schon ist."

Seine Tochter! Das gemeinsame Kind mit Rose … Deswegen also zog er nach La Jolla! Sie spürte, wie aufgewühlt er war, und es tat ihr in der Seele weh. Verglichen mit der Sorge um sein Kind waren die Befürchtungen um ihre Firma eine Bagatelle.

„Kyle", flüsterte sie, dermaßen bewegt, dass ihre Stimme auf einmal ganz heiser klang. „Du musst mir nichts von ihr erzählen … Es geht mich ja nichts an …"

Er verstärkte den Griff um ihre Oberarme und riss sie heftig an sich. Durch ihr Kleid hindurch spürte sie seine muskulösen Oberschenkel, die sich gegen ihre Beine schmiegten. Ihre Brüste an seinen breiten Brustkorb gepresst, hielt er Maren einen Moment, um sie dann allmählich loszulassen. „Ach, Maren", seufzte er. „Was an mir und meiner Tochter macht dir eigentlich solche Angst?"

Sie hob langsam den Kopf und hielt Kyles vorwurfsvollem Blick unbeirrt stand. „Ich habe keine Angst", protestierte sie. „Ich bin nur vorsichtig. Ich möchte nicht in etwas hineingeraten, aus dem ich hinterher nicht wieder herauskomme."

„Was soll denn das heißen?"

Ihre Gedanken schweiften zurück zu Brandon und zu der finanziellen Verpflichtung, die sie an ihn kettete. Würde sie jemals davon freikommen? So frei, dass sie sich ganz und gar an einen anderen Mann binden durfte? „Das bedeutet, dass ich es mir wegen unserer Übernahmeverhandlungen nicht leisten kann, ein allzu enges Verhältnis mit dir anzufangen …"

„Mir scheint, das hast du aber schon, meinst du nicht auch? Oder bist neulich nachts am Strand nur mal kurz schwach geworden?"

„Das dürftest du besser wissen."

„So? Wieso treibst du dann dieses Spiel mit mir? Mal denke ich, jetzt verstehe ich dich endlich, und im nächsten Moment kriege ich schon wieder Zweifel."

„Vielleicht steht für uns beide geschäftlich zu viel auf dem Spiel", log sie, um bloß nicht ihre hoffnungslose Beziehung zu Brandon zur Sprache bringen zu müssen.

„Du drückst dich doch nur um das eigentliche Thema herum", hielt er ihr mit schmalen Augen vor.

„Das sehe ich anders. Du weißt ebenso gut wie ich, dass die Videoproduktion euch Plattenproduzenten gerettet hat. Eure komplette Branche ging den Bach runter, und ihr seid erst durch die Videoclips wieder auf die Beine gekommen. Fazit: Deine Firma braucht meine. Und umgekehrt."

Er runzelte die Stirn. „Moment mal, Maren! Hier geht's nicht ums Geschäft, sondern um unsere Beziehung. Oder willst du mir zu verstehen geben, dass du nur noch auf beruflicher Basis mit mir zu tun haben willst?" Ein Zucken in seiner Wange verriet, wie gespannt er auf die Antwort wartete.

„Ich weiß selber nicht, was ich will", gestand sie leise und stockend. „Zumindest was dich angeht. Wenn ich nur wüsste, dass das, was ich möchte, für uns beide das Beste ist …" Schließlich fasste sie sich ein Herz und ließ ihre Zurückhaltung fahren. „Wir haben schließlich beide gescheiterte Ehen hinter uns."

„Ich verlange doch nicht, dass du mich heiratest! Es reicht mir schon, wenn du mir ein wenig von deiner Zeit schenkst. Ist das so schwer zu akzeptieren?" Sein Ärger verwandelte sich in Verwirrung, und als Maren ihm in die Augen sah, ging ihr das Herz auf. *Er hat dich gern!* Jan und alle anderen, die ihn nach Klatsch und Tratsch beurteilten, lagen falsch!

„An sich nicht", erwiderte sie.

Er wurde sichtlich entspannter. „Na also! Dann lass uns jetzt das Geschäftliche erledigen, damit wir's hinter uns haben. Es gibt ja auch noch was anderes", fügte er vielsagend hinzu.

Sie überhörte seine Anspielung bewusst und griff nach ihrer Aktentasche, dankbar über den Stimmungsumschwung und erleichtert, dass der Streit beigelegt war – vorerst zumindest. Sie hatte Kyle viel zu lange nicht gesehen, um sich mit ihm Wortgefechte zu liefern. Sie nahm ihre Entwürfe heraus.

„Die sind noch etwas provisorisch", erklärte sie vorsorglich, während sie ein paar Akten beiseiteschob und die Zeichnungen auf die Glasplatte legte. „Wir haben uns Folgendes gedacht: Wir benutzen für jedes Video des *Mirage*-Albums dieselben Protagonisten, wie du es vorgeschlagen hattest. Der Witz an der Sache aber wird sein, dass jeder Song in einer anderen Epoche angesiedelt ist. Beim ersten Titel, also ‚Yesterday's Heart', fangen wir mit der Wirtschaftskrise in den Dreißigerjahren an. Jeder weitere Song spielt dann zehn, fünfzehn Jahre später. Der letzte bewegt sich somit in einer futuristischen Welt."

Stirnrunzelnd blätterte Kyle die Entwürfe durch und begutachtete konzentriert die Zeichnungen. Da er sich jeden Kommentars enthielt, sah sie sich veranlasst, mit ihren Erklärungen fortzufahren. „Für die Action-Sequenzen der ersten drei Cuts sind Tänzerinnen und Statisten bereits engagiert und die Kostüme in Arbeit. Das einzige Problem bis jetzt ist, dass unsere Protagonistin sich letzte Woche beim Rollerskaten in Venice Beach das Bein gebrochen hat."

Kyle sah auf und schaute sie fragend an. „Und? Habt ihr Ersatz?"

Maren nickte. „Ich warte noch auf den Rückruf von ihrem Agenten." Sie wartete gespannt, während Kyle sich wieder den Entwürfen widmete. „Also", fragte sie, als er sich nicht zu den Zeichnungen äußerte. „Was hältst du davon?"

„Aus meiner Sicht ganz in Ordnung", stellte er fest.

„Ganz in Ordnung? Das ist alles?" Sie versuchte sich ihre Enttäuschung nicht anmerken zu lassen. „Diese Storyboards sind das Ergebnis von vollen zwei Wochen Blut, Schweiß und Tränen!"

„Was soll ich dazu sagen? Das hier erledigt normalerweise einer meiner Mitarbeiter", erwiderte er nüchtern. „Ich habe ein Spitzenprodukt von dir erwartet und bin nicht enttäuscht worden." Mit dem Zeigefinger wies er auf die oberste Skizze. „Dafür habe ich dich engagiert, und deswegen will ich deinen Laden ja kaufen." Angesichts ihrer etwas pikierten Miene setzte er hinzu: „Was hast du erwartet? Ich neige eben nicht dazu, gleich mit üppigen Komplimenten um mich zu werfen, wenn einer gute Arbeit abliefert. Jedenfalls nicht, solange der Job noch nicht endgültig erledigt ist."

„Ein bisschen mehr Begeisterung könntest du aber schon an den Tag legen", erwiderte Maren lächelnd.

„Ich habe dich engagiert, weil du der kreative Geist bist." Er klatschte mit der flachen Hand auf das oberste Blatt. „Wenn du sagst, das klappt, dann wird es schon stimmen." Beide Arme aufgestützt, beugte er sich über den Schreibtisch und blickte zu Maren hoch. „Frage: Siehst du für die Zukunft irgendwelche Probleme mit der Herstellung?"

Maren schüttelte den Kopf. Der Schein der untergehenden Sonne fing sich in ihren kupferroten Locken. „Nicht dass ich wüsste. *Mirage* mitsamt Frontmann sind einverstanden, die Drehorte ausgesucht. Die Choreografin hat bereits zwei Tanzsequenzen einstudiert …" Sie hob anmutig die Schultern. „Wir liegen genau im Plan, es sei denn, die Musikergewerkschaft bricht auf den letzten Drücker noch einen Streik vom Zaun."

„Und vorausgesetzt, du kriegst die Ersatzschauspielerin."

„Ich glaube, da braucht man sich keine Sorgen zu machen. Das Mädchen, das ich engagieren möchte, heißt Janie Krypton, ist relativ unbekannt und betrachtet den Einsatz als Sprungbrett zur großen Karriere. Musikvideos sind ziemlich problemlos zu besetzen, seit Cindy Rhodes den Sprung auf die Kinoleinwand geschafft hat." Maren lächelte. „Janie ist ein großer *Mirage*-Fan. Ich bin überzeugt, sie wird als Partnerin von J. D. hervorragend bestehen."

„Alles klar." Kyle reichte ihr den Stapel zurück. „Du glaubst also, du kannst den Fertigstellungstermin einhalten?"

„Ich denke, schon. Die eigentlichen Dreharbeiten für den ersten Song werden einige Tage in Anspruch nehmen, das Bearbeiten dauert dann noch mal gut eine Woche. Wenn nichts Unvorhergesehenes passiert, bleibt es beim Stichtag 1. Juni." Sie nahm ein weiteres Blatt aus der Tasche. „Ich glaube, ich könnte sogar das Joey-Righteous-Video noch dazwischenquetschen, wenn du die Güte hättest, seinen Vertrag gegenzuzeichnen." Sie verstaute ihre Storyboards penibel und wartete darauf, dass Kyle den Vertrag unterschrieben zurückgab.

Kyle ließ sich allerdings Zeit. Falls Ryan recht hatte, gab es bereits Raubkopien des jüngsten Albums von Mitzi Danner. Durfte er dasselbe Risiko jetzt bei Joey eingehen? Schon das *Mirage*-Album war ein gewagtes und kostspieliges Unterfangen.

„Meinst du nicht, du solltest dich vorerst auf *Mirage* konzentrieren?", schlug er vor.

Plötzlich lag wieder eine gewisse Spannung in der Luft. „Das kriegen wir alles hin. Und wenn ich recht informiert bin, soll ‚Restless Feelin'' genau dann veröffentlicht werden, wenn Joey zu seiner Japan-Tournee aufbricht."

„Das stimmt, aber das ist erst Ende des Monats. Lass uns warten, bis das erste *Mirage*-Video fertig ist", entschied er und reichte ihr den Vertrag wieder.

Warum schob er die Sache auf die lange Bank? Wegen des bevorstehenden Verkaufs etwa? „Verschweigst du mir etwas?", fragte Maren und legte die Papiere nicht in die Aktentasche zurück, sondern auf den Schreibtisch, was Kyle kommentarlos zur Kenntnis nahm.

„Was denn, zum Beispiel?"

„Warum zierst du dich so bei Joeys Vertrag? Das sieht dir eigentlich gar nicht ähnlich."

„Kann schon sein", gab er zu. „Nur finde ich, es wäre für beide Seiten das Beste, wenn wir uns nicht mit zu vielen unerledigten Verträgen belasten, solange wir uns nicht über die Übernahmebedingungen geeinigt haben."

„Du benutzt die nicht unterzeichneten Verträge als Druckmittel, damit ich meine Unterschrift unter die Übernahmevereinbarung setze?"

„So war das nicht gemeint."

„Es ist aber so", betonte sie und merkte zu ihrem Unwillen, wie ihre Wangen vor Zorn ganz warm wurden. „Willst du mich zappeln lassen, Kyle?"

„Wieso kannst du mir nicht einfach mal vertrauen?"

„Weil Vertrauen keine Einbahnstraße ist und weil ich merke, wenn jemand mir vorsätzlich eine Falle stellt. Ich bin doch nicht naiv!"

„Du verstehst das alles vollkommen falsch."

„Dann beweis es!" Maren deutete auf den Vertrag. „Wenn ich so falschliege, dann unterschreib!" Ihre Augen waren beunruhigend dunkel geworden.

„Ich muss dir überhaupt nichts beweisen, Maren." Seine Stimme klang bedrohlich leise. „Du kennst mich gut genug und weißt, mein Wort gilt."

„Soll das heißen, meins nicht?", fauchte sie, wobei sie sich insgeheim fragte, was seine andauernden versteckten Andeutungen eigentlich sollten.

„Doch, schon, aber eins möchte ich gern wissen: Wenn du in deiner Firma ernsthafte Probleme hättest, würdest du mich das wissen lassen, oder?"

„Natürlich!"

„Selbst wenn der Verkauf dadurch in Gefahr geriete?", hakte er nach.

„Worauf willst du hinaus, Kyle? Wenn dich irgendetwas an meinem Unternehmen stört, dann heraus damit!"

„Die Frage ist rein hypothetisch", wand er sich heraus. Er war keineswegs überzeugt, dass die Mitzi-Danner-Single wirklich raubkopiert worden war, und solange die Fakten nicht auf dem Tisch lagen, konnte er Maren schlecht einen Vorwurf machen. Ryan hatte allerdings versprochen, ihm einen Beweis zu präsentieren.

„Dann solltest du dir überlegen, ob du den Vertrag von Joey Righteous nicht doch besser abzeichnest. Er verlässt sich nämlich auf uns beide. Ich habe ihm gesagt, ich würde mit dir sprechen und dass wir, dein Einverständnis vorausgesetzt, sein Video dann in Produktion gehen lassen."

„Und wenn ich Nein sage?", fragte Kyle, alle Muskeln gespannt.

„Das kann ich mir nicht vorstellen. Ich habe Joey aber auch gesagt, dass ich ihm Bescheid gebe, falls er sich persönlich an dich wenden soll …" Sie schmunzelte.

„Drohst du mir etwa!", rief er ironisch.

„Du hast die Wahl."

„Entweder, ich unterschreibe – oder du hetzt mir Joey auf den Hals?"

„Deine Entscheidung."

Kyle grinste. „Mit Joey werde ich schon fertig."

„Was musst du eigentlich so unerträglich sein?", gab sie zurück. „Soll das etwa so weitergehen, wenn und falls ich meine Firma an dich verkaufe?"

„Ich muss mich vorsehen", erklärte er. „Wir hatten hier ein paar Probleme; die muss ich erst in den Griff kriegen, bevor ich mir noch weitere einhandle." Er nahm ihr den Vertrag ab und schnipste ihn in die Luft. Das Blatt flatterte ein Stückchen und landete mitten in dem Chaos auf seinem Schreibtisch. „Es ist schon nach fünf", bemerkte er und umschloss ihre Handgelenke. „Lass uns das Geschäftliche für den Rest des Abends vergessen."

Er zog sie sanft an sich. „Ich kann mir was viel Besseres vorstellen", murmelte er. Seine Lippen streiften sanft ihre Wange, dann ihren Mund wie eine lustvolle Verheißung, sodass Marens Sinne erwachten. „Hast du heute Abend schon was vor?", fragte er, mit warmen Fingerspitzen zart ihren Hals liebkosend.

„Jetzt schon", sagte sie, die Hände in seinem dichten dunkelbraunen Haar vergraben. Joey Righteous, nicht unterschriebene Verträge, ihre Firma – all das trat in den Hintergrund.

Er lächelte unergründlich, und seine grauen Augen funkelten. „Komm, wir gehen nach oben!"

„Nach oben?"

„Ich habe dort eine Wohnung. Da logiere ich, wenn ich in der Stadt bin."

Den Kopf schräg gelegt, fixierte Maren ihn schelmisch durch ihre dichten Wimpern. „Haben Sie etwa die Absicht, mich zu verführen, Mr Sterling?"

„Nicht bloß das!", versprach er lachend. „Ach, was ich nicht alles mit dir vorhabe!" Mit spitzbübischem Grinsen schwang er sich sein Sakko über die Schulter, griff sich mit einer Hand Marens Aktentasche und zog sie mit der anderen am Handgelenk mit.

Die Wohnung befand sich im obersten Stock des Gebäudes. Sie war in Weinrot, Blau und warmen Naturtönen gehalten; moderne Möbel gruppierten sich in lockeren Arrangements beim Fenster, das einen Blick auf die City bot.

„Und das soll eine Junggesellenbude sein?", fragte Maren. Der Wohnbereich bestand aus einem einzigen großen Raum, doch der war alles andere als eine beengte Mansarde.

„Na ja, grob gesprochen", räumte er ein.

„Du bist gut! Man könnte hier ja glatt drei Familien unterbringen!"

Er hatte ihre Hand losgelassen und stellte die Aktentasche ab. Nachdem er sein Jackett über einen Polstersessel geworfen hatte, wandte er sich zu Maren um und schaute ihr tief in die Augen. Sie spürte, wie ihr ein erregendes Prickeln über die Haut lief.

„Hast du Hunger?", fragte er, sie bei beiden Händen fassend.

„Wie ein Wolf."

„Ich hab uns was bestellt", raunte er verschwörerisch. „Es gibt etwas ganz Ausgefallenes und Romantisches."

„Sieh an!", tadelte sie ihn leise lächelnd, wobei ihre Zähne aufblitzten und wieder das Grübchen in ihrem Kinn zum Vorschein kam. „Dann hattest du es also von vornherein darauf abgesehen, mich hierherzulocken."

„Abgesehen nicht, aber gehofft", korrigierte er. „Ich wollte dir gern zeigen, wo ich wohne, wenn ich in L.A. bin." Er durchquerte das Zimmer, vorbei an einer in gedämpftem Blaugrau gehaltenen Sitzgruppe. „Komm mal her …"

Sie folgte ihm zu den riesigen Fenstern der rückwärtigen Wand. Von dieser Warte, hoch über den Nachbargebäuden, bot sich ein Ausblick auf das gesamte Hollywood ringsum. „Das Panorama muss nachts ja geradezu atemberaubend sein!", vermutete sie, während sie dem regen Verkehr zusah, der sich auf die Stadtautobahnen zubewegte.

„Wenn du lange genug bleibst, kannst du dich selbst überzeugen." Er verschwand in einem nischenartigen Nebenraum, vermutlich der Küche. Binnen weniger Minuten tauchte er wieder auf und stellte eine große Schachtel sowie zwei Getränkedosen auf den Esstisch.

„Pizza?", fragte sie, als er den Deckel öffnete.

„Heiße Pizza und kaltes Bier", bestätigte er.

„Das nennst du ‚ausgefallen und romantisch'?", flachste sie amüsiert. „Wie kommt's, dass ich mich auf Champagner und Austern eingestellt hatte?"

„Weiß ich doch nicht!", erwiderte er und lud sie ein, Platz zu nehmen. „Ich meinte ja nicht das Essen, sondern die Gesellschaft."

Sein Kompliment entlockte ihr ein Lächeln. „Falls du meinst, du müsstest nur genug Süßholz raspeln und ich unterschreibe den Kaufvertrag, ist das auf jeden Fall ein Schritt in die richtige Richtung."

„Hier geht's nicht um unsere Unternehmen. Dieser Abend gehört nur uns beiden." Er schenkte ihr ein Glas Bier ein und reichte es ihr. „Ist dir das recht?"

„Durchaus", murmelte sie und nahm einen Schluck von dem kalten Getränk. „Nichts dagegen!"

Als sie gegessen und abgeräumt hatten, war es bereits dunkel geworden. Die Unterhaltung war leicht und unbeschwert dahingeplätschert. Inzwischen völlig entspannt, hatte Maren sich ihrer Schuhe entledigt, sodass sie nun den weichen Teppich unter ihren Füßen spürte.

Kyle öffnete eines der Fenster, und die Geräusche der City drangen zu ihnen herauf: gedämpfte Stimmen, Motorengebrumm, gelegentlich laute Musikfetzen aus einem vorbeifahrenden Auto.

Beide Arme um die an die Brust gewinkelten Beine geschlungen, das Kinn auf die Knie gestützt, saß Maren auf dem Fußboden vor dem Fenster und starrte in die Dämmerung. „Fühlst du dich wohl hier?", fragte sie, nachdem Kyle sich neben ihr niedergelassen hatte. „Es ist ganz anders als deine Strandvilla."

„Die Wohnung hat mir gute Dienste geleistet", bemerkte er, eingehend ihre feinen Gesichtszüge musternd. Die Hand ausgestreckt, zeichnete er mit dem Zeigefinger die schlanke Linie ihres Halses nach – eine Berührung, bei der sich ihr Puls beschleunigte. Als sie den Kopf drehte und Kyle ansah, stellte sie fest, dass jegliche Spur von Belustigung aus seinem Blick verschwunden war. Seine Stimme senkte sich zu einem kehligen Flüstern. „Du kannst dir nicht vorstellen, was ich in den letzten zwei Wochen durchgemacht habe! Diese Sehnsucht nach dir – und dich dann nicht einmal berühren zu können! Es war zum Verrücktwerden!"

Je dunkler es im Zimmer wurde, desto rascher löste sich die unbeschwerte, zwanglose Stimmung, die während der einfachen Mahlzeit geherrscht hatte, auf. Mit einem Blick voll unterdrückter Leidenschaft neigte Kyle sich Maren zu und schloss sie in die Arme.

„Sag, dass du dich nach mir gesehnt hast!", bat er, ohne die Augen von ihr abzuwenden. „Sag, du hast allein im Bett gelegen und dir gewünscht, dass ich neben dir liege und deine Sehnsucht stille."

Bei seinen Worten blieb ihr fast das Herz stehen. Sie dachte an die vergangenen einsamen Nächte, an die quälenden Stunden, in denen sie wach gelegen hatte, allein mit ihren Erinnerungen an seine Zärtlichkeiten. „Oh ja", stieß sie aus und schloss die Augen. „Ich habe mich nach dir gesehnt … so verzweifelt gesehnt, dass ich manchmal glaubte, ich könnte es ohne dich keinen Moment mehr aushalten!"

Lustvoll stöhnend glitt er mit der Hand aufwärts und umfasste Marens Kinn. „Du bist die faszinierendste Frau der Welt", bekundete er leise, um dann den Mund auf ihren zu pressen. Zart und so zurückhaltend, wie es sein ausgehungerter Körper eben noch zuließ, küsste er sie, und sie kam ihm seufzend entgegen, öffnete die Lippen, lud ihn wortlos ein, sie zu erobern und zu erforschen mit Leib und Seele.

Sowie sich ihrer beider Zungen in einem intimen ruhelosen Tanz vereinten, rauschte Maren das Blut wie flüssiges Feuer durch ihre Adern. Die Finger in seinem Haar vergraben, schmiegte sie sich enger an ihn, fühlte durch den weichen Stoff ihres Jerseykleides Kyles Hand. Die Knospen erregt, der Busen schwer vor Verlangen, war sie bereit für ihn und jenes wundersame Gefühl, das er in ihr zu entfachen vermochte. Als er den Mund von ihren löste, keuchte sie enttäuscht auf, doch gleich darauf wanderte Kyle mit seiner Zunge sanft an ihrem Hals entlang. Tief in ihr loderte die Begierde auf. Mit der Zungenspitze zog er kleine Kreise auf ihrem Hals, um dann eine heiße Spur hinunter zu ihrem Dekolleté zu hinterlassen.

Die Lippen inzwischen an Marens Schultern, nestelte Kyle an den Knöpfen ihres Kleides. Dann, die Hände um ihre vollen Brüste, verwöhnte er die empfindlichen Brustwarzen, bis sie sich ihm unter dem spitzenbesetzten Seidenhemdchen entgegenreckten.

„Lass mich dich lieben!", raunte er heiser und öffnete noch einen Knopf.

„Oh Kyle, bitte …", murmelte sie, während ein weiterer Knopf durch das Knopfloch glitt. Noch immer spürte sie seine Zunge feucht auf ihrer Haut, und ein wohliger Schauer durchströmte sie.

Der letzte Knopf, und das Kleid sank zu Boden. Warme Nachtluft liebkoste ihre Haut. Ein winziger Schweißtropfen lief ihren Hals hinunter und wurde von Kyles wartender Zunge aufgefangen. Behutsam streifte er ihr die Träger des Hemdchens von der Schulter, sodass sich ihre Brüste seinem Blick darboten. Ein tiefes Stöhnen entrang sich seiner Kehle.

Den Kopf gesenkt, umschloss er zart mit den Lippen die Knospe und reizte sie. Maren stieß einen Laut voll bittersüßer Qual aus, der ihn bis ins Mark traf.

Die Finger noch ungestümer in sein Haar gekrallt, presste sie sich enger an ihn und hielt ihn wie verzweifelt umfangen. Heißer Atem umspielte ihre Brüste; das brennende Sehnen in Maren wurde stärker und stärker, heiß wie Glut.

Feine Schweißperlen glänzten auf seiner Stirn, mit aller Macht zähmte Kyle seine Lust, um das Vergnügen endlos auszudehnen. Das Verlangen pochte in ihm, gierte nach Erlösung. Am liebsten hätte er sich sofort in ihr verloren. Doch er riss sich zusammen und strich mit den Fingern federleicht an ihren Beinen hinauf, aufwärts von der Wade an, lustvoll den verlockenden Schwung kostend.

Als er die Lippen von ihr löste, erbebte Maren seufzend. Ihr Atem ging stoßweise, ihre Brust hob und senkte sich rasch. Und als sich Kyles Finger langsam, so quälend langsam an ihrem Bein heraufstahlen, da fühlte sie sich wie in flüssige Hitze getaucht.

Dann endlich lag sie im Halbdunkel auf dem Teppich, entblößt und erregt unter Kyles forschenden Blicken, der sich nicht an ihr sattsehen konnte. Neben ihr kniend, begann er sein Hemd aufzuknöpfen. Voller Erwartung verfolgte sie, wie der Stoff auseinanderfiel, um seinen durchtrainierten Oberkörper freizugeben.

Sobald er sich des Hemdes entledigt hatte, streckte sie die Hand aus, folgte mit dem Finger dem Schwung des Bizeps über die Schulter hinauf zum Hals, um anschließend seine muskulöse Brust zu erforschen. Während er sich die Hose auszog, fühlte sie unter ihrer Hand, wie sich seine Muskeln anspannten.

Endlich kniete er nackt über ihr, ihr tief in die Augen schauend, voller Verheißung. Sie ließ die Fingerspitzen über seine Schenkel gleiten.

Er beugte sich tief über sie und umfasste ihre Taille. Die Finger in ihren Locken, streckte er sich über sie. Maren konnte seinen Herzschlag hören, erkannte das wilde Begehren in seinem Blick, spürte die festen straffen Muskeln, wie er sich niedersenkte, süße, willkommene Last.

Die Ellbogen beiderseits ihre Kopfes aufgestützt, die Lippen heiß auf den ihren, bewegte er sich unendlich langsam, öffnete mit dem Knie ihre Schenkel und berührte ihren Körper mit dem seinen in sanfter Verlockung. Das Rauschen in ihren Ohren schwoll zu einem Dröhnen, und sie bäumte sich auf. Sie wünschte sich nichts sehnlicher als das Gefühl leidenschaftlicher Erlösung, wenn er sich in ihr verströmte.

Den Blick verschwommen und voller Hingabe, das Haar feucht ihr Gesicht umrahmend, bog sie ihm ihren erhitzten Leib entgegen. Und als er auf sie niederblickte, da war es beinahe um ihn geschehen, da konnte er die wilde Begierde nicht länger zähmen.

„Ich liebe dich", stöhnte er und drang in sie ein. Ihrer beider Körper verschmolzen miteinander. „Ich liebe dich, Maren!" Und dann erfüllte er sie mit all der Liebe, die er ihr zu geben hatte.

*M*aren blinzelte in die durchs Dachfester fallenden Sonnenstrahlen. Dann rekelte sie sich genüsslich und betrachtete in aller Ruhe den schlafenden Kyle. Seine gebräunte Haut hob sich von den himmelblauen Laken ab. Leise in sich hineinlächelnd, streckte sie den Arm aus und strich ihm eine Strähne seines zerzausten Haars aus dem Gesicht. Just in dem Moment griff er nach ihrem Handgelenk und öffnete die Augen.

„Du hast gar nicht geschlafen, stimmt's?", fragte sie.

„Ich bin schon fast eine Stunde wach." Sein Blick wanderte über ihre entblößten Schultern.

„Warum hast du mich nicht geweckt?"

„Weil es mir Spaß gemacht hat, dir beim Schlafen zuzusehen." Seine Augen glitzerten verführerisch, als er ihre Hand losließ und ihr das Laken langsam am Körper herunterstreifte, sodass er sie auf den Brustansatz küssen konnte. Trotz des warmen Sonnenscheins auf ihrer nackten Haut bekam sie Gänsehaut, sowie er mit seinen Lippen ihre Brüste verwöhnte.

Leise stöhnend spürte sie, wie einmal mehr jenes flüssige Feuer durch ihren ganzen Körper zu strömen schien und das Laken immer tiefer abwärts über ihren nackten Bauch glitt.

„Lieber Himmel, wie schön du bist!", stieß er keuchend aus, während er sich über sie beugte. Er nahm sich Zeit, liebkoste ihre üppigen Brüste mit den aufgerichteten Knospen, bis sie sich ihm verlangend entgegenbog, hungrig nach mehr von seiner verlockenden Last. Er küsste sie auf den Mund, zärtlich und verheißungsvoll. Sie vergrub ihre Hände in seinem Haar und presste ihre heißen Lippen noch verlangender auf die seinen. Sacht ihren Mundwinkel streifend, bahnte er sich den Weg, und schon spürte sie seine köstliche warme Zunge, wie sie die geheimsten Winkel erforschte. Aus Marens Kehle löste sich ein leiser Lustlaut.

Mit den Fingern erkundete er weiter ihren Körper, voller Verheißung auf Erfüllung. Er umfasste ihre Taille und zog Maren dicht an sich. Wie sehr er sie begehrte!

Er wanderte mit dem Mund ihren Hals entlang, vor Entzücken stockte ihr der Atem. Und als er sie auf das Schlüsselbein küsste, erschauerte sie unter seiner kundigen Berührung. Du bist gerade dabei, dich hoffnungslos in ihn zu verlieben, schoss es ihr durch den Kopf. Nichts und niemand kann das noch verhindern!

Sinnlich eine Brust massierend, senkte er den Kopf und berührte die harte Knospe sanft mit den Lippen. Dicht an seinen Körper geschmiegt überwand sie ihre Zweifel und überließ sich der Verzückung, die von ihr Besitz ergriff. Lustvoll spürte sie seine warme Zunge, fühlte die bittersüße Qual seiner Liebkosungen auf ihrer Haut.

Mit dem Fuß schob er das lästige Laken beiseite und spreizte mit dem Knie ihre Schenkel. Als er den Kopf hob, waren seine Augen von einem schwelenden rauchigen Grau.

„Maren, Liebste", raunte er. „Wie habe ich mich nach dir verzehrt!"

„Und ich mich nach dir!", erwiderte sie träumerisch. Als er sich über sie schob, fühlte sie seine starken Muskeln.

Tief aus seiner Kehle stieß er ein leises Stöhnen aus. Schließlich unterwarf er sich dem drängenden Verlangen und folgte der Einladung ihres Körpers. Nachdem sie endlich eins geworden waren, gab sie sich ihm und dem sanften Takt seiner Bewegungen seufzend vor Begierde hin. Leidenschaftlich genoss sie den Moment der Erfüllung.

„Oh Kyle, bitte", flüsterte sie. „Ich möchte so sehr, dass du mich liebst!"

„Und ob ich dich liebe!", versicherte er. Worte wie Balsam und voller Zuversicht. Ganz gegen ihren Willen traten ihr die Tränen in die Augen, und für einen herrlichen Moment erlaubte sie sich, ihm Glauben zu schenken.

„Du solltest dir überlegen, ob du nicht zu mir nach La Jolla ziehst. Es wäre mir lieb." Es war eine einfache, ernste Aussage. Sein Herzschlag war zur Ruhe gekommen, aber sein Blick ging ihr durch und durch.

Maren fehlten die Worte. Sie wusste nicht recht; die Zärtlichkeiten, die er soeben geraunt hatte – vielleicht waren sie nichts weiter als vages Liebesgeflüster, dahingesagt in der Hitze der Sinnlichkeit. Man durfte sie nicht als Versprechen einer immerwährenden Liebe auffassen. Sie wusste, dass leidenschaftliche, in einer Liebesnacht geflüsterte Schwüre oft mit Beginn der Morgendämmerung schnell in Vergessenheit gerieten.

„Hast du gehört, was ich gesagt habe?" Er zog sie dichter an sich, doch sie brachte noch immer keinen Ton heraus. Behaglich in seine starken Arme geschmiegt, den Rücken dicht an ihn gepresst, ließ sie lediglich einen erfüllten Seufzer hören.

„Ja", flüsterte sie, das Gesicht von ihm abgewandt. „Ich weiß nur nicht, was ich dazu sagen soll."

„Sag Ja", drängte er sie sanft, die Lippen auf ihrem Nacken, in der Nase den Duft ihres Haars.

Sie erstarrte. „Kyle, bei unserer ersten Begegnung, da habe ich etwas dick aufgetragen …"

„Was meinst du?"

An der Unterlippe nagend, bemühte sie sich, ihre Gedanken zu ordnen. „Du hast ziemlich Gas gegeben, und ich wusste nicht, wie ich mich verhalten sollte. Im Grunde hatte ich Angst vor einer Affäre."

„Und jetzt … hast du keine mehr? Willst du das damit sagen?"

„Jetzt habe ich keine mehr", gestand sie leise.

Er drehte sie sacht zu sich um, sodass sie ihn ansehen musste. Als sie in seine nachdenklichen Augen blickte, wäre sie am liebsten darin versunken. Ihre Liebe zu ihm war so groß, dass sie auch ohne Trauschein mit ihm zusammengelebt hätte. Jedenfalls hätte sie ihn niemals aus purem Egoismus gegen seinen Willen in eine Ehe gezwungen.

Als könne er ihre Gedanken lesen, musterte er sie etwas verstört und streifte ihr eine verirrte Strähne aus der Stirn. „Eine Affäre würde dir reichen? Ist es das, was du mir sagen willst?", fragte er zweifelnd.

„Ja." Ihre Stimme zitterte kaum merklich. „Nicht dass du mich falsch verstehst – flüchtiger Sex ist nach wie vor nicht mein Ding …"

„Das weiß ich."

„Aber ich glaube, bei uns beiden – da ist es mehr."

„Na und ob es das ist! Deshalb möchte ich ja, dass du zu mir ziehst!" Die Hände auf ihren nackten Schultern, streichelte er sie verlockend mit den Daumen. Wie leicht es ihm fiel, sie zum Dahinschmelzen zu bringen!

Und doch schüttelte sie den Kopf. „Das geht nicht."

„Wieso nicht?" Er stemmte sich auf einen Ellbogen hoch und schaute auf sie hinunter.

Obwohl den Tränen nahe, rang sie sich ein Lächeln ab. Sie hätte ja nichts lieber getan, als mit Kyle zu leben und seine tiefsten Geheimnisse mit ihm zu teilen. „Zunächst einmal", flüsterte sie, „ersticke ich fast in Arbeit."

„Kannst du die nicht in La Jolla erledigen?"

„Wie denn, Kyle? Du weißt doch, wie eng es mit meinen Terminen jetzt schon aussieht! Du selber bist schließlich derjenige, der mir dauernd auf den Zehen steht!"

„Und dann willst du auch noch den Clip von Joey Righteous dazwischenquetschen?"

„Das ist ja wohl nicht das Gleiche!"

„Weiß ich. Aber kannst du die Arbeit nicht mal für eine Weile hintanstellen?", fragte er.

„Schwierig – zumal ich gerade mit dem Boss im Bett liege."

„Dann betrachte mich nicht als Chef – bloß als deinen Lover."

Sie merkte, wie sie bei der Vorstellung rot wurde. Er fasste sie bei den schlanken Handgelenken, zog ihre Arme lang nach unten und hielt sie so fest. Langsam senkte er den Kopf und küsste sie sacht auf eine Knospe, die unter der Berührung sogleich hart wurde. „Komm doch mit!", flehte er und verstärkte noch seinen Griff, als sie sich ihm lachend zu entwinden suchte. „Komm mit zu mir!"

„Ich würde ja gern, aber es ist ausgeschlossen."

„Maren, bitte!" Er gab ihre Arme frei und stupste sie zärtlich am Kinn. „Komm runter nach La Jolla, wenigstens übers Wochenende. Danach können wir immer noch über die Zukunft reden." Er sah ihr an, dass sie widersprechen wollte, und versuchte es mit logischen Argumenten. „Einiges an Arbeit lässt sich auch von der Strandvilla aus erledigen. Die Bibliothek steht dir zur Verfügung, Schreibtisch und Telefon hättest du da …" Er merkte, wie sie mit sich rang. „Und einen sagenhaften Blick aufs Meer obendrein."

Sie seufzte sehnsüchtig.

„Dann sag Ja!"

Sie überlegte kurz. „Meinetwegen. Aber erst ab morgen."

„Das reicht mir vollkommen." Er küsste sie auf die Wange und wälzte sich zur Bettkante.

„Kyle?" Ihr Ruf ließ ihn innehalten. „Du hast dein Übernahmeangebot für meine Firma gar nicht angesprochen. Wieso nicht?"

Er stand aus dem Bett auf und wandte sich zu ihr um. Ins Laken gekuschelt, blickte sie ihn forschend an.

„Ich fand das Timing nicht besonders passend."

„Aber du wolltest doch eine Antwort, oder?"

„Allerdings. Ich habe nachher sowieso einen Termin mit deiner Anwältin und meinem Anwalt. Offenbar hat deine Elise Conrad einige Bedenken wegen des Kaufvertrags. Stimmt das?"

„Sie meint, es gäbe noch Klärungsbedarf."

„Und wenn ich die Bedenken ausräume?", fragte er und musterte sie aufmerksam. „Wärst du dann geneigt, zu verkaufen?"

„Durchaus. Natürlich müsste ich vorher mit Elise sprechen."

„Natürlich", wiederholte er lakonisch und bemerkte ihren fragenden Blick. Das schmale Gesicht umrahmt vom zerzausten kupferroten Haar, wirkte sie sehr verletzlich.

„Es gibt da etwas, das ich wissen muss", sagte sie leise.

Er wappnete sich gegen den Vorwurf, der nun mit Sicherheit kommen musste. „Was denn?"

„Dir ist ja klar, dass du mir nicht verpflichtet bist, nicht wahr?", fragte sie.

„Verpflichtung hat mit meinen Gefühlen für dich nichts zu tun", gab er mit düsterer Miene zurück. „Ich habe dich gebeten, zu mir zu ziehen, weil ich es so möchte. Du brauchst dir nicht einzubilden, dass ich dir das aus Pflichtgefühl oder lauter Ritterlichkeit anbiete, nur weil wir miteinander geschlafen haben."

„Oder weil ich den Kaufvertrag für meine Firma noch nicht unterzeichnet habe?", fragte sie schnippisch.

„Du bist unmöglich!" Seine Augen blitzten. „Du schaffst es tatsächlich immer noch, mich mit deinen paranoiden Anwandlungen zu überraschen, was gar nicht so leicht ist. Ich hatte bisher eigentlich den unbestimmten Eindruck, du wärst eine Frau, die weiß, was sie will." Damit schnappte er sich seine Sachen und wandte sich Richtung Badezimmer. „Eine Antwort auf so eine Frage ist unter meiner Würde!", fuhr er fort und knallte die Tür hinter sich zu, womit jeder weiteren Auseinandersetzung schlagartig der Boden entzogen war.

Maren schürzte die Lippen. „Feigling!", flüsterte sie und schlug mit der Faust aufs Kissen. Was war hier eigentlich los? Was verschwieg er ihr? Den Anflug von Zweifel in seinem Blick konnte sie doch nicht einfach übersehen! Als würde er ihr misstrauen! Irgendetwas stimmte nicht, das spürte sie. Es gab etwas, das er ihr vorenthielt, und es hatte mit der Übernahme ihrer Firma zu tun. Aber wozu diese verflixte Geheimniskrämerei? Einmal mehr fühlte sie sich an Jans Unkenrufe erinnert.

Auch während sie sich anzog, schwelte der Zorn in ihr weiter. Als Kyle dann nur mit einer Hose bekleidet aus dem Badezimmer kam, das dunkle Haar noch tropfnass von der Dusche, da rang sie sich ein reumütiges Lächeln ab. Offenbar war er verwundert darüber, dass sie, bereits fertig angekleidet, stumm an einer Tasse Kaffee nippte. In einem Sessel bei jenem Fenster sitzend, vor dem sie sich am Abend zuvor geliebt hatten, fixierte sie ihn über den Becherrand, die Augenbrauen erwartungsvoll hochgezogen.

„Du kannst echt eine Nervensäge sein, wenn du es drauf anlegst", erklärte sie angriffslustig, als er auf sie zukam.

„Nur wenn die Richtige mich provoziert."

„Ich habe dir Kaffee eingeschenkt", sagte sie und zog bewusst einen Schmollmund. „Steht in der Küche."

Er neigte sich ihr zu und tippte ihr mit dem Zeigefinger gegen die Schulter. „Wie – heißt das, ich kriege ihn nicht von dir serviert?", neckte er sie grinsend.

„Das fehlte noch!"

Kyle holte sich seinen Kaffee, zog sich ein Hemd über und ließ sich Maren gegenüber in einem Sessel nieder, das Hemd über der Brust offen. „Sag mal", bemerkte er vergnügt, nachdem er einen Schluck genommen hatte, „bist du nach dem Ausschlafen eigentlich immer so ausgeglichen?"

„Nur wenn ich vom Richtigen provoziert werde."

„Darf ich dich zum Frühstück mitnehmen?"

Kopfschüttelnd stellte sie ihre Tasse ab. „Heute nicht, zumal ich ja übers Wochenende nach La Jolla komme. Ich hab noch unendlich viel zu tun." Sie warf einen Blick auf ihre Armbanduhr. „Außerdem bin ich ohnehin schon spät dran."

„Kommst du zu dem Termin mit Elise Conrad?"

„Ich hab's zumindest vor."

„Dann könnten wir doch hinterher in La Jolla zu Abend essen."

„Vielleicht", erwiderte sie.

„Hast du schon was anderes vor?" Seine Augen wurden dunkel.

„Ich weiß noch nicht, wann ich heute mit allem fertig werde. Ich darf dich daran erinnern, dass ,Yesterday's Heart' unverzüglich in Produktion gehen soll. Ich sehe mir mit Ted Bensen die ersten Szenen an." Da der Clip während der Wirtschaftskrise spielte, mussten sie sicherstellen, dass die Kulissen authentisch wirkten und nicht irgendwelcher moderner Schnickschnack den Gesamteindruck verfälschte.

„Dann rufe ich dich im Büro an."

„Einverstanden." Sie erhob sich. „Ich hoffe, dass ich gegen fünf fertig bin. Den Papierkram bringe ich dann nach La Jolla mit."

Sie wandte sich zur Tür, wurde aber von seiner festen Stimme angehalten. „Maren?"

Sie drehte sich fragend um.

„Holly wohnt momentan bei mir in La Jolla. Ich dachte, du solltest das vielleicht wissen."

„Deine Tochter? Ich dachte, deine Ex hätte das Sorgerecht …"

271

Kyle unterdrückte den Groll, der jedes Mal in ihm aufstieg, wenn die Rede auf seine intrigante Exfrau kam. „Hat sie ja auch", bestätigte er. „Zumindest vorläufig noch."

„Dann ist Holly also zu Besuch?" Maren war etwas durcheinander. Hatte sie nicht gelesen, dass Kyles Tochter sich derzeit von einem beinahe tödlich verlaufenen Verkehrsunfall erholte?

Er krümmte sich. In seinen grauen Augen blitzte es zornig. Zwar wählte er seine Worte mit Bedacht, doch Maren entging die Wut, die unter der Oberfläche schwelte, keineswegs. „Holly bleibt einige Wochen bei mir – wenn's nach mir geht, auch länger." Er stellte den Kaffeebecher auf den Tisch und ließ die Schultern hängen. „Du hast doch sicher mitbekommen, dass ihr Leben vor Weihnachten am seidenen Faden hing?"

Sie nickte wortlos. Kein Wunder, dass sein klarer Blick zuweilen so gequält wirkte.

„Sie hatte einen fürchterlichen Autounfall", flüsterte er. „Einige Zeit lag sie auf Leben und Tod." Seine Stimme wurde brüchig, sodass er sich räuspern musste. „Wie dem auch sei, ich wollte dir nur mitteilen, dass sie ebenfalls im Haus ist."

„Und ich soll trotzdem kommen?"

„Na klar!"

„Meinst du nicht, du gibst ein falsches Vorbild ab, wenn du sie so Knall auf Fall mit unserer Affäre konfrontierst?"

„Hast du Angst, sie kriegt einen falschen Eindruck von dir?"

„Allerdings. Du etwa nicht?"

„Nein." Er schüttelte den Kopf, als wolle er eine tiefe Traurigkeit abwerfen. „Holly und ich, wir verstehen uns nicht sonderlich gut."

„Umso schlimmer."

„Das sehe ich nicht so", gab er nachdenklich zurück. „Holly muss einsehen, dass ich nicht immer nur an mich selber denke, sondern mich auch um andere kümmere."

„Und du bist sicher, dass ich nicht störe?"

„Ach was!"

Maren seufzte. Ihre Liebe zu Kyle war größer als ihre Befürchtungen. „Dann bis heute Abend."

Ein erleichtertes Grinsen breitete sich über seine markanten Züge. „Wusste ich doch, dass du meinen Standpunkt verstehst." Er nahm eine Krawatte aus der Schublade, legte sie um und schlüpfte in sein Sakko.

„Dein mangelndes Selbstvertrauen wird noch dein Untergang sein!", prophezeite sie mit dem Anflug eines Schmunzelns.

„Von wegen!", gab er augenzwinkernd zurück und steckte die Schlüssel ein. „Mein Untergang, wie du das so treffend auszudrücken beliebst, wird wohl eher eine wunderschöne Frau mit rasiermesserscharfer Zunge!"

Maren brach in schallendes Gelächter aus, das von der hohen Balkendecke der Wohnung widerhallte.

Er öffnete die Tür, und Arm in Arm gingen sie zum Aufzug.

Der Tag erwies sich als noch hektischer, als Maren vorausgesagt hatte. Jan meldete sich krank, weswegen notgedrungen eine Mitarbeiterin aus dem Produktionsteam den Telefondienst übernehmen musste. Maren arbeitete derweil mit Ted Bensen an den vorgesehenen Drehorten für die Außenaufnahmen zu „Yesterday's Heart". Von den drei Alternativen eignete sich lediglich eine als Kulisse für die Weltwirtschaftskrise.

Bei ihrer Rückkehr ins Büro war es schon nach drei; für sechzehn Uhr stand der Termin bei Elise Conrad an. Zum Glück lag die Kanzlei ganz in der Nähe. Maren hatte gerade ihren Lippenstift nachgezogen, da trat Jans Vertretung ins Büro.

„Entschuldigen Sie die Störung, Miss McClure. Ich weiß, Sie müssen dringend weg, aber da ruft schon die ganze Zeit ein gewisser Brandon an und will Sie sprechen." Sie reichte Maren einen Stapel Telefonnotizzettel. Die Anrufe stammten allesamt von ihrem Exmann. „Er lässt sich einfach nicht abwimmeln."

Maren nahm die Zettel entgegen und bedankte sich lächelnd. „Danke, Cary, ich rufe gleich zurück."

Nachdem das junge Mädchen gegangen war, warf Maren einen genervten Blick auf die Uhr, ließ sich auf ihrem Bürosessel nieder und tippte die Telefonnummer ein. Es dauerte etwas, bis Brandon abnahm.

„Hallo, Brandon. Meine Sekretärin sagt, du wolltest mich sprechen?"

„Maren? Wieso dauert das denn so lange, Teufel noch mal?"

„Ich war außer Haus", erwiderte sie, wobei sie sich fragte, wieso sie ihm überhaupt eine Erklärung schuldete. „Was gibt's denn?"

„Das möchte ich auch gern wissen", polterte Brandon hörbar erbost. Maren konnte sich seine grimmige Miene bildlich vorstellen. „Der Physiotherapeut meint offenbar, wir sind fertig."

„Das ist ja wunderbar!", rief sie, ehrlich begeistert.

„Du hast gut reden! Du bist doch nur froh, dass du nicht mehr für die Behandlung zu löhnen brauchst."

„Die Kosten stehen hier nicht zur Debatte, Brandon. Ich war lediglich erleichtert, dass du wieder auf eigenen Beinen stehst."

„Als wenn man das so nennen könnte!", blaffte er.

Maren schloss die Augen. Offenbar war die erhoffte Genesung noch nicht eingetreten. „Hast du immer noch Probleme?", fragte sie ruhig.

„Mit Tennis ist es vorbei, hat man mir gesagt."

„Das haben die Ärzte aber von Anfang an nicht ausgeschlossen", gab sie zu bedenken.

„Für mich ist Tennis mehr als nur ein Spiel!"

„Das ist mir klar, Brandon."

„Ich war gut, verdammt gut! Wäre der Unfall nicht gewesen – ich wäre vermutlich die Nummer eins in der Rangliste!"

Schuldgefühle bohrten sich wie eine stumpfe Messerklinge in ihr Herz. „Und der Physiotherapeut meint, mit Tennis ist es aus?"

„Jedenfalls mit Profitennis."

„Und der Orthopäde? Ist er derselben Meinung?"

„Was weiß denn ich? Von dem kriege ich doch sowieso nie 'ne klare Ansage! Der meint offenbar, das sei bei mir eher eine Kopfsache. Der hat leicht reden."

„Hast du schon mal einen Psychiater zurate gezogen?", erkundigte sie sich geduldig, obwohl sie die Antwort von vornherein kannte.

„Ein Seelenklempner? Hast du sie noch alle? Ich brauche

keine Psychoanalyse, Maren! Ich brauche meine Beine zurück!"

„Nun mal langsam! Der Physiotherapeut sagt, mit Profitennis ist zwar nichts mehr, aber als Tennislehrer kannst du doch noch arbeiten, oder?"

„Keine Ahnung", nörgelte er. „Will ich auch gar nicht. Ich will spielen … Ich *muss*!"

„Überleg doch mal, wie weit du schon gekommen bist", ermunterte sie ihn. Vor einem Jahr dachtest du, du könntest nie wieder laufen!"

„Na, jedenfalls bringt es mir nicht viel, wenn der Physiotherapeut mich hängen lässt."

„Hängen lässt?"

„Der gibt mir 'ne Liste mit Übungen drauf, damit er mich los ist."

Maren übte sich in Geduld. „Für mich klingt das alles so, als würdest du echte Fortschritte machen. Du wusstest doch, dass es mal so kommen wird."

„Du hast gut reden!", blaffte er hitzig. „Dir hat ja auch niemand den Beruf … das ganze Leben kaputtgemacht!"

Maren ballte die freie Hand. „Nein, Brandon. Aber ich weiß, dass du *mit* den Ärzten arbeiten musst, nicht gegen sie."

„Sag das nicht mir, sag das denen!"

„Was willst du denn nun eigentlich von mir?"

„Rede du mit dem Physiotherapeuten! Oder besorg mir einen anderen. Ich stehe kurz vor dem Durchbruch, das habe ich im Gefühl!"

„Dann sprich noch mal mit deinen Ärzten!"

„Die lassen doch sowieso nicht mit sich reden! Menschenskind, Maren, ist das denn zu viel verlangt?"

„Nein, keineswegs", sagte sie seufzend. „Ich habe nur meine Zweifel, ob ich das beeinflussen kann."

„Leute mit Kohle haben immer Einfluss."

Maren verkniff sich den bissigen Kommentar, der ihr bereits auf der Zunge lag. Sie hätte ihm nie vorgehalten, wie teuer die Behandlung war. Ebenso wenig hatte sie ihn darüber aufgeklärt, dass auch sie finanziell nicht auf Rosen gebettet war. Sie hoffte vielmehr, die Genesung würde eventuell rascher vonstattengehen, wenn sie ihn nicht damit belastete.

„Ich werde sehen, was ich tun kann", versicherte sie, heilfroh, das nervenaufreibende Gespräch hinter sich zu haben.

„Alles klar!" Damit legte er auf.

Maren knallte den Hörer auf. „So ein Mist!", fluchte sie und schlug mit der Faust auf den Schreibtisch. „Verdammt noch mal, Brandon, warum kannst du dich nicht mal am Riemen reißen?"

Doch dann ließ sie zerknirscht die Schultern hängen. Es ging nicht darum, ob Brandon um seine Gesundheit kämpfte oder nicht. Das tat nichts zur Sache. Ihm die Stange zu halten, das war das Päckchen, das sie zu tragen hatte, und sie war entschlossen, es mit aller Kraft zu schaffen.

Sie tupfte sich mit einem Papiertuch über die Augen und nahm sich fest vor, Brandon zu stützen, damit er wieder auf eigenen Füßen stehen und aus eigener Kraft seinen Weg finden konnte. Es musste eine Möglichkeit geben, ihn allmählich dazu zu bringen, für sich selber zu sorgen.

Kyles Vorwurf ihres ersten Abends fiel ihr ein. *Du liebst ihn immer noch*, hatte er ihr vorgehalten und damit den Unbekannten gemeint, der ihr angeblich wehgetan habe.

„Das ist nicht wahr", flüsterte sie stockend und mit brechender Stimme. „Der Mann, den ich liebe, bist du!" Ach, könnte sie doch nur die Kraft aufbringen, es ihm ins Gesicht zu sagen!

Bis Maren schließlich ihre Büroarbeit erledigt hatte, war sie bereits spät dran. Ted Bensen hatte ihr gut eine Dreiviertelstunde mit Produktionsproblemen für das *Mirage*-Video in den Ohren gelegen, ehe sie sich von ihm loseisen konnte.

Auf dem Firmenparkplatz war sie dann zu allem Überfluss auch noch dem aufgeregten Joey Righteous in die Arme gelaufen, der wissen wollte, wie es um seinen Clip zu „Restless Feelin'" stand. Maren hatte ihn glücklicherweise beruhigen können und ihm versichert, das Video werde rechtzeitig zum Start seiner Tournee fertig sein.

Dann steckte sie auch noch im Stau, und als sie dann endlich in Elises Kanzlei ankam, waren Kyle, Ryan Woods und der Anwalt der *Sterling Recording Company* schon wieder weg.

„Die Sache hat einen Haken", erklärte Elise mit nachdenklicher Miene. Sie war jenseits der fünfzig, hatte perfekt gestyltes dunkles Haar und intelligente braune Augen.

„Was denn für einen Haken?", fragte Maren, während sie sich in einem der weichen Sessel vor dem Schreibtisch niederließ.

Elise rückte ihre Lesebrille zurecht. „Der Preis ist angemessen. Genau genommen schien mir das komplette Angebot ehrlich."

„Ich verstehe nicht ganz." Maren starrte ihre Anwältin an, die gerade das vor ihr liegende Vertragswerk studierte.

„Es geht um Ihren Arbeitsvertrag. Nach meinem Dafürhalten sollte Sterling Ihnen einen Dreijahresvertrag garantieren, und außerdem hatte ich zur Bedingung gemacht, dass Sie einen ordentlichen Batzen *Sterling*-Anteile erwerben dürfen."

„Und Kyle hat sich nicht darauf eingelassen?"

„Ihm wurde abgeraten, und zwar von Bob Simmons und von diesem Woods." Elise unterbrach sich, offenbar angeregt durch eine spezielle Klausel im Vertrag. „Ehe ich ihnen beibringen konnte, dass wir diesbezüglich nicht nachgeben, entschuldigte Sterling sich. Er müsse nach La Jolla zurück, meinte er." Sie straffte die Schultern. „Dieser Ryan Woods hat Sterling eingeschärft, er dürfe unter keinen Umständen mit Ihnen über den Vertrag reden, bevor er und ich und Bob Simmons uns geeinigt haben."

„Simmons ist der Syndikus von *Sterling Records*?"

„Genau. Er hat die Vereinbarung aufgesetzt."

„Was sollte ich also Ihrer Meinung nach tun?"

„Nichts. Erst muss ich die Sache mit Simmons klären." Sie klopfte mit dem Bleistift auf die Schreibtischplatte. „Und Ihnen gebe ich denselben Rat. Ich weiß, dass Sie eventuell mit Sterling geschäftlich in Kontakt treten, aber reden Sie nicht über den Vertrag, ganz egal, was Sie sonst tun. Ich muss zunächst sondieren, was Simmons und Woods vorhaben."

„Hört sich so an, als trauten Sie ihnen nicht über den Weg", bemerkte Maren.

Elise schüttelte den Kopf, rieb sich nachdenklich das Kinn und sah Maren an. „Nein, umgekehrt. Die taten so, als wollte ich *Sterling Records* übers Ohr hauen. Kaum zu glauben, was?"

„Also, ich wüsste nicht, warum", sagte Maren wahrheitsgemäß.

„Heutzutage sind alle vorsichtig, besonders Größen wie Kyle Sterling. Da braucht nur jemand wegen des Urheberrechts für einen Song zu klagen ... oder wegen eines raubkopierten Albums ..." Maren blieb fast das Herz stehen, doch Elise redete weiter. „Oder weil er einer anderen Plattenfirma einen Künstler weggeschnappt hat. Wer weiß? Der springende Punkt ist: Sie müssen wachsam sein, und wir auch. Solange ich nicht alles mit Bob Simmons geklärt habe, sollten Sie mit niemandem über den Vertrag sprechen."

„Meinen Sie denn, dass *Sterling Records* auf alle unsere Bedingungen eingehen wird?", fragte Maren vorsichtig.

Elise spitzte die ungeschminkten Lippen. „Schwer zu sagen. So wie ich Kyle Sterling einschätze, ist er durchaus bereit, den Arbeitsvertrag nachzubessern. Der Knackpunkt sind wohl eher die Anteile an *Sterling Records*." Elise bemerkte den besorgten Ausdruck in Marens Augen. „Keine Bange, Simmons hat mir versprochen, dass er sich bis Dienstag wieder meldet. Nächste Woche um diese Zeit müssten wir alles in trockenen Tüchern haben. Und wenn es nach mir geht, sind Sie dann eine sehr wohlhabende Frau."

10. KAPITEL

Während der Fahrt Richtung Süden gingen Maren die Worte ihrer Anwältin nicht aus dem Sinn. Sie nahm sich fest vor, Elises Ratschlag zu beherzigen und das Thema Firmenverkauf in Kyles Gegenwart nicht zu erwähnen. Die Verhandlungen liefen ohnehin schon zäh genug, und unterschwellig bestanden auch nach wie vor die Zweifel, die er bezüglich der raubkopierten Bänder hegte. Wenngleich er die Angelegenheit in letzter Zeit nicht angesprochen hatte, war sie doch weiterhin existent.

Somit fühlte sich Maren alles andere als wohl in ihrer Haut, als sie zu Kyles Villa am Meer zurückkehrte. Neben dem anstehenden Firmenverkauf durfte sie nämlich die Begegnung mit Holly nicht vergessen. Als sie durch das schmiedeeiserne Tor fuhr, führte sie sich die heikle Situation plastisch vor Augen. Die Aussicht auf eine Konfrontation mit Kyles Tochter lag ihr schwerer im Magen, als sie es sich selbst eingestanden hätte. Was würde das Mädchen wohl von der Beziehung zwischen ihr und ihrem Vater halten? Würde sie, Maren, diese kniffIige Konstellation bewältigen können? Kyle hatte ja zugegeben, dass das Verhältnis zu seiner Tochter sowieso schon angespannt war. Insofern konnte man sich durchaus vorstellen, dass Maren wenig willkommen sein und ihre Anwesenheit im Hause das Problem noch verschärfen würde.

Fest entschlossen, sich um ein möglichst gutes Verhältnis zu Holly zu bemühen, stieg sie aus ihrem Wagen, schnappte sich ihre Aktentasche und ging aufs Haus zu. Dabei rief sie sich in Erinnerung, dass das Mädchen gerade erst die letzte einer ganzen Reihe von Operationen hinter sich hatte und noch auf dem Wege der Genesung war. Lächelnd betätigte sie die Türklingel, woraufhin ein lauter Glockenklang durchs Gebäude hallte.

Es dauerte einige Zeit, bis die schwere Eingangstür geöffnet wurde, und zwar von einer fülligen Mexikanerin mit von grauen Strähnen durchzogenem schwarzem Haar, das sie zu einem Dutt gewunden hatte.

„Sie sind sicher Maren", vermutete sie argwöhnisch, noch ehe die Besucherin sich vorstellen konnte.

„Genau." Maren setzte die betont freundliche, gelöste Miene auf, die sie sich im Laufe der Jahre angeeignet hatte. Begegnungen mit misstrauischen Unbekannten waren ihr nicht neu, doch diese Haushälterin verbarrikadierte geradezu die Tür. Offenbar in dem Gefühl, Kyle und sein Anwesen schützen zu müssen, beäugte sie Maren misstrauisch.

„Und Sie sind vermutlich Lydia. Freut mich, Sie kennenzulernen!" Den forschenden Blick offen und klar erwidernd, bot Maren der Mexikanerin die Hand.

Die griff zwar ein wenig zögerlich zu, schaute jedoch schon sichtlich freundlicher drein. Anscheinend merkte sie allmählich, dass diese junge Dame mit den tiefblauen Augen ganz und gar anders war als die verhasste Rose Sterling, denn nun gab sie den Eingang frei und zog die Besucherin ins Haus. „Bitte treten Sie näher!", forderte sie und lächelte. „Kleine Erfrischung? Etwas zu trinken, vielleicht?"

„Ach, lassen Sie nur", wehrte Maren ab. „Bitte keine Umstände!"

Die Haushälterin ließ sich nicht beirren. „Unsinn!", rief sie kopfschüttelnd. „Wie wär's mit 'nem Gläschen Eistee mit frischer Zitrone?"

„Sie renken mir noch den Arm aus!", mahnte Maren lachend. Sie würde mit Lydia blendend auskommen. Da war Kyles Töchterchen vermutlich ein ganz anderes Kaliber; das Mädchen genauso herumzukriegen lief sicherlich auf ein hartes Stück Arbeit hinaus.

„Schön", rief die Haushälterin, mittlerweile ebenso sichtlich angetan. „Ich wollte Holly sowieso ein Glas holen. Sie ist draußen auf der Terrasse; vielleicht möchten Sie ihr Gesellschaft leisten."

„Und wo ist Kyle?"

„Der musste in die Stadt, wird aber bald zurück sein. Er hat Sie schon erwartet." Lydia wandte sich zur Küche. „Ich bringe den Eistee raus auf die Terrasse", rief sie über die Schulter.

Maren wurde das Gefühl nicht los, dass die Mexikanerin es regelrecht darauf anlegte, die Besucherin und Holly miteinander bekannt zu machen. Jetzt oder nie, sagte Maren sich. Sie durchquerte das inzwischen vertraute Wohnzimmer und öffnete die Tür zur überdachten Veranda.

Bekleidet mit einem zitronengelben T-Shirt und abgeschnittener Jeans, lag Holly auf einer Sonnenliege. Ein Bein gegen die dicken Polster eines Liegestuhls gestemmt, war sie dabei, sich die Zehennägel zu lackieren. Zu ihrer Überraschung fiel Maren auf, wie gesund die Hautfarbe des Mädchens wirkte und wie flüssig die Bewegungsabläufe waren. Sie hatte angenommen, Holly sei geschwächt von der noch nicht lange zurückliegenden Operation, doch es sah so aus, als mache sie unter der sorgsamen Obhut des Vaters recht schnell Fortschritte, ob sie es zugeben mochte oder nicht.

Offenbar hörte sie, wie die Terrassentür geöffnet wurde, denn sofort schaute sie von ihrer Pinselei auf und wandte die tiefgrünen Augen in die Richtung, aus der das Geräusch kam. Zunächst erwartungsvoll und gespannt, sah sie Maren auf die Terrasse treten, woraufhin das Leuchten schlagartig erlosch und unverhohlenem Missvergnügen wich.

„Hallo", grüßte Maren herzlich, schloss die Tür hinter sich und lehnte sich rücklings gegen das Geländer. „Ich bin Maren McClure."

„Ich weiß, wer Sie sind", erwiderte Holly brüsk. „Dad hat mir gesagt, dass Sie kommen." Die vollen Lippen miesepetrig geschürzt, warf sie der Besucherin einen gelangweilten Blick zu, um sich dann ungeniert wieder ihren Zehennägeln zuzuwenden.

Maren nahm das bewusst unhöfliche Gebaren wortlos zur Kenntnis, ließ sich allerdings nicht provozieren. Offenbar war ein klärendes Gespräch mit dem Töchterchen angesagt, wenn das Wochenende nicht in einer Katastrophe enden sollte. Die unfreundliche Miene verdeutlichte mehr als tausend Worte, dass Holly auf Marens Gesellschaft keinen Wert legte. Da stand ihr ein verdammt hartes Stück Arbeit bevor, falls sie das Vertrauen des Mädchens gewinnen wollte.

„Dein Vater hat mir erzählt, dass du erst kürzlich aus dem Krankenhaus entlassen wurdest. Schön, dass du so weit wieder hergestellt bist."

„Ach ja?" Der Teenager klang hörbar angeödet. „Was Sie nicht sagen!"

Maren ließ sich nicht beirren. „Kannst du denn schon wieder zur Schule gehen? Oder hast du einen Privatlehrer?", erkundigte sie sich.

Holly stieß einen genervten Seufzer aus, ohne auf die Frage zu reagieren. Maren nahm einen erneuten Anlauf. „Lackierst du immer jeden Nagel in einem anderen Farbton?", fragte sie, wobei sie zu dem kleinen Terrassentisch nickte, auf dem neben einem Stapel Schulbücher auch ein Sortiment an verschiedenen Nagellacken, Wattebäuschchen und Feilen lag.

Den Pinsel sorgfältig über ihrem großen Zeh balancierend, sah Holly auf und fixierte Maren mit einem frostigen Blick. „Hören Sie", nölte sie missmutig, „sparen Sie sich Ihr Gelaber! Was Sie mit meinem Dad haben, ist mir so was von schnuppe, aber tun Sie bloß nicht so, als würden Sie sich für mich interessieren!"

„Bist du immer so abweisend?" Offenbar wollte das Mädchen die Verhältnisse auf ihre Art klären.

„Ich sag halt, was Sache ist." Sprach's und widmete sich wieder ihren Nägeln.

Einen Moment lang erwog Maren, es gut sein zu lassen und das Feld zu räumen, doch dann überlegte sie es sich anders. Das Mädchen legte es offenbar darauf an, die neue Freundin des Vaters zu provozieren.

Nach einem suchenden Blick hinaus auf die ruhig daliegende See riss Maren sich zusammen und wandte sich erneut an das eigenwillige junge Ding. „Weißt du, es steht nirgendwo geschrieben, dass du mich mögen musst", erklärte sie leise. „Das verlangt auch keiner."

„Was soll das denn heißen?" Holly unterbrach das Pinseln und sah Maren aufmerksam an. Auf ihrem Gesicht lag ein Anflug von Verwirrung.

„Nur weil dein Vater und ich ein Paar sind, müssen wir zwei

uns noch lange nicht vertragen. Wenn es dir lieber ist, gehe ich dir aus dem Weg."

„Ach nee!"

„Ich gehe dir wohl auf die Nerven, was?"

Wortlos musterte Holly die junge Frau. Diese Maren war anders, als sie erwartet hatte. Zumindest ließ sie sich nicht den Schneid abkaufen, was Holly durchaus Respekt abnötigte. „Na ja, irgendwie schon."

„Soll ich dich lieber in Ruhe lassen?"

„Warum eigentlich nicht?" Hollys sorgsam einstudierte Blasiertheit ging allmählich flöten. „Ich bin schließlich alt genug und kann selber auf mich aufpassen!"

„Und gescheit obendrein, sonst würdest du ja nicht merken, dass du das gar nicht willst!", warf Maren ein.

„Als ob Sie irgendwas von mir wüssten!", schrie das Mädchen angriffslustig und schüttelte sich die dunklen Locken aus dem Gesicht.

„Ich habe das Gefühl, dass du dich hier bei deinem Vater etwas unbehaglich fühlst. Du weißt nicht recht, was du von ihm erwarten sollst, und …"

„So ein Blödsinn!", fuhr Holly aufgebracht dazwischen.

Insgeheim lächelnd, musste Maren ihr notgedrungen recht geben. „Vielleicht habe ich mich ungenau ausgedrückt. Ich wollte damit sagen: Dir fehlt deine Mom. Das ist nur natürlich. Ein Mädchen in deinem Alter braucht eine Mutter, mit der es reden, der es sich anvertrauen kann."

Holly verzog abfällig die Lippen. „Und als Nächstes schlagen Sie mir wahrscheinlich vor, dass Sie die Mutterrolle übernehmen könnten."

„Nichts läge mir ferner als das!" Maren ließ sich durch den verächtlichen Blick nicht aus der Ruhe bringen. „Deine Mutter ist durch nichts und niemanden zu ersetzen."

„Na klar!", erwiderte Holly bissig, wenngleich sie insgeheim zugeben musste, dass diese Maren einen ziemlich ehrlichen Eindruck machte. Sie mochte ja etwas geschwollen daherreden, spielte aber anscheinend mit offenen Karten.

„Ich hatte eher gehofft, wir könnten uns anfreunden."

Holly rollte genervt mit den Augen. „Wer's glaubt …", murmelte sie.

„Weißt du, Holly, es ist ganz einfach: Entweder, wir kommen miteinander aus, oder eben nicht. Aber wir könnten uns ja auch beide ein bisschen Mühe geben, was meinst du?"

„Können Sie mich nicht endlich in Ruhe lassen?", blaffte das Mädchen.

„Ich wollte dir nur klarmachen, dass wir keine Konkurrentinnen sind."

„Weiß ich selbst, also sparen Sie sich die Mühe!" Abermals flogen die dunklen Locken.

Allmählich hatte Maren die Nase voll. „Wie gesagt, du musst es wissen …" Sie wollte noch etwas hinzufügen, doch in dem Moment ging die Küchentür auf, und Lydia trat auf die Terrasse, beladen mit einem Tablett, auf dem sie Gläser mit Eistee und Zitronenscheiben balancierte.

„Das sieht ja köstlich aus!", rief Maren dankbar.

Lydia quittierte das Lob mit einem Strahlen und reichte erst Maren, dann Holly ein Glas mit der bernsteinfarbenen Erfrischung. Auf dem Tablett stand noch ein drittes Glas, das die Haushälterin allerdings nicht anrührte. Vermutlich war es für Kyle bestimmt.

„Setzen Sie sich doch zu uns", bat Maren einladend. „Wir kommen uns gerade ein bisschen näher, Holly und ich." Das Mädchen riss die Augen weit auf, als befürchte es schon, die Besucherin werde sich gleich über das rüde Benehmen beschweren.

„Bedaure, im Moment kann ich nicht", rief Lydia ehrlich bekümmert. „Ich habe ein Huhn im Backofen." Sie zögerte und blickte von Holly zu Maren, als wüsste sie sehr genau, was ablief. „Später vielleicht."

„Sobald Sie sich eine Pause gönnen können!" Maren hob dankend das Glas und nahm einen ordentlichen Schluck von der kühlen Flüssigkeit.

Kaum war die Mexikanerin in der Küche verschwunden, nahm Holly die Besucherin gleich wieder aufs Korn. „Unsere

Lydia frisst Ihnen wohl auch schon aus der Hand, was?"

„Das kann man nun beim besten Willen nicht behaupten. Ich habe sie ja eben erst kennengelernt. Ich versuche nur freundlich zu sein."

„Und wozu? Um sich bei Daddy lieb Kind zu machen?"

„Überhaupt nicht." Maren blieb die Ruhe selbst, wenngleich es schon in ihr brodelte. „Dein Dad hält große Stücke auf Lydia, und jetzt weiß ich auch, warum. Sie ist eine Seele von Mensch."

„Und das können Sie beurteilen?", fragte Holly feixend. „Obwohl Sie sie kaum kennen?"

„Und ob, Holly", gab Maren seelenruhig zurück. „Ich habe eine ziemlich gute Menschenkenntnis. Wenn ich jemanden kennenlerne, durchschaue ich die Person normalerweise sofort." Ein bewusster Wink mit dem Zaunpfahl. „Du würdest dich wundern, was manche einem so alles verheimlichen möchten … Und alles nur, weil sie selber nicht mit sich klarkommen."

„Damit meinen Sie wohl mich, hm?", brummte das Mädchen vorwurfsvoll.

Das Glas an den Lippen, schaute Maren geraume Zeit aufs Meer hinaus. „Das meine ich ganz generell, Holly. Du hast einen langen Leidensweg hinter dir. Mir ist klar, dass es dir ganz und gar nicht gefällt, dass es da plötzlich eine neue Frau im Leben deines Dads gibt. Ich kann das auch gut verstehen, ehrlich."

Holly sagte zwar keinen Ton, doch dafür war die verräterische Röte, die ihr langsam am Hals heraufkroch, umso beredter. „Ob Sie sich fair behandelt fühlen, ist mir doch piepegal!", schnaubte sie dann, sichtlich den Tränen nahe.

„Dann denk an dich und deinen Dad. Ob es dir passt oder nicht – ihr müsst für eine Weile miteinander auskommen."

„Ach ja? Meinen Sie wirklich? Oder sagen Sie das nur, damit ich die Klappe halte? Sie schrecken doch vor nichts zurück, wenn Sie sich nur bei Daddy einschleimen können."

Maren schüttelte den Kopf. „Ich habe überhaupt nichts davon, wenn ich dich mag oder versuche, mich mit dir zu vertragen. Es wäre nur einfacher. Und ganz nebenbei: Ich mache gar kein Geheimnis daraus, dass ich dich durchaus leiden kann. Warum, das weiß ich zwar selber nicht so genau, aber ich würde ganz gern deine Freundin sein."

Holly guckte zuerst verdutzt, dann triumphierend. Bei Marens Schlussbemerkung verging ihr allerdings das Grinsen.

„Und wenn's nicht klappt", sagte Maren abschließend, „bringt mich das auch nicht um." Sie nahm das leere Glas und wandte sich zur Küche. „Bis dann", rief sie betont fröhlich.

Zurück blieb eine verdatterte Holly, die sich den Kopf zerbrach über die seltsame Person, die ihr Vater sich da angelacht hatte.

Maren hätte es zwar nie für möglich gehalten, doch das Wochenende, das sich ob der Auseinandersetzung mit Holly so miserabel angelassen hatte, besserte sich doch noch. Als Kyle zur Villa zurückkehrte, war er ganz begeistert, sowohl seine Tochter als auch Maren anzutreffen. Es ehrte Holly, dass sie anscheinend doch über ihren Schatten sprang und ihr abweisendes Gebaren nicht überzog.

Für Maren lag es auf der Hand, dass das Verhältnis zwischen Vater und Tochter keineswegs so angespannt war, wie Kyle dies behauptet hatte, denn sobald Kyle dem Mädchen seine volle Aufmerksamkeit widmete, blühte die Kleine regelrecht auf. Sicher, es gab auch Streit, doch das unverschämte und feindselige Getue, das Holly zuvor an den Tag gelegt hatte, schien sich in Luft aufgelöst zu haben.

Nach dem Abendessen verschwand das Mädchen auf seinem Zimmer, um zu lernen. Da Lydia Marens Angebot, ihr beim Abwasch zu helfen, kategorisch ablehnte, schlug Kyle einen Spaziergang am Strand vor.

Über dem Pazifik senkte sich die Abenddämmerung herab; schaumgekrönte Wellen brachen sich an den schwarzen Felsen, um dann plätschernd auf den Strand aufzulaufen. Lila Schatten breiteten sich über den weißen Sand und ließen das klare Wasser dunkler erscheinen.

Still ging der Tag zu Ende. Kein Windhauch regte sich; die übliche Meeresbrise hatte sich gelegt, und in der Luft hing der Geruch von Salz und Tang.

„Ich freue mich, dass du da bist", gestand Kyle, als sie den Fuß der Klippe erreichten und er Maren bei der Hand nahm. „Ich hatte schon die leise Befürchtung, du würdest nicht kommen."

„Wieso?"

Achselzuckend sah er aufs Meer hinaus. „Vielleicht weil du dauernd vor mir wegläufst …" Melancholisch verfolgte er eine einzelne Möwe, die ihre Kreise über den Wellen zog. Dann, als müsse er sich mit aller Macht aus fernen, schmerzlichen Erinnerungen reißen, wandte er sich wieder Maren zu. „Was hältst du von Holly?", fragte er lächelnd.

Maren zog die Brauen hoch. „Schwieriges Persönchen, finde ich", erwiderte sie schmunzelnd.

„Ziemlich vage."

„Aber die Wahrheit."

Mit nachdenklicher Miene grub Kyle die Hände in die Gesäßtaschen seiner grauen Cordhose. „Da ist sicher was dran", räumte er zögerlich ein. „Sie hat's nicht leicht gehabt."

Stumm schlenderten sie an der Flutlinie entlang. „Du machst dir Vorwürfe", sagte Maren leise, da sie ahnte, dass er stumm unter seinem schlechten Gewissen litt.

„Ich bin ihr Vater."

„Aber sie hat eine Mutter …"

Schlagartig zuckte sein Kopf hoch; in seinen Augen blitzte es zornig. „Eine Rabenmutter!", presste er mit zusammengebissenen Zähnen hervor und fuhr sich mit den Fingern durchs Haar, als müsse er seine unbändige Wut zügeln. „Entschuldige", bat er, verärgert seufzend. „Rose und ich, wir waren vom ersten Tag an wie Hund und Katze. Unsere Ehe war von Anfang an zum Scheitern verurteilt." Seine Gedanken spulten zurück zu einer Zeit, als die Welt noch aus knackigen Gitarrenriffs bestand, aus Managern und abendlichen Gigs in Orten, von denen er vorher nie gehört hatte. „Als Rose und ich uns kennenlernten, war ich noch ein unbeschriebenes Blatt … da trat ich noch für ein Taschengeld auf. Ich glaube, damals hatte es gerade mal ein Song von mir in die Charts geschafft. Rose hingegen war schon so 'ne

Art Star, und ich fühlte mich geschmeichelt, dass sie überhaupt Notiz von mir nahm." Er hielt inne, als suche er nach einer Begründung für sein damaliges Handeln. „Ich war jung und hatte lauter Flausen im Kopf. Wie dem auch sei, wir haben geheiratet, und die Medien fuhren voll drauf ab, von den PR-Leuten ganz zu schweigen." Bei der Bemerkung verzog er verächtlich den Mund. „Wenn man's recht bedenkt: Erst die Heirat mit Rose hat meine Karriere so richtig angeschoben."

„Du hast deiner Karriere wegen geheiratet?" Maren hatte Mühe, sich ihre Fassungslosigkeit nicht anmerken zu lassen. Eine solche Kaltschnäuzigkeit hätte sie Kyle nicht zugetraut.

„Damals habe ich das nicht so gesehen. Ich redete mir ein, dass ich sie wirklich mochte. Und sie tat, als ginge es ihr genauso. Wie gesagt – es war für beide Seiten von Vorteil." Das Gesicht grimmig verzogen, blinzelte er in die untergehende Sonne.

„Und verliebt warst du nicht?", brachte Maren mühsam hervor.

Kyle schüttelte den Kopf. „Keine Ahnung", murmelte er düster. „Wahrscheinlich nicht, würde ich sagen."

„Ich kannte dich damals nicht."

„Und wenn, dann hättest du nicht viel von mir gehalten", bemerkte er lakonisch. „Ich konnte mich vermutlich selber nicht ausstehen, und nach einigen Monaten brauchte ich Rose nicht mehr. Das beruhte allerdings auf Gegenseitigkeit." Er stieß einen verächtlichen Laut aus und blieb stehen. „Auch das war meine eigene Schuld, nehme ich an."

„Das verstehe ich nicht", erwiderte Maren, nach Worten ringend.

Den Blick aufs Meer gerichtet, hockte er sich in den Sand. Maren setzte sich wortlos neben ihn. „Ich auch nicht", gab er zu. „Durch diese Phase meines Lebens blicke ich selber nicht recht durch." Als er sie ansah, lag in seinen grauen Augen der Schmerz von fünfzehn einsamen Jahren. „Die Heirat machte uns landesweit bekannt, und wir setzten gemeinsam alle Hebel in Bewegung, um diesen Bekanntheitsgrad zu unser beider Vorteil auszuschlachten. Es funktionierte auch. Mit einem Mal konnte man gar nicht genug kriegen von unserer Musik. Unsere Platten gingen weg wie warme Semmeln."

Maren griff sich eine Handvoll Sand und ließ die Körnchen durch die Finger rieseln. „Als dann die ersten Probleme auftauchten – wieso habt ihr da nicht einen Gang zurückgeschaltet?"

„Keine Ahnung. Vielleicht war unsere Ehe gar nicht so wichtig. Wir lagen uns dauernd in den Haaren, und dann wurde Rose auch noch schwanger." Bei der schmerzlichen Erinnerung runzelte er verdrossen die Stirn. „Du hättest dabei sein müssen, als sie's mir gesagt hat! Sie war morgens zum Arzt gewesen, und als sie ins Aufnahmestudio kam, warf sie mir ein paar Rezepte an den Kopf und schrie mich vor versammelter Mannschaft an: ‚So, das hast du davon! Ich bin schwanger. Und was machen wir jetzt?' Als ob das je die Frage gewesen wäre!"

Maren verstand die Welt nicht mehr. Wieso geriet eine Frau dermaßen außer sich, weil sie von Kyle ein Kind bekam? Sie selbst hätte sich nichts Schöneres vorstellen können. Angesichts der Geschichte, die Kyle ihr da erzählt hatte, krampfte sich ihr der Magen zusammen.

„Eine Abtreibung konnte ich ihr ausreden, und ich glaube, sie war ganz froh darüber. Als das Baby dann zur Welt gekommen war, kümmerte sie sich sogar ein bisschen um die Kleine. Ich dachte, vielleicht nimmt ja alles doch noch ein gutes Ende, und ich versuchte sie zu überzeugen, zu Hause bei dem Kind zu bleiben. Das hätte ich besser gelassen. Rose kriegte einen Tobsuchtsanfall und meinte, wenn Holly mir so wichtig wäre, könnte ich ja Hausmann und Babysitter spielen und meine Karriere sausen lassen."

„Und der Vorstellung konntest du nichts abgewinnen?"

„Ich hielt das für lächerlich. Mittlerweile frage ich mich aber, ob ich da nicht falschlag. Ich hätte wissen müssen, dass Rose nicht zur Vollzeitmutter geschaffen war. Ruhmsüchtig, wie sie ist, brauchte sie das Nachtleben mitsamt dem ganzen Drumherum wie eine Droge."

„Und du nicht?", fragte Maren vorsichtig.

„Schwer zu sagen." Er verzog das Gesicht, als stünde er vor einem unlösbaren Rätsel. „Wahrscheinlich habe ich Rose zu sehr zugesetzt. Ich wollte nicht, dass sie wieder auf Tournee geht. Der Gedanke, Holly würde von wildfremden Menschen aufgezogen, war mir unerträglich. Meiner Meinung nach gehört ein Kind zur Mutter, basta. Das Dumme war nur, dass Rose von ihrem Manager unter Druck gesetzt wurde. Der wollte sie länger arbeiten lassen, öfter auf Tournee schicken und ihr obendrein noch auf die Schnelle ein neues Album produzieren."

Kyle stand auf, reckte sich und blinzelte in den Sonnenuntergang. „Vielleicht wäre alles anders gekommen, wenn Rose erlaubt hätte, dass Lydia sich um Holly kümmert. Da Lydia schon an meiner Erziehung beteiligt war, wusste ich, dass mein Kind bei ihr in guten Händen sein würde. Lydia hatte immer schon einen Narren an der Kleinen gefressen. Aber Rose stellte sich stur. Sie fand, Lydia sei unter Hollys Niveau."

Maren trat neben ihn, und er berührte sachte ihr im Dämmerlicht schimmerndes Haar, das in feinen kupferroten Locken ihr Gesicht umrahmte. Mit angespanntem Gesicht hörte sie ihm zu.

Von ihr angezogen wie niemals zuvor von einer Frau, war es Kyle ein Bedürfnis, ihr von sich zu erzählen. Dass es in seinem Leben solche Verwicklungen gab, störte dabei nicht; im Augenblick kümmerten ihn weder die Übernahme von *Festival Productions* noch Raubkopien oder Verträge. Für ihn zählte nur eins: dass Maren McClure ihm Verständnis und Vertrauen entgegenbrachte. Und er seinerseits musste ihr vertrauen. Mit ihren unglaublich blauen Augen ermunterte sie ihn, weiterzureden.

„Ich glaube, die Streitigkeiten nahmen zu, nachdem Lydia weg war. Rose und ich, wir hatten in unserer Ehe nichts mehr gemeinsam außer dem Kind. Holly zuliebe hielten wir durch." Seine Stimme erhielt jetzt einen ganz anderen Unterton; statt Groll schwangen Bitterkeit und Verachtung mit. „Ein paar Jahre darauf – da war Holly drei – erwischte ich Rose mit einem Musiker aus der Band, einem 18-jährigen Bürschchen. Da lief die Geschichte bereits einige Monate. Ich hatte mir schon so etwas gedacht, aber ein Schock war's trotzdem. Rose war stinksauer und reichte die Scheidung ein, und ich erklärte mich einverstanden. Meine einzige Bedingung war, dass mir Holly zugesprochen würde. Rose flippte aus. Warum, das hab ich bis heute nicht kapiert. Vielleicht waren ihre Muttergefühle doch tiefer als gedacht. Jedenfalls weigerte sie sich, Holly herzugeben. Wir konnten uns nicht einigen, und sie drohte mir, sie würde, falls ich gegen sie vorginge, dermaßen schmutzige Wäsche waschen, dass unser Kind und ich auf der Titelseite sämtlicher Boulevardblätter landen würden."

„Also hast du nachgegeben", vermutete Maren bedrückt angesichts der Qualen, die sich in seinen markanten Zügen abzeichneten. Wie lange trug er jetzt schon an den Wunden einer Vergangenheit, die er nicht ändern konnte? Sein Leidensweg rührte ihr Herz; sie hätte liebend gern seine Schmerzen gelindert, ihn in die Arme genommen und ihn bis weit in die Nacht hinein getröstet.

„Als Nachgeben würde ich das äußerst ungern bezeichnen", gab er zurück. „Ich tat, was ich in Hollys Interesse für das Beste hielt. Und ich bereue es bis auf den heutigen Tag." Seine Stimme sank. „Vermutlich ist dir aufgefallen, dass Holly und ich nicht gerade ein Herz und eine Seele sind."

„Für mich sieht das nicht ganz so schlimm aus."

„Aber nur, weil wir uns in den vergangenen Monaten gewaltig Mühe gegeben haben."

„Weil sie bei dir wohnt?", wollte Maren wissen.

„Oder weil ihre Mutter sie verstoßen hat."

Marens Herz setzte einen Schlag aus. „Was soll das heißen?"

„Das heißt, dass Rose ausgerechnet jetzt, direkt nach der letzten Operation, die Kleine sich selbst überlassen hat." Aufs Neue flammte der Zorn in seinen Augen auf.

„Wenn du lieber nicht darüber reden möchtest …"

„Will ich aber!" Er packte sie bei den Schultern. „Ich versuche schon seit Langem, dir von Holly zu erzählen." Angesichts ihres erschrockenen Blicks ließ er sie los. „Ach, was soll's. Dir kann's ja eigentlich egal sein."

„Das ist es aber nicht, Kyle!", beteuerte sie mit belegter Stimme, die Fingerspitzen an seiner Wange, der Blick der blauen Augen wie eine Liebkosung. „Im Gegenteil – es bewegt mich viel zu sehr. Ich möchte alles von dir wissen."

Eine kühle Brise wehte durch die nächtliche Stille und zauste ihm das dunkle Haar. „Von dem Unfall hast du gehört?"

„Gelesen."

„Dann weißt du auch, dass Rose am Steuer saß, als das Auto in den Gegenverkehr schleuderte?" Seine Stimme hatte einen eisigen Ton angenommen.

„Ja", flüsterte sie. Dem Zeitungsartikel zufolge war Rose auf regennasser Fahrbahn mit überhöhter Geschwindigkeit unterwegs und die Straße wegen eines Ölfilms ohnehin schon tückisch glatt gewesen. Als sie in einer scharfen Kurve bremste, geriet ihr Jaguar ins Schleudern und krachte frontal in ein entgegenkommendes Fahrzeug. Zu dem Zeitpunkt, als der Artikel erschien, hatte man Holly Sterling schon so gut wie abgeschrieben.

„Ihr Leichtsinn hätte das Kind beinahe das Leben gekostet!" Kyle rang mühsam um Fassung, die Fäuste geballt, die Augen unversöhnlich dunkel.

„Aber sie ist doch genesen …"

„Das schon – nur nicht dank Rose!", gab er zurück. „Vielleicht bin ich ja daran auch noch schuld. Bereits nach dem ersten Klinikaufenthalt ging es ihr nicht sehr gut. Die letzte Operation sollte Vernarbungen in der Gebärmutter beheben."

„Ist sie denn jetzt wieder ganz gesund?", fragte Maren hoffnungsvoll angesichts Hollys Zukunft.

„Das lässt sich noch nicht mit Sicherheit sagen. Momentan sieht es gut aus, aber wenn sie wieder Probleme bekommt, droht ihr eine teilweise Entfernung."

Maren war die Kehle wie zugeschnürt. Welch niederschmetternde Vorstellung, dass ein fünfzehnjähriges Mädchen eventuell mit dem Wissen leben musste, nie eigene Kinder gebären zu können! „Und du machst dir schon wieder Vorwürfe!", vermutete sie, als sie in Kyles schmerzerfüllte Augen sah.

„Holly ist mein Kind. Ich hätte sie nie und nimmer in Roses Obhut lassen dürfen."

„Ach, Kyle …"

„Ich hätte sie schützen müssen."

„Das konntest du doch nicht ahnen!"

„Aber ich hab's doch gewusst, verflucht noch mal! Ich wusste doch, Rose war unfähig zur Kindererziehung, und trotzdem hab ich's zugelassen. Ich habe nicht energisch genug um meine Tochter gekämpft. Du sagst ja selber, ich hätte nachgegeben, aber das mache ich nicht noch mal. Ich werde verhindern, dass sie weiter durch die Nachlässigkeit ihrer Mutter Schaden nimmt. Ich habe mich von Roses Drohungen einschüchtern lassen. Dabei hätte ich bis zum Letzten um mein Kind kämpfen müssen und die verdammten Schmierfinken schreiben lassen sollen, was sie wollen!"

„Jeder von uns macht Fehler", beschwichtigte sie ihn.

„Mag sein. Jedenfalls war das mein letzter, was Rose angeht!"

Maren ließ die Stille für sich sprechen. Kyle brauchte Zeit, bis seine Wut verraucht war. Eine Außenstehende konnte den Sturm der Gefühle, der in ihm tobte, nicht besänftigen. Sie musterte ihn wortlos und wartete ab, bis sich seine Gesichtszüge ein wenig entspannt hatten.

„Da Holly ja jetzt bei dir lebt", sagte sie, die Hand auf seinem Unterarm, „wird sich alles zum Besseren wenden."

„Das ist nur eine zeitlich begrenzte Übereinkunft", erwiderte er. „Man hat Rose die Hauptrolle in einem Film über eine Countrysängerin angeboten. Die Außenaufnahmen werden in Texas gedreht, und deshalb ist Holly hier. Obwohl Holly sich nicht mal richtig von der letzten Operation erholt hat, ist Rose nach Texas abgehauen, kaum dass ihr das Angebot vorlag." Er neigte leicht den Kopf und massierte sich die Stirn. „Ich habe meine Anwälte beauftragt, eine Klageschrift vorzubereiten und das Sorgerecht für mich zu beantragen."

„Weiß deine Exfrau davon?"

„Glaube ich kaum, aber sie wird sich's denken können – sie weiß ja, wie ich zu der Kleinen stehe."

„Und Holly? Wie sieht sie das Ganze?"

„Weiß ich nicht."

„Hast du sie mal gefragt?"

„Noch nicht. Ich denke, ich warte lieber, bis die Juristen abschätzen können, wie die Aussichten stehen, das Sorgerecht zu bekommen." Er legte ihr den Arm um die Schultern, bemüht, die unverhohlene Besorgnis in ihrem Blick etwas abzumildern. „Mach dir keine Sorgen – irgendwie kriege ich das schon hin", versprach er und küsste sie auf den Scheitel. „Wo ein Wille ist, ist auch ein Weg."

Sie schlenderten zur Treppe zurück. Hoch über ihnen auf der Klippe stand die Villa. Wohliger Schein fiel durch die Fenster und hieß sie wieder willkommen.

*I*n der Villa angekommen, legte Kyle besitzergreifend den Arm um ihre Taille und zog Maren eng an seinen muskulösen Körper. „Bleib doch heute Nacht hier!", raunte er mit belegter Stimme. „Wir lieben uns, bis der Tag anbricht, und beim Aufwachen möchte ich dich in den Armen halten." Mit den Lippen streifte er sacht ihre Lider, sodass ihr Blut in Wallung geriet.

„Aber was ist mit Holly … und Lydia?"

„Holly schläft schon, und Lydia ist über Nacht nicht da. Wir sind ganz unter uns."

„Kyle …"

„Bleib bei mir!"

Es war schier unmöglich, ihm das zu versagen, was sie sich selbst so sehnlich wünschte. „Wie soll ich da Nein sagen?"

„Würdest du das denn wollen?"

Ihre verführerischen blauen Augen hielten ihn gefangen. „Nie und nimmer!", flüsterte sie.

Die Hände fordernd an ihrem Rücken, eroberte er voller Verlangen ihre Lippen, bis sie erwartungsvoll stöhnte. Der leichte Stoff ihrer Baumwollbluse hatte seinen Fingern nur wenig entgegenzusetzen.

Wie auf ein Stichwort hob er sie mit einem Schwung hoch und trug sie die Treppe hinauf. Den Kopf an seine Schulter gebettet, die Arme um seinen Nacken geschlungen, schmiegte sich Maren an ihn, umhüllt von einem verlockenden Duft nach Männlichkeit und Meer.

Ohne lange zu fackeln, beförderte er sie geradewegs ins Schlafzimmer, die Tür mit dem Fuß hinter sich schließend. Dann durchquerte er die Suite, ging durch eine weitere Tür und ließ Maren herunter in eine in den Boden eingelassene Wanne aus grauem Marmor mit einem Rand aus blauen Fliesen. Maren protestierte zwar schwach, doch er schüttelte nur lächelnd den Kopf, um ihr zu verdeutlichen, wie sehr ihm daran lag, ihr Lust zu bereiten. Geschickt knöpfte er ihr die Bluse auf, streifte sie ihr von den

Schultern, öffnete auch noch ihren hauchdünnen BH und legte beides beiseite.

Ihre Knospen wurden unter seinem Blick hart. Als er nach dem Bündchen ihrer Jeans tastete und dabei mit den Fingern ihren Bauch berührte, stockte ihr fast der Atem. Langsam zog er den Reißverschluss abwärts, um ihr nun die Jeans über Hüften und Beine hinunterzuschieben. Sie spürte, wie ihr allmählich heiß wurde, und als sie endlich nackt vor ihm lag und er ihren wohlgeformten Körper mit Blicken verschlang, stöhnte sie erregt auf.

Er drehte die Hähne auf und ließ warmes Wasser ein, wobei Maren war, als sei sein Blick noch weitaus heißer. Ohne sie aus den Augen zu lassen, griff er nach einem Schwamm, tauchte ihn ein und drückte ihn über der Schulter aus, sodass ihr die Tropfen über die Haut perlten. Derweil stieg das Wasser höher und höher, und trotz des wohligen Gefühls überlief Maren ein Schauer.

Er seifte sie mit sanften Bewegungen ein, seine Hände verlockend auf ihrer erhitzten Haut, auf ihren Brüsten. Sie rekelte sich wohlig und schloss genüsslich seufzend die Augen. Durch ihre Adern flutete ein Strom der Leidenschaft, entsprungen in ihren tiefsten Tiefen, rauschte durch ihren Körper, bis sie keuchend Kyles Namen rief.

Behutsam wusch er ihr das Haar und den Rücken. Sacht glitten seine Finger über ihre Schenkel. Die Lider halb geschlossen, musterte sie ihn durch den Schleier der dichten schwarzen Wimpern, die Haut feucht schimmernd, die kupferroten Strähnen gleich nassen Kringeln in der Stirn, verführerisch und unschuldig zugleich. Lange wohlgeformte Beine, feste Brüste, dazu ein Gesicht, verletzlich, aber auch stark, zogen Kyle in ihren Bann.

Träumerisch blinzelte sie zu ihm auf, die blauen Augen schelmisch funkelnd.

„Du verhext mich ja regelrecht!", raunte er, beugte sich über die Wanne und küsste Maren.

„Und du lässt es dir nur zu gern gefallen", murmelte sie, bevor sie die Arme um seinen Nacken schlang.

Rasch entledigte er sich seines Hemdes und der Hose, warf alles beiseite, packte Maren und hob sie aus dem wohligen Nass, wobei das Wasser über die Wannenränder schwappte. Den warmen Körper an sich geschmiegt, eroberte er ihren Mund, stöhnend vor Verlangen. So trug er sie nach nebenan zum Bett, wo er sie sanft auf die kühle Tagesdecke gleiten ließ. Ihr Körper passte sich dem seinen wie selbstverständlich an.

Kyle konnte nur mit Mühe an sich halten. Die Lippen auf ihrem Mund, umfasste er wie trunken ihre prallen Brüste, ließ die Hände hinuntergleiten an ihrem Bauch und spreizte zärtlich ihre Schenkel. Geschickt schob er sich über sie, sah ihr in die glänzenden Augen, und dann bewegte er lockend seinen Körper, berührte sie an den geheimsten Stellen.

Maren krallte die Nägel in seinen Rücken und stöhnte laut auf. Sie hätte verrückt werden mögen vor Verlangen bei dieser bittersüßen Qual. Das Herz hämmerte ihr schmerzhaft in der Brust; der Atem kam stoßweise. Erregt spürte sie, wie er mit der Zunge ihren Mund erforschte, jene empfindsamen Winkel, um von der Süße zu naschen. Seine Finger liebkosten sie, bis er in sie glitt, bis Maren fühlte, wie jene wilde Flut sie mit sich riss.

Heiser flüsterte Kyle in der Dunkelheit ihren Namen. Bedingungslos ergab sie sich ihm, als seien seine Zärtlichkeiten kostbarer Luxus, wollte ihn ganz, ihn und seine Berührungen, solange es eben ging. Je öfter er ihren Namen raunte, desto stärker wuchs die Liebe in ihr.

„Komm", flehte sie, auf den Lippen den Salzgeschmack seiner Haut und voller Hoffnung, dass seine Leidenschaft für sie nicht nur körperlicher Natur war. Aber ihre Laute der Lust verhallten in der Nacht, als er ihr auf den Gipfel folgte und erschauernd seine Erfüllung fand.

Als beider Herzen wieder langsamer schlugen, als beider Atem wieder ruhiger ging, stemmte Kyle sich auf einen Ellbogen hoch und sah auf Maren herunter. „Was ist mit dir geschehen, Maren?", fragte er leise. Angesichts der Verwirrung in ihrem Blick wurde er etwas genauer. „Deine Ehe, der Mann, der dir wehgetan hat – was ist da passiert?"

Maren wurde es eng in der Brust. Sie wollte nicht an Brandon denken, nicht jetzt, mitten in dieser Liebesnacht mit Kyle.

„Ist lange her", flüsterte sie und wandte das Gesicht ab.

Er umfasste ihr Kinn und drehte ihren Kopf so, dass Maren ihn wieder anschauen musste. „Nun erzähl schon", bat er.

„Da gibt's nicht viel zu erzählen." Nachdem er nicht weiter in sie drang, schloss sie für einen Moment die Augen und seufzte. „Über die Phase meines Lebens spreche ich nur ungern."

„Weil du ihn immer noch liebst?"

„Ich glaube nicht, dass ich ihn jemals geliebt habe."

„Das kauf ich dir nicht ab", sagte er mit einem schneidenden Unterton.

„Wieso nicht?"

„Sieh dich doch an!", gab er unwirsch zurück. „Sobald die Sprache auf deine Ehe kommt, kriegt man kein Wort mehr aus dir heraus." Sie schüttelte abwehrend den Kopf, doch er ließ einfach nicht locker. „Ich verstehe dich nicht, Maren! Kaum schneidete man das Thema auch nur ansatzweise an, verschanzt du dich hinter einer Mauer des Schweigens."

Verärgert stand sie auf, warf Kyle einen flauschigen Bademantel zu und krabbelte wieder zwischen die Laken. „Ohne Tuchfühlung mit dir kann ich klarer denken", murmelte sie dabei.

Auf der Bettkante sitzend, fixierte er sie missvergnügt. „Was soll das, Maren? Willst du mich etwa für dumm verkaufen?"

Erbost blitzte sie ihn an. „Unsinn!"

„Dann raus mit der Sprache! Dass wir miteinander schlafen – bedeutet dir das denn gar nichts?"

„Im Gegenteil. Es bedeutet mir sehr viel."

„Aber offenbar nicht genug …"

„Ich habe dich nie belogen, Kyle", flüsterte sie.

„Was willst du eigentlich von mir?"

Den Tränen nahe, setzte sie sich auf, zog sich das Laken bis unters Kinn und atmete tief durch. Hätte sie ihm nur gestehen können, wie sehr sie ihn liebte! „Bloß das, was du zu geben bereit bist", erwiderte sie ohne Rücksicht auf den bohrenden Schmerz im Herzen. „Und du? Was willst du von mir? Meinen Körper? Ewige Liebe? Oder meine Firma?"

Kyle runzelte die Stirn. „Ich will nur wissen, was da läuft mit deinem Exmann."

„Warum?"

„Weil ich glaube, dass du mir etwas verheimlichst. Und ich habe nicht die geringste Lust, meine kostbare Zeit mit der Frau eines anderen zu verschwenden."

Sie zuckte zusammen und holte aus, doch ehe sie ihn ohrfeigen konnte, packte er sie beim Handgelenk. „Die Frau eines anderen?", wiederholte sie fassungslos. „Das glaubst du also?" Die Augen fest zusammengekniffen, verzog sie düster das Gesicht.

Kopfschüttelnd ließ er ihren Arm los. „Ehrlich gesagt, Maren, allmählich blicke ich nicht mehr durch." Langsam ließ er die Hand sinken. „Du verdrehst mir den Kopf …"

„… und das gefällt dir nicht", unterbrach sie ihn.

„Ich begreife es nicht. Und vor allem", fügte er barsch hinzu, „lasse ich mich nicht gern zum Narren halten!"

„Du verstehst mich einfach nicht!"

„Du willst es doch nicht anders!"

Sie schlug das Laken beiseite, streifte sich Kyles Hemd über und trat auf den Balkon. Er lag über der Terrasse, und der Blick auf den dunklen Pazifik war beinahe noch atemberaubender, sodass sie hoffte, die Ruhe des Ozeans würde sich möglicherweise ein wenig auf sie übertragen.

Tief ließ sie die salzige Seeluft in die Lungen dringen, bemüht, ihre Gedanken zu ordnen, damit ihre Empörung verrauchen konnte. Was spielte es schon für eine Rolle, was Kyle von ihr dachte? Wieso hatte sie sich unsterblich in ihn verliebt, obwohl sie noch an Brandon gebunden war? Wie hatte es so weit kommen können, dass Kyle ihr ganzes Leben auf den Kopf stellte? Sie schüttelte entnervt den Kopf. Noch vor wenigen Wochen waren ihr größtes Problem ein paar nicht unterzeichnete Verträge gewesen. Die erschienen ihr mittlerweile Lichtjahre entfernt. Selbst ihre Bedenken bezüglich des Firmenverkaufs hatten sich im Laufe dieser Nacht in Luft aufgelöst.

An das Geländer gelehnt, starrte sie hinunter auf die dunkle See. Der Nachtwind, der über den Pazifik wehte, streifte mit kühlem Hauch ihr Gesicht, verfing sich in ihren kupferroten Strähnen. Es fiel ihr gar nicht auf; zu sehr wirbelten ihre Gedanken, zu heftig tobten ihre Gefühle. Gewaltige, auf die Klippen montierte Flutlichtstrahler warfen ihren fahlen Schein auf die Wellen, die unablässig gegen die ufernahen schroffen Felsen brandeten, um schließlich in schaumigen Rinnsalen auf dem schattenhaften Sand zu versickern.

Sie hörte, wie die Schlafzimmertür auf- und wieder zuging. Die Hände fest ums Geländer, den Blick unverändert aufs Meer gerichtet, spürte sie Kyles Arme, die sich um ihren Bauch legten. „Weißt du", flüsterte er, den warmen Atem vertraut an ihrem Ohr, „du bist für mich viel mehr als nur die schöne Inhaberin einer Firma, die ich gern übernehmen möchte."

Die Kehle wie ausgedörrt, umfasste Maren den Handlauf fester. Als Kyle sie sacht in den Nacken küsste, flatterte ihr das Herz, und ein kühler Schauer rann ihr über die Haut bei dieser zärtlichen Liebkosung. Wie wohl ihr immer war in seiner Nähe! „Schon als ich dich zum ersten Mal sah", raunte er wie im Selbstgespräch, „damals bei Mitzi Danners Party, du mit dem Champagnerglas in der Hand, fand ich dich unglaublich bezaubernd. Ich war hingerissen!"

„So hingerissen, dass es fast ein Jahr gedauert hat, bis du mich wiedergefunden hast?", warf sie ihm lächelnd an den Kopf.

„Ich wollte mir mit einer Frau nicht das Leben unnötig schwer machen – Hollys wegen."

„Und deshalb hast du mich nicht angesprochen?"

„Du bist schon so früh gegangen. Ich habe durchaus nach dir Ausschau gehalten", erwiderte Kyle. Maren wusste noch, wie unnahbar er ihr an jenem Abend erschienen war, erinnerte sich an seine stille unterkühle Art, die grüblerischen grauen Augen, das verwegene Lächeln.

„Das ist jetzt gut ein Jahr her", flüsterte sie, die schmalen Finger am Handlauf. „Und da soll ich dir glauben, dass ich damals solchen Eindruck auf dich gemacht habe? Obwohl so viel Zeit vergangen ist? Außerdem warst du doch mehrmals bei mir im Büro …"

„Wie gesagt, ich brauchte und wollte keine neue Partnerin; sonst wäre mein Leben nur noch komplizierter geworden." Seine Stimme war so klar wie die laue kalifornische Nacht. Maren musste an sich halten; am liebsten hätte sie sich einfach umgedreht und ihm die Arme um den Nacken gelegt, hätte sich an ihn geklammert, um ihn nie wieder loszulassen. Doch sie konnte es nicht. Noch nicht. Sie musste auf Brandon Rücksicht nehmen.

Sie schloss die Augen, um die Erinnerung zu verscheuchen. „Und jetzt willst du es doch? Dass eine Frau dir das Leben schwerer macht?"

„Doch nicht irgendeine", murmelte er, die Lippen in ihrem Haar. „Sondern du, Maren."

Das klang ziemlich aufrichtig. Plötzlich spürte Maren einen Kloß im Hals, der unangenehm anschwoll. Sie war den Tränen nahe. „Also, was möchtest du erfahren über meinen Exmann?", fragte sie leise.

Sie spürte, wie er ihre Taille losließ und sie an der Schulter fasste, um sie zu sich umzudrehen. Er blickte ihr so tief in die Augen, als wolle er ihr bis in die Seele schauen. „Ich muss wissen, was er dir bedeutet."

„Nichts", antwortete sie seufzend. „Früher, da dachte ich mal, ich liebe ihn …"

„Aber mittlerweile bist du dir nicht mehr sicher?"

Obwohl sie mit den Tränen kämpfte, musste sie lächeln. „Als junges Mädchen glaubte ich an die ewige Liebe", erklärte sie. „Entweder war ich unsäglich naiv oder gar nicht verliebt."

„Und unterscheiden kannst du das nicht?"

„Nicht so ohne Weiteres."

Seine Augen verengten sich zu schmalen Schlitzen. „Wieso kann ich mich des Eindrucks nicht erwehren, dass du nicht von ihm loskommst? Zumindest nicht ganz?"

„Es geht eben nicht", gestand sie freimütig und mit einem gequälten Blick. Sie sah den Zorn in seinen schiefergrauen Augen aufsteigen und berührte seine Schulter sanft mit den Fingerspitzen. Er zuckte zurück. „Ich kann's dir erklären."

„Bitte, nur zu."

„Brandon und ich, wir haben geheiratet, als wir noch Studenten waren. Ich war jung und glaubte, ich sei verliebt. Ich machte auch mein Examen, doch Brandon war ein zu ruheloser Geist. Er schmiss das Studium und wurde Tennisprofi …"

Kyle nickte kurz. Der Name Brandon McClure sagte ihm etwas – ein Senkrechtstarter mit einem mordsmäßigen Aufschlag und einem ebenso explosiven Temperament, der sich jedoch mit seinen Wutausbrüchen selbst im Wege stand und deshalb keine echte Chance hatte. Tennis erforderte ein Höchstmaß an Konzentration und technischem Können. Heißspornen wie McClure blieben die Spitzenplätze der Weltrangliste versagt, von ein paar einschlägig bekannten Ausnahmen abgesehen.

„Und dann?", fragte Kyle.

„Es dauerte gar nicht lange, da bin ich dahintergekommen, dass er fremdging." Sie unterbrach sich. „Es gab auch noch andere Frauengeschichten, das hat er sogar zugegeben."

„Da hast du doch sicher die Scheidung eingereicht?" Die leise gestellte Frage klang beinahe drohend.

Stockend Luft holend, wandte Maren den Blick ab. Die Scheidung mit ihren schmerzhaften Begleiterscheinungen machte ihr nach wie vor zu schaffen. Sie schaute hoch zum dunklen Himmel; im Mondschein wirkte ihr Haar wie mit einem Silberhauch überzogen. „Nein. Wir lebten etwa ein halbes Jahr getrennt. Es war meine Schuld. Der Gedanke an Scheidung behagte mir nicht, also ließ ich das Ganze schleifen. Selbst als wir uns schließlich endgültig auf eine Scheidung einigten, war es mir irgendwie nicht recht … als hätte ich in gewisser Weise versagt."

„Und das hast du nie richtig verwunden?", fragte Kyle. Er schien zu ahnen, was in ihr vorging.

Maren wiegte den Kopf, die Lippen fest zusammengekniffen, um nicht in reumütiges Schluchzen auszubrechen. „Nein", wisperte sie. „Vor einiger Zeit – da lag die Scheidung schon ein paar Jahre zurück – meldete sich Brandon telefonisch bei mir, und ich machte ihm den Vorschlag, ein Skiwochenende in Heavenly Valley zu verbringen. Mir war klar, dass es vermutlich ein Fehler sein würde. Er sprach von Versöhnung, und dabei wusste ich damals schon, dass das einfach nicht gut gehen würde. Aber ich beschloss, dennoch zu fahren, denn …"

„… du hast ihn immer noch geliebt?"

„Ach was!", rief sie energisch. „Das hatte mit Liebe nichts zu tun. Stolz war das, Borniertheit, Dummheit! Weil ich versagt hatte. Liebe spielte keine Rolle. Wir waren kaum eine halbe Stunde zusammen, da ging der Zoff schon los. Also habe ich ein für alle Mal einen Schlussstrich gezogen. Ich war heilfroh, beschloss aber, den Nachmittag über noch Ski zu fahren, denn Brandon hatte die Skipässe bereits besorgt."

Den Blick weiterhin in die Nacht gerichtet, versuchte Maren ihre Gedanken so zu ordnen, dass Kyle ihre damalige Hilflosigkeit auch verstand. Dass er begriff, warum sie Brandon nicht einfach sich selbst überlassen konnte. „Brandon raste nur die schwierigsten Abfahrten runter, und das mit einem Affenzahn. Er musste fix und fertig gewesen sein, aber er hörte nicht auf. Vermutlich wollte er so seine Wut abreagieren …"

„Was denn für eine Wut?"

„Na, Wut auf mich!"

„Wegen deiner Weigerung, zu ihm zurückzukehren?"

Sie zuckte mit den schmalen Schultern. „Ich weiß es nicht. Jedenfalls war er sauer auf mich und wollte partout keine Vernunft annehmen. Ich versuchte ihn zurückzuhalten, aber er schubste mich beiseite und meinte, er könne tun, was ihm passt."

„Und dann ist er gestürzt", stellte Kyle fest, der sich an den Unfall erinnerte, denn er hatte vor ein paar Jahren darüber im Sportteil der *Times* gelesen. Damals war ihm natürlich nicht bewusst gewesen, dass es eine Verbindung gab zwischen dem jähzornigen Tennisprofi Brandon McClure einerseits und Maren McClure, der Inhaberin von *Festival Productions* andererseits. Wie auch? Die beiden waren schon längst geschieden gewesen, und Brandons Exfrau wurde in dem Artikel nicht erwähnt.

„Genau", bestätigte Maren niedergeschlagen, den entsetzlichen Unfall vor Augen.

Kyles Stimme klang wie aus weiter Ferne. „Damals hieß es, er könne nie wieder Tennis spielen, zumindest nicht auf Profiniveau." So ging seinerzeit jedenfalls das Gerücht. Seit jenem Zeitungsbericht hatte Kyle allerdings nie wieder etwas über Brandon McClure gelesen.

„Es ist noch schlimmer. Möglicherweise kann er überhaupt nicht mehr spielen, und gehen kann er nur mithilfe eines Stützkorsetts." Auf einmal fühlte sie sich müde und ausgelaugt.

„Maren?" Der Unterton in seiner Stimme ließ sie herumwirbeln, sodass sie ihn ansah. „Fühlst du dich etwa verantwortlich für das, was ihm zugestoßen ist?"

Sie spürte, wie sich die kühle Nachtluft mit einer kaum merklichen Spannung auflud. „Teilweise schon", gab sie zu.

„Das ist doch absurd!"

„Das habe ich mir auch wieder und wieder eingeredet. Offenbar bin ich aber selbst nicht recht davon überzeugt."

Er musterte sie mit verschränkten Armen. „Und heute?", fragte er, das Kinn dabei herausfordernd ins Dunkel gereckt, die Züge streng und betroffen zugleich. „Aber eigentlich ist es doch passé – oder verheimlichst du mir etwas?" Dabei fixierte er sie so eingehend, dass ihm jede noch so kleine Regung auf ihrem anmutigen Gesicht auffiel. War sie diesem McClure etwa nach wie vor verfallen? Empfand sie mehr als nur Schuldgefühle? Mit zusammengebissenen Zähnen wehrte er sich gegen die aufsteigende Eifersucht und wartete.

„Passé? Schön wär's!" Sie bemerkte seine düstere Miene, die angespannte Haltung, das stählerne Funkeln in seinen Augen. „Brandon war immer schon groß darin, über seine Verhältnisse zu leben …"

„Glaube ich gerne", brummte er.

Sie überging seinen ironischen Kommentar. „Mit seinen Preisgeldern allein konnte er seinen Lebensstil nicht mal annähernd finanzieren. Zum Zeitpunkt des Unfalls hatte er Schulden, und die Krankenkasse übernimmt bloß einen Teil der Behandlungskosten."

„Und du kommst für den Rest auf", folgerte Kyle und fragte düster: „Lebst du etwa auch noch mit ihm zusammen?"

„Ach Unsinn!" Sein vorwurfsvoller Ton war nicht zu überhören. „Ich hab dir doch gesagt, das ist vorbei! Er macht eine Physiotherapie in einem Rehazentrum."

Kyles starre Miene wurde ein wenig gelöster. „Und ich nehme an, du bezahlst die Rechnungen?"

„Er kann doch erst seit einigen Monaten wieder laufen!" Maren staunte über sich selbst. Wieso warf sie sich bloß so in die Bresche – für einen Mann, der ihr nichts als Scherereien bereitet hatte? „Vielleicht kann er ja bald wieder arbeiten", sagte sie und stieß dabei einen verärgerten Laut aus, um etwas Dampf abzulassen. „Bis dahin werde ich ihn wohl oder übel unterstützen müssen."

„Wieso?"

„Er hat sonst niemanden!", erwiderte sie aufgebracht. „Meine Güte, hast du denn nicht zugehört? Es ist *meine* Schuld, dass wir an dem Wochenende zum Skilaufen gefahren sind! Wenn ich das nicht vorgeschlagen hätte, würde er heute wahrscheinlich noch hinterm Tennisball herjagen!"

Sie war dermaßen aufgewühlt, dass sie am ganzen Leibe zitterte. Kyle öffnete den Bademantel und zog sie an sich. Während er sie auf den Scheitel küsste, schlang sie die Arme um seinen nackten Körper unter dem flauschigen Stoff und bettete den Kopf an seine Brust.

„Ich glaube, die Karriere deines Exmannes war schon vorbei, ehe sie richtig Fahrt aufnehmen konnte", stellte er tröstend fest. „Nach allem, was ich über ihn gelesen habe, hatte er seine cholerische Ader nie im Griff. Das hat ihm alles andere als zum Vorteil gereicht."

„Deine Meinung."

„Die Wahrheit."

Sie schluckte ihren Protest herunter. Jahrelang hatte sie sich der Illusion hingegeben, dass Brandon es aus eigener Kraft geschafft hätte. Kyles ernste Miene und seine energischen Worte brachten sie nun zu der Überzeugung, dass ihr Exmann sie vermutlich ausnutzen würde, solange sie es mit sich machen ließ. Da brauchte sie sich bloß an seine hysterischen Äußerungen beim jüngsten Anruf zu erinnern.

„Bis auf Weiteres", murmelte sie, „bin ich für Brandon verantwortlich."

„Bis wann? Bis er findet, er kommt auch allein klar? Oder bis
du die Nase voll hast? Bis wann?"

„Das wird sich ergeben", sagte sie ausweichend.

„Bis der feine Mr McClure es leid ist, seine Ex auszunehmen?"

Sie war müde und verbittert. „Ich wüsste nicht, was dich das
angeht. Es hat keinerlei Einfluss auf die Entscheidung, ob ich die
Firma verkaufe. Deswegen bin ich ja hier, nicht wahr?"

„So?", raunte er kehlig und ließ die Fingerspitze an ihrem
nackten Arm heruntergleiten, was ihr einen Schauer der Erregung über den Rücken jagte. Er schloss sie noch fester in die
Arme und versenkte den Blick in ihre geheimnisvollen Augen.
„Sag mir noch mal", flüsterte er, „warum du hier bist!"

Lustvoll seufzend schmiegte sie sich an ihn. „Ich bin hier, weil
ich es will", gestand sie, im Ohr den stetigen Takt seines Herzens. Hier gehöre ich hin, dachte sie, allein mit ihm in der Nacht,
in seinen Armen.

„Komm", flüsterte er. „Gehen wir schlafen!"

Arm in Arm gingen sie durch die Tür, zurück in die Wärme
der riesigen Villa.

12. KAPITEL

*I*ch möchte, dass du mich heiratest."

Kyles Stimme war das Erste, das Maren hörte, als sie erwachte. Noch etwas schlaftrunken, sah sie blinzelnd hoch und schaute direkt in die Augen des Mannes, den sie liebte.

„Ich dachte, Heirat steht nicht zur Debatte", murmelte sie und rekelte sich genüsslich.

„Nur weil du so verdammt unabhängig bist." Kyle setzte sich im Bett auf und fuhr sich mit der Hand übers Stoppelkinn.

„Soll ich das etwa als Kompliment auffassen?"

„Maren, ich meine es ernst! Ich möchte, dass du meine Frau wirst und mit mir und Holly zusammen hier in La Jolla wohnst." Noch etwas verschlafen dreinschauend, das Haar zerzaust, starrte er mit hinter dem Kopf verschränkten Händen unter die Decke. „Ich habe die ganze Nacht hin und her überlegt. Es ist die ideale Lösung."

„Und was soll aus meiner Arbeit werden?"

„Die könnten wir doch hier erledigen."

„Ich glaube nicht, dass …"

„Sicher, ein- oder zweimal die Woche müssten wir nach L.A., um nach dem Rechten zu sehen. Ansonsten wüsste ich nicht, warum du deine Ideen und Entwürfe nicht auch hier umsetzen könntest."

„Dabei bleibt es aber nicht", stellte sie fest, bemüht, ihr Herzklopfen in den Griff zu bekommen. Er hatte ihr soeben einen Heiratsantrag gemacht! Ihr sehnlichster Wunsch … Und dennoch, es ging nicht. Jedenfalls gegenwärtig nicht. „Im Moment stecke ich mitten im Videodreh!"

„Kannst du das denn nicht von deinen Mitarbeitern koordinieren lassen?"

„Bis zu einem gewissen Grad schon …"

„Und sobald du die Firma verkauft hast", deutete er an, „wird sowieso einiges erheblich einfacher."

Maren fühlte sich, als hätte er ihr Salz in eine offene Wunde gerieben. Sie erstarrte. „Meine Anwältin hat mir davon abge-

307

raten, über dein Angebot zu reden. Erst müssten wir zu einer Einigung gekommen sein, meint sie."

Er sah sie an, als sei sie nicht recht bei Verstand. „Und wie, bitte schön, soll die erreicht werden, wenn wir über das Angebot gar nicht erst diskutieren dürfen?"

„Sie meint, sie würde das mit Bob Simmons aushandeln."

„Und der wiederum wird das zunächst mit mir abklären wollen, und zwar unter vier Augen. Das ist doch totaler Unsinn, Maren! Wir können die Sache heute Morgen unter Dach und Fach bringen!" Er wandte ihr das Gesicht zu. „Ich habe dich bisher für eine Frau gehalten, die ihre Entscheidungen selber trifft."

„Tue ich ja auch."

„Warum verlässt du dich dann auf diese Miss Conrad, Teufel noch mal?"

„Weil sie meine Anwältin ist!"

„Glaubst du wirklich, ich würde dich über den Tisch ziehen?", fragte er, wobei er sie durchdringend ansah. „Traust du mir etwa nicht?"

„Es geht doch nicht um Vertrauen, Kyle! Es geht ums Geschäft!"

Sie wälzte sich zum Bettrand, um aufzustehen, doch er packte sie beim Handgelenk und hielt sie im Bett fest. „Von wegen Geschäft! Es geht um uns!"

„Du verschleierst alles!"

„Und du redest um den heißen Brei herum!"

Sie riss sich los und stand auf. „Na ja, vielleicht hast du recht", räumte sie ein, schlüpfte in seinen Bademantel und setzte sich in einen beim Fenster stehenden Sessel. Von dort musterte sie ihn mit ihren blauen Augen, strich sich das Haar aus der Stirn und schlug die wohlgeformten Beine übereinander. „Du willst also übers Geschäftliche reden? Kannst du haben."

„Von mir aus gern." Er wälzte sich aus dem Bett und stieg in eine Jeans.

„Na gut. Dann schieß los und schildere mir mal genau, was du mit *Festival* vorhast, falls ich verkaufe."

„Das steht doch alles im Angebot!"

„Hilf meiner Erinnerung auf die Sprünge."

„Ändern wird sich lediglich das Eigentumsrecht. Du kannst den Laden weiter nach eigenem Ermessen führen – nur dass *Festival* dann mit der Plattenfirma unter einem Dach residiert und du die meiste Zeit von hier aus arbeitest."

Sie zog skeptisch die anmutigen Brauen hoch. Könnte sie doch nur glauben, dass sein Heiratsantrag nichts mit ihrer Firma zu tun hatte! Die erste Ehe hatte er geschlossen, weil sie seiner Karriere förderlich war. Wollte er mit der zweiten vielleicht seiner Plattenfirma zu höheren Umsätzen verhelfen? Lieber Himmel, hoffentlich nicht!

„Ich zahle dir einen fairen Preis für dein Unternehmen", sagte er in ihre Grübeleien hinein. „Das hat sogar deine Anwältin anerkannt."

Sie nickte und trommelte mit den Fingernägeln auf die Sessellehne.

„Ich bin und war immer ehrlich mit dir, Maren. Ich brauche dein künstlerisches Talent ebenso wie deinen Betrieb. Elise Conrad erwähnte, dass du dir einen Dreijahresvertrag ausbedingst. Kannst du haben. Ich für meine Person halte dich für den kreativen Dreh- und Angelpunkt bei *Festival*. Ohne dein schöpferisches Genie seid ihr bloß ein Videohersteller unter vielen." Er setzte sich auf die Bettkante und musterte Maren unverwandt. „Wir könnten zusammenarbeiten", sagte er leise, „wenn wir verheiratet sind."

Sie wollte antworten, brachte jedoch keinen Ton heraus und wandte verlegen den Blick ab. „Das hast du schon mal versucht", erwiderte sie dann mühsam, „mit deiner Exfrau. Und es hat nicht funktioniert, wie du sicher noch weißt."

„Lass Rose aus dem Spiel!", entgegnete er kühl. „Hast du denn nicht gehört, was ich gerade gesagt habe?"

„Doch, Kyle", antwortete sie mit bebender Stimme und Tränen in den Augen. „Mein Gott, ich versuch's ja!"

„Dann hör mir gefälligst zu! Ich will, dass du meine Frau wirst – Firmenübernahme hin oder her!" Seine Haltung war starr. „Das mit Rose war ein Fehler, aber das wird mir nicht noch mal passieren. Ich möchte mit dir zusammenleben, weil ich nicht ohne dich leben will. Ich liebe dich, Maren!"

Tränen kullerten ihr über die Wangen. Wie lange hatte sie auf diese Worte gewartet, und wie furchtbar gern hätte sie ihnen Glauben geschenkt!

Er stand auf und kam eilig auf sie zu. „Siehst du denn nicht, wie viel du mir bedeutest?" Er berührte er sie an der Schulter, und als sie ihm in die grüblerischen Augen sah, wäre sie am liebsten darin versunken. Ihre Liebe zu diesem Mann war übermächtig.

„Maren, bitte heirate mich!", bat er. Seine Hände schlüpften in den Bademantel und liebkosten ihre weiche Haut. Wie leicht es ihm doch fiel, sie um den Finger zu wickeln!

„Ich möchte nichts überstürzen!", erwiderte sie schniefend. „Wir leben in der Neuzeit! Da muss man nicht unbedingt einen Trauschein haben."

„Es sei denn, man legt Wert darauf."

„Nicht dass du meinst, ich will dich nicht", versicherte sie und berührte zärtlich sein Kinn. „Ich brauche halt etwas Bedenkzeit."

Er lächelte. „Na schön", stimmte er zögernd zu. „Jetzt lass uns nach unten gehen, und du kannst mir berichten, wie weit du mit den *Mirage*-Videos bist."

„In dieser Herrgottsfrühe? An einem Samstagmorgen?"

„Ich muss dich doch davon überzeugen, dass du hier wohnen und gleichzeitig arbeiten kannst", mahnte er. „Und mir bleiben nur ein paar Tage, um das zu beweisen."

Lachend wischte sie sich die Tränen fort. „Lass mich schnell duschen und anziehen. Dann machst du mir ein ordentliches Frühstück, und danach legen wir los."

„Abgemacht!", erwiderte er, und dabei strahlte er übers ganze Gesicht.

Samstag und Sonntag vergingen im Nu, und ganz allmählich kam es Maren so vor, als wäre sie schon ein Teil von Kyles Familie. Hollys Feindseligkeiten verpufften nach und nach, und Lydia schien absolut begeistert von Marens Anwesenheit im Hause.

Tagsüber ging Kyle mit Maren und seiner Tochter segeln, und am Abend machten sie einen Strandspaziergang.

Die Mahlzeiten verliefen in fröhlicher, herzlicher Atmosphäre, zumal Lydia bleiben und ihre Kochkünste unter Beweis stellen konnte. Alles, was die pummelige Haushälterin auf den Tisch brachte, schmeckte köstlich, und sie strahlte regelrecht, als Maren darauf bestand, ihr in der Küche zur Hand zu gehen, um sich ein wenig in die kulinarischen Geheimnisse einweihen zu lassen.

Falls Holly etwas gegen die neue Freundin ihres Vaters einzuwenden hatte, ließ sie es sich nicht anmerken. Sie erwischte die beiden zwar ein ums andere Mal in inniger Umarmung, lächelte dann aber nur.

Der einzige Wermutstropfen kam kurz vor Marens Abreise. Sie packte gerade ihren Koffer, da trat Kyle ins Schlafzimmer. „Ich lasse dich nur ungern fort", bemerkte er bedauernd und sah ihr zu, wie sie auf dem Bett eine Bluse zusammenfaltete.

„Na ja, es bleibt mir nichts anderes übrig", flötete sie aufgeräumt und mit einem anzüglichen Blick in seine Richtung. „Der Chef von *Sterling Records* macht mir sonst die Hölle heiß."

Er registrierte ihren provokanten Augenaufschlag und bemerkte anerkennend den knappen Sitz ihrer Jeans. „Früher oder später musst du mich sowieso heiraten", brummte er.

„Und wieso?" Sie klappte den Koffer zu, drehte sich zu Kyle um und setzte sich auf die Bettkante. „Und jetzt sag bloß nicht, du müsstest eine anständige Frau aus mir machen!"

Er hob spöttisch die Hände. „Da würde ich nicht mal im Traum dran denken."

„Also?"

„Weil es für uns alle das Beste wäre, wie ich finde."

Die Heiterkeit verschwand aus ihrem Blick. „Ich glaube kaum, dass Holly begeistert wäre, wenn ich den Platz ihrer Mutter einnähme."

Kyle nahm den Koffer vom Bett, stellte ihn ab und setzte sich neben Maren. „Holly himmelt dich doch geradezu an", sagte er, den Blick auf sie gerichtet.

„Sie duldet mich." Maren ließ einen missmutigen Seufzer hören. „Das ist schon ein Fortschritt, zugegeben, und erheblich mehr, als ich erwartet hatte. Aber von Anhimmeln kann keine Rede sein."

Sie wollte aufstehen, wurde aber mit einem Mal von starken Armen hintenübergezogen. Kyle streckte sich der Länge nach neben ihr aus. Als er sie so ansah, ging ihm einmal mehr durch den Sinn, dass sie wirklich und wahrhaftig die allerschönste Frau war, die er je kennengelernt hatte – die Frau, die sein ganzes Leben auf den Kopf gestellt hatte.

„Warum nimmst du meinen Antrag nicht an?", wollte er wissen und schloss sie in die Arme. Sie spürte jeden einzelnen seiner starken Muskeln, seinen warmen Atem im Gesicht, und ihr Herz begann heftig zu pochen, auch wenn sie es nicht wahrhaben wollte.

Sie nahm ihren ganzen Mut zusammen. „Ich glaube, wir müssen mal ein ernstes Wort miteinander reden."

„Sehe ich auch so."

Spöttisch zog sie eine ihrer schön geschwungenen Brauen nach oben. „Tatsächlich?"

Lächelnd gab er ihr einen kleinen Stups. „Los, raus mit der Sprache! Was hast du auf dem Herzen?"

„Ich habe nicht nur Bedenken bezüglich meiner Rolle als Hollys Stiefmutter."

„Habe ich mir schon gedacht."

„Dein ... äh, Heiratsantrag – wie viel davon ist Teil deiner Übernahmepläne?"

„Wie bitte?" Sie spürte, wie er erstarrte. „Das hat nun wirklich *rein gar nichts* miteinander zu tun!"

„Und wieso werde ich dann das Gefühl nicht los, dass du mir etwas verschweigst?", fragte sie. „Dass dir irgendetwas an *Festival Productions* nicht passt? Und wenn es das nicht ist – was ist es dann?"

Kyle blieb nichts anderes übrig, als die Karten auf den Tisch zu legen. „Natürlich möchte ich, dass du mir deine Firma verkaufst, und ich gehe auch davon aus, dass das geschehen wird, sobald wir das Angebot nachgebessert haben." Er ließ sie langsam los und studierte eingehend ihr Gesicht, den Ellbogen aufgestützt, das Kinn in die Hand geschmiegt. „Ryan meint, er hat eine Raubkopie von Mitzi Danners neuem Video aufgetrieben."

Maren riss entsetzt die Augen auf. „Etwa den Clip zu ‚Going for Broke'?"

„Genau."

„Ausgeschlossen!", widersprach sie fest. Das Tape war doch gerade erst vom Bearbeiten zurück!

„Offenbar nicht." War es nur Einbildung, oder hatte er tatsächlich so etwas wie Furcht in ihren Augen aufblitzen sehen?

„Wir haben euch das fertige Band doch noch gar nicht zukommen lassen!"

„Eben!"

Ihre Fassungslosigkeit wandelte sich in Empörung. „Du unterstellst uns also, dass dich jemand aus meiner Firma abzockt?"

„Ich habe es noch nicht gesehen. Aber Ryan ist sich ziemlich sicher."

„Da muss ein Missverständnis vorliegen."

„Das glaube ich nicht." Kyles Stimme war ebenso ruhig wie sein stählerner Blick. „Jedenfalls nicht, bevor ich das Corpus Delicti in Händen halte."

„Corpus Delicti?", wiederholte sie. „Meine Güte, Kyle, das hört sich ja an, als wäre ich kriminell!" Sie rutschte zur Bettkante, stand auf und blickte wutschnaubend auf ihn herab. „Wieso hast du mir das nicht eher gesagt?"

„Ich wollte erst sicher sein." Er stemmte sich auf die Füße und ließ ihren empörten Blick an sich abprallen.

„Und? Bist du's?"

„Nein, noch nicht."

Sie raufte sich die Haare. „Aber du gehst davon aus, dass etwas an der Sache dran ist, richtig?"

„Ich weiß es nicht. Es muss ja auch nicht unbedingt jemand aus deiner Firma dahinterstecken … Uns bleibt nur eins: abwarten, bis Ryan das Band vorliegt. So, jetzt kennst du mein Geheimnis", fuhr er mit strenger Miene fort. „Und was ist mit dir?"

„Mit mir?"

„Ich meine deinen Exmann."

Maren war wie vom Donner gerührt. Dass sich das Gespräch auch um Brandon drehen würde, damit hatte sie nicht gerechnet. Ihr drehte sich fast der Magen um.

„Wie lange willst du ihn noch durchfüttern?"

„Bis er sich einen Job suchen und sich selbst ernähren kann."

Kyles Augen funkelten. „Wenn er wollte, hätte er unter Garantie längst einen gefunden!" Er verzog verächtlich das Gesicht. „Was mich viel mehr interessieren würde: Wie sehr liegt dir überhaupt daran, von ihm loszukommen?"

„Das war unter der Gürtellinie!", rief sie, inzwischen genauso auf hundertachtzig wie er. „Du weißt genau, ich unterstütze ihn nur, bis er wieder auf eigenen Beinen steht."

„Egal wie lange das dauert?"

„Zumindest bis ich sicher bin, dass er sich einen Job besorgen könnte, wenn er's wollte."

Den Koffer in der Hand, stapfte sie wutschnaubend zur Tür hinaus und die Treppe hinunter. Hinter sich hörte sie Kyles Schritte, doch sie drehte sich ganz bewusst nicht um, sondern atmete tief durch und bemühte sich, sich ihre Wut und Enttäuschung nicht anmerken zu lassen. Schließlich hoffte sie, dort auf Lydia und Holly zu treffen, um ihnen Auf Wiedersehen zu sagen.

Fröhlich kichernd hockten die beiden nebeneinander an der Arbeitsplatte, vor sich ein aufgeschlagenes Schulbuch und Gläser mit Limonade. In stockendem Spanisch las Holly einen einfachen Satz aus dem Lehrbuch vor, worauf Lydia in schallendes Gelächter ausbrach und sich mit dem Schürzenzipfel die Tränen aus den Augenwinkeln wischen musste.

„Dios, Mädel!", rief sie schniefend. „Hast du mal überlegt, ob du nicht lieber auf Französisch umsteigst?"

Kichernd klappte das Mädchen das Lehrbuch zu. „Wie sagt man ‚Mir reicht's'?"

„Was ist denn hier los?", fragte Maren verdutzt.

„Ach, Lydia gibt mir Nachhilfe in Spanisch", antwortete Holly mit einem verschmitzten Seitenblick auf ihre Lehrerin.

„Also, ich gebe auf!", wehrte die Haushälterin gutmütig ab. „Du bist ein hoffnungsloser Fall."

Holly tat eingeschnappt. „Ja, ja, aber wenn ich 'ne Eins in der Arbeit kriege – wer wird dann die ganzen Lorbeeren kassieren?"

„Ehre, wem Ehre gebührt!", scherzte Lydia und tätschelte dem Mädchen liebevoll die Wange. Man sah ihr an, wie sehr sie ihr am Herzen lag.

Maren stimmte zwar in das Lachen ein, merkte dabei aber zu ihrem Kummer, wie sehr ihr Kyle und seine kleine Familie inzwischen ans Herz gewachsen waren. Sie hörte, dass er ihr auf den Fersen gefolgt war, und eins wurde ihr klar: Sie musste es kurz machen mit ihrem Lebewohl, sonst würde sie es womöglich nicht über sich bringen, sich überhaupt loszueisen.

„Ich wollte mich nur rasch verabschieden", sagte sie bedauernd.

Hollys Lächeln erlosch. „Kommst du denn bald wieder?", fragte sie mit bewusst gleichgültig wirkender Miene. Lydia schaute bekümmert drein.

„Weiß ich noch nicht", erwiderte Maren wahrheitsgemäß. Der Streit von vorhin saß noch zu tief, und sie bedachte Kyle mit einem sengenden Blick. Was er empfand, war eindeutig; es stand ihm regelrecht ins Gesicht geschrieben.

Sie wandte sich wieder Holly zu. „Bestimmt komme ich wieder", sagte sie lächelnd und streichelte dem Mädchen liebevoll den Arm. „Nur wann, das steht noch nicht fest – ich bin ja schließlich berufstätig, weißt du?"

„Ja klar", murmelte Holly tonlos. „Das ist Mom auch."

Das saß. Schlagartig wurde es mucksmäuschenstill. Kyle starrte Maren wortlos an.

Lydia räusperte sich und zwirbelte nervös den Bleistift, den sie bei der Nachhilfestunde benutzt hatte. „Wollen Sie nicht noch zum Essen bleiben? Es ist genug für alle da." Dabei sah sie Maren flehentlich an.

„Ich würde liebend gern, aber es geht heute Abend einfach nicht."

Kyle warf ihr zwar nicht vor, dass das eine glatte Lüge war, doch sein Schweigen sprach Bände. Sie achtete jedoch nicht auf ihn und protestierte auch nicht, als er den Koffer aufnahm und ihr die Tür aufhielt. „Wenn du möchtest", sagte er, „kannst du gern bleiben." Gemeinsam gingen sie hinaus und zu Marens Wagen.

„Ich glaube, ein wenig Abstand tut uns beiden ganz gut", bemerkte sie kühl blickend. „Falls das stimmt, dass es dieses Problem in meiner Firma gibt, kriege ich das raus."

Mit einem besorgten Blick betrachtete er ihr Profil, ihr fein geschnittenes Gesicht, die intelligenten Augen. Ein lauer Windhauch fächelte durch ihr Haar. Wie gern hätte er sie dazu bewegt, bei ihm zu bleiben! „Lass dich aber nicht zu etwas Unüberlegtem hinreißen!", mahnte er. „Warte erst, bis wir Klarheit haben, sonst könnte es heikel werden."

„Heikel?", gab sie lakonisch zurück. „Gefährlich, wolltest du sagen, hm?"

„Ich möchte bloß, dass du dich in Acht nimmst. Ich hätte dir die Sache gern vom Hals gehalten, aber du hast ja nicht lockergelassen."

„Du hast schließlich damit angefangen!"

„Wohl eher jemand aus deiner Firma!"

„Vermutest du!"

Er riss die Wagentür auf und warf den Koffer auf den Rücksitz. Maren ließ sich hinters Lenkrad gleiten und hielt einen Moment inne, den Zündschlüssel bereits gezückt. Dann zog sie die Fahrertür zu und schaute, blinzelnd wegen der blendenden Sonne, durch die heruntergekurbelte Seitenscheibe zu Kyle auf.

„Willst du's dir nicht doch noch einmal überlegen?", fragte er heiser mit einer Stimme voller vertrauter Erinnerungen.

„Du weißt doch, es geht nicht!" Sie ließ den Motor an, aber ehe sie den Gang einlegen konnte, griff Kyle ihr in das kupferrote Haar, sodass sie abermals zu ihm aufschauen musste. Als wolle er ihr stumm etwas versprechen, neigte er sich herunter und küsste sie auf die Lippen.

„Du wirst mir fehlen", sagte er leise. Mit einem dumpfen Gefühl im Kopf sah er dem Cabrio nach, das langsam die lange Auffahrt hinunterrollte. Die Hände in die Taschen seiner Jeans gegraben, fragte Kyle sich, ob er wohl je den Tag erleben würde, an dem sie ihm so weit vertraute, dass sie bei ihm blieb.

Kyle hatte Wort gehalten. In der drauffolgenden Woche hatte Elise Conrad angerufen und Maren erfreut mitgeteilt, am Angebot gebe es nun nichts mehr auszusetzen. Zum Zeichen seines guten Willens hatte Kyle in Marens Arbeitsvertrag ein Bonusprogramm aufgenommen, wonach sie Anteile an *Sterling Records* erwerben konnte. Die Anwälte der Plattenfirma formulierten das Vertragswerk gerade entsprechend um; Ende der Woche sollte es unterschriftsreif vorliegen.

Maren steckte dermaßen bis über beide Ohren in Arbeit, dass ihr kaum eine Atempause blieb. Mit dem *Mirage*-Clip lief alles schief, was nur schieflaufen konnte: Beleuchtungsprobleme auf der Bühne, Kostüme, die zwei Tage lang verschollen waren, ehe sie in einer Kiste unweit der Drehorte wieder auftauchten, sowie ein kleines Missgeschick mit Feuerwerkskörpern, die vorzeitig explodierten und die Verstärkeranlage außer Gefecht setzten. Zum Glück war niemand zu Schaden gekommen.

„Eins sag ich Ihnen", hatte Ted Bensen bei einem Meeting zu Wochenanfang geschimpft, „diese Sequenz, die ist wie verhext. Wenn ich's nicht besser wüsste – ich könnte schwören, da ist Sabotage im Spiel."

Maren machte sich keine großen Sorgen. Dass Ted mal Dampf ablassen musste, war ganz normal, doch die Probleme, so außergewöhnlich sie sein mochten, waren allesamt zu erklären. Sie erinnerte sich noch an das erste Video, das sie für *Mirage* gedreht hatte. Verglichen damit waren die Schwierigkeiten mit „Yesterday's Heart" ein Spaziergang.

Was ihr viel schwerer im Magen lag als das *Mirage*-Video war ihre Assistentin. Jan verhielt sich zunehmend abweisend und ließ Maren partout nicht an sich heran. Ihre Arbeit bot zwar keinen Anlass zur Klage, doch ihre ständigen abfälligen Kommentare zum anstehenden Firmenverkauf hatten es umso mehr in sich.

„Was meinst du wohl, warum wir das ganze Theater haben mit dem *Mirage*-Clip?", hatte sie mal gefragt und Maren dabei überheblich angeblitzt. „Natürlich steckt Kyle Sterling dahinter! Er will dich zum Verkauf zwingen!"

Maren hatte das empört zurückgewiesen. „So ein Unsinn! Er weiß doch, dass ich vorhabe, mich mit ihm zu einigen."

„Klar", kam die düstere Antwort, „aber noch ist es ja nicht so weit, oder? Ich glaube, der will auf Nummer sicher gehen."

Maren überging die spitzen Seitenhiebe ihrer Sekretärin und schob sie auf Überlastung sowie die unerfreuliche Beziehung mit Jacob. Zweifellos fühlte Jan sich nicht wohl in ihrer Haut, besonders angesichts der Tatsache, dass *Festival* zum Verkauf stand.

Eine erste Verschnaufpause in ihren Siebentagewochen ergab sich erst etwa drei Wochen nach dem Abschied von La Jolla. Trotz der gewöhnungsbedürftigen Verzögerungen war es ihr gelungen, in den gut zwanzig Tagen mehr zu erledigen als erhofft, und da der Vertrag endlich unterzeichnet war, hatte sie sogar das Video von Joey Righteous in Angriff genommen. Kyle war sie in den langen drei Wochen nur flüchtig begegnet. Er hatte mehrmals angerufen und war sogar in L.A. aufgekreuzt, um beim Außendreh zu „Yesterday's Heart" zugegen zu sein. Viel Zeit hatten sie allerdings nicht miteinander verbracht, und allzu schnell reiste er nach La Jolla zurück, in der Tasche den unterschriebenen Vertrag über den Verkauf von Marens Firma. Sie hatte sich die Entscheidung nicht leicht gemacht, und manchmal quälte sie ihr Entschluss, das zu verkaufen, was sie sich so hart erarbeitet hatte. Womöglich beging sie einen nicht wiedergutzumachenden Fehler. Durch die Übergabe des unterzeichneten Vertrages verschaffte sie Kyle außerdem eine ideale Gelegenheit, sich jeglicher Verpflichtungen ihr gegenüber zu entledigen.

Da ihr Arbeitspensum nun nicht mehr ganz so erdrückend war, beschloss sie, Kyle beim Wort zu nehmen und auf seine Einladung zurückzukommen. Einen Kurzurlaub hatte sie sich wahrlich verdient.

Bis sie ihre Koffer fertig gepackt hatte, war es Abend geworden. Für die Fahrt nach La Jolla wählte sie die malerische Nebenstrecke entlang der Küste. Dadurch ging sie den Staus aus dem Weg, die gewöhnlich die Schnellstraßen verstopften, und außerdem bot sich so die Gelegenheit, die Ereignisse der letzten Wochen noch einmal Revue passieren zu lassen.

Die Fahrt verlief denn auch angenehm und unbeschwert. Vom Meer her wehte der Wind durch die Torrey-Kiefern, die sich zäh an die staubtrockenen Steilufer nördlich von La Jolla klammerten. Mit sich und der Welt zufrieden, fuhr Maren südwärts, während die blauen Wasser des Pazifiks unter den letzten Strahlen der untergehenden Sonne wie von einem goldenen Hauch überzogen schimmerten.

Aus den kurzen Begegnungen mit Kyle hatte Maren keineswegs den Eindruck gewonnen, ihre Beziehungsprobleme seien gelöst, doch vielleicht, so zumindest ihre Hoffnung, änderte sich das ja jetzt, da der Verkauf unter Dach und Fach war. Ihre Anwältin hatte ihr versichert, Kyles Übernahmeangebot sei nicht nur juristisch wasserdicht, sondern überdies mehr als angemessen. Ein besseres Angebot würde sie nie bekommen, so Elises Einschätzung, und sie riet Maren, zu verkaufen und dadurch dem anstrengenden Arbeitsalltag, wie ihn die Geschäftsführung eines Unternehmens nun einmal mit sich brachte, zu entkommen. Immer noch hin- und hergerissen, hatte Maren letzten Endes eingewilligt. Ein Gutes hatte die ganze Transaktion immerhin: Sie versetzte Maren in die Lage, Jacob Green endlich auszuzahlen.

Außerdem hatte sie vor der Abreise nach La Jolla noch Brandon angerufen. Im Laufe des eher förmlichen Gesprächs räumte er ein, dass er sich körperlich besser fühle, doch mit der Vorstellung, er solle den Rest seines Berufslebens an einem Schreibtisch verbringen, mochte er sich nicht anfreunden. Er hatte zudem bereits etliche Arbeitsvermittler konsultiert, aber auch die dort angebotenen Stellen sagten ihm nicht zu. Verglichen mit dem glamourösen Tenniszirkus war ein stinknormaler Bürojob weiß Gott nicht die Erfüllung.

Ihr Exmann hatte weiterhin verkündet, dass es mit seiner Physiotherapie bald vorbei war und er sich dann vorstellte, in der Eigentumswohnung zu wohnen, in die sie nach der Heirat gezogen waren. Obwohl die Immobilie im Zuge der Scheidung Maren zugesprochen worden war und sie die Wohnung an ein älteres Ehepaar vermietet hatte, wollte Brandon, dass sie den Mietern wegen Eigenbedarfs kündigte. Wo solle er denn anders unterkommen? Er könne ja schließlich nicht selbst für seinen Unterhalt aufkommen; zumindest vorerst nicht.

Maren war beinahe schlecht geworden. Mit zittrigen Händen hatte sie aufgelegt, begriff sie doch mit einem Mal, dass Kyle vollkommen richtiglag: Brandon hatte sie die ganze Zeit nach allen Regeln der Kunst ausgenommen, indem er an ihr gutes Herz und ihr schlechtes Gewissen appelliert hatte. Von Selbstverantwortung keine Spur; davor drückte er sich, wo immer es ging. Angesichts der Gewissensbisse, mit denen sie sich nach Brandons Unglückssturz herumgequält hatte, kam sie zu einer ganz neuen Sicht der Dinge: Sie konnte nichts für seinen Unfall. Insofern stand sie auch nicht in Brandons Schuld.

Und nun arbeitest du bald für Kyle, sinnierte sie, als sie durch das vertraute Tor des Anwesens rollte. Zwar ein wenig unbehaglich, die Vorstellung, doch ansonsten recht angenehm. Der wichtigste Schritt war auch bereits getan: Die Dreharbeiten zu dem ersten *Mirage*-Clip waren im Kasten; in ein paar Wochen sollte das Band fertig geschnitten sein. Anlässlich der Uraufführung war eine Party geplant.

Mit heiterem Lächeln stellte Maren den Motor ab. Das Einzige, was sie in den vergangenen Wochen nicht geschafft hatte, war, sich weiter mit Mitzi Danners „Going for Broke"-Video zu beschäftigen. Bislang lagen keinerlei Beweise dafür vor, dass das Band tatsächlich raubkopiert worden war. Kyles diesbezügliche Verdächtigung machte Maren zwar noch zu schaffen, doch war sie zu dem Schluss gelangt, dass Ryan Woods einem Irrtum aufgesessen war.

Von frischem Selbstvertrauen beseelt, marschierte sie auf den Eingang zu. Vielleicht kam ja jetzt die Wende zum Besseren. Ehe sie die Klingel betätigen konnte, wurde das Portal bereits aufgerissen, und vor ihr stand Lydia mit sorgenvoller Miene.

„Gott sei Dank, dass Sie kommen!", murmelte die Mexikanerin und bekreuzigte sich hastig.

„Was ist denn los?" Maren schlug sofort das Herz bis zum Halse. Bei der Besorgnis in Lydias Augen und der gequälten Miene stieg ihr Blutdruck sofort rasant an.

„Kommen Sie erst mal rein", bat die Haushälterin, wobei sie beiseitetrat und einen Wortschwall auf Spanisch losließ, ehe ihr auffiel, dass die Besucherin nicht ein Wort verstand. „*Dios!*", flüsterte sie. „Holly mal wieder!"

Panik spiegelte sich in ihrem Gesicht wider, und Maren packte Lydia beim Arm. Sie stellte sich schon alle möglichen Schreckensszenarien vor, und beinahe setzte ihr Herz aus. „Was ist passiert?"

„Das Weibsbild hat angerufen!", zischte Lydia wütend.

„Das Weibsbild? Welches Weibsbild? Ist Holly etwas zugestoßen?"

Lydia war bemüht, Marens schlimmste Befürchtungen etwas abzumildern. „Sie blutet, aber eher vom Herzen!", flüsterte sie. „Denn ihre Mutter ..." Erneut gab es Verständigungsschwierigkeiten, denn die Mexikanerin verfiel wieder in ihre Muttersprache.

„Augenblick, Lydia! Immer mit der Ruhe! Jetzt erklären Sie mal alles – aber auf Englisch, bitte. Wo steckt Holly?"

„Unten am Strand, glaube ich jedenfalls ... Von mir lässt sie sich ja nichts sagen."

„Und Kyle?"

„Der ist bei ihr."

Marens Sorgen verflüchtigten sich ein wenig. Erleichtert atmete sie auf. „Da würde ich aber nur ungern stören."

„Sie stören doch nicht! Holly braucht Sie ..."

„Sie hat ja ihren Vater."

„Sie braucht aber eine weibliche Bezugsperson!", betonte Lydia.

„So eine wie Sie."

„*Dios*, no!", rief Lydia aus und schüttelte den ergrauenden Kopf. „Ich bin eher der Omatyp. Im Gegensatz zu Ihnen!" Sie fasste Maren beim Arm und drängte sie zur Hintertür. „Gehen Sie ruhig hin! Vielleicht können Sie das Mädel ja zur Vernunft bringen!"

In erster Linie um die Haushälterin zu besänftigen, beschloss Maren, nach Kyle und Holly Ausschau zu halten. Sie bezweifelte zwar, dass sie im Falle eines familiären Zwistes mit Rose Sterling groß etwas ausrichten konnte, und hielt es insgeheim ohnehin für besser, wenn Vater und Tochter die Angelegenheit unter sich regelten. Dennoch kletterte sie vorsichtig die verwitterte Klippentreppe hinunter und spähte in die Dämmerung. Einige Hundert Meter in nördlicher Richtung entdeckte sie schließlich zwei am Strand sitzende Gestalten und ging langsamen Schrittes auf sie zu.

„Lydia wollte unbedingt, dass ich nach euch suche", rief sie schon aus einiger Entfernung den beiden Dasitzenden zu. Kyle schaute auf und warf ihr einen schmerzerfüllten Blick zu. Holly hielt den Blick gesenkt, doch Maren bemerkte trotzdem die Tränenspuren auf ihren Wangen, und das traurige Mädchen mit der zitternden Unterlippe tat ihr unendlich leid. „Wenn ich störe …"

Kyle fiel ihr ins Wort. „Gut, dass du da bist! Kannst du bitte mit Holly sprechen", bat er mit flehendem Blick.

Das Mädchen gab keinen Ton von sich, selbst als Maren sich zögernd neben ihm niederließ. „Gern. Ich war schließlich auch mal fünfzehn." Sie bohrte die Kappen ihrer Tennisschuhe in den Sand.

„War deine Mom etwa auch berufstätig?", fragte Holly schluchzend.

„Allerdings", antwortete Maren. „Sie war Englischlehrerin, und zwar ausgerechnet an der Highschool, auf die ich ging. Da hatte ich echt einen schweren Stand. Sie hat mir nie etwas durchgehen lassen, nicht die geringste Kleinigkeit."

Holly hob argwöhnisch den Blick, als wolle sie prüfen, ob Maren ihr womöglich etwas vorschwindelte. Der ernste Ausdruck auf Marens Gesicht sagte ihr aber anscheinend, dass dies nicht der Fall war. „Hat sie sich auch mal deinen Geburtstag gespart?", fragte das Mädchen so leise, dass es gegen die Brandung kaum zu hören war.

Die Stirn nachdenklich gerunzelt, blickte Maren zum immer verschwommener werdenden Horizont. „Daran kann ich mich nicht erinnern", sagte sie, wieder an Holly gewandt. „Geburtstage, Weihnachten und dergleichen hatten bei ihr einen hohen Stellenwert."

„Hab ich mir gleich gedacht", schniefte das Mädchen mit durchgedrücktem Kreuz.

Kyle legte ihr tröstend den Arm um die Schulter, zog sie an sich und bedachte Maren mit einem Blick, in dem der ganze Kummer lag, den er mit seiner Tochter teilte.

„Darum geht's also?", fragte Maren leise. „Deine Mom hat deinen Geburtstag vergessen?"

Holly rang sichtlich nach Worten. Bei der Antwort versagte ihr fast die Stimme. „Das nicht gerade, aber sie meint, sie muss länger als geplant in Texas bleiben … Also … sie kommt mich nicht besuchen … an meinem Geburtstag … Dabei werde ich sechzehn, und sie hatte mir eigentlich 'ne coole Party versprochen." Die Tränen, gegen die sie bislang angekämpft hatte, ließen sich nun nicht mehr zurückhalten. „Sie macht sich nichts aus mir", flüsterte sie tonlos.

„Ach, das würde ich nicht sagen", erwiderte Maren mit sanftem Lächeln. Behutsam strich sie Holly über die Locken, sehr zu Kyles Überraschung. „Manchen Menschen fällt es schwer, ihre Zuneigung auszudrücken."

„Ein Geschenk, das schickt sie", schniefte Holly wütend. „Aber Zeit für einen Besuch hat sie anscheinend nicht!"

Maren zögerte. Sie tat sich schwer damit, ausgerechnet für Rose Sterling eine Lanze zu brechen. „Weißt du, Holly, manchmal versteht man die eigene Mutter nicht, das weiß ich. Aber sieh es auch mal aus ihrer Warte. Ihre Karriere ist ihr sehr wichtig …"

„Wichtiger als ich!"

„Das glaube ich nicht", sagte Maren, die bemerkte, dass Kyle sie argwöhnisch beäugte. „Sie weiß, dass du hier bei deinem Vater in guten Händen bist, und im Augenblick kann sie's sich nicht leisten, ihre Karriere schleifen zu lassen. Bald bist du erwachsen und aus dem Haus. Was bleibt deiner Mutter dann außer ihrer Karriere?"

Holly biss sich auf die Unterlippe. „Du redest, als würdest du zu ihr halten! Wieso eigentlich?"

„Ich will nicht von vornherein den Stab über sie brechen. Und wenn du solche Lust auf eine Party hast: Ich wüsste eine, bei der wärst du herzlich willkommen …" Sie wandte den Kopf und sah zu Kyle hinüber, der ihren Blick verwirrt erwiderte. Wusste sie wirklich, was sie da tat?

„Was denn für 'ne Party?", wollte Holly wissen, schon nicht mehr ganz so ein Bild des Jammers.

„Ich plane für nächste Woche ein kleines Fest. Ich habe nämlich ein wichtiges geschäftliches Projekt abgeschlossen." Kyles Brauen schossen interessiert nach oben. „Und der Clou: Sämtliche Mitglieder von *Mirage* werden kommen."

„Echt?" Holly zog schniefend die Nase hoch.

„Echt. Na, was sagst du?"

Kyle machte Anstalten, sich einzumischen, doch ein warnender Blick von Maren reichte, um ihn davon abzuhalten.

„Mensch, Maren", sagte das Mädchen seufzend, das offensichtlich fürs Erste seinen Kummer vergessen hatte. „Darf ich 'ne Freundin mitbringen?"

„Klar doch!"

Überwältigt von Dankbarkeit, schlang Holly die Arme um Marens Hals. „Danke", flüsterte sie lächelnd. „Tut mir leid, dass ich neulich so … so garstig war …"

„Ach, halb so wild!"

Holly sprang jäh auf. „Dann rufe ich sofort Sara an. Die kriegt sich nicht mehr ein!" Sprach's, warf ihrem Vater ein Lächeln zu und rannte zur Villa zurück.

Kyle verzog die Lippen zu einem Lächeln. „Da hast du dich mal wieder selbst übertroffen", bemerkte er und sah seiner Tochter nach, die gerade die Treppe an der Klippe hinaufstieg. „Holly ist total hingerissen von dir."

„Kein Wunder", erwiderte Maren schmunzelnd. „Ich habe ihr ja auch gerade die Chance ihres Lebens verschafft: ein Treffen mit J. D. Price, dem Schwarm aller Teenager." Ihr Lachen war herzerwärmend.

„Du meinst, du hast sie bestochen?"

Maren wehrte kopfschüttelnd ab. „Das klingt so negativ. Ich würde eher sagen, ‚betört‘."

„So wie du ihren alten Herrn betört hast?"

Sie musste schmunzeln. „Na ja, vielleicht nicht auf dieselbe Weise." Jäh wurde sie wieder ernst. „Sie war doch letzte Woche zur Untersuchung, oder? Gibt es was Neues?", fügte sie auf Kyles Nicken hin hinzu.

Er schloss die Augen. „Anscheinend ganz gut, sagt Dr. Seivers. Ihr Uterus ist offenbar gut verheilt; Komplikationen seien zwar nicht ganz auszuschließen, meint er, aber ansonsten bestünde kein Grund zur Besorgnis."

„Gott sei Dank!", flüsterte Maren erleichtert.

„Du hast sie echt ins Herz geschlossen, was?"

„Ja", gestand sie mit verlegenem Lächeln. In ihren Augen spiegelte sich das Mondlicht. „Nicht ich habe sie betört, sondern sie mich."

Im Dunkeln tastete Kyle nach ihren Handgelenken und brachte dabei Maren aus dem Gleichgewicht, sodass sie rücklings in den weißen Sand kippte. Über sie gebeugt, studierte Kyle ihr fein geschnittenes schmales Gesicht und sah ihr in die geheimnisvollen blauen Augen.

„Du hast mir gefehlt", gestand er mit einer Stimme, so rau wie die See, und senkte die Lippen sacht auf ihren Hals – eine so zärtliche Liebkosung, dass es ihr den Atem verschlug. Sie verging schier vor Liebe zu diesem Mann.

Durch einen Schleier aus dunklen Wimpern gestand sie ihm ihrerseits: „Ich habe dich auch vermisst ... ganz schrecklich sogar." Sie hob den Kopf und küsste ihn voller Inbrunst, wollte ihm zeigen, wie verzweifelt sie sich nach ihm gesehnt hatte.

„Wie lange kannst du bei mir bleiben?", fragte er und hielt sie mit seinen dunkelgrauen Augen gefangen.

„So lange, wie du mich haben willst", hauchte sie.

„Für immer?"

Die beiden Worte schwebten gleichsam in der Luft und übertönten das unablässige Tosen der Brandung.

„Oh Kyle!" Von ganzem Herzen sehnte sie sich danach, seinen

Antrag anzunehmen und ihr Leben mit ihm zu teilen. Nichts wünschte sie sich mehr, als seine tiefsten Geheimnisse zu ergründen, seine einzige Tochter lieb zu haben und nachts in seinen schützenden Armen zu ruhen.

„Ich meine es ernst, Maren. Das weißt du. Bitte heirate mich."

Wie konnte sie ihm das abschlagen, was sie sich selbst so sehnlich wünschte? In dieser so herrlich sternenklaren Nacht, hier im silbrigen Sand neben ihm, seinem Körper so verlockend nah – da wäre jeder Einwand zwecklos gewesen. Also ergab sie sich lieber ihrem geheimsten Wunsch. „Natürlich heirate ich dich!", rief sie beglückt. „Schrecklich gern." Mit geschlossenen Augen spürte sie seine Lippen heiß auf ihrem Mund.

„Maren, süße Maren", murmelte er. „Du kannst dir nicht vorstellen, wie sehnlich ich auf diese Worte gewartet habe!"

Sie schlang die Arme um seinen Nacken, und er küsste sie noch einmal. Ein wohliges, aus tiefster Seele kommendes Gefühl ergriff allmählich von ihr Besitz. Wie viele Nächte hatte sie wach gelegen und sich verzehrt nach diesem Mann? Jetzt endlich gehörte er ihr.

*E*s folgte eine hektische Woche, die wie im Fluge verging. Maren verbrachte jede freie Minute im Büro, so vertieft in die Fertigstellung des *Mirage*-Videos und in die Vorbereitungen der geplanten Feier, dass für andere Dinge kaum Zeit blieb. Erst am Freitagnachmittag ergab sich eine Atempause, doch am folgenden Tag sollte bereits die Party stattfinden.

Um vier Uhr trat Jan ins Büro und servierte kalte Erfrischungsgetränke, die sie von einer benachbarten Imbissbude geholt hatte. „Du bist ein Engel!", sagte Maren dankbar, während sie ihren durchsichtigen Plastikbecher entgegennahm.

„Du hast mich ja schon einiges genannt", bemerkte die Sekretärin mit traurigem Lächeln. „Aber dies ist das erste Mal, dass du mich mit Engeln in Verbindung bringst."

„Versehen meinerseits", gestand Maren. „Macht aber nichts. Sobald sich der Staub nach der Übernahme gelegt hat, kannst du vermutlich mit einer Gehaltserhöhung rechnen."

Jan war sichtlich perplex. „Wie hast du das denn hingekriegt?"

„Ich kann halt gut mit dem Boss", scherzte Maren lachend und zwinkerte ihrer Assistentin verschwörerisch zu. Sie fühlte sich wie befreit und unglaublich glücklich. In Jans großen braunen Augen indes lag ein banger Schimmer; sie wirkte nervös, als wolle sie etwas loswerden. Offenbar ging es ihr nicht gerade blendend.

„Sag mal", fragte Maren behutsam, „wie sieht's denn aus mit dir und dem Baby?"

Auf ihre Schwangerschaft angesprochen, lebte Jan sichtlich auf. „Den Umständen entsprechend, würde ich sagen. Letzte Woche hatte ich etwas Beschwerden, aber nichts Ernstes."

Maren verging die gute Laune schlagartig. „Was denn für Beschwerden?"

Die Sekretärin winkte ab. „Ach, nichts Schlimmes. Vorigen Mittwoch hatte ich morgens 'ne Blutung."

„Wieso bist du dann nicht zu Hause geblieben?", fragte Maren entgeistert. „Du hättest dir doch einen Tag freinehmen können – oder von mir aus den ganzen Rest der Woche!"

Jan schüttelte den Kopf und nagte an der Unterlippe. „Zu viel zu tun ...", murmelte sie.

„Deine Arbeit hätte Cary übernehmen können! Du, das gefällt mir gar nicht, dass du deine Gesundheit oder die des Kindes ..."

„Ach, alles halb so wild! Ich war beim Arzt, und der meint, alles wäre im grünen Bereich; ich soll's halt locker angehen und mich schonen."

„Hältst du dich auch daran?" Maren bemühte sich, nicht zu besorgt zu wirken. War Jan deswegen in letzter Zeit so schlecht beieinander? Sie hatte eine Heidenangst davor, das Kind zu verlieren. Das arme Ding! Erst die ständigen Reibereien mit Green, und nun dies!

Den Tränen nahe, wischte die Sekretärin sich mit dem Handrücken über die Augen. „Maren, ich wünschte, du würdest dir nicht solche Sorgen um mich machen! Ich muss dir nämlich etwas sagen."

„Was denn?", fragte Maren leise.

„Ach, Maren, wenn doch ..." Vom Klingeln des Telefons unterbrochen, wollte sie schon aufstehen, um den Hörer abzunehmen.

Maren bedeutete ihr mit einem Wink, sitzen zu bleiben. „Lass, ich geh schon ran", sagte sie mit einem mitfühlenden Lächeln. Wie müde und verstört ihre Freundin wirkte! Na ja, die Sorgen konnte man ihr nachfühlen.

Sie stellte ihren Becher ab, griff nach dem Hörer und meldete sich. „*Festival Productions*, Maren McClure am Apparat."

Es war mal wieder Brandon. „Was ist passiert?", rief er nervös lachend. „Haben sie dich degradiert?"

„Nicht direkt", entgegnete sie eisig.

Jan begriff sofort, dass ihre Chefin da offenbar ein Privatgespräch führte. Ohne auf Marens Geste, sie möge doch sitzen bleiben, zu achten, stemmte sie sich aus dem Sessel hoch und verabschiedete sich mit einem Wink sowie einem lautlos mit den Lippen geformten „Tschüss, bis morgen!" Dann schloss sie leise die Tür hinter sich.

„Lange nichts von dir gehört", näselte Brandon. „Da dachte

ich, ich rufe mal an. Was gibt's Neues?"

Maren drückte das Kreuz durch. „Komisch, ich wollte dich gerade anrufen", erwiderte sie.

„So?" Er klang interessiert und argwöhnisch zugleich. Offenbar spürte er, dass seine Exfrau anders wirkte als sonst.

„Ich wollte dir mitteilen, dass ich mich mit dem Gedanken trage, im Sommer zu heiraten."

Eine Zeit lang kam nichts. Offenbar hatte es Brandon die Sprache verschlagen. „Wer ist denn der Glückspilz?", fragte er dann mit einem leicht sarkastischen Unterton. „Jemand, den ich kenne?"

„Kyle Sterling." Wieso fiel es ihr so schwer, ihm den Namen zu nennen?

„*Der* Kyle Sterling? Ich werd verrückt!"

„Übrigens hab ich mir was überlegt, was dich angeht", verkürzte Maren das ohnehin schon sehr gekünstelte Gespräch.

„Ist ja 'n Ding!", stieß er übellaunig aus.

„Ich habe mich dazu durchgerungen, dir die Eigentumswohnung zu überschreiben. Da ich sie sowieso nicht nutze, brauche ich sie im Grunde nicht. Die Mieter haben ohnehin nur einen befristeten Mietvertrag und wollen ausziehen, sobald das Mietverhältnis endet. Das wäre in etwa sechs Wochen. Ich habe die entsprechenden Unterlagen schon aufsetzen lassen. Du kannst sie bei Elise Conrad abholen." Es entstand eine bedeutungsschwere Pause. Anscheinend musste Brandon das Angebot zunächst verdauen. Sie betete stumm, er möge die Wohnung annehmen. Für sie selbst enthielt sie zu viele Erinnerungen an eine verpfuschte Ehe; sie hatte es nie über sich gebracht, allein darin zu wohnen. Im Gegenteil, sie hatte sie vermietet und mit den Mieteinkünften die Behandlungskosten für ihren Exmann beglichen. Jetzt hätte sie ihm die Immobilie, für sie nichts weiter als das Symbol partnerschaftlichen Scheiterns, mit Kusshand überlassen.

„Ist das jetzt der endgültige Laufpass?"

„Ich finde, es wird Zeit, dass wir getrennte Wege gehen."

„Du hast leicht reden. Du heiratest das große Geld, da willst du dich nicht mit 'nem Krüppel abgeben."

„Du bist *kein* Krüppel, Brandon! Ich habe mit deinen Ärzten gesprochen und mit deinem Physiotherapeuten. Offenbar sind alle der Ansicht, dass es aufwärtsgeht mit dir. Und der Arbeitsvermittler meint, er kann dir einen Job verschaffen, wenn du nur willst. Ich glaube …" Sie hielt inne. Wie ihn am besten anfassen? Ehrlich währt am längsten, dachte sie. „Ich glaube, du solltest langsam mal überlegen, was aus deinem Leben werden soll."

„Und was würdest du dazu meinen, wenn ich sagte, ich will dich?", fragte er leise.

„Ich würde antworten: Wir haben's versucht. Es hat nicht hingehauen. Und dieses Urteil stammt von dir." Da keine Reaktion erfolgte, redete sie weiter. „Du musst selbst wissen, ob du die Wohnung willst oder nicht. Ruf Elise Conrad an. Mach's gut!" Endgültig mit ihm fertig, knallte sie den Hörer auf. Mit einem gemurmelten „Gott sei Dank, das wäre geschafft!" stand sie auf, um nach Jan zu sehen. Sie wurde nämlich das dumpfe Gefühl nicht los, dass Jan ihr, ehe sie ausgerechnet im entscheidenden Moment durch Brandons Anruf unterbrochen wurden, etwas mitteilen wollte.

Doch ihre Sekretärin hatte sich offenbar schon ins Wochenende verabschiedet. Der Schreibtisch war penibel aufgeräumt, von der blonden Jan keine Spur. Was sie auch auf dem Herzen gehabt haben mochte – es würde wohl warten müssen.

Dafür erschien nur Minuten später Ted, der Produktionschef, mit dem fertigen *Mirage*-Video.

„Lieber spät als nie!", witzelte Maren und nahm die Kassette entgegen. „Wie ist es geworden?"

„Überzeugen Sie sich selbst", schlug Ted vor, wobei er sich müde lächelnd das blonde Haar aus der Stirn strich. In seinen Augen lag ein zufriedener Ausdruck.

„So toll ist es?" Maren steckte die Kassette in den Schacht des Rekorders und schaute sich an, wie J. D. Price und seine *Mirage*-Kollegen zu den Versen von „Yesterday's Heart" ihr schauspielerisches Talent unter Beweis stellten. Nach einiger Zeit konnte sie sich ein erfreutes Schmunzeln nicht verkneifen. „Das wird ein Knaller!", vermutete sie laut.

Ted war derselben Meinung. „Und was für einer!"

„Da haben wir morgen ja allen Grund zum Feiern!", erwiderte Maren, die das Band bereits zurückspulte, um es sich ein zweites Mal zu Gemüte zu führen.

„Dürfte ein großer Tag werden", mutmaßte Ted und gönnte sich eine Zigarette.

„Bin mal gespannt, wie die Band reagiert!", meinte sie. Kyles Reaktion würde wohl ebenso interessant sein.

„Ich glaube, J. D. wird's gefallen."

„Das wollen wir schwer hoffen", murmelte Maren, die die Kassette aus dem Rekorder nahm und im Aktenschrank einschloss. „Morgen Abend wissen wir mehr, nicht wahr?"

„Das haut die glatt um!", prophezeite Ted, schon zum Gehen gewandt. „Und eins sage ich Ihnen: Hat ja auch lange genug gedauert! Als dieser Feuerwerkskörper da neulich hochging, war ich schon drauf und dran, das Handtuch zu werfen."

„Gut, dass Sie's nicht getan haben!"

„Da sagen Sie was. Bis morgen!" Damit stiefelte er zur Tür hinaus. Maren blieb nur noch, das Licht auszumachen und die Eingangstür abzuschließen.

Der Samstag brach an und bescherte ideales Segelwetter. Kyle bestand darauf, dass die Party, in erster Linie gedacht als Feier aus Anlass der Übernahme von *Festival Productions* durch *Sterling Records*, auf seiner Jacht stattfand. Nach einem nachmittäglichen Törn um die im Golf von Kalifornien gelegene mexikanische Insel Santa Catalina herum sollte das Boot zu seinem privaten Liegeplatz nahe Long Beach zurückkehren. Danach wollte Maren den *Mirage*-Videoclip vorstellen.

Unter der strahlenden Sonne Kaliforniens strömten die geladenen Gäste an Bord, manche in salopper Strandkleidung, andere schmuckbehängt und in Abendgarderobe. Sobald die auserlesene Schar vollzählig war, hieß es „Leinen los!", und das blütenweiße Schiff legte ab.

Maren war in Festtagsstimmung. Sie mischte sich vollkommen

unbeschwert unter die Gäste und nahm Glückwünsche zum erfolgreichen Verkauf ihrer Firma entgegen. Zum ersten Mal seit Jahren fühlte sie sich unbelastet von Gedanken an ihren geschiedenen Mann. Endlich durfte sie ihr Herz neu verschenken! Sie war hoffnungslos in Kyle verliebt.

Sonnenhungrige bevölkerten das auf Hochglanz gebohnerte Holzdeck, während andere sich im Salon drängten, an Sektgläsern nippten und sich an einem üppigen Büfett labten. Livrierte Kellner schenkten Getränke nach oder reichten Tabletts mit Häppchen. Gleich neben einem pikanten Meeresfrüchte-Büfett sprudelte ein Champagner-Brunnen.

„Du weißt wirklich, wie man Partys feiert", scherzte Maren anerkennend, als Kyle sich zu ihr durchdrängelte.

Er strahlte übers ganze sonnengebräunte Gesicht, dass die Zähne nur so blitzten. „Besten Dank!", sagte er und legte ihr besitzergreifend den Arm um die Taille. Über die Reling gebeugt, beobachtete er, wie der schnittige Bug der Jacht das klare blaugrüne Wasser durchpflügte.

„Sag mal, wem willst du eigentlich imponieren?", forschte Maren nach, wobei in ihren Augen ein schalkhaftes Funkeln aufblitzte.

Er grinste. „Nur einer gewissen jungen Dame."

„Aber dafür muss man doch nicht gleich eine Gala organisieren!", entgegnete sie seufzend. Der Wind zerzauste ihr Haar und zupfte an ihrer kunstvoll gestylten Hochsteckfrisur. Salzige Gischt liebkoste ihr Gesicht. „Ich hätte es auch so auf dich abgesehen."

Rücklings gegen die Reling gelehnt, ließ er den Blick über die Gästeschar schweifen, und als er seine Tochter erspähte, die sich gerade mit einer Freundin in einem Liegestuhl sonnte, lächelte er stolz. „Übrigens, es gibt eine gute Nachricht", bemerkte er, Holly weiter beobachtend.

„Ach?"

„Na ja, eigentlich eher für mich, denn für Holly könnte es eine schwierige Umstellung bedeuten." Er schaute ein wenig nachdenklich drein. „Heute Morgen hat meine Ex angerufen."

Maren wurde sofort etwas flau im Magen. „Wollte sie Holly sprechen?"

„Im Gegenteil. Das ist ja das Sonderbare. Sie wollte nicht mal, dass Holly etwas von dem Gespräch erfährt. Zunächst müsse sie mit mir eine Vereinbarung treffen, meinte sie."

„Was denn für eine Vereinbarung?", fragte Maren alarmiert.

Ein Kellner, der etwas wacklig Champagner auf einem Silbertablett balancierte, unterbrach ihr Gespräch. Kyle bediente sich, reichte auch Maren ein Glas und nahm, nachdem der Steward im Gedränge verschwunden war, den Faden wieder auf. „Anscheinend nimmt Rose nun langsam Vernunft an."

Maren nippte an ihrem Glas. „Was heißt das?"

„Sie hat was mit einem Sänger aus dem Film angefangen. Ist nicht der Hauptdarsteller, aber das ist auch nicht der springende Punkt."

„Was denn dann?" Gespannt zog Maren die Brauen hoch.

„Sie hat mir hoch und heilig versichert, der neue Mann an ihrer Seite sei mehr als nur ein Techtelmechtel. Es gebe allerdings einen Haken. Sie will Nägel mit Köpfen machen und zu ihm ziehen. Der Typ stammt aus der Gegend von Dallas, und mit Holly will er nichts zu tun haben." Zornig wandte er den Blick ab.

„Deswegen tritt sie also das Sorgerecht an dich ab?", fragte Maren verblüfft. „Nur weil der Typ keine Kinder mag?" Sie konnte ihre Empörung kaum verbergen. Die arme Holly!

„So in etwa."

Maren schnaubte entrüstet. „Na prima! Bei dir wird sie's um einiges besser haben."

„Bei *uns*! Sie wird bei uns wohnen!"

„Und ich freue mich schon riesig darauf!", gestand Maren wahrheitsgemäß. „Ich kann mir nichts Schöneres vorstellen, als mit euch beiden unter einem Dach zu leben."

Er war sichtlich erleichtert. „Du bist eine ganz besondere Frau, Maren McClure!" Er schloss sie in die Arme und küsste sie sanft auf die Lippen. „Meinst du, ich könnte dich überreden, heute Abend mit mir nach Las Vegas zu fahren? Damit wir Nägel mit Köpfen machen können?"

„Und was wird aus Holly?"

„Die bleibt übers Wochenende bei ihrer Freundin. Wir wären bis Montag für uns."

„Hört sich himmlisch an", murmelte Maren und schloss für einen Moment die Augen. Sie merkte erst jetzt, wie völlig schachmatt sie war. Die letzten Wochen waren dermaßen hektisch verlaufen – da kam ein geruhsames Wochenende zu zweit wie gerufen.

„Überleg's dir!"

In diesem Augenblick näherte sich Grace, seine mollige Sekretärin, um ihre Glückwünsche loszuwerden. Offenbar war sie ehrlich entzückt. „Der junge Mann hier", schmunzelte sie, den Finger auf Kyle gerichtet, „braucht mal endlich eine Frau an seiner Seite, die ihm zeigt, wo's langgeht!"

Maren brach in schallendes Gelächter aus. „Na", gluckste sie, „das haben Sie doch bisher hundertprozentig erledigt, würde ich sagen!"

„In der Firma, ja. Aber damit ist es ja nicht getan. Viel Glück euch beiden!", wünschte Grace mit zufriedenem Lächeln, um sich dann wieder den Erfrischungen zuzuwenden.

„Du lässt wohl die Gerüchteküche brodeln, was?", forschte Maren heiter.

„Ich bekenne mich schuldig im Sinne der Anklage", gestand er und trank seinen Champagner aus. „Dabei habe ich unser kleines Geheimnis nur drei Leuten verraten: Grace, Lydia und Holly."

„Dann wusste sie's also doch! So ein Früchtchen! Als Holly an Bord kam, hat sie wie ein Honigkuchenpferd gestrahlt!" Maren schaute Kyle tief in die amüsierten grauen Augen. „Und? Wie hat dein Töchterchen es aufgenommen?"

„Bestens. Im Übrigen glaube ich sogar, dass sie und Lydia eine kleine Wette laufen hatten."

„Sieh mal einer an!" Maren zog amüsiert die fein geschwungenen Brauen hoch. „Hat deine Haushaltsfee das Mädchen etwa in die Grundlagen des Zockens eingeweiht?"

„Da musst du sie schon selber fragen", brummte er schmunzelnd. Sein Lächeln wärmte ihr das Herz bis in den hintersten

Winkel, und als er sie noch enger an sich zog, schmolz sie in seiner zärtlichen Umarmung dahin. Wie war das nur möglich, einen einzigen Mann mit solcher Hingabe zu lieben?

Holly kam auf Maren und ihren Vater zugeschlendert. „Na, wann rückt ihr denn nun offiziell raus mit der Sprache?", wollte sie wissen und gestand dann, an Maren gewandt: „Ich freu mich so für euch! Der alte Knabe hier braucht schon lange eine Frau, die ihn auf Vordermann bringt! Ach, ich finde das klasse!"

„Alter Knabe?", wiederholte ihr Vater, doch sein Töchterchen kümmerte sich nicht um die vorgespielte Entrüstung, sondern drückte Maren fest an sich. Die hatte Mühe, sich die Tränen zu verkneifen, so überglücklich war sie.

Das weiße Schiff umrundete Santa Catalina just zu der Zeit, als die Sonne am Horizont im Meer versank. Bis die Jacht dann wieder in Long Beach vertäut lag, war es bereits dunkel, und sämtliche Gäste hatten sich in den Salon verzogen. In dem inzwischen völlig verräucherten Saal wartete alles gespannt auf die Uraufführung von „Yesterday's Heart". Insbesondere die fünf *Mirage*-Musiker starrten wie gebannt auf die aufgebaute Leinwand.

Maren legte das Band in das Abspielgerät ein. Inmitten einer Flut aus Ton- und Bildeffekten erfüllten die hämmernden Rhythmen der Band den Saal, während auf der Leinwand ein gehörnter Liebhaber zornige Verse sang und durch eine menschenleere Straße streifte. Der Schnitt war perfekt, und das Charisma von J. D. Price harmonierte perfekt mit der schmollenden Janie Krypton mit ihren faszinierenden Augen.

Als das Band auslief, brandete frenetischer Beifall auf. „Noch mal!", „Toll!", „Genial!", erklang es von allen Seiten überschwänglich. Maren fiel ein tonnenschwerer Stein vom Herzen. Um sich herum sah sie nichts als begeisterte Mienen; Champagnerkorken knallten – bis Holly Sterling ihrem Vater einen konsternierten Blick zuwarf.

„Wozu das ganze Theater?", fragte sie, wohl wissend, dass die Bandmitglieder sie argwöhnisch musterten.

„Wie bitte?"

„Ich hab das Video schon mal gesehen", sagte sie.

Kyle verging schlagartig das Lachen. Das Stimmengewirr erstarb. „Ich verstehe nicht ganz."

„Erst gestern", behauptete das Mädchen, das Hilfe suchend nach Maren Ausschau hielt. „Bei Jill zu Hause."

„Bist du sicher?", fragte Kyle. Ihm kam ein schrecklicher Verdacht.

„Wenn ich's doch sage, Daddy!", beharrte Holly. „Ich habe ‚Yesterday's Heart' schon gesehen!"

„Was ist hier eigentlich los?", polterte J. D. Price los. „Sie haben garantiert, dass Sie den Clip nur mit meiner Genehmigung veröffentlichen!"

„Und dazu stehe ich auch!", erwiderte Kyle.

J. D. stand da wie angewurzelt. „Was wird das hier, Kyle? Wenn das Video noch nicht veröffentlicht ist – wie kann die Kleine es dann gesehen haben?", redete er sich in Rage. „Was hat das zu bedeuten? Hat etwa irgendjemand eine Raubkopie …?" Er warf Kyle einen finsteren Blick zu. „Ich verklage Sie!", zeterte er dann weiter. „Auf Schadenersatz! Verdammte Scheiße, Kyle!"

Maren bekam dermaßen weiche Knie, dass sie sich an der Bordwand abstützen musste. Was ging hier vor? Großer Gott, hatte Kyle etwa die ganze Zeit richtig vermutet? Wurden ihr tatsächlich die Bänder gestohlen und für den Schwarzmarkt raubkopiert?

Die aufgebrachten Musiker drängten sich zwischen sie und Kyle. Maren fühlte sich, als hätte ihr jemand ein stumpfes Messer ins Herz gerammt, würde es quälend langsam umdrehen und sie elend verbluten lassen. Ohne selbst recht zu wissen, warum, rannte sie aus dem Salon und flüchtete hinaus an Deck. Sie atmete tief durch, sog die Seeluft in ihre Lungen und rang nach Fassung. Mit einem Würgereiz in der Kehle und zitternden Händen stolperte sie über die Gangway an Land, eilte zu ihrem Wagen und raste mit quietschenden Reifen davon.

Wie sie zu ihrer Firma gelangte, wusste sie hinterher nicht mehr. Gefahren war sie mit dem Kopf voll bohrender Fragen, auf die sie keine Antwort fand. Wer sollte die Bänder stehlen? Warum? Wie? Mit fliegenden Händen schloss sie die Eingangstür auf, knipste das Licht an und hastete die Treppe hinauf, vor Augen nach wie vor Kyles enttäuschten, wütenden Blick. Als ob sie auf der Anklagebank sitzen würde.

In Tränen aufgelöst, begriff sie, dass alles verloren war: die Firma verkauft, die Liebe, in der sie sich eben erst gesonnt hatte, dahin, verdrängt von einem wunden Schmerz, der ihr durch Mark und Bein ging. Sie riss den Aktenschrank auf, zählte die Exemplare von „Yesterday's Heart" durch: Keine Kassette fehlte. Eine nach der anderen schob sie die Bänder in den Rekorder, um zu prüfen, ob eine der Hüllen vielleicht falsch beschriftet war. Alles hatte offenbar seine Richtigkeit. „Reiß dich zusammen!", befahl sie sich.

In die Sofaecke gekauert, schlang sie die Arme um die angewinkelten Beine und bettete die Stirn auf die Knie. „Es muss eine Antwort geben!" Irgendetwas war faul. Ted war erst gestern mit dem Bearbeiten fertig geworden – und dennoch wollte Holly das Band am selben Tag gesehen haben. Wie sollte das gehen? Konzentriert ließ sie die vergangenen zwei Wochen noch einmal Revue passieren, und dabei stieß sie auf eine mögliche Lösung. Ihr fiel plötzlich ein, dass Ted am Mittwoch erwähnt hatte, er habe eine fertig bearbeitete Version des *Mirage*-Videos, sei aber nicht völlig zufrieden damit und müsse noch etwas daran feilen. Er hatte es über Nacht in der Firma gelassen und es dann gegen Ende der Woche überarbeitet, mit allerdings nur geringfügigen Änderungen in der Szenenfolge, die einem Laien gar nicht aufgefallen wären. Diese Rohfassung – das musste der Videoclip sein, den Holly sich angeschaut hatte.

Die Frage war: Wer hatte ihn mitgehen lassen? Wer hätte ihr so etwas antun sollen?

Völlig in ihre Gedanken versunken, hörte sie die hastigen Schritte, die aus dem Treppenhaus drangen, erst mit einiger Verspätung. Sie hob den Kopf und starrte mit bis zum Halse klopfendem Herzen in Richtung Tür. Wer mochte das sein? Als sie Kyle erkannte, ließ sie ihren Tränen freien Lauf. Am liebsten wäre sie ihm entgegengestürzt, um sich in seine Arme zu werfen. Angesichts seines argwöhnischen Blicks rührte sie sich jedoch nicht vom Fleck.

„Habe ich mir gedacht, dass ich dich hier finde", bemerkte er. Tief in seinen grauen Augen lag ein gequälter Ausdruck.

„Ich hatte nicht die leiseste Ahnung ...", flüsterte sie, doch er brachte sie mit einer kurzen Geste zum Schweigen.

„Los, komm mit!", befahl er mit angespannter Miene. „Deine Assistentin liegt im Krankenhaus ..."

„Aber sie war doch auf der Jacht!", wandte sie mit besorgtem Unterton ein.

„Weiß ich", sagte er, schon etwas milder. „Sie ist im Salon zusammengebrochen. Kurz nachdem du weg warst."

„Großer Gott!", entfuhr es Maren. „Das Kind!"

Die Fahrt verlief überwiegend schweigend. Wie betäubt von den furchtbaren Ereignissen des Abends, brachte Maren erst wieder einen Ton hervor, als Kyle auf den Parkplatz der Klinik bog. „Weißt du schon Näheres ... wegen des Kindes?"

„Ich wusste gar nichts von einem Kind", erwiderte er, die Hand besänftigend auf ihre Schulter gelegt. „Aber sie hatte wohl starke Blutungen."

Maren senkte die Lider und atmete tief durch. „Gehen wir."

Kyle fasste sie beim Arm. „Die Presse hat anscheinend schon Wind von der Sache bekommen", warnte er.

Kaum hatten die beiden die Eingangshalle des Krankenhauses betreten, hielten etliche Reporter ihnen auch schon die Mikrofone unter die Nase. Sämtliche Fragen drehten sich um das Gerücht, dass offenbar mehrere Alben aus dem Hause *Sterling Records* raubkopiert worden seien. Kyle reagierte inmitten des Blitzlichtgewitters mit einem knappen „Kein Kommentar!", und schließlich gelang es den Sicherheitsleuten der Klinik, die Pressemeute aus dem Gebäude zu drängen. Maren und Kyle wurden derweil in ein Wartezimmer geleitet.

„Wo ist Holly?" Erst jetzt bemerkte Maren, dass das Mädchen nicht da war. Wie mochte das Mädchen dieses Spektakel bloß verarbeiten?

„Bei Sara. Lydia holt sie morgen früh ab."

„Mein Gott, Kyle", flüsterte Maren gequält. „Das Ganze tut

mir schrecklich leid …"

„Schon okay", gab er leise zurück, fasste nach ihrer Hand und sah sie voller Vertrauen an. „Du konntest es nicht wissen."

Sie atmete erleichtert auf. „Na, du bist gut! Woher wusstest du, dass ich nichts damit zu tun habe?"

„Ach, Maren", sagte er seufzend. „Merkst du eigentlich nicht, wie sehr ich dich liebe, wie sehr ich dir vertraue? Mir war die ganze Zeit klar, dass du da nicht mit drinsteckst."

Ein junger Mann im Arztkittel, vermutlich ein Assistenzarzt, trat in diesem Moment in den Warteraum. „Miss McClure?", wandte er sich an Maren.

„Ja?"

Er warf einen Blick auf die Krankenakte, die er in der Hand hielt, und musterte Maren dann durch dicke Brillengläser. Offenbar war er etwas kurzsichtig. „Jan Sommers möchte Sie sprechen. Ich habe ihr zwar abgeraten, aber Sie will unbedingt mit Ihnen reden. Bitte fassen Sie sich kurz."

Maren stellte die Frage, die ihr einfach nicht aus dem Sinn wollte. „Was ist mit dem Kind?"

Der junge Arzt schüttelte düster den Kopf. „Wir konnten es nicht retten", bedauerte er erschöpft. „Was Miss Sommers angeht – ich habe ihr ein Sedativum verabreicht. Sie dürfte bald einschlafen."

Maren hatte Verständnis für die Besorgnis des jungen Arztes. „Ich bleibe nicht lange", versprach sie leise.

Kyle fasste Maren beim Arm und begleitete sie zu Jans Zimmer. Als sie ihre Freundin so schmal in dem Krankenhausbett liegen sah, war ihr die Kehle wie zugeschnürt. „Hallo", flüsterte sie mühsam und tastete nach Jans Hand.

Jan drehte den Kopf und sah Maren an, dunkle Ringe unter den Augen. „Maren", hauchte sie, mit den Tränen kämpfend. „Ich habe mein Baby verloren."

„Ich weiß", wisperte Maren heiser.

„Ich hab's mir doch so sehr gewünscht!" Jan wandte den Blick wieder ab. „So sehr!"

Maren hätte gern etwas Tröstliches gesagt, brachte aber keinen

Ton heraus. „Du brauchst Ruhe", brachte sie schließlich mühsam hervor. „Ich bleibe bei dir."

„Sollst du aber nicht", meinte die Sekretärin schluchzend.

„Na hör mal! Du bist doch meine Freundin …"

Jan hob schwach die Hand und unterbrach Maren mitten im Satz. „Nein … nein, das bin ich nicht. Hör mir mal einen Moment zu. Ich wollte dir immer schon etwas sagen. Ich hab's versucht, aber ich konnte es nicht …"

Maren ahnte, was kommen musste. Schlagartig wurde ihr speiübel.

„Ich habe die Tapes gestohlen", gestand Jan mit einem stockenden Schluchzer.

„Schsch. Du solltest jetzt nicht sprechen." Maren schaute hinab auf die bleiche Gestalt im Bett. „Du bist müde."

Jan ließ sich nicht beirren. „Nein, Maren, das muss jetzt raus! Später traue ich mich vielleicht nicht mehr. Ich habe die Videos an mich genommen. Vorigen Monat ‚Going for Broke', letzten Mittwoch ‚Yesterday's Heart'."

„Aber warum?" Maren erwiderte ihren Blick zutiefst geschockt.

„Für Jacob."

„Um Gottes willen! Jan!"

„Du weißt, ich hätte so etwas nie und nimmer fertiggebracht. Das Ganze war Jacobs Idee. Anfangs habe ich mich geweigert, mitzumachen. Ich war zwar schwanger von ihm, aber Diebstahl – so tief wäre ich nie gesunken. Dann … dann hat er mir Prügel angedroht, falls ich nicht pariere."

„Warum hast du denn nicht die Polizei eingeschaltet?"

„Wollte ich ja … Nach einer unserer Auseinandersetzungen war ich schon unterwegs dahin, aber er fing mich ab und schlug mir die Rippen grün und blau. Da … da hätte ich beinahe eine Fehlgeburt gehabt." Bei der Erinnerung brach sie in Tränen aus. „Ich wollte mein Kind nicht verlieren, und ich war dumm. Es war ein Fehler; ich hätte da niemals mitmachen dürfen. Ich erwarte auch nicht, dass du mir verzeihst. Ich möchte nur mein Gewissen erleichtern. Jacob hat das alles ausgeheckt. Jetzt ist es sowieso egal, er kann mir ja nichts mehr anhaben. Jetzt ist kein Kind mehr da, das ich beschützen muss."

Maren musste an sich halten, um nicht ebenfalls in Tränen auszubrechen. „Es gibt nichts zu verzeihen", flüsterte sie heiser und drückte Jans schmale Finger. „Ich rufe gleich morgen früh Elise Conrad an. Vielleicht kann die dir helfen."

„Ist mir alles egal", murmelte die Sekretärin mit verschwommenem Blick. Die Lider wurden ihr allmählich schwer. „Aber Jacob darf nicht einfach so davonkommen …"

„Haben Sie denn eine Ahnung, wo wir ihn auftreiben könnten?", mischte Kyle sich ein.

„In unserer ehemaligen Wohnung vermutlich … Ich bin gestern ausgezogen … Er hat schon 'ne neue Flamme, wahrscheinlich geht das schon Monate. Wegen meiner Schwangerschaft, nehme ich an … was weiß ich … Ich bin so müde …"

Kyle berührte Maren sanft an der Schulter. „Geht's wieder?"

„Einigermaßen", erwiderte sie. „Ich wusste von nichts … Die arme Jan!"

Zurück in der Eingangshalle, rief Kyle die Polizei an. Maren trank derweil einen Kaffee, erkundigte sich nochmals nach dem Zustand ihrer Freundin und ließ sich, da keine Veränderung zu erwarten war, von Kyle nach Hause fahren.

Binnen weniger Stunden meldete sich die Polizei und teilte Kyle mit, man habe Jacob Green festgenommen. Angesichts der Beweislage hatte er ein Geständnis abgelegt und zugegeben, die Videos entwendet und außerdem seine Lebensgefährtin unter Androhung körperlicher und psychischer Gewalt zur Mittäterschaft gezwungen zu haben.

Der Morgen dämmerte schon, ehe Maren endlich nach einer unruhigen Nacht in Kyles Armen einschlief. Sie bekam nicht mit, dass er die Wohnung verließ, und wurde erst wach, als er etliche Stunden später zurückkehrte und dabei einen ziemlichen Lärm veranstaltete.

„Wie spät ist es denn?", murmelte sie schlaftrunken und blinzelte in die Sonnenstrahlen, die durch die Fenster fielen.

„Spät." Er sah ihr zu, wie sie sich rekelte, den Schlaf noch in den Augen, wodurch sie außergewöhnlich weich und verletzlich wirkte.

„Wo warst du?", wollte sie wissen und setzte sich auf, den Rücken gegen die Kissen gestützt. Dabei rutschte das Laken etwas zur Seite und entblößte das elfenbeinfarbene Seidenhemdchen, das sie anstelle eines Nachthemds trug.

„Ich war beschäftigt, Liebste, und ich habe so einiges erledigt." Lächelnd streckte er sich neben ihr aus.

„Nun spann mich nicht auf die Folter!"

„Okay", sagte er und gab ihr einen Stups auf die Nase. „Erstens: Deine Freundin Jan ist fürs Erste aus dem Schneider. Greens Geständnis der Nötigung und ihre Bereitschaft, gegen ihn auszusagen – das müsste reichen, damit sie nicht ins Gefängnis kommt. Allerhöchstens kriegt sie Bewährung. Ich besorge ihr einen guten Anwalt", versprach er.

„Wunderbar!"

„Zweitens hat Green Sabotage zugegeben. Er hat versucht, die Produktion des *Mirage*-Videos zu unterlaufen. Das Feuerwerk und die verschwundenen Kostüme gehen ebenfalls auf sein Konto."

„Und das Problem mit der Beleuchtung?"

„Davon hat er nichts gesagt. Das war vermutlich reiner Zufall."

„Ist ja jetzt auch egal", befand sie. „Mir geht's in erster Linie um Jan." Sie bedachte Kyle mit einem liebevollen Blick. „Du bist toll! Und was ist mit *Mirage*?"

„Ryan hat die Jungs einigermaßen beruhigen können. Wir haben J. D. einen noch lukrativeren Vertrag angeboten." Er grinste.

„Da hast du aber wirklich alles andere als Däumchen gedreht!"

„Mal abwarten, was am Ende dabei herauskommt. Werbewirksam ist die ganze Sache jedenfalls nicht."

„Bis Green der Presse zum Fraß vorgeworfen wird."

„Das kann noch einige Tage dauern", vermutete Kyle. „Ach, noch was …"

„Was denn?"

„Eine gute Nachricht", murmelte er verlockend. Die Lippen an ihrer Schulter, streifte er den Träger des Hemdchens herunter.

„Da bin ich aber gespannt", schnurrte sie.

„Lydia hat sich einverstanden erklärt, Holly die ganze Woche zu bemuttern – während wir zwei unsere Flitterwochen auf der Jacht verbringen."

Ein Lächeln glitt über Marens Gesicht. „Flitterwochen?", fragte sie, und in ihren Augen funkelte es schelmisch.

„Genau. Jetzt wird so schnell wie möglich geheiratet – du hast mich viel zu lange hingehalten!"

„Ich habe nichts dagegen."

„Dann heute Nachmittag!", schlug er vor, mit den Lippen sacht die ihren streifend.

„Ich kann es kaum erwarten!"

Der Druck auf ihre Lippen verstärkte sich, und Maren schmeckte die süße Verheißung seiner Worte. Sie überließ sich ganz dem Glücksgefühl, das in ihr aufwallte, und schlang Kyle die Arme um den Hals.

„Ich liebe dich, Maren", raunte er und schmiegte sich an sie. „Und ich sorge dafür, dass ich dich nie wieder verlieren werde."

„Ist das ein Versprechen?"

„Für immer!"

– ENDE –

Lesen Sie auch:

Linda Castillo

Stärker als dein Tod

Band-Nr. 25617
8,99 € (D)
ISBN: 978-3-86278-459-2

Emily war nicht leicht zu erschrecken, doch in den drei Jahren, die sie schon als Vollzugsbeamtin in Idahos *Bitterroot-Super-Max*-Gefängnis arbeitete, hatte sie gelernt, ihren Instinkten zu vertrauen. Und genau jetzt sagten ihr diese Instinkte, dass irgendetwas absolut nicht in Ordnung war.

Sowie sie die Tür zu Untersuchungsraum zwei geöffnet hatte und das Licht einschaltete, sah sie die Umrisse eines Mannes unter einem blutbefleckten Laken auf der Untersuchungsliege. Sie schritt zu der Liege und zog das Laken fort. Eine dunkle Vorahnung ergriff sie, als sie in das wächserne Gesicht des Gefangenen schaute. Seine blauen Lippen. Etwas Blut war ihm aus der Nase gesickert und nun schwarz getrocknet. Seine Augen standen halb offen. Er war tot.

Flau vor Angst berührte sie sein Gesicht. Sein Körper war noch warm. Was ging hier vor? Wo waren Dr. Lionel und seine Assistentin? Was war mit dem Häftling geschehen?

Sie dachte wieder an die anderen Insassen, die auf die Krankenstation gebracht worden und verschwunden waren. Seit Wochen stellte sie Fragen und forschte nach, aber niemand von den Verantwortlichen hatte ihr eine direkte Antwort gegeben. Heute Morgen hatte sie die Dinge selbst in die Hand nehmen wollen und war hierhergekommen, um sich umzusehen. Sie hatte nicht erwartet, eine Leiche zu finden …

Emily bemühte sich, nicht die Nerven zu verlieren, und griff nach ihrem Funkgerät. „Hier ist null-zwei-vier-neun. Ich habe einen Code …"

Eine Bewegung hinter ihr ließ sie verstummen. Sie wirbelte herum. Der glänzende Stahl einer Waffe blitzte auf. Sie erblickte schwarzes Haar. Dunkle Augen. Ein unrasiertes Kinn. Sie spürte, wie ein Adrenalinstoß durch ihren Körper schoss. Sie umklammerte das Walkie-Talkie fester und riss es an den Mund. „Code …"

Eine Hand schnellte hervor und schlug ihr das Funkgerät aus der Hand. Aus dem Augenwinkel sah sie es durch die Luft segeln. Sie hetzte zur Tür, doch augenblicklich war der Mann über ihr. Seine Hände hatten ihre Oberarme gepackt, noch bevor das

Walkie-Talkie auf dem Boden landete.

„Sei mucksmäuschenstill, wenn du überleben willst", befahl er, wobei seine Augen bedrohlich funkelten.

Emily befreite sich aus seinem Griff und sprang zurück. „Zurücktreten, Gefangener! Jetzt!" Sie versuchte autoritär zu klingen, hörte aber das ängstliche Beben in ihrer Stimme.

„Bleib ganz ruhig und greif mich nicht an." Er ging langsam auf sie zu. „Ich möchte dir nichts tun."

Sie wusste nicht, ob es an der Pistole in seiner Hand oder an dem Ausdruck in seinen Augen lag, doch für einen kurzen schrecklichen Moment war sie starr vor Angst. Ein bewaffneter, verzweifelter Häftling, der nichts zu verlieren hatte – das war der schlimmste Albtraum eines jeden Wärters.

Sie machte einen Schritt zurück und hob die Arme, um ihn abzuwehren, obwohl sie wusste, dass es nichts nutzen würde. „Bleiben Sie weg von mir."

Er kam weiter auf sie zu. „Tu einfach, was ich sage, und dir wird nichts geschehen."

Sie hörte die Worte kaum, so laut schlug ihr Herz. Sie sah auf die Waffe in seiner Hand und schätzte die Distanz zwischen ihnen ab, die Entfernung zur Tür. Sie fragte sich, ob sie es schaffen würde, das Funkgerät auf dem Fußboden zu erreichen, oder ob er ihr vorher in den Rücken schießen würde.

Einen Augenblick später besann sie sich darauf, was sie in ihrer Ausbildung gelernt hatte, und die Routine übernahm das Kommando. Mit einem Satz nach vorn trat sie ihm die Waffe aus der Hand. Die Pistole fiel zu Boden. Bevor er sie aufheben konnte, versuchte sie einen Handflächenschlag in sein Gesicht, den er jedoch abwehrte. Mit einer raschen Drehung ließ sie das linke Bein vorschnellen und landete einen Treffer in seinem Magen. Stöhnend stolperte er nach hinten. Rasch griff sie nach dem Pfefferspray an ihrem Gürtel. Sie riss die Dose hoch, während sie sich gleichzeitig nach dem Funkgerät bückte. Sie musste an das Walkie-Talkie kommen!

Er bewegte sich mit der Geschwindigkeit einer großen hungrigen Raubkatze, die ihre Beute erlegte. In einer einzigen geschmeidigen Bewegung streckte er sich nach der Waffe und warf sich auf Emily. Mit der freien Hand schlug er ihr das Pfefferspray aus der Hand. Im nächsten Moment hielt er sie an den Schultern gepackt, wobei sich seine Finger in ihr Fleisch bohrten, und schob sie zurück in den Untersuchungsraum.

„Für eine Wärterin nimmst du Anweisungen nicht besonders ernst", stieß er aus.

„Nehmen Sie Ihre Hände weg!"

„Beruhige dich und hör zu."

Ein Schrei löste sich aus ihrer Kehle, als ihr Rücken die Wand berührte. Sie war festgenagelt. Sie versuchte ihr Knie einzusetzen, wollte ihn so zu Fall bringen. Doch er verlagerte sein Gewicht geschickt zur Seite und wich aus. Sie wand sich, aber sein Körper war so hart und unnachgiebig wie eine Ziegelmauer.

„Versuch das nicht noch mal, wenn du nicht so enden willst wie der Mann auf der Liege", warnte er sie.

Seine Stimme war leise und gefährlich. Sie hörte den Hauch eines Akzents. Vielleicht Irisch. Allerdings hatte sie zu viel Angst, um länger darüber nachzudenken. Sein Gesicht war nur Zentimeter von ihrem entfernt. Er stand so nah, dass sie seinen warmen Atem an ihrer Wange spürte. Sie starrte in seine Augen, die die Farbe von dunkel gerösteten Kaffeebohnen hatten. Tödliche Entschlossenheit und Verzweiflung spiegelten sich darin wider. Sie begriff, dass er nicht der Typ für leere Drohungen war.

„Sie können nicht ernsthaft glauben, dass Sie mit dieser Sache durchkommen", presste sie keuchend hervor.

„Doch, das ist genau das, was ich denke." Jeder Nerv in ihrem Körper war angespannt, als er sein Gewicht verlagerte und mit der Waffe auf sie zielte. „Nimm die Hände hoch."

Emily hob die Hände bis auf Schulterhöhe. „Ich bin nicht bewaffnet."

„Es ist nichts Persönliches, aber das überprüfe ich lieber selbst." Ohne den Blick von ihren Augen abzuwenden, fuhr er mit den Händen rasch und routiniert über ihren Körper. Sowie er die zweite Dose Pfefferspray an ihrem Knöchel ertastete, hielt er inne. *Verdammt.*

„Ich schätze, das hast du vergessen."

„Ich bin gerne vorbereitet für den Fall, dass ich von irgendeinem miesen Häftling angegriffen werde."

Als er die Dose in den Papierkorb warf, entdeckte sie eine blutende Verletzung auf der Innenseite seines Arms. Nicht von einer Abschürfung, wie er sie bei einem Handgemenge erlitten hätte, sondern von einem sauberen Schnitt. Die Art von Schnitt, die ein Arzt bei einem chirurgischen Eingriff vornehmen würde. Sie fragte sich, ob er Dr. Lionel bei irgendeiner kleineren Operation überwältigt hatte.

„Wo ist Dr. Lionel?", fragte sie.

„Wir haben keine Zeit für Fragen." Er deutete mit der Pistole in Richtung Tür. „Du kommst mit mir. Los."

„Wohin bringen Sie mich?"

Er trug nur eine Gefängnishose mit Kordel. Kein Hemd. Keine Schuhe. Seine Statur war die eines Langstreckenläufers, mit langen Gliedmaßen und einem Bauch, der wie aus Stein gemeißelt schien. Seine Brust war muskulös und mit gekräuseltem schwarzem Haar bedeckt. Auf anziehende Art und Weise vereinte sein Körper Kraft und Anmut.

Sie wandte den Blick ab und sah verstohlen zu dem Funksprechgerät, das ein, zwei Meter entfernt auf dem Boden lag. Wenn sie es erreichte, brauchte sie nur den Alarmknopf zu drücken, um die Zentrale zu benachrichtigen, dass sie in Schwierigkeiten steckte …

„Denk nicht einmal daran, nach dem Funkgerät zu greifen", warnte er sie. „Ich möchte dir nicht wehtun, aber wenn du mich provozierst, werde ich es tun."

Sie schaute ihn ruhig an. „Sie wollen das hier doch gar nicht tun."

„Ich will vor allem nicht eines von Dr. Jekylls Versuchskaninchen werden."

Dr. Jekylls Versuchskaninchen? Emily wusste nicht, was er damit meinte. Der Kerl hatte offenbar Wahnvorstellungen. Sie konnte sich was Besseres vorstellen, als ein Gespräch mit ihm anzufangen, doch wenn sie mit ihm redete, vergrößerte das ihre

Chancen, diese Sache unverletzt zu überstehen. „Die Flucht wird Ihnen nicht gelingen. Selbst wenn Sie es aus dem Gebäude heraus schaffen, werden die Wachen auf den Türmen Sie ins Visier nehmen."

„Ich gehe das Risiko mit den Wachen ein. Sie sind weitaus weniger tödlich als das hier." Er deutete mit der Waffe Richtung Tür. „Los."

Sie ging vor ihm her zur Innentür. Ihre Hände zitterten so stark, dass es ihr kaum gelang, den Sicherheitsausweis durchzuziehen. Sobald das grüne Licht aufleuchtete, zog sie die stählerne Tür auf und führte ihn in den dunklen Flur. Während sie den Hauptkorridor entlangmarschierten, spürte sie bei jedem Schritt seine Waffe im Rücken und die fast schon greifbare Aura von Gefahr, die den Mann umgab.

„Ich brauche eine Uniform und einen Mantel", sagte er.

Sie wollte protestierten, doch er hob die Pistole und zielte auf ihr Gesicht. „Besorg mir diese Dinge", verlangte er. „Jetzt."

In seinem Blick konnte sie Gewalttätigkeit und Unberechenbarkeit erkennen. Sie verstand, dass er sie töten würde, wenn sie nicht genau das tat, was er wollte. „Der Umkleideraum", sagte sie.

„Bring mich hin – und zwar schnell."

Sie rannten durch den Gang, Emily voran. Sie hoffte verzweifelt, dass ein Kollege auftauchte, allerdings war die Schicht noch nicht zu Ende und der Korridor völlig verlassen.

Als sie den Umkleideraum erreichten, atmete sie schwer und schwitzte – teils aus Erschöpfung, teils aus Angst. Die Umkleide war ein schmaler gefliester Raum, in dem es nach schmutzigen Socken roch. An der einen Wand reihten sich die doppeltürigen schiefergrauen Spinde, an der anderen befanden sich Regalbretter aus Edelstahl, passende Haken für Handtücher, Mäntel und Ausrüstung. Hinter einer breiten Tür lagen die Duschen.

„Such mir eine Uniform heraus."

Emily ging zu einem der Schränke. Der Gefangene stand hinter ihr, während sie die Anziehsachen herausholte und ihm reichte. „Nehmen Sie sie und verschwinden Sie."

Er nahm das sauber gefaltete Hemd und die Hose. Dann trat er zurück und legte die Pistole auf die Bank. Ohne Emily aus den Augen zu lassen, hakte er die Daumen in seinen Hosenbund. „Denk nicht einmal ans Fortlaufen", sagte er. „Ich schieße nackt ebenso gut wie angezogen."

Lächerlicherweise peinlich berührt, schaute sie zu Boden, als er die Hose auszog. Kleidung raschelte. Einen verrückten Augenblick lang dachte sie daran, zu fliehen. Doch obwohl Emily schnell war, wäre sie nicht schnell genug, um ohne eine Kugel im Rücken bis zur Tür zu kommen.

Aus dem Augenwinkel warf sie ihm einen verstohlenen Blick zu. Er hatte die Waffe wieder an sich genommen und schloss mit der linken Hand die Hemdsknöpfe, während er die Pistole in der rechten hielt. Das Hemd war ein bisschen zu groß, aber annehmbar. In der Dunkelheit des frühen Morgens würde er als Wärter durchgehen.

„Zieh deinen Mantel an", befahl er.

Sie zuckte beim Klang seiner Stimme zusammen. Er war jetzt angezogen, samt Kappe und Stiefeln. Und er hatte eine Waffe. Eine Waffe, die er zu benutzen geschworen hatte, wenn sie nicht das tat, was er wollte.

„Ich werde nirgendwohin gehen", erwiderte sie.

„Zieh ihn an", wiederholte er mit scharfer Stimme.

Emily wollte nicht mit ihm gehen. Sie wollte ihm auf keinen Fall dabei helfen, zu entkommen. Das widersprach allem, woran sie glaubte, allem, wofür man sie ausgebildet hatte. Was noch schlimmer war: Es weckte Erinnerungen an das, was ihr Vater getan hatte. Und sie hatte sich geschworen, dass sie sich niemals auf diese Art und Weise in Misskredit bringen würde, wie es Adam Monroe getan hatte.

Sie sah zu, wie der Mann die Mäntel durchsuchte, die an den Haken hingen. Ihr Blick wanderte von ihm zu dem Alarmknopf an der Wand neben der Tür. Im ganzen Gefängnis waren solche Vorrichtungen verteilt, damit die Vollzugsbeamten im Notfall Hilfe holen konnten – ein Notfall wie dieser, in dem sie sich jetzt befand. Könnte sie den Knopf nur erreichen …

Emily starrte den Häftling an, ihr Herz hämmerte gegen ihre Rippen. Sie stand genau in der Mitte zwischen ihm und dem Alarmknopf. Wenn sie sich rasch bewegte, könnte sie den Alarm auslösen, ehe ihr Geiselnehmer sie zurückhalten könnte. Innerhalb weniger Minuten wären Dutzende Wärter hier unten, und der Mann hätte keinerlei Chance mehr zu entkommen.

Ihm einen Strich durch die Rechnung zu machen war riskant. Es bestand die gar nicht so unwahrscheinliche Möglichkeit, dass er sie tötete. Schließlich steckte die Regierung keine netten Jungs ins *Bitterroot Super Max*. Dieses Gefängnis war den gewalttätigsten und gefährlichsten Häftlingen vorbehalten.

Konzentriert richtete sie ihren Blick auf den hervorstehenden roten Knopf. Ihr Herzschlag beschleunigte sich, während sie sich näher schlich, Zentimeter für Zentimeter. Als sie nur noch einen Meter entfernt war, stürmte sie los.

Eine Millisekunde bevor ihre Hand den Knopf berührte, schlangen sich zwei Arme wie ein Schraubstock um ihre Taille. „Code drei!", schrie sie und rammte ihm ihren Ellbogen in den Bauch.

Seine Hand über ihrem Mund dämpfte den Schrei. Dann zog er sie vom Alarmknopf fort und wirbelte sie herum. Emily nahm ihre ganze Kraft zusammen und versuchte jede Art von Selbstverteidigung, die sie in den letzten drei Jahren gelernt hatte. Doch er war unglaublich stark und hielt sie mit einer Leichtigkeit in Schach, die sie verblüffte.

Kurz darauf fand sie sich mit dem Rücken an einen Spind gepresst wieder. In einer Mischung aus Zischen und Keuchen entwich der Atem ihren Lungen. „Nehmen Sie ihre Hände von mir!"

„Wenn du am Leben bleiben willst, sei still und hör mir zu!"

Während er sie gegen den Spind drückte, schaute er über die Schulter zur Tür, als ob er erwartete, dass jeden Moment jemand hereinkommen würde. Dann wandte er sich wieder ihr zu, seine dunklen Augen funkelten vor Ärger. „Was versuchst du hier? Willst du, dass jemand stirbt?"

„Ich versuche einen gefährlichen Häftling an der Flucht zu hindern", entgegnete sie.

„Ich bin nicht, was du glaubst", stieß er gereizt aus.

Wenn sie nicht so verängstigt gewesen wäre, hätte Emily vielleicht gelacht. „Als Nächstes erzählen Sie mir, dass Sie unschuldig sind."

„Liebes, ich bin weit davon entfernt, unschuldig zu sein, aber ich gehöre ebenso wenig in dieses Höllenloch wie du."

Seine Stimme war wie das dumpfe Rollen des Donners, das einen gewaltigen Sturm ankündigte. Emily war sich seines Körpers bewusst, der sich fest gegen ihren presste. Sie spürte die Anspannung in seinen Muskeln, das Beben der adrenalingepeitschten Nerven.

Vor der Tür erklangen Schritte auf dem Zementboden. Der Gefangene versteifte sich. „Kein Wort", flüsterte er. „Oder ich bringe um, wer auch immer durch diese Tür kommt. Ich schwöre es."

Sie fühlte die Mündung der Waffe an ihrem Bauch. „Nicht", sagte sie. „Ich tue alles, was Sie wollen."

Durchdringend schaute er sie an, und sie sah in seinen Augen den Anflug einer Emotion, die sie nicht genau benennen konnte. So schnell, wie sie aufgetaucht war, war sie auch wieder verschwunden, und Emily fragte sich, wie diese Sache enden würde. Ob er sie umbringen würde. Ob er einen ihrer Kollegen töten würde. Ob sie diesen Tod für den Rest ihres Lebens auf dem Gewissen haben würde.

Er starrte sie einen nicht enden wollenden Moment mit einem verstörenden Ausdruck von Furcht und finsterer Entschlossenheit an. „Wenn du nicht willst, dass ich den Abzug drücke, schlage ich vor, dass du meiner Anweisung Folge leistest."

Bevor sie antworten konnte, umfasste er mit den Händen ihr Gesicht und senkte seinen Mund auf ihren.

Lesen Sie auch:

Kat Martin

Das Weinen der Engel

Ab Januar 2013 im Buchhandel

Band-Nr. 25636
8,99 € (D)
ISBN: 978-3-86278-488-2

Dev rückte seine Panoramasonnenbrille zurecht und streckte sich auf dem Liegestuhl neben dem Pool aus. Er genoss die Oktobersonne; dies war die beste Jahreszeit in Arizona. Das Geräusch des auf den Felsen prasselnden Wasserfalls auf der anderen Seite lullte ihn langsam ein. Fast war er eingeschlafen, da öffnete sein Freund und Angestellter Townsend Emory die Glasschiebetüren von innen.

„Tut mir leid, dich zu stören, Boss. Da ist eine Frau, die dich sprechen möchte. Sie ist verdammt hartnäckig." Town war ein großer, muskulöser Afroamerikaner, ehemaliger Footballspieler bei den *Arizona Cardinals*. Eine Halswirbelverletzung hatte seine Karriere vor vierzehn Jahren beendet. Town war in Phoenix geblieben und hatte für eine Reihe von Sicherheitsfirmen gearbeitet, darunter für *Raines Security*. Irgendwann war auch das aufgrund der alten Verletzungen nicht mehr möglich gewesen.

Glücklicherweise hatte der Mann nicht nur Muskeln, sondern auch Köpfchen. Nun arbeitete er hier bei Dev im Haus und kümmerte sich um dessen persönliche Angelegenheiten. Zusammen mit der Haushälterin Aida Clark war Town für alle Belange im Haus Raines verantwortlich und nahm sich all dessen an, was sonst noch so anfiel.

Dev schob die Sonnenbrille nach oben und sah seinen Freund, der den ganzen Türrahmen ausfüllte, stirnrunzelnd an. Keine der Frauen, mit denen er sich traf, kam zu ihm nach Hause, ohne vorher anzurufen. Diese Regel hatte er aufgestellt. Das verhinderte peinliche Situationen, falls gerade eine andere bei ihm zu Besuch war. Bisher hatte sich jede seiner unverbindlichen Affären daran gehalten.

Bisher.

Während er sich fragte, wer ihn so dringend sprechen wollte, schwang er seine langen Beine über den Rand der Liege und stand auf.

„He, Moment mal, warten Sie!", rief Town in dem Moment, als sich eine hochgewachsene schlanke Brünette an ihm vorbeidrängte und die Terrasse betrat. „Sie können hier nicht einfach durchlaufen!"

Die Frau achtete nicht auf Town und lief zielstrebig auf Dev zu. „Sie müssen Devlin Raines sein." Mit einem strahlenden Lächeln streckte sie ihm selbstbewusst ihre grazile Hand mit den hübschen pinkfarben lackierten Fingernägeln entgegen. Sie war schätzungsweise über eins fünfundsiebzig und hatte sehr dunkles kinnlanges Haar mit rotblonden Strähnen. Ihre langen Beine steckten in hautengen Jeans, und dazu hatte sie rote hohe Peeptoes an.

Dev hatte sie nie zuvor gesehen. Sie war unglaublich sexy. Und sie trug keinen Ehering.

„Ja, ich bin Raines." Er warf Town einen Blick zu und signalisierte ihm, dass alles unter Kontrolle war. Der musterte die Fremde noch einmal skeptisch und verschwand dann ohne ein weiteres Wort im Haus. „Wie kann ich Ihnen behilflich sein, Ms …?"

„Delaney. Lark Delaney. Ich möchte Sie gern engagieren, Mr Raines. Hoffentlich können Sie mir weiterhelfen."

Sie war mehr als einfach nur sexy. Diese Frau war Dynamit. Und das auf eine außergewöhnliche Art. Von ihr ging eine ungeheure Energie und Entschlossenheit aus. Mit ihren großen silbernen Kreolen und der ausladenden Paisleytasche mit Metallnähten wirkte sie zwar auffallend, aber doch irgendwie stilvoll.

Eigentlich war sie absolut nicht sein Typ. Er bevorzugte eher zurückhaltende, anschmiegsame Frauen, die nicht groß Widerworte gaben. Trotzdem fühlte er sich von ihr so heftig angezogen wie schon lange nicht mehr von einer Frau.

Er nahm sein kurzärmeliges Tommy-Bahama-Hemd von der Lehne der Liege und warf es sich über, um seine nackte Brust und seine blauen Badeshorts zu bedecken. Bei den Gedanken, die ihm plötzlich durch den Kopf schossen, schien ihm das sicherer.

„Warum setzen wir uns nicht da drüben in den Schatten?" Er zeigte auf den riesigen überdachten Bereich der Terrasse, der mit der voll ausgestatteten modernen Außenküche mehr wie ein Wohnzimmer aussah. Es war angenehm warm heute, doch nicht so heiß, dass sich die ans Thermometer angeschlossene automatische Sprenganlage eingeschaltet hatte.

Sie setzten sich auf die gelben gepolsterten Stühle an den

großen Tisch mit der farbigen Mosaikfliesenplatte.

„Also, Lark – woher wussten Sie, wo Sie mich finden können?"

Seine Adresse war nicht unbedingt jedermann bekannt. Obwohl er hier sicher auch schon genug Partys veranstaltet hatte. Gewiss hatte sich schon herumgesprochen, wo er residierte. Und dann waren da ja auch noch die Ladys, die er mit hierhergebracht hatte.

„Ich bin zuerst in Ihrem Büro in Phoenix gewesen. Als mir gesagt wurde, dass Sie dort nicht allzu oft sind, bin ich hierhergefahren. Ein Freund von Ihnen hat Sie mir empfohlen. Clive Monroe. Er hat mir die Adresse gegeben. Er meint, Sie hätten zusammen in der Army gedient. Sie wären beide Ranger gewesen."

Clive „Madman" Monroe war mehr als nur ein Freund. Er hatte Dev mal das Leben gerettet. „Sie sind hier, weil Sie einen Privatdetektiv engagieren wollen?"

„So ist es."

„Hat Clive Ihnen nicht mitgeteilt, dass ich mich aus diesem Geschäft zurückgezogen habe?" Während seiner Zeit bei der Army hatte er Geld gespart und in Aktien angelegt – und dabei enorme Gewinne erzielt. Als er dann noch sein Geld in *Wildcat Oil* investiert hatte, erwies sich das für ihn als ein noch größerer Glücksfall. Mit dieser Kapitalanlage hatten er und seine Brüder einen Volltreffer gelandet.

Lark lächelte. Sie hatte sehr volle Lippen, die sie im selben Pink geschminkt hatte, wie ihre Fingernägel lackiert waren. Unwillkürlich musste er daran denken, welche aufregenden Dinge solche Lippen mit einem Mann anstellen konnten.

„Clive war sich sicher, dass Sie mir helfen. Er meinte, Sie wären ihm noch einen Gefallen schuldig."

Mehr als einen Gefallen. Wenn Clive Monroes treffsicherer Schuss aus der M-4 nicht gewesen wäre, könnte Dev heute nicht hier am Pool sitzen.

„Sind Sie mit Clive … liiert?", fragte er, bevor er sich zurückhalten konnte.

Erstaunt sah sie ihn an. Die großen grünen Katzenaugen steigerten ihre Attraktivität noch. „Nein. Clive hat vor Kurzem geheiratet. Ich bin eine Freundin seiner Frau Molly. Molly Harris war ihr Mädchenname."

„Davon habe ich nichts gehört."

„Das war eine Art Blitzhochzeit nach einer heißen Romanze. Durch Molly habe ich Clive getroffen. Ein wirklich sympathischer Typ. Außerdem scheint er ziemlich viel von Ihnen zu halten."

„Das freut mich zu hören. Aber wie gesagt, ich arbeite nicht mehr in diesem Geschäft." Jedenfalls kaum noch. Allerdings fand er den Gedanken an einen weiteren Einsatz, bei dem er Lark Delaney näher kennenlernen konnte, gar nicht so übel.

„Clive meinte, Sie würden mir bestimmt helfen", wiederholte sie.

Dev seufzte laut. Es sah aus, als hätte er in diesem Fall keine Wahl. Er schuldete Madman Monroe einen Gefallen. Clive hatte bisher nie etwas bei ihm eingefordert. Und seinem Freund zuliebe mit dieser umwerfenden Brünetten zu arbeiten – auch wenn sie das genaue Gegenteil von seinem bevorzugten Frauentyp war –, schien wirklich nicht zu viel verlangt.

„Also, um was geht es denn, Ms Delaney?"

Sie lehnte sich ein Stück zu ihm vor. Oben herum war sie nicht unbedingt übermäßig ausgestattet, aber für ihn war es mehr als genug. Außerdem gehörte er zu den Männern, die eher auf die Rückseite fixiert waren. Wenn er sich so die Passform dieser engen Bluejeans ansah, dann hatte Lark Delaney einen Weltklassehintern.

„Es wäre mir lieber, wenn Sie mich Lark nennen würden. Es ist eine lange Geschichte, ich weiß nicht so richtig, wo ich anfangen soll."

„Fangen wir doch damit an, was Sie von mir erwarten. Was soll ich herausfinden?"

„Ich muss die kleine Tochter meiner Schwester finden. Sie ist vor vier Jahren adoptiert worden. Meine Schwester kannte die Adoptiveltern nicht, die Akten wurden damals unter Verschluss gehalten. Aber meine Schwester hat mich auf dem Sterbebett gebeten, ihre Tochter zu suchen und mich davon zu überzeugen, dass es ihr gut geht und sie bei liebevollen Stiefeltern aufwächst."

„Ihre Schwester ist gestorben?"

Sie nickte. Einen kurzen Augenblick füllten sich ihre schönen grünen Augen mit Tränen. „Heather war erst einundzwanzig. Sie hat hier in Phoenix gelebt. Vor drei Monaten ist sie an Brustkrebs gestorben. Ich habe die letzten Wochen mit ihr verbracht. Wie gesagt, es war ihr größter Wunsch, dass ich ihre Tochter ausfindig mache."

„Sie wollen mich also engagieren, um die Familie zu finden, die das Kind adoptiert hat."

„Ich möchte, dass Sie mir dabei helfen, sie zu finden. Es ist meine Aufgabe. Ich habe es Heather versprochen, mich darum zu kümmern. Diesmal muss ich mein Wort halten."

„Haben Sie's schon mal übers Internet versucht?", wollte Dev wissen. „Es gibt jede Menge Seiten von Unternehmen, die sich auf so was spezialisiert haben – sie suchen nach leiblichen Eltern, adoptierten Kindern und so was alles."

„Das habe ich schon probiert, glauben Sie mir. Genealogy. about.com, OmniTrace, GovtRegistry.com, MiracleSearch – ich habe einfach nicht genug Informationen."

Interessante Lady, dachte Dev. Nicht nur ein aufregendes Äußeres, sondern auch noch was im Kopf. Zu dumm, dass er nun für sie arbeiten würde. Es gab eine Regel, die er niemals brach: Mit einer Klientin wird nicht rumgemacht.

„Ich werde Ihnen dazu noch ein paar Fragen stellen müssen. Wie wär's, wenn ich uns einen Drink hole? Eine Cola, vielleicht. Oder was halten Sie von einer Margherita? Ich verspreche, dass ich den Cocktail nicht zu stark machen werde."

„Das klingt gut."

Dev ging zu der Außenbar, um sich an die Arbeit zu machen. Das half ihm, ein bisschen Zeit zu schinden. Er füllte einen Mixer mit Eis und goss dann ein wenig Tequila dazu. Monroe hatte noch was bei ihm offen. Doch mit einer Frau zu arbeiten, die so sexy war wie Lark, würde seine Willensstärke zweifellos auf die Probe stellen.

Während er den Mixer anschaltete, warf er ihr von der Bar

her kurz einen Blick zu. Unwillkürlich zuckten seine Lippen. Er würde seine Schulden bei Madman Monroe in voller Höhe begleichen.

Lark setzte sich bequemer hin und beobachtete Devlin Raines.

Mein Gott, dieser Typ war umwerfend. Als sie auf die Terrasse gestürmt war, hatte sie nicht geahnt, was sie erwartete. Sie wusste, er war zweiunddreißig, genauso alt wie Clive. Viele Männer waren in diesem Alter schon abgehalftert. Dieser hier nicht.

Er hatte sich sein Hemd angezogen, aber nicht alle Knöpfe geschlossen. Während er den Mixer ausschaltete und zwei breite Cocktailgläser aus dem Regal holte, deren Ränder er mit Salz versah, konnte sie kurz einen Blick auf seinen flachen muskulösen sonnengebräunten Bauch werfen. Darüber konnte sie seine ebenso gut durchtrainierte Brust, die mit dunklen lockigen Härchen bedeckt war, bewundern.

Dieser Typ war der Hammer.

Und die Augen! In hellem Kristallblau leuchteten sie in einem Gesicht, das man gut auf einem Cover des „GQ"-Magazins finden könnte.

Lark lehnte sich auf dem Stuhl zurück und riss sich von diesem wunderbaren Anblick los, um auf die Stadt hinunterzusehen. Sie war nicht hier, weil sie mit Devlin Raines flirten wollte. Sie war wegen ihrer Schwester hier. Heathers Wunsch hatte oberste Priorität. Auf keinen Fall würde sie wieder so versagen wie damals.

Lark war einundzwanzig gewesen, als es passierte. Sie hatte früh ihren Abschluss an der University of California in Los Angeles gemacht und versucht, in der Modewelt Fuß zu fassen, während Heather in Phoenix noch auf die Highschool ging. Sechs Jahre zuvor hatten die Mädchen ihre Eltern bei einem Autounfall verloren und waren bei ihren Großeltern aufgewachsen.

Dann, in dem Sommer, als Heather sechzehn geworden war, wurde sie schwanger. Sie war allein und verängstigt, aber entschlossen, das Baby zu behalten. Grandma Florence und Grandpa Joe, beide eingefleischte Katholiken, waren der Meinung, dass Heather ihr Kind bekommen und es dann von einer liebevollen Familie adoptieren lassen solle.

Damals war Lark einer Meinung mit ihren Großeltern gewesen. Sie waren zu alt, um noch einmal ein Kind großzuziehen, und Heather war einfach zu jung.

Heather war gezwungen gewesen, ihr Baby wegzugeben, und sie hatte diesen Verlust nie überwunden. Es folgte eine Zeit, in der sie sich mit Drogen und Alkohol tröstete. Doch auch nachdem sie diese Phase überwunden hatte, litt sie weiterhin unter Depressionen.

Nun war Heather nicht mehr da.

Lark hatte sich niemals verziehen, dass sie keine Stütze für ihre Schwester gewesen war, als die sie so dringend gebraucht hatte. Nun war sie entschlossen, das Versprechen einzulösen, das sie ihr gegeben hatte. Sie würde die kleine Tochter ihrer Schwester finden und sich vergewissern, dass das Kind in einem liebevollen, guten Zuhause untergebracht war.

Als sie Devlins sich nähernde Schritte auf der Terrasse hörte, schaute Lark auf und konzentrierte sich auf ihre Aufgabe. Er stellte ein vor Kälte beschlagenes Glas mit Salzrand vor ihr auf den Tisch und nahm ihr gegenüber Platz.

„Um auf das Kind Ihrer Schwester zurückzukommen", sagte er. „Eigentlich müssten doch Ihre Eltern Ihnen weiterhelfen können."

Lark fuhr mit der Fingerspitze über ihr Glas. „Meine Eltern sind verunglückt, als ich fünfzehn war. Wir sind bei unseren Großeltern aufgewachsen." Sie erzählte ihm, dass ihre Großeltern darauf bestanden hatten, das Baby zur Adoption freizugeben, nachdem Heather schwanger geworden war. „Heather hat schließlich zugestimmt, aber sie ist über den Verlust ihrer Tochter nie weggekommen."

„Haben Ihre Großeltern die Adoptionspapiere?"

„Leider leben sie auch nicht mehr. Aber ich habe die Unterlagen, die Heather nach dem Tod meiner Großmutter übergeben wurden. Ich habe alle Hebel in Bewegung gesetzt, um mit der Agentur Loving Home Adoptions Kontakt aufzunehmen, doch die Adresse in Phoenix ist veraltet, und die neue konnte ich nicht herausbekommen."

„Ich muss mir die Unterlagen ansehen."

Sie schaute ihn an. „Dann übernehmen Sie den Fall?"

„Das war Monroe wohl klar, als er Sie herschickte."

Erleichtert atmete sie auf. Es würde klappen. Sie würde ihr Versprechen halten können. „Das freut mich. Wirklich. Vielen Dank!"

„Ich nehme zwölfhundert pro Tag plus Spesen. Das könnte eine ganz schön teure Angelegenheit werden."

Ihr entging nicht, wie er sie bei diesen Worten beobachtete und auf ihre Reaktion wartete. Wahrscheinlich interessierte ihn die viel mehr als das Geld.

„Kein Problem. Ich gebe Ihnen zur Sicherheit einen Scheck im Voraus." Sie nahm ihre Handtasche vom Boden, öffnete sie auf ihrem Schoß und zog eine Visitenkarte heraus. „LARK Design". Darauf stand ihre Firmenadresse in L. A. und die Telefonnummer.

„Ich entwerfe Handtaschen." Sie tippte auf ihre Tasche. „Das ist eines der Modelle. Wahrscheinlich werden Sie das Label nicht kennen, aber einer Menge Frauen ist das ein Begriff. Ich kann es mir leisten, Ihr Honorar zu bezahlen, Mr Raines, das versichere ich Ihnen."

Seine Mundwinkel verzogen sich nach oben. „Da wir beide ja die gleichen Freunde haben und demnächst zusammenarbeiten, müssen wir wohl nicht so förmlich sein. Wir können uns ruhig duzen." Während sie nickte, musterte er die Handtasche. „Sieht wirklich gut aus. Solche Designertaschen sind nicht billig. Mir war gleich klar, dass du nicht nur ein hübsches Gesicht hast."

Sie lächelte. „Ich hoffe nur, dass es bei dir ebenfalls so ist."

Dev lachte.

„Wie gesagt, ich möchte bei der Suche wirklich dabei sein. Ich werde mich nicht im Hintergrund halten. Es ist mir wichtig, mein Versprechen einzulösen, das ich meiner Schwester gegeben habe."

„Okay. Ich denke, damit komme ich klar."

Ohne ihren Drink angerührt zu haben, stand Lark auf. Dev erhob sich ebenfalls.

„Wir fangen morgen an", erklärte er.

Zwischen Liebe, Lüge und Gefahr –
zwei Romane von Lisa Jackson, Meisterin der Spannung!

2 Romane
in einem Band

Lisa Jackson
Gefährlich wie die
Wahrheit

Ohne Skrupel

Beverly braucht dringend
einen Rechtsanwalt. Ihr
Exmann will ihr ihre kleine
Tochter wegnehmen! Jake
übernimmt den Fall – aus
einem eiskalten Grund:
Rachedurst …

Band-Nr. 25567
8,99 € (D)
ISBN: 978-3-89941-969-6
544 Seiten

Lebenslang

Victoria gibt ihrem Ex-
Geliebten Trask die Schuld
am Tod ihres Vaters. Sie ahnt nicht: er ist gekommen, um die
gefährliche Wahrheit aufzudecken – und um mit Victoria die Zeit
zurückzudrehen.

„Spannend, sexy, interessant und rasant!" *Paperback Swap*

Deutsche Erstveröffentlichung

Suzanne Brockmann
Gefährliche Enthüllung

Energisch lehnt die schöne Kunstexpertin Dr. Annie Morrow das Angebot ab: Sie braucht keinen Bodyguard wie diesen Pete Taylor! Zwar hat sie mehrere Morddrohungen erhalten, seit sie an einem historischen Fundstück arbeitet, aber das sind sicher nur leere Drohungen. Doch einen Mordanschlag später ist Annie mehr als froh, dass Pete ihr Nein ignoriert hat. Sie verdankt ihm ihr Leben. Er ist der Mann, der sie beschützt. Und er ist auch der Mann, der ihr Herz rasen lässt. Dem sie blind vertraut. Doch da macht sie einen Fehler. Denn Pete mag ihr persönlicher Held sein – aber er spielt falsch: Er ist alles, nur kein Bodyguard.

Band-Nr. 25604
8,99 € (D)
ISBN: 978-3-86278-338-0
eBook: 978-3-86278-432-5
304 Seiten

„Genug Action, Spannung und Leidenschaft, um Wasser zum Kochen zu bringen!" *Goodreads*

Deutsche Erstveröffentlichung

Cherry Adair
Im Meer des Skorpions

Er muss eine gesunkene Galeere vor Marokko bergen und auch noch Blutdiamanten im Wert von 25 Millionen Dollar schmuggeln – Nick Cutter steckt mitten in einem riskanten Doppelauftrag. Das Letzte, was der Profi-Schatzsucher braucht, ist jemand, der alles gefährdet! Doch genau das passiert, als Prinzessin Bria Viscontis Hubschrauber an Deck der „Scorpion" landet. Die Principessa verlangt nicht nur die fünf Millionen Dollar zurück, die ihr Bruder in die Schatzsuche investiert hat – sie ist auch wie Feuer für den sonst so kühlen Nick ...

Band-Nr. 25618
8,99 € (D)
ISBN: 978-3-86278-460-8
368 Seiten